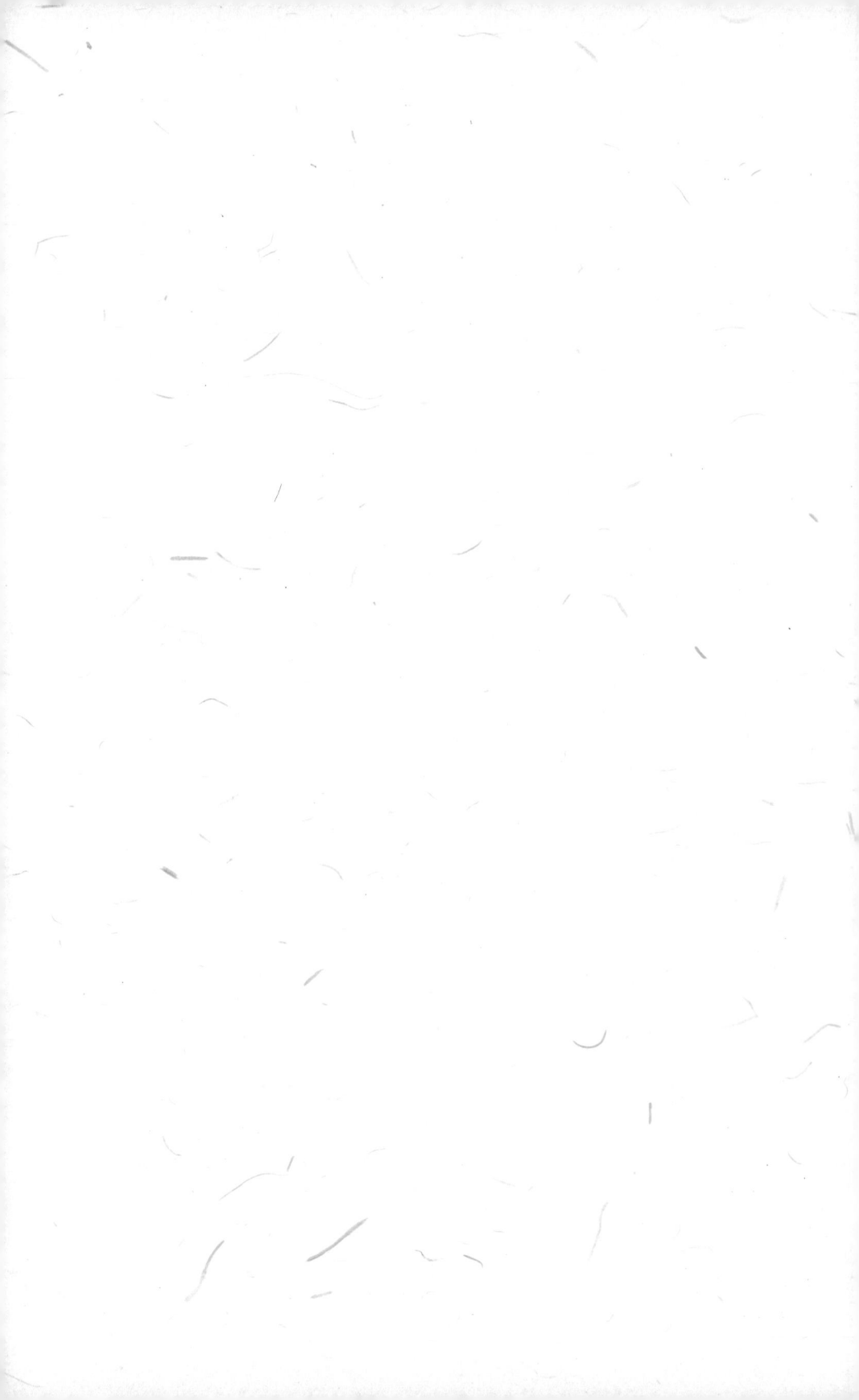

# 最后的狼

崔济哲 著

山西出版传媒集团 三晋出版社

**图书在版编目（CIP）数据**

最后的狼 / 崔济哲著 . — 太原：三晋出版社，
2013.12（2020.3 重印）

ISBN 978-7-5457-0882-0

Ⅰ . ①最… Ⅱ . ①崔… Ⅲ . ①散文集—中国—当代
Ⅳ . ① I267

中国版本图书馆 CIP 数据核字（2013）第 305664 号

## 最后的狼

著　　者：崔济哲

责任编辑：任俊芳

助理编辑：王　甜

责任印制：李佳音

出 版 者：山西出版传媒集团·三晋出版社（原山西古籍出版社）

地　　址：太原市建设南路 21 号

邮　　编：030012

电　　话：0351-4922268（发行中心）

　　　　　0351-4956036（总编室）

　　　　　0351-4922203（印制部）

网　　址：http://www.sjcbs.cn

经 销 者：新华书店

承 印 者：山西瑞兴印刷包装有限公司

开　　本：787mm×960mm　1/16

印　　张：19.75

字　　数：240 千字

版　　次：2014 年 4 月　第 1 版

印　　次：2020 年 3 月　第 2 次印刷

书　　号：ISBN 978-7-5457-0882-0

定　　价：30.00 元

# 雪原来是蓝色的（代序）

　　崔华亭是我的曾祖父，老家称老爷爷。曾祖父远近有点名气，是因为他开了间酒坊，酒的名气大了，他的名气也就大了。全村一千多口人，百分之六十都姓崔，提崔大爷那就是称呼曾祖父。老爷爷一脸菩萨像，树叶落下来都怕砸着头，瞧见蚂蚁搬家都绕着走，但远近都说曾祖父厉害，因为他身后有座酒坊，他酿的酒厉害。

　　名气大了，是福还是灾？民国初年，我爷爷去徐州念书，放暑假没回家，后来来了位小和尚，是徐州云龙山寺庙里的小沙弥。走出一头热汗给老爷爷送来"一道书"。原来我爷爷被云龙山上的土匪绑票了。"书"上写得明白，限十天之内交白洋一百，好酒五十坛，否则撕票。小和尚不走等着写"回书"。说如果拿不回"回书"，就是没把"书"送到，"好汉们"就烧了他们的寺院，杀了他们的老和尚。

　　老爷爷也急了一身汗，手抖得都写不成字了。这"书"中说的五十坛好酒还好办，但那一百块现大洋到哪儿筹去？砸锅卖铁也凑不起啊！这可是人命关天。老爷爷没经过这种事，一时乱了方寸。据老爷爷说我们家全部家当也值不了五十块大洋,只有卖房子卖地。

土匪是闻着酒来的,知道老爷爷开的酒坊红火,挣大钱,公子还在徐州上洋学堂,不绑你绑谁? 老爷爷说,酒招来的祸。

后来酒房就黄了,关了板,灭了火,搬了锅。

一直到一九三一年,穿灰军装的军队拿大枪逼着让老爷爷重操旧业。人家军队有枪有钱有粮有人,就这样,老爷爷的酒坊又开了。老爷爷的酒越酿越好,连徐州的大饭庄都派人来拉。

我们老家那地方沙地多,多地地贫,只能种些高粱,村里的老乡收的高粱除了吃喝用,想换钱用就把高粱送到崔家的酒坊。遇到灾年打不下粮食,老爷爷就把酒坊停了,把藏的高粱借给老乡们,灾年借一斗,来年还一斗,绝不多收一颗高粱,还不起的还可以再等。老爷爷有个称谓叫"老酒善人"。有一年家乡大旱大灾,老爷爷把酒坊停了,把做酒用的高粱、豌豆、小麦都借给过不了日子的老乡。军队不干了,派兵拿枪逼着收老百姓家里的粮食,逼着酒坊开张,军队的医院等着用酒,军队的伤兵等着喝酒,当兵当官的都张着嘴等着酒喝。老爷爷真汉子,指着自己的胸口让当兵的当众把他打死,打死也不能把借出去的粮食收回来。村里的老人们说,当时村里的人都哭了,都哭着给老爷爷跪下了。一斗粮食就是一条命啊!

父亲的家庭出身一栏填的是地主。"文革"以前,北京中学里的阶级斗争就提得很高了,我当时极仇恨阶级敌人,地主首当其冲。父亲解释说,家乡的土地极贫瘠,皆山坡沙地,唯能种植的就是高粱。乡亲们说"回车的高粱卧牛的谷",地贫物稀,广种薄收。我看过父亲的自传,先说的是家中有薄地二百亩,后又改成八十亩沙薄地。父亲说,当时的土改干部因老爷爷为开明绅士,为当地的革命政权建设做出过贡献,又是县政府的参议,想把成分降一降,经重新核对地契,有的地不是咱家的,咱家只是代耕,故改为八十亩,是想定个富农成分。我气愤得一跺脚,"黑五类"中地主、富农就是老大老二的关系,背着抱着一样沉。你就是一棵草不长的盐碱地,也是地主!父亲长叹一口气,要不是你老爷爷有手艺,开一座酒坊,说不定一家人早就饿死在逃荒的路上,怨不得你老爷爷啊……

　　老爷爷真正风光是在抗日战争时期。我们老家是新四军六分区的根据地,偶尔鬼子、皇协军、黑狗子也下乡来扫荡。我们家的酒坊成了新四军、武工队、民兵重点保护单位。紧张的时候,在村口修着工事,有部队守着,在我们家酒坊外也驻着部队。门口还有穿灰布军装持枪站岗的新四军战士。为什么?因为怕老乡去酒坊打酒、喝酒,抗日政府把酒坊的酒全包了,一滴都不能私卖,又为什么呢? 原来六分区有两座新四军野战医院。那时候日本鬼子封锁得十分紧,莫说药品,连医用酒精全禁,伤员们的伤口化脓甚至生蛆,有的伤员伤口得不到及时地消毒致残甚至牺牲。有的伤员伤口疼得实在受不了,又没有那么多麻药,最好的办法就是喝烧酒,伤员把它称之为"神水"。有些伤员因为负伤巨痛难忍情绪十分激烈,喝上"神水"一是止痛,二是情绪也安稳平静下来。老爷爷常常站在门口给来打酒的乡亲们解释,一碗酒能救新四军伤员一条命,为了救死扶伤,老爷爷带头破了几十年的老习惯,不再动酒。

　　那时候抗日政府的政策也好,减租减息时,老爷爷把那又薄又瘦的地干脆白送给佃户,比减租减息还彻底,把地契都交给人家了。老爷爷没想到抗日政府硬不同意,又派人做工作把地契收回来,而且不减租也不减息,该减该核的由抗日政府补,那时候老爷爷特别革命,他经常讲打日本、抗战匹夫有责,什么条件都不能讲! 他经常找到抗日政府的专员,诚心诚意地要把酒坊交给抗日政府。后来我知道这些细节后特别感慨,老爷爷真有眼光,他比共产党的干部都了解共产党的政策,如果当初送了地再捐了酒坊,那我们崔家就是彻头彻尾的贫下中农、无产阶级了!"文化大革命"就成"红五类"了。

抗日政府按着"三三制"的组成原则,老爷爷正式被聘为"参事",从专区开会回来,别在胸前的红布条上面写着"抗日政府参事",走到哪儿就显摆到哪儿。新四军医院还专门邀请他去医院检查工作,受到极其热烈、规格极高的接待,给他胸前戴了一朵酒碗大的大红花,称他是抗日功臣。兴奋得老爷爷像小顽童似地手舞足蹈,高兴得无可无不可。老爷爷知道他和他的崔家的所有荣誉都是因为他酿出来的酒。老爷爷日夜蹲在酒坊里,每一道工序他都亲自上手,亲自过目,酒坊里常常飘出老爷爷爽朗的笑声。又是一缸上好的烧酒。酒还叫崔家兴旺。

我父亲是老爷爷的长子长孙,我父亲说他生性愚笨,但我爷爷管教甚严,学习稍稍有马虎,用戒尺把手掌打得都肿起老高,握都握不住。父亲先在徐州中学读书,一九三五年考上北京大学,而且按照老爷爷的意见上的是北大生物系,学的就是发酵,搞的就是酿酒。老爷爷看见北大在报上发的录取名单后,高兴得在院子里摆席庆贺,老爷爷说后继有人了,说以后咱家的酒坊要搬到上海、南京,建个大酒厂。

老爷爷有二子一女。父亲称姑姑,我称姑奶奶,更是传奇似的人物。那年月公认"女子无才便是德",我姑奶奶竟然考上了清华大学。老爷爷亲率崔家老小坐满六套大车,一直送到徐州,送上火车。那真是鞭炮齐鸣,锣鼓喧天,比娶亲做寿还热闹,还光彩。

姑奶奶荣誉了半生,在清华大学就参加了中国共产党,做学运工作,为解放北平还立过功。刘仁曾代表北京市委给颁发过勋章。一九五五年曾受到毛泽东、刘少奇等党和国家领导人接见。但一九五七年被错划成右派,又受过大罪,吃过大苦。一九八五年我在山东淄博林场我表叔家,就是他儿子家看望姑奶奶,那年她已经快九十岁了。

老太太真是气度不凡,一头银发,银白发亮,气色红润,脸上的深纹都不多,两眼炯炯,两耳不背,腰不弯,手挂一根枣木拐杖,腿因有过风湿走路不太方便,但脑子聪敏,谈吐有神采。我从老人家身上可以想象几十年前的奕奕神韵。现在站在山峦之下,苍林之外,竟有仙风道骨之气。我能隐隐感到老人家周围有一种慑人的气场。

表叔家院不小,有几棵几十年的大树,风摇叶动,哗哗然如波呼浪唤。表叔家的老爷子已经过世多年,没能熬过"文革"十年。

我来了,表叔说他母亲格外兴奋,几十年了,娘家没来过人,我又是隔辈的孩子,九十岁的老太太亲自为了我泡了一大壶她保存的枣花茶。姑奶奶不说自己,我住了三天,她从未讲过她自己,主要对我说我们老崔家的事,说我老爷爷,她老爸的神事。

在我们老家二月二龙抬头是祭奠酒神的日子,在我们崔家格外隆重,老爷爷比给他自己过寿还重视。

祭奠是从中午亥时开始。把家族中的长辈没出五福的亲戚都唤来。酒席是有酒没席。男宾一溜,女宾一排,老爷爷讲究男女平等,过去女人是不能上席上桌的。每人一大碗红烧肉,一大碗崔家老酒。猪是酒坊里酿酒的酒糟喂大的,猪粪送到高粱地里肥田,高粱又送酒坊酿酒,老爷爷人老,脑筋不老,挺懂得科学喂养,绿色循环的。酒神在东北,院东北有棵大榆树,榆树树干上缠着红布。亥时一到,两杆鸟铳齐鸣,鞭炮齐鸣,锣鼓齐鸣,紫色的硝烟四起,顺着大榆树冉冉上升。迎来酒神以后,老爷爷把用朱砂写的一道符挂在酒坊大门外:人往远走,酒往外流。然后老爷爷带头,双手执酒碗,他身后排两列,男宾黝黑瓷粗碗,女宾浅灰瓷细碗,都齐喊:酿好酒,靠酒神;出好酒,敬酒神;喝好酒,谢酒神。然后就开始"大吃大喝"。女人们说,一辈子包括出嫁生子都没这么痛快过,真吃肉,一大碗,油光锃亮的红烧猪肉,一大碗晶亮透底的崔家老酒,女人们都说喝多了,喝醉了,喝好了。幸福得脸跟大榆树缠的红布差不多。姑奶奶说,咱村的女人,甚至全县,全徐州的女人也没这么吃过肉,喝过酒。咱老家的女人最苦,舍不得吃,舍不得穿,吃剩饭,喝剩汤,辛苦一年也吃不上一顿好饭,辛苦一辈子也没善待自己。什么叫幸福? 那天祭酒神,女人们才叫幸福。

我父亲说,你姑奶奶是出名的才女,英文、法文讲得和中国话一样好,在清华也是才女,但我在她房间中一本书也没看见,什么书也没有。只在小桌上有两本外文书,表叔告诉我,母亲只看《圣经》了,我翻了翻,英文版的是一九二三年出的伦敦版,法文版的是一九三三年出的里昂版。表叔告诉我,母亲从此不看书,不看报,也不听任何广播,每天拄拐进林子,醉心听鸟鸣。她嘴里也会学鸟叫,和鸟交谈得亲亲热热的。

姑奶奶那天特别高兴,把她自己酿的存放多年的枣酒拿出来招待我,说这酒不如你老爷爷酿的崔家老酒好,但喝一口也美。

姑奶奶长寿,活了九十九岁。表叔说按实际年龄母亲寿终是一百零一岁,但老太太不让过百寿。

我们老崔家还出过一位革命老前辈,那就是老爷爷的二小子,我们叫二爷爷。二爷爷也是靠老爷爷酿的酒上的学,出的息。当年他考上了上海的一所名牌大学,但二爷爷十分孝顺厚道,他知道家里这点酒供不起那么多人上学,就主动放弃了去上海念书,拗不过老爷爷,就在徐州读师范。那时代读师范不但不花钱,而且还"挣钱",每年冬夏各发一套学生制服,过年过节学校还发"零花钱",就是难考,但二爷爷考上了。谁都不知道,二爷爷就是在上徐州师范时参加的共产党,是一九三五年的老共产党员,抗战一开始,二爷爷就带着几十个爱国的学生建立了抗日游击队,后来编入新四军江南挺进纵队。

二爷爷官当得不太大,任省教育厅副厅长,五六十年代当这么个官就了不得了。二爷爷最神的事还是和酒相连。"文革"一开始,因为他是教育厅领导,又当了一所大学的工作组组长,执行的是"资产阶级反动路线",后来批斗得果然厉害。二爷爷说第一次批斗觉得冤,第十次批斗就觉得不想活了,批斗的阵容越来越强大,火力越来越猛,被押上来的次数越来越多,挨斗干部的级别越来越高,二爷爷说,他倒觉得坦然了,因为被戴高帽子、坐土飞机的走资派、黑帮,都是他的大领导、老领导,都是老革命、老红军、老八路,咱算个啥哩? 得了,这么一想,想死都死不了了,只想好好活下去。后来再也不用"二十二万伏的高压打死崔××"了,把他下放到"五七干校"劳动。没想到,他又"红"起来了。原来"五七干校"也要发展生产,改善生活,他又没啥大问题,属于"挂着、等着、看着、养着"的干部,就让他把干校生产的高粱加工成烧酒。旧业重操,二爷爷真行,小酒坊开起来了,高粱白酒流出来了,酒香飘出来了。高粱米、高粱面没人爱吃,但转化成高粱酒就香飘十里了。那个年代,市面上根本看不见纯粮食酿的酒,一时县里,公社里甚至附近的驻军, 连看守监狱的警察都开着囚禁犯人的囚车来干校买纯高粱酒。干校的领导谱也大了,派也大了,也精神了,干校的军代表还特别让他原部队的领导来"光临指导",果然纯绿色,纯天然,干校养的猪、鸡、鸭、兔,干校酿的纯高粱白。他们干校差点变成军代表他们部队的招待点,军代表后来回部队得到了重用提拔。二爷爷的日子也过得渐滋润。他说他酿的酒已经有点崔家老酒的味道了。他有了个雅号叫酒厂厂长,简称为酒长。后来干部落实政策,要调他回省城学习待解放,二爷爷反而硬起来了,不去,就在干校当酒长。军代表也不想让他走,就说你们要解放人家就放他走,调回去学习和在这儿学习一样,走毛主席的"五七道路"比坐在机关学习更改造人。二爷爷酒量大,在"五七干校"时,他曾和驻军的军代表喝酒,一个人喝过一公斤烧酒,喝完之后,身不晃,舌不摇,话不多,步不乱,不愧是"酒长"。

姑奶奶劳动改造时,二爷爷曾经去劳改农场去看她。这么大的现职干部去探望一名劳改犯是需要勇气的。

兄妹俩坐在探监室里,主要讲老爷爷的事,因为旁边就坐着两名监管人员。老爷爷刚一开始办酒坊并不顺利,借了那么多钱,就是流不出酒来,以至于债主带着人就在酒坊外边等着,如果再流不出酒来就拆房还债,卖梁卖椽卖砖卖瓦,真到了生死关头。天无绝人之路,酒终于一滴一滴流出来了,一股股流出来了,哗哗哗地流出来了,老爷爷的泪也一滴滴、一串串、哗哗哗地流出来了,老爷爷有句名言,没有过不去的火焰山,没有迈不过去的绊腿坎。

从此,姑奶奶就坚强地活下去了……

家里人说,老爷爷是让姑奶奶的事生生气死了,但我们崔家的爷爷们都说不是,只有姑奶奶说是!二爷爷就说老爷爷死得离奇,不可思议。老爷爷一生爱吃鸭子,说从前有时夜里做梦,梦见身后的鸭子一眼望不到边,后来再做梦,梦见身后只跟着一只鸭子,摇摇晃晃跟着他。老爷爷发出话,从此再也不吃鸭子,家中人决不能再杀鸭子。那年秋上,老爷爷的一个老朋友过米寿,老爷爷专程赶去祝寿,那位老朋友深知老爷爷喜爱吃鸭子这一口,就专门为他宰了一只又大又肥的鸭子,等吃饭端上来时,老爷爷一看,脸色大变,冷汗都下来了,借口身体不适匆匆离席,回家就大病,从此一病不起。他老人家常常自我叨念:就那一只鸭子也杀了,吾命归矣,吾命归矣! 半年后就逝去了。老爷爷也明寿九十九岁，家里人都知道他老人家活了一百零四岁，他生前也表示寿不过百，因此不过百岁大寿。

老爷爷生前十分珍惜一块匾牌，把它高高挂在门框上，"革命烈士家属"，那是他五孙子用命换回来的，五孙子叫崔月光，也由老爷爷供养着在徐州念中学，后来辍学参加了解放军，老爷爷着实气了一段时间，但在解放战争中解放军大胜，月光孙子寄回穿着雄壮威武的解放军军装的照片，老爷爷又高兴得逢人便夸。抗美援朝战争中，五孙子又随着他所在的中国人民解放军第九兵团第二十军入朝作战，牺牲在长津湖畔阻击阵地上。老爷爷得到消息后难过得大病一场，白发人送黑发人，还是差着辈数的黑发人。老爷爷从小就喜欢五孙子的"愣劲"，天不怕地不怕的。六岁的时候看见大人们祭酒神，用碗喝酒，趁人不注意，也端起大腕，伸直脖子灌下去，他说他也是男子汉了，结果差点被酒醉死。

五孙子也给老爷爷争脸，老爷爷走到哪儿宣传到哪儿，五孙子是抗美援朝，保家卫国，打美国鬼子牺牲在阵地上的英雄。

朝鲜战争停战后，崔月光我该称之为五叔的战友从部队回来探望老爷爷，老爷爷高兴，志愿军战士异口同声，"指名点姓"地要喝崔家老酒。那时候，因为国内政策变了，粮食统购统销，取缔私人酒坊，不允许个人经营烧酒，老爷爷的酒坊已经关了半年多了，酒坊里的青草都长得有筷子高了。但老人家高兴，特别高兴，从酒窖里取出当年存的好酒，祭酒神用的好酒，招待朝鲜前线归来的"最可爱的人"，招待五孙子的战友，九死一生的志愿军战士。老爷爷的办法还是一人一大碗红烧肉，一人一大碗崔家老酒。酒喝多了，话就渐渐多了，有人抽泣地思念起战友来，怀念那些长眠在朝鲜北部山区皑皑白雪中的战友来，怀念他们的月光排长。原来月光他们不是被美国鬼子的飞机大炮打死的,而是被活活冻僵冻死在阵地上的。他们当年是紧急调动,秘密出发,到了中朝边境才知道要出国抗美援朝。到了朝鲜才发现,朝鲜山区零下三十多度,冰天雪地,滴水成冰,那天真叫能冻死人,但他们部队别说皮帽子,连棉帽子都没有,戴的是单帽子;别说穿皮毛鞋,连棉鞋都没有;穿的是胶皮鞋,穿的棉军装都是在中国华东地区能御寒过冬的棉衣棉裤,在朝鲜的寒冬中根本不顶事。他们趴在长津湖畔的阻击阵地上,渐渐地被冻僵了。为了让大家活下去,月光就组织排里的战士们几个人几个人抱成团,紧紧抱在一块,靠体温取暖求生,他给大家讲,他老家崔家老酒,说那酒是他爷爷亲手酿的,真是好酒啊,喝一口能暖全身,一点都不冷。他答应打完仗请弟兄们去家里喝他们家的崔家老酒。一定去,不管谁能活着,都要去,代没能去的兄弟们喝一口崔家老酒。那天夜里,月亮先是白的,和雪一样白,又变成黄的,最后竟然变成蓝的,幽森森的蓝,后来他们就都冻昏冻僵了,等再醒过来已经到了后方野战医院。月光没能醒过来,他被活活冻死在阵地上了。全连上长津湖阻击阵地的九十四人,活活冻死在阵地上的有七十六人。我叔叔排里的战士,很多都是沉醉在崔家老酒的甜蜜中被冻僵的,冻昏的,冻死的。老爷爷颤抖着端起一碗晃动着的酒喃喃地说,这老酒救过新四军,救过解放军,但没能救过志愿军,志愿军太远了,咱家的酒送不到啊……老爷爷真心地内疚,有这一碗老酒就能救活好几位志愿军战士的命啊!战士们至死都没能喝上一口暖暖身子的酒啊,九十多岁,实际上一百多岁的老人家掉下泪来。那年冬天,老爷爷几乎没挺过去,他尤其怕见雪地里的月光,他说天上的月光照在雪地上是蓝色的,幽蓝幽蓝的,家里人都以为老爷爷老了,有些糊涂了,明明月光亮敞敞的,明亮亮的,白耀耀的,怎么会是蓝色的呢?谁见过蓝色的月光? 老爷爷到底没扛过第二年冬天,第二年冬天,刚刚落下第一场薄雪,老爷爷咳嗽了三天三夜终于走了,村里人、家里人都奇怪,下那场薄雪的晚上,月上北山以后,真的是蓝色,阴冷阴冷的,幽蓝幽蓝的……

癸巳年冬于北京佟麟阁路
头发胡同 58 号院逸然斋

# 目 录

第一辑

# 背书

　　二十多年前，听叶嘉莹老师讲中国古典诗词，叶老师那时虽不甚年轻，但久居国外，保养得好，看上去还满脸秀气，一头黑发呈荷叶形，白皙的脸上着一层淡妆。讲到得意之处，免不得翘首扬眉，鼻尖上沁出一层细细的汗珠。

　　那时候我们都愿意听叶老师讲课，不但我们中文系的学生爱听，甚至数学系、物理系的同学知道消息后也都想方设法挤进来听课。宽大的阶梯教室连走道上都坐满了人。

　　叶老师的课讲得上彩是没说的了，着实使我们佩服的是叶老师对中国古典诗词的熟悉，用张口就来、脱口而出形容一点也不过分，仿佛那些唐诗宋词就蕴藏在她的喉舌之间。

　　下课后，有的同学围住她问其奥秘何在，叶老师轻轻地竖起一根纤指，得意又十分中肯地说：背。背过了背熟了，那其中的滋味就慢慢地品到了。

　　那时候的学生听话，一时间围绕着"叶嘉莹热"，背书也无形中风行起来。早晨你看吧，我们中文系的宿舍楼前和兴开湖畔除了背外文的就是背古典诗词的。

背书我们都不陌生，现在牙牙学语的一代好生了得，还不太会走时，父母就教他（她）背二十六个英文字母了，比我们那代人至少早出道十年，十年的大道走成河，也算是一种进步吧。我小时候被"戴上笼嘴"的最主要标志就是背书，别的功课还都可以凭借小聪明糊弄过去，惟有背书是硬的，一个字错不得。老师在课堂上提问背书，一个字卡住了背不上来老师还可以提醒一下，卡住两三次或结结巴巴有了上句没下句，老师就让你"打住"，站在座位那儿反省，下一位同学接着背。

老师罚出来的书背得瓷实。我读小学是在上个世纪五十年代末，到今天还能背出当年的课文来："天气凉了，树叶黄了，一群大雁往南飞，一会儿排成个人字，一会儿排成个一字。"

年级上得越高，课文背起来就越难。最头疼最无奈最可怕的作业就是背书。唐诗还好说，七绝七律的最多也就那么几句，又朗朗上口，小孩子家脑子也聪明，老师让背书，还是能背出来的时候多。遇到"文"就不好办了，像《岳阳楼记》、《刻舟记》、《桃花源记》，真是牛不喝水强按头，背的艰难得真像是"爬雪山过草地"。同学在一起就难免发牢骚，讲怪话："那孙子干嘛写这么难背的文章，闲了不会以头抢地？"

那时候师道尊严很厉害。老师要求学生很严格，背不出课文来是过不了关的。放学以后，同学们都撒丫子跑到操场上玩去了，没背出书来的同学留在教室里背。老师也负责任，眼盯眼地看着我们。操场上的喝彩声一阵子一阵子地传来，真让我们感到如芒在背，如坐针毡。受过几次这样的惩罚后，同学们都学乖了，捏着鼻子也得背出来，也别说，那时候受的罪，终生也得益，至今还能咿咿呀呀背下来的东西，大多是那时候受窘时的收益。

最可怕的是背鲁迅先生的东西,文不文白不白的,语法和现在的又不一样,背了上句总是连不上下句,佶屈聱牙,总上不了口。老师对背鲁迅先生的文章又盯得特别紧,两手捧书,一字一句地盯着你,背错一句老师提个醒,越紧张越出错,越出错越忘文,老师咳嗽、皱眉,终于不满而烦躁地说,下一个接着背,你放学留下……

老师也有老师的苦衷,他也在课堂上给我们交底,每次考试都有鲁迅的东西,不背行吗?

无奈之中,我们学会了作弊,把背不出来的课文写成"条幅"贴在铅笔盒里,实在背不过时就偷着瞟一眼,要不就和前后的同学组成"互助组",站起来背书卡住了,后面的同学就小声提醒,反正老师看不见。

那时候早晨上正课前有"晨读",全班同学一块背课文,"唧唧复唧唧,木兰当户织,不闻机杼声,惟闻女叹息。"似念似诵,五十多种童音汇在一起,拉着唱腔,高低有序,转承接洽,煞有风光。

后来我也有了女儿,女儿也到了上学读书的年龄,背书也成了一门"必修课"。女儿背书很认真,凡是老师布置要求背过的绝不含糊,而且还让我拿着书听她背,背不会是不睡觉的。有时候我因为心中有事,拿书的姿势和看书的认真程度不够,女儿总是十分不满地指出来。你要敷衍她一下,她也会耍小聪明,故意背丢几个字看你听没听出来。有时候她还要考你,说还是大学中文系的呢,连"烛之武退秦师"都不会背。我说也不是当年就背不出,是老了,才记不住了。女儿却认真,你老还是爷爷老?我考爷爷的文章爷爷怎么能一字不漏地背出来呢?

我哑口无言。

父亲的"背功"我确实服了。女儿也是服在这里,她曾多次拿着老师指定要背诵下来的古文找爷爷看着,父亲总是说,我先背,我背不出来怎么有资格监考你呢?说着微眯着双眼,昂起一头杏花,抑扬顿挫地背起来。

女儿说爷爷脑子真好。爷爷却对她说错了,我的天资可远不如你,我是我兄弟哥们里最差的一个。小时候我挨打最多。

父亲曾经对我说过,你爷爷是一个非常严厉的人,他甚至不记得爷爷笑是什么样子,直到爷爷在广西病死。父亲说在他记忆中似乎从没有得到过老人家一句褒扬。

爷爷是个教书匠,教国文的,最早也做过私塾先生。爷爷常挂在嘴上的话是:"棍棒出孝子,严师出高徒。"父亲是他的大儿子,要求近乎残酷。他经常训斥父亲,说你天生的笨,但这并不可怕,勤能补拙。这四个字,父亲恪守了一辈子。父亲说,那时候教育人不太懂得科学,只靠死记硬背。我脑子笨,背不出来,你爷爷就下手打,戒尺能把手打得攥不住拳。那时候夏天热死人,咱家住的茅茅屋小,我怕坐着背书背着背着就困了,索性站着读,一手端着个小菜籽油灯,一手捧着书,连汗都来不及擦。爷爷也不睡,一旦我读错文或稍有懈怠,他老人家就重重地干咳一声。

听父亲这么说,爷爷凶神恶煞似的,不近人性,我有时候恨他。

父亲说,我怕他但我却不恨他,我知道他是为我好,我是让笨逼的。父亲告诉我一件事深深地打动了我的心。

那年月家穷,父亲说天热出汗怕把布衫让汗碱蛰烂了就光着背念。汗流得把小裤都浸湿了。爷爷从深井里提回一桶凉凉的井水,把手巾泡湿了,默默地走到父亲的背后,轻轻地给父亲擦汗。父亲说,有一次很偶然他不知为什么稍稍后侧了一下头,竟看见爷爷两眼里含着泪,父亲说那泪让他整整记了一辈子……

　　我再也不觉得背书枯燥了。几十年过去了,现在能背上用上的一点古诗文还是那时候背会的。想起已逝的父亲说过的话,自己这辈子也受用终生,不觉眼角潮湿了。

　　"文化大革命"来了,想不到背书的工夫还得用。先是背老三篇,背语录,背三十七篇毛主席诗词,林副主席的再版前言都背得滚瓜烂熟了。那个年代你不背也不行,有一段时间连上商店买东西也得先背语录,你说为人民服务,他说完全彻底;他背我们共产党人好比种子,你得接上人民好比土地,这才开始问你买什么。

　　那时候我们背毛主席语录真到了张口就来的地步了。我们班有个同学竟能把毛主席的《中国各阶级的分析》一字不错地背下来。后来学校里有个红卫兵组织叫"红到底兵团",请来一位全军学习毛泽东思想积极分子,才使我们懂得了什么叫天外有天,什么叫"谦虚使人进步,骄傲使人落后"。那位佩戴着满胸毛主席像章的解放军战士在主席台上正襟危坐,一板一眼地介绍他学习毛泽东思想如何活学活用立竿见影,如何带着问题学急用先学,那些经验也没什么振聋发聩的东西,但最后一点使整个礼堂的人都活跃起来。他说他能熟背毛主席语录,包括林副统帅的再版前言,任何人都可以考他,你只要提哪一页哪一段,他马上就能背出来。人群哗然,当即就有几个声音从四面八方响起,那位战士丝毫不乱,"语录"应声而出。那几十段语录背过,一字未错。一片发自内心的掌声。突然有位女红卫兵高声提问道:请把一百七十七页第三段背诵一下。那位战士朗声应道:"毛主席语录第一百七十七页没有第三段,只有两段。我把第二段背诵一下。"急风暴雨似的掌声经久不停。

　　我们才服了,真是天外有天,山外有山;始信人家"玩"得比我们大,背书下的工夫比我们深。

　　我曾兴奋地把这件事告诉父亲,父亲却似乎不太以为然。他若有所思地持重地说,不能为了背书而背书。

　　随着"文化大革命"的发展,父亲终于被划到有问题的一类人中,从北京下放到江西"五七干校"。我那时正在山西农村插队,就跑到"五七干校"和父亲一起住在一个五机部的大仓库里。父亲那个排里有三个班,一个班是属于已经揪出来的牛鬼蛇神,一个班是属于基本没什么问题的人,再有一个班就是像父亲那样的在"两类矛盾"的边缘,或者是"敌我矛盾,真诚接受脱胎换骨的改造也可以按人民内部矛盾处理的"人。军代表是个很拿腔拿调装腔作势的人,好像天底下唯他革命唯他种纯。开口我们工农子弟兵,闭口伟大领袖毛主席教导我们。军代表给父亲那班人下达的任务就是必须把《敦促杜聿明等投降书》全文背下来,不许错字落字丢字,不许结结巴巴地"挤牙膏",还强调说这可是阶级立场问题。

　　父亲戴着老花镜双手捧着书像个虔诚的教徒一遍遍地念着"投降书"。他觉得背得差不多了,就把我找来考他。父亲可能年龄大了,也可能就是他说的脑子笨,几次都是经我提醒,才结结巴巴地勉强背到"彻底投降"。连我这个帮忙的都快背下来了,父亲还是背不下来。

　　那天是星期六,轮到父亲给茶炉房拉水,父亲在前面驾着辕拉,我在后面帮忙推车。父亲让我利用这个机会再听听他背"投降书",说完就艰难地背起来,好不容易才背到"……你们已经到了山穷水尽的地步,黄维兵团已在十五日晚全军覆没了……"他浓重的老家口音,伴着拉车使劲发出的沉重气喘声,让我心中一阵心酸。父亲说期限将至,过不了关他就只能投降,也不用军代表再下工夫敦促了。

　　父亲苦笑着,把车停住擦了把汗,倚在车辕上竟然情不自禁地背起古文来了:"归去来兮! 田园将芜胡不归? 既自以心为形役,奚惆怅而独悲！悟已往之不谏，知来者之可追。实迷途其未远，觉今是而昨非。"望着远处的青山绿水，父亲像是自语又像是对我说："还是小时候背的文章记得牢啊……"

父亲那神态，那语调，至今犹在眼前，然距那时已三十多年了，距父亲过世也已经两年，如今想来，不觉泪下潸然……

# 洗澡

父亲是七十二岁拄上拐杖的，一过七十二寿，我就感到父亲的胳膊明显发僵发硬，一起一坐一抬腿一转身都让人揪心，深怕他老人家跌了磕了碰了摔了。七十三八十四，到岁数了，老人们常说也不忌口了，"七十三八十四，阎王不叫自己去"，父亲说阎王叫不叫的，小鬼都等着哩！随叫随到！这不两条腿变成三条腿？父亲一生磨难颇多，世态炎凉经历得像他走过的路。父亲说过，看透这个大千世界难，能看淡也不容易了。凡事都要讲究个拿得起放得下。

父亲腿脚不行了，出门就要有人陪着，过个马路穿个巷口都要有人搀着。那时我住在机关，忙得一塌糊涂，因为年轻，下乡出差似乎非我莫属，实在顾不上照看父亲。好在母亲身体好，有时候拉着父亲上菜市场买菜，父亲拄着拐杖，走得稳稳地。母亲说你父亲上大街是迈着四方步，像踩着锣鼓点，不慌不忙，比马连良出台口派头还大。父亲说，那就对了！人家一看见我这行将就木的老头子，谁不躲着闪着？这就碰不着撞不上啦！

听母亲说，父亲年轻时也不是个讲究的人。长衫大褂上不是这儿蹭一条墨就是那儿挂一块油,老了老了倒讲究干净了。父亲腿脚硬朗的时候,到周六准时去附近的太原工人文化馆澡堂子洗澡,一洗半天,泡得干干净净一脸兴高采烈地回来。年纪大了,拄上拐杖了,就不敢让他一个人去洗澡了。澡堂子地滑,老爷子要是摔上一跤可不是闹着玩的。每到周六再忙,我也要跑回来扶着父亲去洗澡,父亲早早就把要换的衣服拿出来,把洗澡用的毛巾肥皂包好,两手拄着杖,坐在门口等我。

母亲不仅仅是对我说,对街坊邻居的老太太们也说,我们家老爷子有三盼:一盼儿子回来去洗澡,二盼中国女排比赛,三盼跟着老太婆去买菜。我知道这三盼里父亲最盼的是跟着儿子洗澡。

文化馆的澡堂子原来是机关的内部澡堂,后来可能为了挣钱就对外开放了。澡堂不大,也比较简陋,但离我们家近,洗个澡才一块钱。澡堂里除了有两排淋浴喷头外,还有一大一小两个浴池,大池里的水稍稍温一些,小池子里的水烫一些。真是有缘,浴池边上修有一排平坦的台阶,为了防滑还铺着线毯。父亲年纪大了,一步跨不到浴池里,有了这排台阶就方便多了,好像专门为他修的。

父亲洗澡还是老传统,泡澡。用他的话说洗澡就是泡澡,泡好了也就洗好了,要不过去有钱人都讲究早上皮包水,下午水包皮。水包皮就是泡澡,泡得你每个毛孔都自然张开,每个骨头缝都拉开放松,汗是漫漫沁出,气在流离之间,眼似睁非睁,觉似睡非睡,那才叫境界,才叫享受,才叫美。

澡堂子的服务员大都认识父亲。父亲一去,他们就忙着接杖脱衣,头一句话几乎成了问候,总是对着父亲大声说,大爷,水刚放好的,正热着哩!父亲高兴得一脸都是发自内心的笑,谢谢啦,谢谢!

父亲告诉我,泡澡可有讲究,有学问。水不能冷但也不能太烫,太烫泡不住，太冷泡出病。澡堂里一定要有一些雾气，热气腾腾，像土耳其的桑拿浴，热气烘得人满头满脸都滋滋润润的。泡到得意时，腹中的气就会自然上涌，有人会冲口而出亮亮地吼出一嗓子"包龙图打坐在开封府"，周围泡澡的人会齐声叫好，喊得澡堂子里回声朗朗。

平时我忙得像没头苍蝇一样，也就在澡堂里能和父亲并排躺在热水里，你一言我一语天南海北地说个没完。父亲说，这就叫享受生活，天伦之乐。父亲觉得能和儿子泡澡，当是他晚年最大的享乐。

有时候，我在外地，星期六赶不回来，父亲就拄杖端坐门口呆呆地等着，脸上阴沉沉的，母亲对他讲话，他也爱答不理。

我从外地赶回来第一件事就是心急火燎地赶回家，父亲只要一看见我回来了，就高兴得云开日出。我赶忙对父亲解释说为什么赶不回来。父亲点着头，银色寿眉一扬一合地跳动，连声说，自古忠孝难全，不用多说，工作为重，事业为上！我这把年纪这点道理还不懂？匈奴不灭，何以家为？大丈夫当如是也！说归说，父亲已早早拎起我们洗澡的小包。

洗澡是父亲晚年人生一大快事。别看他饱经沧桑，似古井老潭，但一说去洗澡，喜悦之情不抑自溢。那天周六，正赶上天阴沉沉的，细雨濛濛，母亲一边找伞一边给父亲递手杖，劝父亲等天好了再去。父亲一手接杖一手握伞，随口道："竹杖芒鞋轻胜马，一蓑烟雨任平生。"可见父亲要去洗澡的心情。

三十多年前，父亲第一次带我去公共浴池洗澡。那时候我们家住在北京东郊的白家庄，坐公共汽车两站路就到了呼家楼，街口路北就是呼家楼浴场。叫浴场名副其实，大得像现在的超级市场，印象最深的是澡堂里面还有一个小卖部，香烟茶叶瓜子糖块，连小人书连环画都卖。

　　澡堂里都赤身裸体，顶多腰里裹块浴巾，但人人都像大过年似地，认识不认识的，都点头招呼，一脸高兴。

　　父亲说，什么地方最平等？澡堂子！不管你是干什么的，大将军大元帅也罢，推车卖浆钉鞋的也罢，脱光了，就不分三六九等了。

　　那时候一张洗澡票两毛六分钱，但服务态度服务质量是没挑的了。

　　进门就有人招呼，一声高腔，亮、飘、甜，喊得还很有韵味；来啦——尾音拖得长、绵、细，纯正的京腔京味伴着热情的手势："您二位脱光了里面请——"词虽不甚雅，但那调喊得亲切入耳；这边喊声未落，里边应声接过话茬："您二位抬脚留神跟我走！前面十六、十七两铺——"

　　在那以前，我从未进过公共澡堂子，看什么，什么新鲜，听什么，什么稀罕。从浴池刚洗出来，一身热汗，服务员马上给你披上一块浴巾，送你到铺位。然后递给你一个热毛巾板，自己拿另一条热毛巾帮你把后背上的热汗擦干净，叫你躺下。父亲说这叫"送到家"。如果你叫了茶，服务员会热情地为你斟满一杯热茶送到你手上，因为来洗澡的人大都喝茉莉花茶，所以叫"送枝花"。父亲说，这都是老北京兴的一套，现在有的地方已经改了，说不能用为资产阶级服务的办法为工农兵服务。

　　我印象中呼家楼浴池里的服务员喊得特别好听。有一次父亲花了一毛钱买了一袋茉莉花茶交给服务员，服务员喊："一枝茉莉花——"，另一个服务员接着："花开茉莉香——"父亲对我说，洗去吧，茶沏上了。我听了觉得特别有意思，每次洗澡倒是小事，主要是看稀罕。

　　洗完澡闲下来又赶上父亲心情好的时候，他也有心无意地给我说北京的澡堂子。父亲说，他早年在北京大学念书时，北京的澡堂子就出名，那时候前门外的"一品香"，西珠市口的"清华池"，王府井八面槽的"清华园"，都是名洗。我问父亲去洗过吗？父亲笑着说，没吃过猪肉还没见过猪跑？我北大可有几位有钱的同学，讲究洗澡一点不比讲究听戏差，澡堂得名园，搓澡得名师，修脚得名刀，铺前摆着"四干四鲜"，还得有"话匣子"，就是收音机，到点得听马连良的《借东风》，梅兰芳的《宇宙锋》。

父亲告诉我，就说眼前的茶壶怎么摆都有规矩，如果我们叫了茶，两个铺是一块儿来的，茶壶摆中央，茶嘴冲中央，过来过去的人一看就知道人家两位客人是一起来的；如果互不相识，左边的客人点了茶，茶壶要微微朝左，壶嘴要向左边，这就是说左边客人的茶，两位客人不是一起的。听父亲这么一说，才知道这澡堂子还有这么大的学问呢！

父亲有时候心情不好，心事重重的，来了以后往池子里一躺，锁着眉闭着眼像是睡着了。我三下两下洗完了就钻出来，一分钱租一本连环画躺在铺上看。浴场外面租一本要两分钱，我像拣了大便宜似的。也别说，像《红楼梦》最初就是从澡堂子里的连环画上看来的，印象还挺深。以后插队到农村，村里一个从县城退休回家的老教师和我说起《红楼梦》，看我连"这个丫头不似那丫头，头上没有桂花油"都知道，着实仔细审视了我一番。其实，那些都是在澡堂子里看小人书看来的，三翻两翻就记住了。

一九六六年夏"文化大革命"开始了，父亲好长一段时间顾不上洗澡，后来终于腾出点时间叫我去洗澡。那时候我已经长大了，父亲叫我去主要是让我帮他搓搓背，去去泥。

进浴池已经没有唱接喊送的，迎面是一块鲜红鲜红的语录牌，上面用楷书写着:"人民靠我们去组织,中国的反动分子,靠我们组织起人民去把他打倒。凡是反动的东西,你不打,他就不倒。这也和扫地一样,扫帚不到,灰尘照例不会自己跑掉。"最让人受不了的,是语录牌前五六个"牛鬼蛇神"在"红卫兵"的大声呵斥下正低着头弯着腰背诵毛主席的这段"扫地论"。当时正值"红八月"刚过,我们都见怪不怪了。父亲说不洗了,回去吧!我拉住父亲说,您好不容易来一趟,我们又不是来参加批斗会的,绕过去洗澡。

进去以后父亲又要打退堂鼓。我顺着父亲的眼神一看,原来澡堂子中央悬挂着伟大领袖毛主席身穿军装的巨幅画像。在这种场合下一件一件地脱去衣服,直到脱成一丝不挂,父亲无奈地摇着头,久久解不开胸前的一颗纽扣。我凑上去给父亲做思想工作,说我们学校厕所里都印着毛主席像,尿池子上面一行红色的大字,也是他老人家的诗词,叫"金猴奋起千钧棒"。父亲憋不住笑了,说也只有你们这些中学生敢。

从那以后,父亲再也没有去过呼家楼浴场。后来他被下放到江西"五七干校",那时我正在晋北广阔天地里接受贫下中农再教育。听说父母亲都下放到江西"五七干校",就连夜坐火车跑回北京来,帮父亲把家里的东西打包好。看着他疲惫地坐在凳子上,我从内心里可怜他老人家,就说咱们去呼家楼洗个热水澡吧!父亲一听似乎兴奋了一下,又马上阴沉下脸。我知道父亲心里想的是什么,就说我们洗我们的澡,他老人家站他的岗,井水不犯河水。父亲生气地瞪了我一眼说:"贫下中农是怎么教育你的?怎么还是满嘴跑火车?这是什么年代啊?你们这几个孩子我就是不放心你,嘴上没有把门的,'智者不说',我给你讲过多少遍?祸从口出,这样的教训咱们周围还少吗?"我不服气地说:"山西农村贫下中农嘴里的话更难听,一诉苦就是诉大跃进,一骂娘就骂六零年。"

父亲没有同意去外面浴池洗澡,让我打了一大盆热水,在家里帮他搓搓背,冲冲洗洗。这是我第一次在澡堂外面帮父亲洗澡,一边给父亲搓背,一边听父亲苦口婆心地"教育"。我那时正年轻,火气盛,父亲说一句我有十句等着。父亲说木秀于林风必摧之。我说老爸什么木啊林啊的?我充其量不过是根酸枣刺,林木都摧完了才好呢。父亲说政治运动太厉害了,我不懂你更不懂,说不好一句话就犯大错误。我说我现在就在山西农村每天面朝黄土背朝天地修理地球,还有比这活更差的吗?谁要能叫我不干这种"土里刨食"的活,我谢谢他!父亲扭过头来看着我,那眼神不知是疼爱还是责备。"多听贫下中农的话,你是去接受人家再教育的",父亲语重心长地交代。我说:"贫下中农对我特别好,他们都教育我,学大寨是伺候公家,能省点劲就省点劲,出工别出力,反正挣的都是大寨工。"父亲不说话了,我知道父亲肯定挺伤心的,他的教育我一句也听不进去了,就说:"爸,您说的我都记在心窝里了,您放一千个心一万个心吧!"父亲这才笑了,夸了我一句:"下乡真长进了,搓得真干净舒服,要是有个热水池就好了,一泡那才叫好!"

那时候听说好像有个政策,父母都去"五七干校"可以带上去农村插队的子女,户口随父母走,算是招工。我们这些"老插"心中都燃起了希望之火,兴冲冲地跟着父母下干校。

刚到"五七干校"觉得挺新鲜,所有"学员"都像军队一样编成连排班,行动军事化。父亲编在一连四排二班,早晨还要出操跑步背语录。我悄悄地对父亲说:"第一次看你们表演还觉得挺新鲜好玩,每天如此你们烦不烦?我算服了!你们这些老人家大大这样还能做得那样认真虔诚,到底比我们农民强,要不我们是'插队知青',你们是'五七战士'呢？"父亲也悄悄地对我说："这批来干校的都是有问题的人，谁不怕戴上顶帽子？不为个人还不为老婆孩子？"我想了想，父亲说得有道理。

那天父亲所在的二班起猪圈，父亲虽然老了又有病但干活不惜力，确实是一不怕苦，二不怕脏，但他干活不得法，弄得浑身上下哪儿都是猪粪。我拉着父亲说，找个地方洗洗澡吧！父亲一直奄拉着的眼皮兴奋得撩起老高，这儿也有浴场？我笑着说您跟我走吧！我们七八个插队的"老三届"，一来到"五七干校"就把这儿的地形摸熟了，知道哪儿好玩，哪儿能游泳洗澡。

这是一方不大不小的池塘，可能是当地农民养鱼虾的地方。但也不像，没有任何标志。这池塘我们不止一次下去过，水清凉又干净，池底无淤泥，岸上青草葳蕤，几棵油棕树像遮阳伞一样。我和父亲来到池塘边，父亲也连声说好。我三下五除二脱得像条水蛇，眨眼工夫就钻到水里。父亲犹豫了一阵终于穿着短裤下水来了。我说爸脱光了洗着干净。父亲说三大纪律八项注意你忘啦？老的第六项注意就是洗澡避女人。我说，那是对红军、八路军、解放军说的，您是"红八解"吗？这词父亲可能第一次听到，他肯定听成"红八姐"了，呆了一会儿，才笑得差点呛了口水。我知道父亲怕洗澡时碰见女人，可这地方拿毛主席说的望远镜和显微镜都找不到一个人，别说女人了，就那棵油棕树上蹲着只不知名的秃尾巴鸟，还分辨不出是公是母。父亲笑了，我看他是发自内心地笑，说你插队这两年别的本事长没长不知道，这嘴上能耐是大了。终于父亲在水中脱了个精光，我好好地给父亲搓起澡来。父亲半年多没好好洗过澡，脏得真够可以的，一搓一层油泥。父亲说够上二亩地了。我一边给父亲搓背一边和父亲说话。我说爸你们班出的墙报真恶心。父亲不解地问我怎么恶心啦？我说就是下贱。父亲说你看见什么啦？我说我闻着有股馊味。父亲笑了，反话正说地说连军代表都表扬了，难道你的水平比军代表还高？我说他是什么东西？不穿那身黄皮就是一个狡黠的农民，穿上那身黄皮也不过就是个老兵油子。父亲板起脸来说嘴上又没把门的，这可不是在你们晋北农村的土窝窝里。

我问父亲郑某某不是留过洋的博士吗？是痰迷心窍了还是精灵过头啦？在北京的时候郑某某和我们家住对楼，我曾听父亲说过这位洋博士，我对他还是满尊重的，见面总是恭恭敬敬地侧身而立称呼郑伯伯。他贴在墙报上的一篇思想改造真让我受不了。他曾给连部掏过厕所，"五七干校"的厕所不论是连部还是班排都是简易厕所，更准确地称谓应该叫茅房。掏茅房要下去把大粪挖出来，这位博士说，虽然大粪汁溅到嘴里是苦的，溅到眼里是辣的，弄到身上是臭的，但我却从内心觉得离伟大领袖毛主席的革命路线更近了，和毛主席的感情更亲了，再重温毛主席的"五七指示"就更觉得千真万确了。我对父亲说，此人不是神经有毛病就是心理有问题，他要是觉得大粪亲就搬到粪池子里去住，说那些狗屁话也不嫌肉麻心颤？没想到父亲好一阵沉默后才说："你郑伯伯肩上扛的枷要比爸爸重。光在牛棚里关的那一年多就受了大罪了，讲点违心的话情有可原。你看，并没人笑话他。老郑人不错，当年为从国外回来，和家里都闹翻了，众叛亲离，谁曾想到现在又落得个妻离子散，孤家寡人。"

我们都沉默了。

那天我把父亲从头到脚一分一厘地搓了一遍，算是尽了为儿之道。父亲高兴地说："又脱生了一次！天下之美，莫于濯乎水乎，悠悠哉，近乎仙也，飘飘然，近乎神也！"我从来没有见过父亲那么高兴，真是喜形于色。我从中得知，多么严肃、多么慈祥的人都有孩子童心的一面。

父亲穿好衣服躺在油棕树下说："什么叫舒服享受？今天躺在油棕树下，下接地气，上承阳光，浩浩乎如冯虚御风，而不知其所止，飘飘乎如遗世独立，羽化而登仙……"

我想在父亲面前显示一下苇子坑学会的游泳本事，就钻进水中，一会儿潜泳，一会儿仰泳，一会儿玩狗刨，一会儿又来个鹞子翻身。玩累了，我悄悄爬上岸边，蹑手蹑脚地走到油棕树下，看见父亲早已甜甜地入睡，匀称的鼾声时高时低，有节奏地响着。我静静地坐在父亲旁边，看着父亲甜甜的睡态。我从小到大都是父亲看着我入睡，用母亲的话说，什么时候你们孩子都安生睡着了，你们的父亲还不放心，还要挨个看看，是不是睡踏实了。都进入梦乡了，他才能安下神坐下来喘口气看页书。现在我都近而立之年了，第一次看着父亲安详地入睡，我真的感到自己长大了，在父亲面前长大成人了。有两只褐蚂蚁犹犹豫豫地爬到父亲的脖子上，我赶快找了一根干草，轻轻地把那两只蚂蚁赶走。父亲睡得很沉，他好像根本就没有感到蚂蚁的骚扰。天热了点，细碎的汗珠慢慢地沁出了他的额头，我找了一柄宽大的棕榈树叶轻轻地给父亲摇着，扇着，我感到好像周围的一切都不存在了，只有我们父子两人还甜甜地生息在这个世界上……

父亲最后一次在外边洗澡是在他八十五周岁寿辰以后。那时候家里的条件好了，也安了澡盆淋浴，洗澡可以不去公共浴池了。但母亲悄悄地对我说，你爸爸还念叨着要去大澡堂泡澡，说那才是洗澡，在家里找不到那种感觉。

我理解父亲，但父亲确实老了，他老人家拄着杖也几乎走不动了。我找了几个朋友雇了辆车把老人家拉到当时最豪华的桑拿中心——黄金海岸，父亲在我们几个大小伙子的搀架之下终于泡进了大澡池内。池里的水是蓝盈盈的,父亲高兴地在水中伸直了腿脚,我悄悄地在父亲的头下垫了个小枕头,父亲微微地闭上眼睛,我知道老人家是在找寻逝去的岁月,回味流失的感觉。

"黄金海岸"有位非常有名的扬州搓澡师傅,我们请他给老爷子推拿推拿,敲打敲打,捏捏脚。父亲高兴地说,五六十年前我就知道干这行扬州师傅最有名,想不到土埋头顶了,又能领略到扬州师傅的手艺。

父亲那天洗得很尽兴。回来的路上老人家问花了多少钱,知道以后就有些不高兴了,他是心疼钱。他说,一块大洋就买三袋白洋面,三块人民币就能换一块大洋,咱们这一次洗澡就花了两大车洋白面啊……我说您那都是什么时候的牌价?都是什么时候的行情?今儿中国十一亿人,除了您,没有第二个拿洋白面换算搓澡的!坐在车里的几个朋友都哑声俏笑。以后父亲再也没提去浴池洗澡,我想可能父亲嫌贵,几次劝他老人家,父亲坚决不去,说我老了,动不了了,能在家洗洗搓搓也心满意足了。

后来父亲病重了,天天躺在床上,夏天天热,恐怕他老人家长褥疮就拿湿手巾帮他搓。有一次父亲突然感慨地说,真想到大浴池大澡堂里好好泡泡澡!你还记得咱们俩在江西"五七干校"的池塘里脱光屁股洗澡吗?那真痛快!可惜啊,今生今世是不行啦……

望着父亲枯瘦的脸上浮现出幸福的笑容,一股压抑不住的热流直冲到眼眶,只感到两颗热泪再也含不住了,赶忙把头扭过去,任泪水簌簌地掉下来……

# 界桥的岁月

## ——在江西"五七干校"的日子里

### 一

走在荒芜的田埂上，杂草几乎没膝，八月中旬的赣西正是枝繁叶茂、绿肥红瘦的时节。摄氏四十度的高温，把满眼碧绿的万物晒得蒸腾出一片油绿色的水汽，刺眼的阳光直射在缥缥缈缈的水蒸气中折射出一片琥珀色的晕光，那该是非洲花豹扑食前的眼光。我在非洲见过，当地最勇敢的马赛马拉汉子正眼看见那片琥珀色也会惊吓得昏过去。那惊魂慑魄的残酷色，把苦苦哀鸣的夏蝉都逼到树叶后面躲起来，常见的翠鸟野鸭也无影无踪，只有远处青黛色的老屋上的旧瓦残檐还显现在绿树丛中。我一次次眯着眼睛张望，努力地回忆，那真是当年的界桥"五七干校"？脚下不时有细细的紫藤花窜出，像界桥常见的青花蛇吐出的紫蓝色的舌信。还记得当年就在那片青黛色的破房子里，军代表正监督父亲和他们那帮老爷子们学习"两报一刊"社论，突然有人惊呼：蛇！蛇！一条牛尾粗的青花蛇倒悬在房梁上，警觉地晃动着蛇头，长长的紫蓝色的舌信闪电般吐出，又闪电般收回，谁都没想到体壮如牛的军代表,从来都是威风凛凛的,竟被吓得不由自主地发出一声发自肺腑的惊叫,像被非洲花豹追赶的疣猪,也闪电般地冲出屋子。老爷子们在傻愣一会儿之后都以各种方式洒脱地笑了。原来老话不错,一物降一物,盐卤点豆腐。军代表降我们,青花蛇降军代表。冥冥之中,我仿佛听见父亲和老爷子们的笑声。没错,这里是界桥。

父亲八十望九的老翁了,见过的大江大河多了,经过的激流险滩也多了,老爷子晚年和我坐下闲聊不止一次地说到江西的界桥,说他胳膊腿确实不行了,否则真有心去界桥走走。我一开始不甚理解,那荒坡野地的有啥留恋的?"五七干校"这词现在说出来比明清的青花瓷、商周的青铜器还难懂,更何况在那里还有数不尽的辛酸辛劳、艰难委屈,这年月都是哪把壶滚开提哪把,谁还专说自己败走麦城那一段?父亲却不以为然,到底是过来的人。老爷子说,人啊,没有受不了的罪,只有享不起的福,过眼烟云,风吹四散的是享过的福,真正落到临近灯枯油尽之时,偶尔想起来的还是曾经经受过的罪。老爷子用拐杖轻轻地敲打着地面,说曾经沧海难为水,除却巫山不是云。我说是唐朝诗人元稹的名句,父亲笑了。父亲晚年爱回忆往事,且津津有味,他手拄拐杖,望着夕阳落日,迎着余晖,眯缝着眼睛,久久观望着那层层叠叠的浮云,我知道他是在读那流逝的岁月。

说到界桥"五七干校"就不能不说当时的军代表。我问父亲还记得那英俊的有些做作,时时刻刻不忘突出政治突出阶级斗争的军代表?父亲这回微笑中有些狡黠,反问我,你还记得吗?我立即朗声应道,焉能忘记?刻骨铭心!父亲单位当年支左的是空军部队,当时有一条最高指示,叫"全国学解放军",其实那才是半句,后半句是"解放军学空军"。后来公开发表时,才改为"解放军学全国人民"。老百姓说,扯平了，谁也不学谁了。但空军在上个世纪六十年代后期确实够"革命化"的。那时候早请示晚汇报就是空军发明的，右手舞动红宝书从左胸口开始挥起，像机械臂一样来回运动三次，每次都和着挥手的节奏高喊"敬祝伟大领袖毛主席万寿无疆！万寿无疆！万寿无疆！"然后再昂首高呼"敬祝林副统帅身体健康！永远健康！永远健康！"空军当年不凡。父亲单位支左的据说都是空军某师学习毛泽东思想积极分子。我第一次见那位支左的政委，父亲单位的人对支左的军人都尊敬地统称官衔，剩下的都是排长、连长、指导员，当然还有副的，也有班长、战士，叫政委的只此一人。长得很帅，那年月叫英俊，要身材有身材，要相貌有相貌。一身笔挺的军装，鲜红的领章，闪亮的红五角帽徽。因父亲想让我跟他一起去界桥"五七干校"，想让我从插队知青"蜕变"成"五七战士"，据说当时有政策可以转，那时候小道消息多，是真是假没人知道，父亲善良地幻想，可能是真的吧？不是说有人亲眼看见红头的中央文件了吗？这就得求那位"太上皇"。政委沉着脸，挂着霜，连眼皮也没抬，好像正忙着给什么人布置任务。很难判断政委是哪个地方的人？白皙的皮肤像南方人，但棱角分明的脸上又有北方人的粗犷，高大魁梧，有军人的风采。听他说话很好懂，方言味不浓，使劲咬京儿，学说北京话。父亲谦卑地立在一旁，脸上堆满了谦卑的笑。那位政委看也不看老爷子一眼，他忙他的。我记得过了很长时间，我们父子俩一直尴尬地站在那里。我几次想走，父亲都严厉地示意我不能离开。我从来没见过父亲那种恭敬得透出卑微又出于无奈地干笑，那笑容干瘪地挂在脸上就像一面陈旧的旗幌子低垂在无风的夕阳下。我也知道求人难，为了儿子，父亲什么样的委屈都能受得了。我心里却着实的不痛快，我不愿意看父亲为了我去"卑躬屈膝"地求人家，尤其是看见那位政委故意摆着首长的派头，拿捏着首长的作派，真好像胸中有甲兵百万似的，特别是他对父亲不屑一顾的轻蔑劲，心头的火一直往上蹿。我在心里说，装什么大尾巴鹰？充其量就是个团职干部，"威虎山老九"，"上校团副"，一九五五年封的中将少将我都看得多了，你牛什么？我还在胡思乱想，突然间那位政委猛地转过身来，像冲着我又像冲着父亲劈头盖脸厉声喝道："干什么的？"我一下子懵了，干什么的？这句问话怎么这么熟悉？那时候看电影《地道战》、《小兵张嘎》，看得戏词都背得滚瓜烂熟了，差一点就脱口说出"给皇军送粮食的"（电影《小兵张嘎》中的一句戏词）。父亲也被问糊涂了，一脸的笑容也风吹云散了。我当时真的觉得那位政委像在拍戏，像电影中的皇军在问话，"什么的干活？"我想说"高家庄、赵庄、马家河子的干活"（电影《地道战》中的一句戏词）。真令人莫名其妙，不知为何所问？不知该作何答？当政委再次转过身来，从胸腔中呼出一个带疑问的"啊？"时，父亲赶忙向前跨一步恭恭敬敬地回答：插队的，知识青年！政委这次把脸扭向我直接发问了，声音仍然很严厉，眼也斜着我，"在哪插队？"我一想，你总摆大，我也摆摆份子，于是脆亮亮地答到：在八路军——五师师部插队！政委不知道听清楚了没有，反正一转身似乎愤愤然地走了。

　　父亲十分生气，狠狠地教训了我一顿。我看他火气大消了，才慢慢地解释，我插队的山西省定襄县河边公社，解放前行政管辖划分在五台县，谁都知道阎锡山是五台人，会说五台话，就把洋刀挎。其实阎锡山现在的籍贯和出生地都在定襄县……父亲的火气又冒上来了，他打断我的话说，都什么时候啦，还扯什么阎锡山？我说毛主席说的话总该听吧，毛主席教导我们说，五台山出了个鲁智深，八路军出了个聂荣臻。一一五师师部就离我们村五十多华里，讲在一一五帅帅部插队何错之有？父亲忿忿然：好事先让你办坏了，油腔滑调，一点正经都没有！但后果并不像父亲想的那么糟，不知那位政委真让——五师师部插队给镇住了，还是因为其他什么原因，我和一帮插队知青最终被批准随父母去了"五七干校"。当然不是调，是让我们去"表现"，用现在的话说叫"试用"。不管怎样，我总算随父母来到了界桥。

二

界桥在江西省分宜县，当年叫公社，现在改称镇了。三十多年了，界桥镇还是那么沧桑古朴，还是那么宁静恬淡。镇口的那几株古老巨大的樟树，仍然昂首苍天，坐地八方，当年我们丈量过，四个小伙子手拉手都没能围过来，尽得界桥风采，阅尽人间春色。

父亲单位的"五七干校"离界桥镇还有十几里路，坑坑洼洼的路，只能慢慢地走过一辆老牛车。当年为了往干校运物资，曾经简简单单地修了条路，以保证载重卡车能通到，没想到现在竟已是荒草没膝了。野蔓藤放肆地盘绕在荆棘丛上，傲慢地昂起头来，伸出长长的像章鱼触手一样的细藤直扑人胸前。想起当年，不禁记起鲁迅老爷子的一句名言，路原本没有，走的人多了就有了路。其实那可能仅是前半句，后半句应该是，路原本是有的，没人走了就变得没有路了。

支左政委说的不偏不离，一句话就抓住了"纲"。他说界桥是个山青水美的好地方。我从晋北的黄土高坡走来，真没见过青山绿得像碧玉翡翠，染得天空都涂上一层淡淡的浅绿。水一望无边，令我咋舌，我想起要是晋北的老百姓有这么一方水，那日子该啥光景？山西有几十万人畜都解决不了吃水问题，老天爷太不公平了吧。几十年后再看到湖水依然碧蓝连天，不同的是名字改了，叫得更诱惑人了，叫仙女湖，据说是为了开发旅游。仙女陪你下湖游，怕你不着迷？

　　父亲他们住在临湖的两个丘陵上，是过去五机部留下的一片仓库。我拨开齐腰的青草野藤走进去，当年那连排部的办公室还在，那放办公桌的墙边当年糊的报纸，虽然黄蚀得只剩下一片片遗痕了，但仍清晰可辨报头上的毛主席语录。窗子、门什么都没有了，只剩下黑乎乎的空洞，像出土后的骷髅留下的黑洞，只能让人想象当年的丰唇大眼。界桥真静，连苦蝉都不鸣了……

　　当年初到界桥，我感到最新鲜的是父亲这群老爷子们都被军事化，编成班排建制，一切行动军事化。七老八十的，按年龄都可以当将军了，但都被编成战士，早请示，晚汇报，还要出早操，让人觉得像演木偶戏、滑稽剧。老爷子们跑得相当认真，两眼直视，挺胸昂头，两手攥拳提在腰间，一二一，一二一，跑得踢踢踏踏的。

　　吃饭的时候也要列队唱歌，按班排站好，一位军代表站在队列前教唱《解放军是座革命大学校》。我不知道为什么教唱那支歌，挺难唱的，词还挺长。"解放军是座革命大学校，毛泽东思想红旗举得高，战斗队，宣传队……"后面队还不少，记不清楚了，老爷子们更是记住"前队"，忘了"后队"。那位军代表教得认真，虽然他唱得也五音不靠谱。后来才知道他是陕西绥德人，米脂的婆姨绥德的汉，他却长得奶油后生似的，没点陕北汉子的骨架，因为我们知青中有在陕北绥德插队的，和他认了"乡党"，才知道他除了会唱这支歌，就会唱"看妹子看得迷了眼，想妹子想得口长疮"。他说我总不能教他们唱俺们绥德的酸曲曲吧！这才是"乡党"！真让人感到还是卸了妆美！食堂的大师傅不干了，推开窗子，扯开喉咙喊，吃不吃饭了？都凉成坨了，能唱饱了就别吃了。炊事班长姓曲，是位老八路，世代贫农，连支左的解放军也不放在眼里。军代表一时愣了，本来就唱得不整齐的歌声戛然而止。他自言自语了一句"吃饭？"队伍立时散了，抢奔食堂。慌得军代表忙说,唱完再吃,我还没让解散呢? 但人都走光了,"乡党"也没辙。

被"揪出来"的人就没这么幸运了。父亲那个排被分配在一间大仓库中集体宿营,我和父亲睡一张大双人床,母亲和姐姐妹妹住"女战士区"。和我们住在一个仓库的还有几个"牛鬼蛇神",他们住在仓库的最里面,仓库高,半空中悬着一盏昏暗的电灯,真是想上吊挂不上绳,想触电摸不着门。他们从来不说话,好像一群哑巴。每天一早一晚都是那个姓武的班长,站在他们前面,吹胡子瞪眼地骂上一气,然后就是干活学习。我看见里面有景伯伯,从前和父亲关系不错,我问父亲他头上顶着哪桩罪? 父亲小声地告我"历史反革命"。我着实吓了一跳,反革命就够厉害的,还是"历史的",长期的,从大革命时期就开始反革命,不禁咽了口唾沫。但我纳闷,他们每天站在那儿像虔诚的犹太教徒,一边不停地点着头,一边一字一句地背着旧约书,他们到底在那里默叨什么呢? 我悄悄地走到景伯伯跟前,才知道他们在背毛主席的文章《敦促杜聿明投降书》。我站在那儿,景伯伯眼皮都没撩,继续神圣地背诵当年淮海前线的广播词。我看着旁边没有人就对他说,杜聿明早就投降了,还用您敦促? 他用他浓重的胶东口音机械地回答道:投降了! 投降了! 我觉得挺可笑,就问他是杜聿明投降了? 还是谁投降了? 他依然很认真地回答,都投降了! 都投降了! 我觉得景伯伯可能神经上出问题了, 就悄悄地试了一句:三小子在哪儿插队呢? 景伯伯压低了嗓子改用蹩脚的普通话说:在陕北黄陵坎上楞公社三大队,告诉他,不用来看我,我挺好的。他是怕我听不懂他那胶东老家话,我心里一酸。

<h2 style="text-align:center">三</h2>

界桥还有一大名人,当年我不知道,想必父亲也不清楚,那就是

在朝为相二十年,一人之下国人之上的大奸相严嵩。顶着那片琥珀色的阳光,来到了严嵩的老家,乡亲们正忙着搬石扛木,大兴建筑,巨檐高脊的殿堂巍峨雄浑,虽说工艺粗糙点,但也坐北朝南修得虎虎生气,一青年男子撒脚如飞跑来,一口纯正的界桥普通话,毫不谦虚地自我介绍了官职,原来村民正在修建严嵩的祠堂。这老爷子被连根拔了近五百年,谁料想五百年后祠堂又重建?严嵩书法大家也,字写得生威霸气,气力十足。仰头观其字,犹如堂下听其训,那字写得笔笔画画都有将相气。据说严嵩自幼聪明,神童,到换牙时大概七八岁,诗文竟皆能成诵,亦能为文,聪慧异常,过目不忘。但严家早败,家贫也就是个下中农家境,他得济是因为分宜县知县的赏识,让知县拍桌叫绝的是偶出联语考试。县太爷随口说,"画扇画鱼鱼跃浪,扇动鱼游不移刻";严嵩随口即联:"绣鞋绣凤凤穿花,鞋引凤舞又一夕。"那年严嵩刚满八岁。要不人家为相?不是人之初即奸诈作术。这地方我和父亲曾不只一次擦肩而过,记得最清楚的是有一次拉着板车从县城回来,坐在离严家祠堂不远的界桥镇口的大樟树下喘气落汗,父亲兴致极高,连道:出身热汗痛快!舒服!但对严家只字无提。用现在的考察法证明,老爷子确实不知道界桥乃严嵩之老家也。

　　有一次政委要来考察工作,界桥虽然如他说的好,但他常年驻在北京。对干校来说,乃天大的事,除了把毛泽东的"五七指示"重新勾描彩绘一番,对"五七战士"来说,最大的事就是改善生活。那时候干校养的猪个头才像兔子,我们就拉着小平车去老百姓家里买猪。江西的老百姓朴实,用不着费什么口舌,就下猪圈抓猪。江西老俵比我们在行,三下五除二,四马盘蹄,五花大绑,把嗷嗷怪叫的两口猪实实在在地捆在小半车上,我们像娶回新娘的轿夫,又像当年支前打仗的民兵,高兴得无可无不可,有人还欢快地唱起"猪啊羊啊送到哪里去?送给咱亲人解放军"。坦率地说,我们眼中的两口活猪就是香喷喷的红烧肉,要知道在干校吃大食堂几乎三月肉不尝,盼星星盼月亮,就盼着吃一餐红烧肉。人的欲望真好满足!我们把猪拉回食堂,闹剧出现了,心急如火的"五七战士"七手八脚地解开捆在猪身上的绳索,谁也没料想到猪有那么大的劲,一头鬃毛棕红的大鼻子猪竟从平板车上一跃而起,吓得人们慌忙闪开一条生路,猪四蹄撒开,见什么撞什么,遇见什么碰什么,杀出重围,竟一头钻进食堂外面的小库房中,几十个人拿一头猪没一点办法,那头猪瞪红了眼,一副拼命的架势,焉能降服?连军代表都躲得远远的,还是炊事班曲班长有能耐,不愧是打过日本鬼子的八路军,两手握一木棒,让人们拿木棍轰猪,待猪从屋内窜出,说时迟那时快,曲班长抡圆了一木棒把那只乌克兰种的大花猪击昏,战斗才胜利结束。无独有偶,界桥还有一所二轻部的"五七干校",日落西山,几位"五七战士"赶着水牛回营,但那天不知哪根弦不对,那头重达几百斤的大水牛犯了牛脾气就是不听招呼,打也罢,哄也罢,拉也罢,大水牛四蹄如磐,四腿如柱,文丝不动,几位"战士"一着急,一二一使劲拉,结果把水牛鼻子拉豁了,大水牛疼得腾空跃起,横冲直撞,跑得无影无踪,害得全体"五七战士"拿上手电,灯笼火把地满山遍野地找豁鼻子水牛,一直找到我们这边。

那天政委因故没来,但猪又杀了,肉也下锅了,那时候也没冰箱,全干校的人都眼巴巴地盯着食堂,临到吃饭了,各班排在食堂前排着整齐的队伍,等着军代表训话。红烧猪肉的香味已经开始飘出来了,"乡党"站在队前,精精神神地说了句,经研究决定每人一大碗红烧肉,交两份饭票。这一宣布连平时在人前不言不语的老爷子们都差点跳起来。"乡党"使劲往下压着,晃动两只手,待人们平静下来以后,"乡党"又绷起脸来说队伍不解散,人心不能乱,唱着革命歌曲等着吃红烧肉。他起头，全体老的少的，男的女的，一起高唱"解放军是座革命大学校，毛泽东思想红旗举得高……"那真是带着感情唱，红烧肉的味道越来越香浓了。

如今大食堂门窗早已被钉死，趴在门缝里往里看，里面黑乎乎的，连窗台上都生出一尺多高的蒿草。我情不自禁地抽着鼻子闻了闻，似乎还想再体味一下当年那阵阵飘香的红烧肉味……

## 四

父亲当时被编在二排四班，班长是位六十年代刚从大学毕业的学生，只记得此人姓朱，他有一句口头禅：免贵姓朱，朱德的朱。后来朱德似乎也有问题了，北京王府井南口上竟出现了打倒大军阀朱德的标语，他的口头禅也改了：免贵姓朱，朱贵的朱，水浒看过的？朱贵水亭施号箭，林冲雪夜上梁山……但待父亲还算心慈手软，派的活大都是"软活"。虽然此人后来被打成"小爬虫"，但我在心里一直念他好。朱班长，免贵姓朱……有一次他派我们父子去县里拉东西，拖着一辆小板车，晃晃悠悠地进县城，还能找个能花钞票的地方打牙祭，当然是件美差。

我拉着车走在前面，父亲跟在后头，那才叫远山近水，绿水青山，水彩画似的，父亲也不说话，但我看出他老人家心情很怡然，劳动布的工装咧着怀，两股筋的背心已被汗水淹湿了。我让父亲坐在车上，我拉上他。父亲不肯，说一个人走还冒汗呢，再拉上个人怪沉的。我说，我们山西老乡讲得精辟：人骑驴，驴不累；人背驴，驴才累。您坐在车上我拉着更省劲，走得也快。父亲看我把车停下还有些不忍心，我催促他：儿子拉老子，理所当然。拉上父亲之后，感到两脚生风，父亲得意地夸我,没白插队受贫下中农再教育,长成大小伙子啦！我和老爷子耍贫嘴:不去插队我就长不成大小伙子了,那不插队的人不都永远在金色童年了？我说插队怎么都是被人逼着洒泪而别呢,原来道理就在板车里。父子俩对着晴天绿树大笑。

人一高兴了,就想唱点什么,那年月除了革命歌曲、样板戏,我几乎不会唱别的什么曲曲了。我知道父亲不爱听这类时髦歌,就想唱唱我们晋北的民歌,但几次伸脖张口几次又咽回去了,因为贫下中农教的都是情歌,有的还赤裸裸的,在老爷子面前咧着大嘴唱情哥哥的手蜜妹妹的腿就太离谱了,但年轻人也憋不住心头的热火冲动,两个人默默无语地走路也枉对这一满眼的好风景。我突然想起江西这片红土地, 和我们那片黄土地不同, 江西的民歌我就会唱一首,《十送红军》。"一送(里格)红军,(介支个)下了山……"

三十多年前,我就是男高音,中学参加过学校的合唱团,曾经领唱过。唱《十送红军》又是走在红土地上,真乃要腔有腔,要调有调,要感情有感情,唱得汹涌澎湃的。嘴里边伴着奏,脚下踏着拍节,在老爷子面前好好地发挥展示了一次。

父亲叫停下车,他老人家点着一支烟,凝视着远方,似乎在思考什么,半天不语,我本兴致勃勃地等待老爷子表扬,没想到老爷子却讲出了一段催人落泪的故事。老爷子说五十年代后期,有一个合唱团叫将军合唱团,顾名思义,参加合唱团的都是将军。

父亲对音乐可以说是一窍不通,对唱歌也索然无味,一次偶然的机会让父亲领教了不同凡响的将军合唱团。当年父亲因公出差去江西南昌,工作之余,接待处的同志安排他们参加一场活动,坐到剧场里才知道是听将军合唱团演唱,是专为江西老区当年红军家属安排的演出专场。演唱的别的歌父亲说他都记不清楚了,只记得最后唱的是江西民歌，就是这首《十送红军》时，先是台下有人低声哭泣，后来竟然哭声一片，最后还连抬带搀架出好几位妇女。父亲感到很吃惊，那是他第一次到江西。接待处的同志悄悄地对他们讲，江西苏区妇女们苦啊，当年就是唱着《十送红军》送走的亲人，拖儿带女，流着泪哭着唱着送走了红军。当时苏区苏维埃有命令，不许拉后腿，不许又哭又闹，女人们只好把一肚子话、一肚子泪、一肚子情都唱在《十送红军》中了。那歌唱得石头人也得大泪滂沱。红军走了，白匪来了，石头都要过刀过火，那苦那罪那刑那累真是说也说不尽。支撑着那些女人们活下来的只有一个念头，就是十送红军走，十盼红军回，盼着红军，盼着亲人早点回来。十几年啊，青丝熬成白发，幼子熬成儿郎，活下来的亲人当了将军，但乡政府送回来的竟是一纸离婚书，嗨，唉，不管有多少原因，不管有多少理由，不管开下多少条件，能挽回那些女人受的苦，那些女人受的罪，那些女人熬白头的情？

界桥这地方到处都是水，河湾沟汊小洼小坑里都是清清亮亮的水，无波无浪无声无息，像女人脸颊的泪珠。父亲长长地叹了一口气，说当年剧场里哭昏了的女人那零乱的白发让我难忘啊！父亲手指间香烟上长长的烟灰终于跌落下来。父亲感叹道，苍天也有不公时，那些女人苦啊，苦得像苦水河中的苦水……

那时，我没有见过苦水河，更没见过苦水河里的苦水！三十八年后，我在苦甲天下的宁夏固原看见了一条苦水河，河的两岸都是白惨惨的盐碱，寸草不生，我用手指头蘸了一滴河水放在舌头上，细细品味那钻心的苦涩，想起了父亲在界桥说的像苦水河中的苦水苦……啊

# 五

当年我们一到界桥就给界桥编了四句顺口溜:界桥是个岛,周围都是草;夏天热死人,冬天穿皮袄。其实界桥不是岛,但周围水多,现如今叫"仙女"的大湖,接天铺地,灌得哪儿都是水,初来乍到,以为界桥是个岛。"干校"发给我们每人一个像大洗衣盆似的木盆,里面放一个三寸高不足一尺长的小木凳,两个划水的小木桨,盆边插一根竹竿,竹竿上系着一条被晒褪了色的红布条,南方放鸭子与北方放羊大同小异,跟着走,哪儿能吃上食吃饱肚,鸭子比人更清楚,我把划着"小船"摇着竹竿当成了一种玩意儿和游戏,觉得自己是在八路军一一五师根据地插过队的"爷们",焉能怕水怕鸭子?教我们学放鸭子的老俵告诉我们,知道你们不怕水,鸭子怕你们,但你们得怕太阳,不能"赤膊上阵"。我们这些山西、陕西、内蒙古插队知青都哈哈大笑。一位知青哥们说,我们连"卫生丸"(子弹)都不怕,还怕什么太阳? 老俵茫然,听不太懂,但似乎明白了我们的话意,忙说,江西的太阳和你们那儿的太阳不是一个太阳。我们这些老插又调侃老俵:你敢说有两个太阳,除了毛主席是红太阳还有谁? 老俵吓得嘟嘟囔囔地走了。我们都是赤条条下湖,无非是晒成张飞李逵一般模样,用当年曾经红极一时的电影《霓虹灯下的哨兵》中的一句戏文:黑不溜秋的怎么样? 健康!几天以后才知新四军的太阳和八路军的太阳就是不一样,新四军的太阳太厉害了。我背上被晒起的水泡不是一个而是一片,不是像酸枣、核桃、水蜜桃,而是最终汇成四个大如手掌的水泡,身子一动,水泡就左右摇晃疼得钻心,睡觉吃饭只能趴着。一句话,除了大便蹲着,其余时间统统趴着,连脖子、手背、胳膊都红肿起来。晚上趴在床上,父亲给我轻轻地擦上药膏，拿着芭蕉扇轻轻地有节奏地在我背上扇着，我原来以为父亲会责备我，但老爷子一句话也没说，不知从哪儿"淘"来的一瓶雪花梨罐头，拿凉水拔着，让我吃了去火。界桥的夜晚也不见得比白天凉快多少，我半夜醒来，发现父亲还没有睡，依然拿着把残破的芭蕉扇在替我赶"小咬"。界桥的小咬虫小口却比蚊子厉害。我心中一热，忙说，爸，您去睡吧！老爷子意味深长地说，受点苦也好，界桥能忘了你，你也忘不了界桥……我觉得两眼一酸，泪滴在竹席上。

我执意要去看的鸭寨，当地人说早就没有了，连鸭毛都不见了，我说鸭不见寨还在，那也是我曾经战斗过的地方。我在界桥放过一阵鸭子。"干校"不知从何处接收过来一群鸭子，放鸭子的重担就落在我们几个知青肩上，因为我们都会游泳，淹不死。连里下了命令，分配了任务，命令之外的一句交代就是别让这帮知青白吃饭。其实我们乐意干活，放了几天鸭子我才知道界桥的夏天烤死人，此言不差。

都是近四十年前的旧事了，我终于又回到界桥干校的旧址，干校搬走以后，这地方就基本荒芜了，草长莺飞，树高藤绕，破破烂烂的旧屋老墙都隐藏在自然界生机勃勃的繁衍之中了。屋檐瓦缝墙头窗台上竟能长出那么好看的草，那么娇嫩的藤，结出那么鲜艳的果，硕大的昆虫披着彩色的罩衣不紧不慢地爬行在曾经是连部的墙缝中，巴掌大的五彩蝴蝶见人来只是有意无意地扇动了两下美丽的肩膀，蝉儿们的叫声隆重起来，因为一排长腿的鹭鸶刚刚从仙女湖觅食回来，谁能说得清那红花黄花紫青花为什么偏偏在界桥开得这么奔放自如？荒芜了几十年的地方竟有这么一种美？天地间的自然美？荒芜也是一种美？啊，界桥美！

# 抽烟

父亲抽了一辈子的烟。记得很小的时候就曾听妈妈唠叨过,你爸爸在北京大学读书时,家里那么穷,一领灰布大褂从春穿到秋,自己还不注意,衣襟衣袖上尽是被烟烧得斑斑点点的。我才知道父亲的烟龄比我还大。

我记事的时候就看见父亲手指上经常夹着烟,他亲我时总有一股浓浓的烟草味,有时候母亲嗔怪父亲,你没看孩子直躲你,嫌你一嘴的烟味。我上面有三个姐姐,我是仨闺女后的宝贝儿子,父亲每次下班回来总要先亲亲我,其实我不是躲父亲口中的烟味,是在躲他那一脸扎人的胡须。

父亲的烟量很大,烟抽得很勤,母亲曾说,夏天靠着你爸爸纳凉好,蚊子不咬。我们都明白妈妈的意思,他在责怪父亲抽烟。

在我的印象中,父亲几乎没有抽过什么好牌子的香烟。五十年代初他抽的是山东济南卷烟厂生产的"大鸡"牌香烟,因为这个厂在父亲工作的济南酒精总厂的前面,我想父亲抽这种牌子的烟,一是可能买着方便,但更重要的是便宜,一毛钱一包。父亲抽起来有滋有味的,这支抽完了又点起一支，但我闻起来确实呛人，辣辣的，像烧辣椒根。

父亲那时很忙，在厂里当总工程师。一九五五年正是掀起社会主义建设新高潮时期，父亲除了忙他那一大堆工作，晚上还要抽空给厂里的工人办夜校上技术课，经常在家里挑灯夜战。看着父亲打着赤膊汗流不止，一边看资料，一边画图纸，手里总夹着一支冒着袅袅青烟的香烟，总忘不了叼在嘴里吸一口，记得有一次，我不解地问父亲："爸爸，你为什么要吸烟？"我这个学龄前儿童的提问似乎一下子把父亲难住了，他侧过头来看着我，想了想说："解乏，提神。"我似乎理解了，香烟可以帮助人工作，香烟真是个神秘的东西。很偶然的一次我也学着父亲用中指和食指夹着父亲吸剩的半截香烟，放到嘴边，却被父亲狠狠地教训了一气，我半明白半糊涂地懂了一条真理，吸烟是大人的事，小孩千万沾不得，吸烟是个坏毛病，会伤害肺的。我不明白的是既然是个坏毛病，父亲为什么不改呢？为什么还要天天坚持坏毛病呢？父亲在家里待的时候很少，常常是我睡着了他回来，我睡醒了他走了。我清楚地记得在我上学之前，父亲从未带我出去玩过，甚至没有给我买过一份礼物。那时候人们搞建设都疯了，真把命都拼上了，好像社会主义就要建成了，共产主义航船桅杆都已经远远地看见了。父亲有一个极普通的白瓷茶缸子，可贵的是上面的一段红漆字：奖给掀起社会主义建设高潮的功臣。父亲当时是当之无愧的功臣，这个白瓷茶缸子父亲一直保存着，那上面有他的青春年华，有他的追求奋斗，有他的幸福回忆。后来风波不断，几次搬家迁徙，一家人连命都顾不上，正活得艰难，谁也顾不上爸爸的"老古董"，不知道它被丢失在哪里了。父亲临过世前，我曾说起过那只白瓷茶缸子，他感慨叹息了好一阵，我看出他饱经风霜的脸上浮现出凝重的神情，深如老井的双目中闪烁着那令人难忘的岁月，最后父亲却轻轻地摇摇头，慢慢地说:"过去了……"

听母亲讲,父亲曾经戒过烟。不是为别的原因,就是为了省下烟钱买国债。五十年代初,国家发行了公债,建设社会主义的公债。那年月几乎没人有钱,但几乎人人都有一颗忧国为国的心。我记得那时的公债有三元的也有五元的,再大面额的我记不得了。父亲当时在工厂是个领导,为了带头为国家做贡献,用那时候的话说叫支援国家社会主义建设。父亲表态,戒掉烟,把省下的钱"支援国家社会主义建设"。很多"老枪"都不相信父亲能戒掉烟,因此说,崔工能戒烟,我们也能,我们也能把戒烟省下的钱支援国家社会主义建设。

母亲说,信仰的力量是无穷的,你们这一代人很难想象我们那一代人的思想、情操。

父亲真的把烟戒掉了。二十一年后我第一次读到《钢铁是怎样炼成的》,看到保尔·柯察金在一次团员大会上说,我从今天起戒烟了,没有人相信他。但我这个后来人相信,因为父亲那代人为了主义和信仰是敢把生命和一切捐献出去的,那种虔诚的笃信所产生的力量是五十年后的人难以想象的。

父亲恢复抽烟是几年后的一天。自解放以来就和父亲在一起滚打摸爬流大汗熬通宵的一位老厂长,父亲一直把他看作是共产党的楷模,那时候父亲还没有加入共产党,正是这位共产党员的模范先锋作用,父亲才拼命似地干活。过去济南酒精总厂一下班,厂门口的大喇叭就唱:"干妹子好实在的好,走起来好像水呀水上漂……"因为哪个时候天天在厂门口等父亲下班,所以半个世纪后我仍然能有板有眼地唱出来。一九五八年"大跃进"那一年歌就改了调,唱起了:"戴花要戴大红花,骑马要骑千里马。唱歌要唱跃进歌,听话要听党的话。""大跃进"时,我正上小学二年级,停课砸矿石,打苍蝇,轰麻雀,消灭

"四害"。父亲忙得根本顾不上回家，偶尔回来一趟，胡子拉碴破衣烂衫像劳改犯似的，每个人都干得苦啊！但没有一个人叫苦，大炼钢铁，钢铁元帅升帐。济南酒精总厂迎面围墙上画着一幅大大的漫画：戴着高筒绅士帽上面画着星条旗的美国佬骑着一匹瘸驴，穿着后面开衩的燕尾服打着米字旗的英国佬骑着一头拐牛，中国人骑着一匹威风凛凛的大红马从瘸驴拐牛头上飞跃，迎风招贴的一面红旗上一行大字：十五年赶英超美。父亲所在的酒精总厂也砌起几座碉堡似的土高炉，一天到晚炼钢铁。后来那位老厂长不知道犯了什么错误，一九五九年下放，母亲说当时家里非常困难，父亲还是东挪西凑给老厂长买了两条烟送去，老厂长是当时唯一没有戒烟的厂部领导，似乎也就从那一天起，父亲又捡起了香烟。

　　在我的记忆中，父亲好像没抽过什么好烟，过个年节抽一两盒"大前门"香烟就算是高标准享受了。

　　六十年代困难时期，我记得父亲抽过"双鱼"的，"蜜蜂"的，"工农兵"的，"绿叶"的，好像"双鱼"的才六分钱一包，"绿叶"的也才一毛四分钱，也抽过"黄金叶"的，"青鸟"的，"飞马"的，这已经是全国经济好转以后的事了。以后就凭票购烟，那时候晋北父亲已经调到北京工作了，机关的人都知道崔工能抽烟，不抽烟的人就把烟票送给父亲。父亲嘴笨，总是说一句谢话：这怎么好意思呢？这怎么好意思呢？我记得很清楚二毛五以下的烟票上印的毛主席语录是"备战备荒为人民"；二毛五到三毛钱一盒的烟票印的就漂亮多了，毛主席语录也不同了，印的是"政治工作是一切经济工作的生命线"。

　　一九六三年，国庆节前中央领导同志在人民大会堂宴请各条战线的高级专业技术人员，父亲有幸接到印有彭真、聂荣臻、杨尚昆等领导名字的请柬。回来以后，父亲兴奋了很长时间，尤其是给每个人发了一盒十枝装的中华牌香烟,父亲常常拿出来放在鼻子下闻闻,我看见了就说爸爸抽一枝吧! 父亲却连连说,舍不得舍不得! 这可是代表党中央的关心,闻闻就了不得了! 父亲那代人对党的感情真不是我们这代人能理解的。那时候我暗暗下了决心, 等我以后工作了挣了钱,一定给父亲买一大堆中华牌香烟,让他老人家抽个够。

我这个愿望终未实现。紧跟着就是文化大革命。紧跟着到了一九六八年底,按照伟大领袖毛主席的教导"知识青年到农村去,接受贫下中农再教育,很有必要",我又来到了山西晋北的一个农村插队当农民。到了晋北才知道此地虽穷但却几乎人人都抽烟。我们北京插队知识青年给晋北农村总结的"十八怪",其中就有"烟筒加上盖,大车两头拽,三岁娃娃叼烟袋"。

孩子尚如此,何况大人? 晋北人抽的烟当地人称"小兰花",长得和一般旱烟没大的区别,就是叶子窄细了些,开的是蓝莹莹的小花。烟是齐根割,割下的烟挂在空房里晒干,偶尔也在半后晌把烟摊在院里过过风,有意思的是如何把整株的烟加工成能抽的烟丝,晋北人不是靠刀具把烟切成丝丝,而是靠砸。我初到村里的时候看见村里的十字街头或空场院里常常有一块硕大的石头, 中间有被凿出一个像开口的暖水瓶胆似的石窝窝,不知被什么东西打凿得光滑如玉。我曾百思不解,问当地的老乡,他们不屑一顾地说"砸烟用的"。我仍然好生纳闷,后来亲眼看见老百姓"砸烟"才恍然大悟。原来老乡家里还放着一个木制的"砸烟锤","砸烟锤"放在石窝窝里正好配套。他们把风干的烟先掰成小段放到石窝里,然后就抡起木锤砸起来,倒很像日本民间的砸年糕。

在晋北农村无论到谁家串门,只要往炕上盘腿一坐,主人都会热情地推过烟笸箩,烟笸箩里放着裁切好的卷烟纸,要不就会递过来长长的旱烟袋。我摆摆手说不会抽,大叔大爷们都会吃惊地看着我,不会抽烟?会不会吸气呢?就是那些坐在炕里的大娘大婶们听说我不会抽烟,也会投过疑惑的眼神,像审度一个不会开怀生育的婆姨。

我很快就学会了抽烟,熟练程度并不比抽了一辈子烟的父亲差。原因之一就是按农村的规矩,队长领着全队的劳力去地里干活,到地头先要抽袋烟好好休息一气。你要不抽烟队长会很自然地指派你"营生",让你先干起来。谁也不是傻子谁也不吃这种亏,不就是个抽烟吗?抽!

晋北人抽"小兰花"一般分三种:卷炮,就是把烟放在烟卷纸上两手左右一拧,卷成一个粗粗的大炮,知青见面说先卷一炮,即指此类抽法。灌枪,是先把卷烟纸卷成筒筒,然后一边往里灌烟,一边轻轻地蹾,把烟蹾结实,见面问你是不是先灌一枪,就是指这种抽法。第三种办法最民间传统,就是用旱烟袋抽,但初抽烟的人用旱烟袋抽人受不了,不使劲抽不动,使劲大了会把烟袋里的陈年烟油子吸到嘴里,那可不比灌辣椒水好受。但抽惯了旱烟袋的人一不卷炮,二不灌枪,说烟袋香抽起来烟油子在长长的烟杆里来回流动,发出有节奏的频率声。烟瘾大的人说,那声音像"响器"在吹奏,一口烟上下通气,才叫享受,美!

其实,村里的老百姓还是爱抽公家卖的香烟。一九六八年前后晋北农村偶尔也有"白皮烟"出售,一毛七分钱一包,是一种没有什么商标的白纸包装的简易香烟。递给他们一枝"白皮烟",他们会舍不得抽,珍贵地夹在耳根上,继续抽"小兰花"。我们村的人几乎没有人不说"小兰花"好,除了吃饭另一件最重要的事就是抽"小兰花"。他们有一套"理论",抽"小兰化"是"化粮去火的",意思是抽"小兰花"有助消化和不上火。"提神生津不口干",这是他们把"小兰花"和公家卖的香烟比较后的最大优势。提神是说烟劲大,因为小兰花里尽是烟梗子,抽起来"噔噔"的,最重要的是生津不口干,村里人祖祖辈辈都是这样说。到地里干活是要抽烟的,抽上香烟容易口干上火,又没有地方喝水,人会闹毛病的。而小兰花不同,抽到嘴里咽到肚里止渴生津。

回北京时,我特地带了一包"小兰花"想让父亲也享受享受。我先兴致勃勃地把"小兰花"的好处讲述了一通,父亲听了会心地笑了。他把"小兰花"摊在桌上细看,青绿色的叶,草绿色的梗,说看起来有点像大西北的莫哈烟,拌这多烟梗在其中,这烟的劲肯定小不了。父亲高兴地说他从来没抽过"小兰花",今天就尝尝你们晋北的鲜,也化化粮、下下火、提提神、生生津。我故作老道地向父亲讲什么是"卷炮",何为"灌枪"。父亲说什么枪啊炮啊的,肯定都是你们知识青年想出来的,在这种编词造义上,贫下中农不如你们。

我给父亲卷了一炮,父亲稳稳地吸了一口,真没想到,像父亲这样的"老枪"竟也被呛得咳嗽起来,我瞪大眼睛不解地看着父亲。父亲说,第一次抽,不太习惯,这烟劲大,能抽得上口也不容易。我不理解,对父亲说,我们村里的人都抽它,都说这烟比卖的香烟好抽得多哩!父亲说,晋北农村苦啊!穷啊!

开春了,又到我收拾东西回晋北了,父亲帮我整理东西,最后把用报纸包好的一个包放进我的帆布提包里,我打开一看,竟是两条红灿灿的"牡丹"牌香烟。我说,爸爸您这是干什么?父亲说,你不是说队里和公社里的领导都爱抽烟吗?捎上吧!现在兴这个,你一个人在那儿苦啊,爸也帮不上你!我说爸您自己都从来没有买过这么好的烟,从来舍不得抽一盒"牡丹"烟,我不带!父亲说,带上吧!你在农村爸也帮不上你,是爸爸的一片心。我握住父亲的手,眼泪禁不住地流下来,至今我还记得那眼泪一滴一滴地把包烟的报纸都打湿了……

# 父亲

直到父亲这次住院，我仿佛才感到他确实老了，像老井深潭。

白色太凝重了。我从内心害怕医院病房里那森森的白色，似乎总有一种凄然之感，尤其自己的老人住在医院，这种感觉即使在灿灿阳光下也时常幽幽而来。

当我急匆匆赶到医院病房时，我又突然犹豫了。不知为什么感到心在颤手在抖。父亲躺在病床上好像睡着了，病床两边放着输液的架子和备用的氧气瓶。

我悄悄地坐在旁边，轻轻地抚摸他的手。布满老人斑的皮肤越发松弛了，显得骨骼似乎小了，像突然瘦下来的人穿了件宽松的长袍大褂。

父亲的脸很平静像窗外的天空。静静端详，父亲年轻时英俊潇洒的气质犹在。我想起一张小照，该是半个多世纪以前的老照片。照片上是一位英俊潇洒的年轻人，那就是我的父亲。照片背后一行秀丽苍劲的皁书：素梅妹惠存。那时候父亲和母亲都在北京的大学读书，那是他们恋爱时的互赠之物，当然母亲也给了父亲一张照片，后面写着柏森哥留存。记得我曾经问过父亲他和母亲恋爱的情况,父亲显得有些猝然窘迫,只对我说你母亲是她们学校的才女,我就差远了,你爷爷常敲着我的头说你那脑袋里装的什么?笨成这个样子,教个曲都唱不来?我追问,我妈妈怎么就嫁给你啦?父亲欣然一笑,真是时代不同了,哪有儿子这么直截了当地问老子恋爱史的? 我就直瞪着眼望着他,他稍顿才说:一言难尽,该是天地使然吧! 再不接话头。

父亲缓缓地睁开眼,握着我的手说,你到底还是赶回来了,工作这么忙,不回来也罢。忠孝难两全,古今一理。只是这次动手术是你妹妹签的字,我从手术室出来她还浑身抖哩。那字难签啊! 你妹妹哭着对我说,大哥不在我心里没底,总感觉千钧重担要把我压成齑粉。

几年前父亲动过一次较大的手术。当我从外地赶到医院时,他正静静地躺在急救室的病床上,似乎沉睡在恬静中,但在四周阴阴的白色反衬下,父亲的脸色蜡黄蜡黄,像黄杨木的雕塑,像色调深重的油画。

一连几天的检查会诊,父亲几乎连握住我手的劲都没了。他常常双唇翕动,却似言又无,我有些害怕。医院的态度很明确,保守治疗,原因是年龄太大,病史又多,手术没有把握,一旦出现并发症后果不堪设想。

父亲身体虚弱,但头脑却出乎意料地清醒。那天晚上,他拉着我的手坚定地说:"趁我多少还有点劲,立即动手术,与其坐以待毙,不如一试求脱,责任我们负! "我感到手被用力握了握。

那字难签,笔重如铅。

我推着父亲一步步走向手术室,一时不知该和他说些什么。总觉得那颗心悠悠着。

父亲把我的心事看得清清楚楚。我听见他在轻轻地背诵:"所赖君子安贫,达人知命,老当益壮,宁知白首之心;穷且益坚,不坠青云之志。酌贪泉而觉爽,处涸辙以犹欢。"旁边跟着的护士很惊讶,问我老先生念叨什么?父亲说:"也怪,一辈子了,年轻时背过的诗文,还能不知不觉地就跳出来。那时候总觉得下那么大功夫背书是走弓背路,现在看来笨功夫才是真功夫。'看着是个便宜拾起来就上了当',此言不虚。讨便宜倒是吃了亏。王勃,就是山西人。他自喻:三尺微命,一介书生。实乃文豪才子,二十多岁的后生,把人生的哲理吃得那么透不容易。"

手术室到了。我把手术车交给护士。父亲淡淡一笑说,刚才我已考过你了,恐怕打不及格,回去背背王勃的《滕王阁序》,你是摇笔杆的,厚积才能薄发。

手术室门关上了,父亲什么也没说,像平常出门散步。我静静地等在手术室门外,细细琢磨,才深感父爱情重,才理解到什么叫举重若轻,行方思圆。

还发生了一个小插曲。

父亲的手术进行了五个半小时,我们在外面焦急地等待着。每当手术的门一打开,走廊里病人的家属不约而同地站起来,询问护士。可能在父亲的手术行将结束时,一个年轻护士走出来,大家都企望着想听到什么,又怕听到什么。她突然叫我的名字,我一时没有反应过来。当她再叫第二遍时,我感到脑中一片空白,双腿如泥。我不知该做什么,该说什么。她走到我面前,白色托盘里有个单子,我的心一直往下沉,头重如山,不由地往坏处想。毫无疑问,是父亲的手术出了问题,字是我签的,当然院方要找我。谁能想到她说什么?她竟说根据院里的精神,做手术的大夫,包括麻醉师护士长有没有索要红包的?有没有……我已经记不清当时是怎么和她吵怎么教训她的了,只依稀记得当时我软塌塌地瘫坐在椅子上时才感到身上冰凉凉的，让那个"瘟神"似的小护士一吓，激出一身的冷汗。

父亲今年八十五岁了，我实在惊讶他的记忆力，怎么也不理解我爷爷为什么说他笨。

几十年前的往事父亲回顾起来如述昨日，一些细节小事都仿佛历历在目。父亲对古典文学造诣很深，我是大学中文系毕业，常常叫父亲考得不及格。"你还不如我这半路出家的呢！"父亲难得幽默。父亲说，其实他很喜爱中国文学，尤其是古典文学，但却没能走那条路，福祸谁知？那时你爷爷的指导思想是学化学好，学成以后开个工厂日子就好过了，之乎者也，念得再深也是孩子王，家中难存二斗粮。

去年暑假，我带女儿回太原。有一天女儿让我看着书她背诵柳宗元的《捕蛇者说》，三五句后我因有事就让她找爷爷看着。女儿那时虽然才上高一，但对我这个高级知识分子有时也敢蔑视。她却让爷爷着实镇服了，看得出她心灵一次震动。谁都没有想到爷爷说，是柳宗元的《捕蛇者说》吗？你先看着书，我先背；我背过了，才有资格看着你背。说着张口就来"永州之野产异蛇，黑质而白章，触草木尽死"。

女儿缠着爷爷要取经。爷爷告诉她，聪明人做不到的，笨人可能能行，他靠什么？笨！一笨出十巧。女儿听呆了，我也把要做的事忘了。在我的记忆中，好像从未听父亲唱过歌，哼过什么小曲。对音乐他似乎很陌生，也就隔得很远。偶尔看到他脚尖敲地打着点，那也是难得在高兴之时哼唱一两段京剧。

"文革"中我教父亲唱过一支歌，没想到他竟记了三十年，三十年后接口就能唱起来，基本上是字正腔圆，着实了得，可能又得益于笨。"文革"中有一首当时很流行的政治歌，叫《文化大革命好》，歌词很简单生硬，我现在也记得清楚：

无产阶级文化大革命，

嗨！就是好！

就是好啊就是好就是好！

马列主义大普及，

上层建筑红旗飘。

革命大字报，

烈火遍地烧，

誓把反动派一扫光。

七亿人民跟着毛主席，

继续革命朝前跑。


　　然后就是连续挥红宝书高呼"文化大革命好！文化大革命好！就是好！就是好！"反复喊好，直到声嘶力竭。

　　这种歌现在的年轻人听来可能感到有些滑稽可笑，但在当时，这首歌的背后说不定就有多少冤假错案，有多少血泪控诉。父亲单位的军代表严令学唱这首歌，提得很高，上纲上线到政治上，真学真唱还是假学假唱，是光张嘴不出声还是吱吱呜呜跟着哼哼，还是根本就不学不唱，那就是对"文化大革命"的态度问题，是政治立场问题。军代表咬牙切齿地"战前政治动员"一阵，也还真有作用，会后一百多人都齐刷刷地拿着小本，人头攒动地对照启事牌上的歌词抄着，前排抄完了悄悄地走了，后排慢慢拥上"沙沙"地抄上了。然后就是教谱学唱，三天后大检查。检查的方法也是用搞政治运动的方法开展：先是自查叫背对背；再是互查叫面对面；然后是群查叫一人唱众人查，最后有"夹生饭"的，叫"大火烧小火熬"，那恐怕就像过堂似地以斗为主难熬难受了。

　　父亲确实把这当成一件政治任务来完成。好在这支歌我早就唱得滚瓜烂熟了,在家就反复唱,一字一句地教他。父亲在唱歌上的确没有任何天赋,唱起来常常跑调,唱了前句总忘后句,越教他越紧张,越唱越跑调。父亲感慨道:"这个政治任务完成起来真不容易!"

　　父亲终于能把《文化大革命好》结结巴巴唱下来了,离开那张抄下来的词,他总把"革命大字报,烈火遍地烧"这句词忘了。父亲说,烈火遍地烧不就把革命大字报都一把火烧光了吗?我说,那就对了,革命大字报架不住烈火遍地烧。也真怪,这么一说,他老人家不但记住了,而且记牢了,没想到他终身都没忘。那次他手术恢复得很快,我守在病床前闲得无事,无意中竟哼哼起这支"文革"时期的老歌来,真没想到我一唱到革命大字报,父亲接着脱口而出:烈火遍地烧。我们都愣了,又相视而笑,父亲笑着摇摇头说:"有些事情真是刻骨铭心啊!"

　　记得父亲第一次住院是在无产阶级"文化大革命"开始那年,那次住院父亲没能住进病房,就住在走廊的长椅上。

　　父亲的心脏病是生生累出来的。那时"文革"虽然已以雷霆万钧之力排山倒海之势燃烧起来,但父亲还坚持"抓革命促生产",他从内蒙古的呼和浩特坐火车回京,正遇见革命大串联的红卫兵,座位都让红卫兵占了。走走停停,他直挺挺地站了三天四夜,连饿带累,回到家中脚肿得连鞋都脱不下来。接着心脏病突发。幸亏弟弟有本事不知从什么地方抓了辆三轮车,我们哥俩一个蹬一个在后边推一直送到朝阳医院。

　　朝阳医院从院里到门诊大楼的走廊里,已经贴满了红红绿绿的大字报大标语,连走廊的半空中也挂着一溜溜屁帘似的标语。我们一直把父亲抬到急诊室。急诊室的大夫挺负责任的,赶快给我们开住院单,我们又把父亲推到住院部的病房,谁知道那间病房早已住满,根本没有空床,急得我们一头热汗。好在一位大夫很热心,把坐在走廊一个排椅上的人都撵走,说,就先住在这儿吧,现在哪儿都乱乱的,没办法,救人要紧!于是又推来氧气瓶摆上输液架,开始抢救。

弟弟看父亲平躺着,头下连个枕的东西都没有,就跑到外面找了块板砖拿褂子一垫,塞在父亲的头下。

由于抢救及时,父亲的病情很快就稳定下来,每天的主要任务就是输液。我们轮流值班护理,没事就跟父亲讲每天外面发生的新鲜事。那时候"文攻武卫"搞得正红火,外地武斗不断升级,有的地方真枪真炮甚至坦克大炮都用上了。北京街头到处都张贴着用血红的大字写的惨案血债,十万火急的告急传单。我告诉父亲从四川来的红卫兵把景山公园给占了,在那儿安营扎寨,在天安门广场演节目,横幅挂着:打倒李井泉,解放大西南。署名是红卫兵成都部队。父亲不解地说大西南不是早解放了?那时喊的是打倒蒋介石,解放大西南。我说那谁知道呢?第二次解放呗!又告诉他好派屁派在安徽不但动刀动棒还动了枪使了炮。父亲又一脸的担忧,问什么好派屁派没听说过。我说都是史无前例,一派说好得很就是好派,另一派骂好个屁就是屁派。父亲笑了笑说这个省略得好。父亲有时候特犯傻,连母亲也这样说他。

有一次他按要求去北大看大字报,一直到深夜也没回来,外面乱成一锅粥,死个人还不像吹口气似的,一家人慌乱得六神无主。报派出所,派出所早没人管了,北京这么大,到哪儿找?问单位里和他一起看大字报的人,人家早就回来了。母亲急得非要上北京大学不可。一直到深夜,父亲才拖着两条沉重的腿疲惫地回到家里。原来父亲看完大字报正准备回家,看见路边有一个外地老太太拖着两个毛娃娃跪在路边乞讨。孩子已经饿得哭不出声来,一问才知道娃娃的父母被村里的贫协会活活打死了,他们是死里逃生,跑到北京找毛主席告状来了。老太太说,他家不是富农,是上中农,不该被打死啊!父亲心酸,不忍看那惨相,把身上带的不多几块钱都塞到老人手中,扭头就走了。到汽车站才发现,把口袋里所有的钱都给人家了,连车钱也没剩下一分钱,只好一步一步从北京大学走回朝阳区白家庄。

我端来多半盆热水,给父亲好好烫烫脚。父亲是好人。

朝阳医院离北京工业学校(后来搬走)不远,那好像是座中专学校,学生分成两大派,一派叫东方红红卫兵,一派叫井冈山红卫兵,两派文攻武卫正上劲,宣传车经常对着医院喊叫。两派都是引用的毛主席语录,一派喊:"有来犯者只要好打,我党必须站在自卫的立场上……"另一派宣传车的声音更高更尖:"人不犯我,我不犯人,人若犯我,我必犯人……"父亲不解地问:这不都是毛主席语录吗?怎么自己和自己打起来了?我说:都说自己是捍卫毛主席的革命路线,而且誓死捍卫;都说对方是资产阶级孝子贤孙,打着红旗反红旗。父亲说,那还有个是非标准吗?我说,标准就是伟大领袖毛主席的教导。父亲说:一个是毛泽东思想红卫兵,一个是毛泽东主义红卫兵,都要誓死捍卫毛主席,恨不能置对方于死地,这官司就难断啦。那时候医院也不是世外桃源,有红卫兵押来抢救的,也有红卫兵把人从医院揪走的,到处是大字报,有的铺着天,有的连着地,人走在上面哗哗啦啦的,一副家败潦倒的惨相。

病人们、家属们也互相传播小道消息,都是些血淋淋的。造反有理和红色恐怖万岁的红漆大字已经刷到医院的白墙上。父亲常常闭目深思,我知道他想的根本就不切合实际,不知有汉何论魏晋,就找些传单小报讲给他听,反正闲着无聊。父亲忧思重重地说:这不天下大乱吗?说,那叫乱了敌人锻炼了群众。父亲不解地说:天下大乱,苦了百姓,乱了国家,古今一理啊!我说:您又不懂了,那叫天下大乱达到天下大治,这可是伟大领袖的最高指示。父亲在长长的叹息声中无言地呆望着吊瓶中的液体。

和父亲住在同一个走廊里的一位病人躺着无事有时也来和我们聊。他是北京郊区的农民,他说他们村阶级斗争搞得可厉害啦,不是挂牌戴高帽子批斗游街,而是按成分排队过堂,不交代反动本质就往死里打,不论男女老少,打死往大洼坑里一扔,甩上几锹土就算完。他悄悄地说,有的地主富农家都杀得绝户啦。我看他鼠目獐头,说话油腔滑调的,总觉得他也不像好人,这不是故意给“文化大革”命抹黑吗?毛主席明确讲过了,“无产阶级文化大革命”是完全必要的,是非常及时的。我万万没想到父亲却信。他说乱而无法,乱而生孽,国乱民苦,无奇不有。这件事我印象非常深。多少年后我才真正佩服父亲饱经沧桑熟读历史的判断。

二十多年后我读过一篇文章,现摘录如下,它收编在《那个时代中的我们——纪念中国共产党十一届三中全会召开二十周年》这本书中。远方出版社出版,主编是者永平,王蒙作序。该书上册第三百九十八页,张连和同志写的一篇文章叫“五进马村劝停杀”。他讲“文化大革命”初期北京的大兴县的公社、大队把“四类分子”及其家属子女集中监管起来随时拉出去批斗,进而杀害。从八月二十七日至九月一日,大兴县的十三个公社、四十八个大队先后杀害“四类分子”及其家属三百二十五人,其中最大的八十岁,最小的才出生三十八天,有二十二户人家被杀绝。在此事件中尤以大辛庄公社最为严重,仅八月三十一日一天就杀了数十口人,有一个水井都被填满了死尸……

字字滴血。

一九六六年八月底,“红色恐怖万岁”的大字标语竟堂而皇之地书写在天安门广场东看台的下面。有多少人曾经为之兴奋、鼓舞、发疯、斗争,他们是那样虔诚地追随,盲目地崇拜,"那就是革命,革命就是暴力,是一个阶级推翻另一个阶级的暴烈的行动";那些天真幼稚的少男少女们真诚地认为只有用"阶级敌人"的鲜血和"黑五类"的脑浆书写出"红色恐怖",才是跟随伟大领袖毛主席进行一场伟大的、神圣的、史无前例的革命。这真是我们时代和民族的悲剧。

我曾经为巴金先生提倡建立一个"文化大革命"博物馆受冷遇而感到气愤。据报纸载,我们国家有各种各类的展览馆、博物馆三千多个,难道真没有必要建立一座为让我们子孙永记那段滴血断肠的岁月,那段疯狂扭曲革命的馆所吗?

我曾经问过现在的一位高中生,你知道刘少奇是什么人?他是怎样死的?他想了想,刘少奇?不太清楚。我相信,我要问刘德华是谁,他一定能很潇洒地写出三千字的介绍。刘少奇是怎么死的?他犹豫良久说不是老死的就可能是得癌症死的。我也相信,如果我问三毛是怎样死的,邓丽君是怎样死的,他准能滔滔不绝口若悬河。

欲哭无泪。

巴金先生是世纪老人,他的建议字字如珠啊!

我没敢把那段人的文字念给父亲听,他们那一代人是不会忘记那"乱世"的,我们这一代人恐怕也不会忘记;以后呢?左师公曰:"今三世以前,至于赵之为赵,赵王之子孙侯者,其继有在者乎?"三世尚如此,再远怎么办?好了伤疤忘了疼。

"秦人不暇自哀,而后人哀之;后人哀之而不鉴之,亦使后人而复哀后人也。"

健忘是我们民族的劣根性。

父亲住院是我们父子互相沟通的最好时候。他在病床上躺着,我在床边候着,说天道地,谈奇说怪,有的是时间,有的是话题。

我说我们学校红卫兵"反到底兵团"请来了一位解放军战士,是学习毛泽东思想积极分子,他能把整本的毛主席语录背得滚瓜烂熟,你只要提哪一页,第几段,问声未落,背声已出。好些同学不相信纷纷提问。那个战士真行,没有谁能难倒他,就是累了一头热汗。

父亲说,博闻强记,古今有之。三国张松看曹操的兵书《孟德新书》,从头至尾朗诵一遍,合书暗诵,无一字之错;清朝纪晓岚小时候,先生留书而归,回来后在书上以指轻拭,竟蒙尘土一层,勃然大怒,以为纪年小贪玩不务学业,备下戒尺以重罚。纪晓岚答之能暗诵,先生更怒,以为说谎以搪塞。谁知纪竟背诵如流,背得老师卷铺盖辞馆,留下一句话,不知是我教他,还是他教我。背书是做学问的看家本事,但为背而背恐怕就是空费才力。

我说那有什么?还有人把毛主席的纪念章别到肉里以示忠心。父亲把头扭过去,闭目不语。我知道这种话题只有我们这帮火烧猴屁股似的中学生感兴趣,和他老人家谈起来费神。父亲给我讲过,做人要像荷花"出污泥而不染",要像梅花,傲霜雪而不败。他随口念了两句诗:"深山雪卧君子气,林中月下美人来。"那时候我也不懂,只觉得父亲是三十年代旧北大毕业的,老八股气太重,接受新鲜事物太慢。他念的那些诗晦涩难懂佶屈聱牙,不如伟大领袖毛主席的诗革命性强,又朗朗上口,背起来都精神。

> 飒爽英姿五尺枪,曙光初照演兵场;
> 中华儿女多奇志,不爱红装爱武装。

父亲教育我,能做到"不以物喜,不以己悲"不容易,但要做到"居庙堂之高,则忧其民,处江湖之远,则忧其君"就更不容易。"然则何时而乐耶?"父亲两眼直望着走廊中飘飘扬扬的大字报,报一声长叹。

慢慢地我也喜欢上诗文了。那时期同学们都争背毛主席诗词,又学着那格式简单地按字数填词做诗,以抒发革命的豪情。还依稀记得几句当时感觉是"挥斥方遒,指点江山"的"大作"。"三论反击(《人民日报》发表红卫兵三论无产阶级革命造反精神万岁的文章),红卫兵逆风耸立;北大校园,惊雷动地,狂飙起处看朝阳,主席挥手"等等,也拿给父亲看。父亲说要想填词作诗先要多读、读懂、背会、记熟,你们这样不是作诗是做游戏,我当时心里还不服。

后来我到晋北农村插队,无聊之时也在家信中写过一二首诗词,记得在一首中有这么几句:"泥屋茅舍,怎禁得秋雨绵绵泣咽……"父亲都逐调逐句逐字地给我改过,可惜岁月蹉跎,那些难得的文字也散失得无处寻觅了。

我插队后第一次回家,给父母讲插队的艰苦生活。讲隆冬腊月出工回来,水缸里的水已经结冰,大家就用铁瓢凿开拇指厚的冰,舒舒服服灌一肚子凉水,冷炕头上一躺,自嘲傻小子睡凉炕,全凭火力壮。讲村里老没电,电磨不开,我们就发明创造了玉米粒放在水缸里泡,泡上几天就发软膨胀了,然后一煮,别有风味;自我揶揄以牙当磨,吃得香,睡得着。

讲我们学大寨为了给县里和公社的头们看,冒着零下十几度的严寒跳进冰水中挖排水渠,村里的老支书一个劲地催领导快走,说天冷别让风吹着。其实他是怕功夫大了,在冰水里干活的后生们冻得受不了。老百姓的土办法是从冰水中上来先在生过火的热土地上跺脚,然后用热土使劲搓腿就落不下毛病;自我揶揄:苦不苦想想长征两万五。我兴致勃勃地说,熬过来了倒不觉得苦了,母亲却在一旁哭了起来,止也止不住。我后悔莫及,儿行千里母担忧,何况到那荒凉艰难的晋北! 此时心中也觉得酸楚楚的。

父亲沉默良久,抚摸着我的头说,到底长壮了,长大了。人一辈子哪能一点苦都不受呢? 又说:天将降大任于斯人也,必先苦其心志,劳其筋骨,饿其体肤,空乏其身,行拂乱其所为,所以动心忍性,曾益其所不能。父亲问我,知道这是谁的高论吗?我想了想说,我在大批判中接触过,好像是刘少奇论"黑修养"中的话。父亲一脸严肃地说,黑不黑不是我们父子间的话题,但为人修养是必要的,也是必须的,自我修养尤为重要。告诉你,这是两千年前的大学问家孟子,孟轲的文章《生于忧患,死于安乐》。前人之论,当足以为训。

在我三十多岁以前,父亲在我的心目中是严多,慈少;从内心讲我有些怕他,感到他像一位威严的老师。我们之间是父子,更是师生,有时候见他有一种惴惴不安的心情,像弟子见先生顿生敬畏之心。后来他老了,我真的长大了,父亲在我心目中才慈大于严,慈胜于威。

父亲一直说想去我插队的地方看看, 那不是生我却是曾经养我的地方。但一直未能随愿。那年我回村去,在我曾经住过的小破屋前照了一张相,拿给父亲看。父亲戴着老花镜,拿着放大镜,看得那么仔细,那么认真,又翻过相片看看我写的两行字:当时难熬过时难忘的那段岁月,当是我人生不可多得的财富。父亲笑了,说这孩子到底长大了。

父亲很少夸我。我从农村考上南开大学以后,告诉他我是以全县第二的成绩考上的,得意之情溢于言表。父亲却显得无可无不可,只张罗着喝酒祝贺。当我在饭桌上又十分得意地自我表彰时,父亲虽然还是一脸笑容,但说出的话已让我分明感到是在敲打我了,他说:"蜀中无大将,廖化作先锋。"考上南开固然可喜可贺,但亦应自勉自重。

我在父亲眼中是个娃。

年轻幼稚无知偏狂。

但父亲每次开导我都是润物细无声式的。

有一次我和父亲谈论了一个残酷而崭新的主题:战争。

我说,如果我有幸赶上战争年代,早生五十年,那是什么光景?我们班同学耿晓明,他爸爸是一九五五年授的少将,他说,我爸真够呛,才弄个少将,要是我,怎么还不弄个仨星两星的扛扛?

我对父亲说,什么一将成名万骨枯? 也不然嘛!《南征北战》一个高营长就把张军长治住了,像电影里说的,打完了仗,高营长还不又要进步了?

父亲说,那是电影。真正上过战场的人谁会信? 骗你们这些娃娃的,不是你们如果有幸赶上战争,而是你们有幸没有赶上战争,那不是纸上谈兵看电影听戏,那是要流血死人的。杀敌三千、自伤八百。古往今来莫如战争残酷的。《南征北战》这部电影首先该批判,误人子弟,谬误真理,真让人弄不明白,那么多电影都批判了,怎么会剩下一部最差最假最捉弄孩子们的电影?

后来我听他讲了一个故事。

我们老家在淮北萧县,是淮海战役的一个战场。村里有个老汉是卖花生米的,一天担着挑子去赶集走错了更时,天还黑着就到一个土坳坳里歇脚,谁知道土坳坳中驻满了解放军,看见老汉担着花生来了都热情地招呼,纷纷拿出钱来买花生,老汉忙得称称,一会儿工夫一担花生卖得光光的,看天色还早,就按解放军指的地方歇歇,一歇就睡着了。等被摇醒了,才知道太阳已经老高了,再看满山坳坳里,这儿一摊花生,那儿一堆花生,一个人都没有,老汉有些糊涂了,邻村的人悄悄告诉他,这儿是解放军的停尸场,多时候一停就是几百上千的。

怕人啊！

父亲说，你二爷爷呆的那个部队，光连排长就死了几十个，当兵的死的连登记阵亡人员名单的人手腕子都写酸了。几十个人埋一个大坑，一挖就是几十个；别说棺材，最后连蒙尸的白布都没有了，你二奶奶家里都是把被里撕下来送给解放军，尸体停的从场院排到街心从村里排到村外。哪像那些电影胡说八道的。

父亲脸上严峻起来，棱角兀现，仿佛沉思在往事里。

直到九十年代初期，当我看《三大战役·淮海大战》时，看到银幕上出现一个老奶奶，满脸刀刻般的深沟，缺牙扁塌的嘴，干枯的双手，流着泪在用力撕那一匹匹的白布，那是给牺牲的解放军战士的蒙尸布，他们就是带着这薄薄的一层白布入土的，我的泪刷地一下子流出来了。有些抑制不住自己。这才是真实，这才是战争。父亲三十年前就给了我真实，三十年啊，这真实真是来之不易啊！

母亲比父亲小两岁属马的。八十岁以后，母亲脑子渐渐不行了，有些老年痴呆症，常常说了上句忘下句，连孩子的名字也时常到了嘴边叫不上来。有时候说着说着就把梅花插到柳枝上。

父亲住院后，母亲一个人不敢住在家里，她总是这个屋到那个屋找父亲，因此就搬到大姐家住。只要一见有人去，她总是深情地问父亲在哪儿，"刚才还在这儿哩，怎么转眼就找不见了呢？"

父亲手术后恢复得很快，不久就拔掉了管子，也不再输液了，三两天后就可以出院了。父亲这时候才说，把你妈妈接来吧，要不她也吃不香睡不甜的。

母亲听说去医院看父亲很高兴，着急地推开门一个人先走，噔噔地下楼了。

那天也巧，来病房探望父亲的人很多，连病房的门也关不上，母亲着急地推开人群,不安地连声问:你爸爸在哪?我看见她一头银丝似的白发有些零乱,眼神里透出焦急。

父亲招呼着她,人群让开。母亲走到父亲的病床前,先俯身仔仔细细地看了父亲的脸问了一句,你可受苦了!就悄悄地坐下,父亲拉着母亲的手,母亲把父亲的手贴在自己的脸上,父亲眼睛里闪动着泪光,母亲让自己的泪水静静地流在父亲的手背上。

谁也没有再说话。

谁也没有再问候。

所有在场的,无论男女无论是否相识,都在这双八十多岁恩爱夫妻面前被感动得流下泪来。连来病房查房的医生和护士都在悄悄地抹眼泪。

这就是爱。

这就是心与心的相连。

一九六一年,人们已经饥饿到了顶点,我们家吃过米糠窝窝,野菜粥,榆树叶团子;有一次父亲不知从哪儿弄回来那么多酒糟,我们家吃了几天酒糟窝头。能吃的都吃了,大家还都感到饿,天天饿得前心贴后背。那时候感到人生最大的奢望就是能吃饱饭,吃什么都行,只要能吃饱就是神仙。

有一天晚上,我听见父亲母亲在吵架,准确地说似乎是母亲在和父亲吵,那天晚上不知是被母亲吵醒的还是半夜被饿醒的。在我的记忆中,父母很少吵架,在半夜吵起来就更少。

后来我渐渐听明白了。母亲在低低地哭泣。她在数落父亲,你每天吃饭,就只扒拉两口,光喝白水,能行吗?你这么高的个子,这么大的人,办公室的老孙跟我说,你几次头昏得差点支持不住。

父亲说话低沉缓慢,你不也把那几口饭都尽量剩给孩子们啦。哲儿他们是男孩子，运动量大，正在长身体，我们少吃口也到不了哪儿去。再说，你也不能这么刻薄自己，瞒过别人瞒不过我，你也浮肿得快到膝盖啦！

母亲抽泣着说，你看看你浮肿成什么样了？小腿上一按一个深坑，蹲下都不敢马上站起来。老人们说，男怕穿靴，女怕戴帽。你浮肿的都快到膝盖了！听说现在医院里一看你们男的肿过膝盖，连收都不收，叫回家等着……母亲深深地抽泣，沉重地呜咽。

我只感到两行热泪顺着眼角流下去。

从那以后，每天下午我和弟弟都背上个破篓子上六里屯农村或鬼子坟地去撸榆树叶或挖野菜，那时因饥饿，学校已经不得不改成半部制了。母亲备了两个大盆，把我们弄回来的树叶野菜洗干净用热水焯了就放在盆里泡，把那些苦涩的叶汁子都发出来。有时候星期天，母亲会和我们一起去野地里，她指挥我们捉蝗虫，挖地老虎，蝼蛄。有时候，累得母亲脸色铁青吐绿水。但每捉住一只大蚂蚱她都很高兴。母亲告诉我们，她在北师大念书时曾专门旁听营养学专业的课，这些活物都是人身体急需的高蛋白，一个大蚂蚱就相当于一个鸡蛋。在这方面你爸爸胆子特别小，他最见不得这些小昆虫，我们就瞒着他。把它们弄干净干炸好剁成馅和树叶野菜包在一起，作个记号，到时候让他不知不觉吃进去。母亲想得真细啊。好几次我把作了记号的菜团子也给母亲递过去，母亲总是笑笑不接，说我又不是够不到，拿起的是一个没有记号的菜团子。

现在想起来还感到其景犹在眼前，泪珠就挂在腮边。

母亲闲了也和我扯家常。她说你爷爷家家境不行，虽说没到家无隔夜粮吧，也穷得叮当响。你爷爷是个教书匠，学问很好，名气很大，家里的藏书也有两三屋子。我那时嘴上没毛，不懂得深浅薄厚就插嘴说：父亲的家庭出身不是地主吗？在我的脑海里，地主就等于劣绅、恶霸，浮现出来的就是刘文彩。母亲很不以为然，那时你父亲老实填了个地主。那算什么地？八十多亩沙坡地，一年能打三五车粮食，也没人指着种地过日子。

母亲说父亲从小可怜，吃的是百家饭，穿的是百家衣。她说你看你父亲的两只脚的中指都抠抠弯弯地严重畸形，那就是因为小娃娃时人家四姨五婶的给做的鞋小了，只好将就穿，把脚穿得残疾了，我以前还嘲笑过你父亲，不是女中人，却受过裹脚罪。母亲说着说着有些动感情了。直到上大学，你爸爸没穿过新衣服，都是捡人家亲戚大爷穿剩下的。夏天一领灰布长衫，冬天一件棉布大褂。有一年秋天我看他穿了一件咔叽布的大褂，把我吓了一跳。是天上掉下个金元宝？还是地上捡了个碧玉簪？你爸爸神神秘秘地说，替人做了一回枪，人家给的俸禄。得意的样子我现在还记得清楚。

母亲说，你爸爸是个土包子。刚到北大上学，同屋有钱人家的子弟并不是他想象的大包小箱的，后来才知道人家的衣服都送当铺。又轮上我不明白了，当铺？高高的柜台上站一个戴着老式花镜的估价先生，好的说成坏的，贵的说成贱的，敲诈勒索，像鲁迅先生笔下的当铺。母亲笑了，说那些电影小说的就会捉弄你们这群毛孩子。有钱人家的公子，天热了就把皮袍子送到当铺，一张当票扔到抽屉里。人家当铺要忙着晾晒防虫防潮，定期通风放药。不送当铺自己放着谁肯干这些糙活累活？就连你爸爸那旧棉袍他也得记得隔一段时间拿出来晾晾晒晒。冬天把当票往铺子里一扔，皮袍子穿上，夏天的绸衣绸裤又送进当铺。你要让你爸爸讲讲那些旧事，他说的要比我讲得有意思得多。

由于父亲很小丧母，他不知道自己准确的生日，只知道是快过年了,因此过生日都是母亲给定,一般定在大年三十,这事由母亲拍板,全家张罗。

那年我记得好像是我上初中二年级的冬天,快给爸爸过生日的时候,有一天不知说什么,父亲无限向往地说起大学毕业时他们几个穷学生想起无论如何分手前应该乐一下。就跑到城里大栅栏吃了一顿白水羊头肉。父亲两眼深情地说,多少年了,只要一说起什么好吃,我就想起白水羊头肉。几十年了,再也没粘过牙,那东西不知还有没有?母亲说,今儿是什么好日子?你爸爸几十年都没张口要过吃的,今儿这任务就要交给哲儿,跑遍北京城,只要有,就给称二斤。母亲把钱拍在我的手里,父亲似乎后悔得要命,拉着拽着不让乱花钱。父亲有句看家话,多吃一口也长不出一块肉,少吃一口也掉不了一块肉;多念一本书就可能高人一技;要把读书看成攒钱,爱钱如命不是我们的家风,嗜书如命却穷能达途。

我却顾不上听父亲的唠叨,母亲高兴得脸上光灿灿的。父亲终于拗不过说,听你妈妈的,不过这些老玩意还不知有没有?

当我把白水羊头肉摆在桌上,母亲把调好的调料放好,又悄悄地找出尘封多年的老锡壶,给父亲烫了一壶酒。

那年刚刚走出三年饥荒的阴影,人们才开始品味生活的滋味。苦难深重的炎黄子孙终于又挺过了饥荒的灾难。

我们几个孩子都瞪大眼睛看着父亲,父亲似乎很庄重地举起筷子,猛然看见环绕他的一圈眼睛,好像有些窘态和不好意思。父亲幽默地说,是不是看人家吃比自己吃还香?否则你们为什么都停箸而望?

父亲轻轻地夹了一片,放在调料里蘸蘸,然后放到嘴里慢慢地嚼,似乎在回忆那逝去的岁月,回忆那同学间的旧情。父亲把筷子放下,我以为他要讲一番味道、感受、历史,父亲什么也没说,只咂着嘴说了一声香啊!

　　我看见母亲捂着嘴快步走进厨房,我知道母亲哭了,虽然那哭是轻轻地哭,无言的哭,但却是那么深情地撞击着我们几个孩子的心灵,那泪水至今还挂在我的心头……

# 千声万声呼唤你

　　我去三姐家看望母亲，一进门，看见老太太正对着立柜的穿衣镜打量着自己，看的是那么认真，那么仔细，脸上浮着一层恬淡的微笑。

　　母亲的头发全白了，几乎没有一根黑发。根根白发都是银光闪闪，见过母亲的人都会对母亲的一头白发留下深刻的印象，那白，是银白，白得像春天乍开的满园杏花，又像秋天怒放的一池芦花。母亲八十多岁了，脸上的老人斑越来越多了，皮肤松弛地下垂着，两眼也不像从前那样有神了，常常呆望着窗外像在回忆那逝去的年华，又常常呆坐着，别人不拉她起来不叫她，她就像一尊雕塑几乎一动不动。渐渐地，母亲的话也越来越少，常常是自言自语，有时候她会很亲切地对你说几句什么，你完全不知道她老人家在说什么，细细品起来方知，母亲似乎在讲五十多年前的一件往事。而且掐头去尾，问得人莫名其妙，她还微笑地望着你，等着你回答，你答不出来她也不着急，静静地望着你笑，一会儿她会把一切都忘了。她拿起桌上的一个苹果会很认真地问："谁从树上摘下来的？给你爸爸吃的？洗干净就不用削皮了，有维生素。"父亲已经去世三年了……

　　母亲后来就谁都不认识了，连和她一起生活的三姐她也叫不出名字来，也不知道她是谁。"你真不认识我三姐了吗？"母亲拉着我的手，我轻轻抚摸着她皮肤皱起青筋突暴的手问她。母亲看着我，又看看三姐，再看看全屋的人说："怎么会不认识呢？"字正腔圆，北京话略带些她江苏砀山老家话的尾音。我问那她叫什么呢？母亲似乎也很纳闷，她又反反复复地把周围的人看了一遍，只是重复着我的话，那她叫什么呢？母亲的老年痴呆症已经很严重了，但让人难以理解的是老太太还认识我，只认识我。姐指着我问她我是谁，母亲爱抚地轻轻摸着我的脸，脸贴脸地看着我，说是我儿子。姐又问她那他叫什么，母亲不知道为什么突然笑起来，嘴里念念叨叨着不知在说什么，好像又是特别遥远的事情。我听见她说十三陵劳动，母亲参加过修十三陵水库的义务劳动，我听她讲过，她们如何睡草棚，打赤脚，拉车担土，半斤重的大馒头，一顿能吃三四个。但那都是过去半个世纪的事了，母亲怎么会突然想起那些事呢？正在我们惊愕期间，母亲用手指刮着我的鼻子竟然响亮地叫出了我的乳名，我觉得心头一热，再也憋不住了，凄凄惨惨地叫了声妈，抱着她老人家忘情地哭了起来……

　　母亲从小待我如掌上明珠，真是托在手里怕摔着，含在口里怕化了，因为我前面是三位姐姐，母亲时时刻刻牵挂着我，母亲是怎么教育我的我记不太清楚了，但我却清清楚楚记得那泡童子尿，那泡尿在教室里的尿。多少年以后，母亲和人说起来还笑得前仰后合。

　　新中国刚成立那几年，国家号召扫盲，母亲就当起夜校扫盲班的教员，每天晚上义务为工人开班上课，母亲不放心我就把我带在身边。记得那时候敲钟上课后，先唱歌，唱没有共产党就没有新中国，唱得翻江倒海似的，把那间老屋梁上的尘土都震得刷刷地往下落，我常常用手堵着耳朵，露出一脸惊讶来。那时候工人们只听党的话，别说干活不惜力,舍出命地出力,就是唱歌也是放开喉咙,可着嗓子唱,谁都怕自己声音小了,听不见了,谁都想用自己的声音表达内心的感情,哪有光张嘴不出声假唱的?

夜校就不那么正经,教室就是一座破旧的库房,桌子板凳都是七拼八凑的,墙上挂一块黑板,母亲对着写在黑板上的字,一遍一遍地教。那时候母亲还年轻,虽然已经是好几个孩子的母亲了,但仍然是那么漂亮。穿着一件双排扣的列宁装,长长的大辫子盘在头上,教起课来一丝不苟。我呢,就在一边玩,从墙缝里扣蚂蚁,看小飞蛾撞电灯,瞧那擦起的粉笔末怎么又轻轻地落下,在母亲黝黑的盘发上落下一层淡淡的灰白。母亲告诉我只要你不出声不出教室干什么都行。一直相安无事,渐渐地,我都会唱"没有共产党就没有新中国"了。有一次我让尿憋得实在受不了了,可母亲拿着她那根破木棍教的正起劲,我"急"了几次她都不理我,我实在憋不住了,就在那间破教室的墙角撒了一泡尿,憋急了,尿得挺响,滋得挺远。教室里哄然大笑,笑声朗朗,像开课前唱歌一样,所有的人都咧着大嘴无拘无束无保留地哈哈大笑起来。母亲扭过头来看见我的窘样也禁不止扔下教鞭笑起来,好在那教室墙角尽漏缝,地又是土地,尿上去就只留下淡淡的一幅地图。但笑声却不止,好像一浪高过了一浪,我也纳闷,难道他们就没被尿憋过?就没尿过尿吗?小孩子家真不懂了。直到大家都笑够了,不前仰后合了,直到母亲又捡起那根破木棍来,教室里才安静下来。我还记得清楚,母亲在黑板上重新写了几个字,然后拿木棍一指,示意大家都跟着她念:尿,尿尿的尿。大家又哄堂大笑,随后跟着母亲念,是一片震耳欲聋的"尿,尿尿的尿"。母亲又趁机把"汗""水""流"都教了。也真奇怪,若干年后,那些扫盲班里的学生在送母亲上调去北京时,还提起陈老师教的"尿"字,别的字忘了不少,但"尿"字记得真是刻骨铭心啊。我那时已懂得不好意思了,赶快走开。

　　母亲高兴的时候会情不自禁地吹口哨,口哨吹得圆滑流畅,水灵脆亮。六十年代初,刚刚熬过节粮度荒的日子,母亲脸上也渐渐有了喜色。有一天母亲让我到烧锅炉的工地借一辆三轮车,我问干什么?她十分神秘又压抑不住内心的激动说到时候你就知道了。我把三轮车借来后,母亲从家里拿来细扫帚和掸衣服的仙佛掸子。先用扫帚把三轮上的煤渣和灰尘扫干净,又用仙佛掸子掸了好几遍,又从家里抱来一领旧线毯子,然后高兴地坐在平板三轮上像骑在高头大马衣锦还乡的状元。路上母亲憋不住了,悄悄地告诉我,是去东大桥关东店买一台缝纫机。母亲那高兴劲就别提了,那年月家里添台缝纫机可不是小事,可比现在买辆汽车还震动。六十年代初过来的人都知道!那时候所有人都穿着补丁摞补丁的裤子褂子,有缝纫机的人家把膝盖处、屁股上的补丁缝补得像军用地图上的标高线,一圈套一圈,大圈罩小圈,穿上都觉得神气。但更多的人家是用手缝补丁,我就看见母亲在灯下戴着顶针给我们缝补衣服,似乎是让针在穿过衣物时走得更顺畅些,还不时地用针在头发深处梳篦一下。但手缝出来的补丁一是不结实,二主要看上去不美、不派、不神气。那年月补丁里也有学问啊。现在要买缝纫机啦,一是标志着母亲可以从顶针和一针一线中解放出来了,二是我们家的孩子们都可以在补丁序列中跨入一个高级的序列了,让同学们眼馋羡慕去吧。

　　我听见母亲坐在板车上高兴地吹起口哨来。母亲吹的是电影《马路天使》中的插曲,我不会唱不熟悉。我一边蹬着三轮一边回头说:"妈,您吹个我也会唱的。"哨声戛然而止,好像给母亲出了道难题,我突然想起她教夜校时的开课歌不就是那首《没有共产党就没有新中国》吗?母亲高兴地说对,就吹这首夜校的校歌。母亲的口哨随风传出去很远,像小提琴,像二胡,更像笛子、黑管,那么优美,动听……

姥姥是小脚,还是挂着大清龙旗时代裹的脚。姥姥洗脚后割脚垫时我看见畸形的脚趾被强扭着别曲在脚心,像被捆绑在受刑柱上的无辜者。我问姥姥,妈妈为什么没裹脚?和母亲同一年龄段的阿姨们很多都是"解放脚",先裹后放。

母亲有一双很健康很漂亮的"天足",三十年代她曾获得华北高校女子八十米栏第一名,一百米自由泳第三名。姥姥意味深长地说,因为你妈妈聪明,因为她聪明才逃过那一劫。中国女人受苦受罪受歧视的最后一劫,裹小脚。

母亲在他们陈家大排列是十四,在家族中称十四姐,她是我外祖父的大女儿。外祖父赶上大清王朝冉冉西坠的落日,做过几天穿补子戴顶子坐绿呢轿的官,但官不大,估计就是个县教育局或文化局的一个官。家中文人墨客不少,母亲小时候先读的是私塾。姥姥说,有一次外祖父的一位上司来视察教育,顺路到家中小息,外祖父非常重视这位大人,姥姥说倒不是因为他官居多大,外祖父说他学问大。看见家中有私塾,有琅琅的读书声,就把七八个小孩叫到跟前,老先生也喜欢孩子。难免一问一答,答对了还有嘉赏。问到母亲时,难免让母亲背两首唐诗,床前明月光之类的。母亲那时很调皮,从不怕人,外祖父也娇惯她。她连背两首诗,在座的七八位老者都面有不解之状,不知母亲背的是什么。不懂!听不明白。老先生微微皱着眉,不得不让母亲再背一遍,母亲天真调皮恶作剧地笑着,不背了。谁让你们听不懂?外祖父又哄又吓,教书先生也尴尬地催促,母亲极不情愿地背诵了一遍,原来就是王之涣的《凉州词》,众人都长释一口气。到底是那位老先生学问深,突然念了一句谁都没听明白的话:间云白上远河黄。在众人瞠目结舌之际,只有他和母亲相视而笑。老先生说,她读的、念的、听的诗词何止万千,但从未见过哪位读书郎能够倒背唐诗。姥姥说其实你妈妈调皮,闹着玩,她从来没有下工夫念过一天书,全凭脑子好,记性强。母亲事后对外祖父说她从来没倒背过,看那位老先生捻着胡子像听戏似的晃着头,她觉得忒好玩,就开了个玩笑。老先生连声叫笔墨摆上,给母亲题下两个大字:心灵。

外祖父大喜,发下话,母亲不再裹脚,十四姐不能就这么待在陈家府,以后还要去北京、上海,不能迈着一双小脚走路。

八十五岁时,母亲完全痴呆了,她站在穿衣镜前会很有礼貌地对着镜中人说,您是谁?为什么站在这里?难道您不累吗?坐下来吧,给您削苹果吃。我问三姐,像老太太这么聪明,智商这么高的人为什么会老年痴呆呢?三姐说,她读过一本美国杂志说,越是小时候聪明的人,老了就越容易得老年痴呆症,比如像美国前总统里根……我打断她的话说,现在家里都挖空心思不惜一切代价要生一个天下最聪明的孩子,培养成天下最聪明的才子,望子成龙、望女成凤的,难道都是为了造就一批老年痴呆症吗?三姐说,你跟我急什么?这老年痴呆症跟魔鬼厄运似的,谁知道降落到谁身上?它还管你是聪明你是傻瓜啊?母亲扭过头来,不再微笑了,很严肃地问我们:是街道家属居委会的吧?我们报过临时户口了,有全国通用粮票,就换了二十八斤,没超过标准……三姐嘤嘤地哭了,她咬着嘴唇没说一句话,但我知道她要说什么:老天爷干吗这么残酷啊,干吗这么去折磨一位日薄西山的老人啊……

一九六八年十一月,我去山西定襄农村插队,接受贫下中农再教育。记得那几天天一直阴得很厉害,入冬一场雪也没下,云重如铅。下不下雪来老天憋得厉害,人也憋得难受。十一月十八日,天上飘起粉粒似的雪珠,奇冷。这一天很多像我这个年龄的人都不会忘,因为这是他们从学生走向社会的第一天，在我以后四十多年的生涯中至少二十多次在履历表上填写过这一天。母亲拿过一件天蓝布做的棉背心，我们老家叫棉墩子，让我穿上试试。母亲说，晋北天气冷，干活累了，出汗了，就把大棉袄脱了，但里面光穿着毛衣不行，寒风刺骨，毛衣不挡风，会吹出毛病来。咱老家有句格言：十层单顶不上一层棉，有这么个棉墩子穿上，妈就放心了。父亲悄悄地告诉我，母亲昨晚半夜突然想起来，赶快爬起来一直赶了一整夜。我看见母亲布满血丝的眼睛，爬满眼角、额头的皱纹，丝丝白发再也盖不住了，什么时候母亲的头发都花白了？我这个做儿子的，十几年了，好像从来没有仔细地看过母亲，从来没有认真地关心过妈妈，现在母子要分别了，我盯着母亲眼睛一眨不眨地看，看不够。

临出门了，母亲强忍着满眼的泪，说我就不去车站送你了，那场景，妈受不了，怕顶不下来。你活这么大，从来没有离开过妈，今天一走就走这么远，一去就去这么苦的地方，儿啊，自己要学会照顾自己，千万别逞强，千万别着凉。我觉得母亲的手颤巍巍的，抖得厉害，两颗硕大的泪珠一起流出眼眶掉在我们母子手上。儿行千里母担忧啊，母亲有说不完的话。是父亲一再示意我，我才强行挣脱了母亲的手，扭过头时我才看见，父亲也掉下泪来。

走出楼道，上了卡车回头望，母亲还在楼上的平台上看着我，一直看着我，高高地扬起手，挥动着……

在永定门火车站，火车就要开动了，一片生离死别的惨景，哭声、喊声、悲壮的歌声，父亲又挤到车窗旁，我赶忙探出身去，父亲强忍着感情，又对我交代着：到地方赶快寄封信回来，别让你妈惦记着，别让你妈那颗心老悬着。我强忍着泪，庄重地点着头，说您叫我妈放心吧。父亲的泪禁不住留下来，嘶哑着嗓子说："你妈就是不放心啊……"

从农村回来探亲，母亲高兴得像过大年。那时候也没电视，更没什么新闻联播，晚上全家吃完饭连碗筷都顾不上收拾，就听我讲插队的"趣事"，讲晋北民俗，我又不傻不呆的，专拣新鲜好玩的说，我说我们村的"十八怪"什么烟筒盖上盖，大车两头拽，三岁小孩儿叼烟袋，男人穿得像麻袋，女人打扮得像妖怪……笑得碗筷乱颤。

但有时候，说着说着就说走嘴了，我们村，那时叫生产队，农业学大寨那学得才叫青出于蓝而胜于蓝，叫"两三政策"两头不见太阳，太阳没见面就吹号敲锣上工，太阳下山看不见了才能鸣锣收工回家。"三"就指三送饭，把早中晚三顿饭都送到农业学大寨平田整地的工地上。窝头冻成冰坨坨，菜汤上飘的不是油花，是雪花，是一层薄薄的冰碴。老百姓说得形象，不吃饭还好，撒出尿还冒热烟，吃了饭叫里外一块凉，别说尿不热了，就是打个喷嚏喷出来都是冰碴儿。年轻人说高兴了，渐渐得意忘形起来：回到家里，冷锅凉灶，屋像冰窖，炕像冰床。老百姓家中有人，人家是热炕热灶热水热饭。我们哥儿几个一进门，先把水缸里的冰砸烂，砸出一个冰窟窿，拉起瓢来先喝一瓢冰凉冰凉的水，然后再从水缸里捞玉米粒。不知道为什么吧？因为生产队没电，天天拉闸，我们又没空推碾子磨面，就把玉米粒扔在水缸里泡，泡软了再捞出来放在笼里蒸，天天吃"嫩玉米"……我听见有嘤嘤地啜泣声，母亲抽动着双肩压抑不住地哭了……

母亲有时候心比父亲硬，比父亲敢抗事。那时候，北京市革委会门前天天都有静坐示威的"白发人"，都是北京上山下乡知识青年的爷爷、奶奶，哭的闹的骂的都有，但都是些退休的老年人，上班的家长没人敢去，怕被盯上扣上顶帽子。母亲不怕！偷偷地去过好几次，她不是去看热闹，而是帮着给人家写告状信，每次去都买一大包面包鸡蛋糕带去，那些告状的爷爷、奶奶有时候顾不上吃饭。父亲知道后劝过母亲几次，母亲说，我是为了咱家的孩子，也是为了他们这些上山下乡受苦受罪受难的知识青年，要不是怕连累这个家，连累你们，我会义无反顾领头去和北京市革委会的领导说理去！

　　有一次在北京市革委会的高台阶上有一位老人家突然晕过去了，但老人家是闯进戒严线要上访市领导的人，警卫人员拦着不让人去。母亲义愤填膺，大声斥责他们：老人家有三个孙子一个在山西两个在陕西插队，谁没有兄弟姐妹？谁没有父母老人？毛主席还说要救死扶伤实行革命的人道主义，你们凭什么见死不救？母亲和几个人把老人搀扶着一直送到医院，还给那位老人家留下了三十元钱。

　　母亲后来对我们说，有一次她发现有人在跟踪她。母亲装作买东西一直向王府井大街走去，从百货大楼出来，后边的人还跟着，母亲又走进东风市场就是现在的东安市场，转过来转过去，人家还跟着，到华清池里上了一趟厕所，人家就蹲在门口等着。母亲真行，三十年代在北平上大学时就对那一带特熟，她先进八面槽的东来顺，又走进吉祥戏院，看见人家在戏院门口蹲着等她呢，母亲快步从后台的小侧门走了。母亲喝着水把这些经历轻轻松松地讲完了，却把父亲吓了一身冷汗。母亲说，毛主席的话都是放之四海而皆准的真理，只有"知识青年到农村去，接受贫下中农的再教育，很有必要"这段话讲得太绝对了，有必要没必要两说着，我看就没那个必要。

　　其实母亲是个脾气很大的人。一九七二年初我从农村回来，火车误点，一误就没钟点，扛着好几个手提包刚进门，一身的寒气还没褪完就有人敲门，门开了，原来是街道革委会的治保人员和公安片警。母亲很惊讶，人家很严肃，像抓贼捕盗，指着我厉声问：刚从外地回来？和户主什么关系？回来干什么？登记了没有？上临时户口没有？有没有县一级及以上革委会的证明？母亲怒，大怒！火，大火！指着那几张故作严肃摆出一副居高临下的脸，大声训斥，毫不掩饰怒火中烧。邻居们闻声而来，你言我语给母亲帮腔，最后那位穿公安制服的人像演员卸了装一样，连声说我们不是那意思，确实是按上级的精神办，生人入户，做到前脚进门我们后脚跟进。父亲赶忙接过人家递过来的登记表，一一填写画押。临走再三交代明天八点半到家属委员会办学习班，不能迟到不能早退不能请假不能溜号，更不能外出。我调侃地说，能不能死亡？能不能升天？街坊邻居也都起哄。后来才知道确实是上级的命令，咱赶巧了，是尼克松跟咱一块儿到北京。

　　一九七七年恢复高考，母亲给我写了一封长信。多长？二十九页信纸，密密麻麻的小字，估计至少有三万字，一颗母亲的心捧在儿的面前。母亲坚信，雨过天必晴，三九之后绽春蕾。母亲给我出了二十个方面的复习提纲，老人家说，这二十道题答对了方有进考场的资格。那时候母亲正在大姐处闲住，大姐夫是中国科技大学一九六四年毕业的高才生，母亲对他说你发发狠，考考你小舅子，看他沾边不沾边。大姐夫这个人我不喜欢，原因之一就是太认真、太教条、太死板。他真把他当成高考的老师了，一脸寒霜，像阎王爷、判官似的考我。我把他出的摞起来，足有三十五厘米高的七科考试卷一一答完。用我的话说是过鬼门关。母亲俨然像位监考官，还不时看表，容不得一丝一毫的马虎。大姐夫对母亲说，如无大碍，平等公开，我上大学当有一望。母亲高兴得又给我写了十几页的长信，和我住一块儿的几位北京知青还以为是寄来的情书，挺下工夫地用湿毛巾把信封的封口泡开，把信悄悄地取出，一读一念，大失所望。原来不是"红娘情书"，是"三娘教子"让哥几个惨然悔之。

　　记得我拿着大学录取通知书兴冲冲地到北京老宅去见母亲，母亲反而一句贺喜的话都没了，老人家正系着围裙在厨房忙呢，又是炒,又是蒸,又是炖,又是熘。母亲脸红扑扑的,连声喊着:快,快把哲儿以前带回来的山西老白汾酒拿出来,斟满,会喝不会喝的都得喝一杯,谁不喝干老太太我和他过不去。突然间我听见母亲那清脆悦耳的口哨声,父亲停止斟酒了,意味深长地说十多年了,从没听你妈这么纵情地吹过口哨。那哨声真脆,真亮,真甜,真自在,真幸福,我看见老父亲扑簌簌地掉泪了……

母亲这次是真不行了,用医学术语说是深度昏迷。无论我怎么喊怎么摇,老人家面如静水,只是听得见如丝的呼吸声。医生来了,一二〇来了,他们问谁主事,我说我主事。大夫说人肯定是不行了,快了也就在瞬间,慢了也不过三五个小时,赶快操办后事吧。再求人家,说什么好话,大夫们都摇着头走了。我趴在母亲脸上,脸贴脸地让泪水流在生我养我的老母亲脸上。此时此刻我还能说什么?突然我听见母亲若有若无地说:"回。"我一激灵,泪都顾不上擦了,我又问了母亲一句您说什么?这次母亲羸弱但渐渐地说:"回。"我明白了,母亲是想回到父亲去世的、他们一起生活十几年的地方——太原迎泽公寓。

已经是深夜十一点半了,从北京到太原,还有五百五十多公里,又是夜路又是山路,但这可是母亲她老人家留在人世上的唯一心愿了。做儿女的就是上天入地也得办。我找来一辆大车,让母亲平躺在后面,连夜启程赶赴太原。借着车上微弱的灯光看,母亲很平和很慈祥很安静,闭着眼真像睡着了,我和三姐伏在母亲的脸前能听见母亲在缓慢地呼气,三姐焦急地注视着我,我的心也和油煎一样,母亲似乎只有出气,一口一口地呼着气,听不见她喘气、吸气。三姐有些慌,但好在母亲没有一丁点痛苦的表现,三姐轻轻地给母亲把着脉,只感到那脉象像半空中飘荡的游丝,时有时无的。车终于过了石家庄,终于过了娘子关,终于过了阳泉,但母亲好像中止了她的呼气,三姐着急地说:"怎么办啊,妈的脉搏找不着了……"三姐几乎瘫倒在车厢里。人急了,什么话都能逼出来,我急得恨不能……不知为什么我突然对母亲说:"妈,您对不起我们,我们这么多人辛苦一夜就是让您回家啊,您也对不起爸,您还没回到家怎么就能走了呢?您也对不起您自己,您自己要求回家的,这都到家门口了,您怎么了?您怎么能这样呢?"我哭了,三姐哭了,挤在车厢里的家人都哭了,那一颗颗热泪就滴在母亲静若平湖的脸上。突然三姐惊喜地说,母亲有脉了!我俯下身去,真的,不只是我,我爱人她们都听见了,母亲又一口一口地吐起气来,好像比以前吐得还长,三姐又惊喜地叫:妈的嘴唇好像在动!我把耳朵贴在母亲的脸上,反复听,认真听,什么也没听见,只听见母亲清晰的吐气声。

　　汽车终于驶入了太原,终于驶进了迎泽公寓,我们终于把母亲抬进了家,把她老人家妥妥当当地安顿在从前她和父亲住过的床上。三姐高兴得大声对母亲说:"妈,您睁开眼睛看看,咱回家了,您回来了!"

　　真的,真的!母亲真的睁开了双眼,母亲的眼睛很大,很美,很有神,很敞亮。

　　母亲睁大了眼,把屋子认真地打量了一番,颤抖了一下眼皮,露出了一层淡淡的浅浅的却分明是满意的微笑,就在那一瞬间,还没容我们再问再说再展示什么,母亲的头轻轻地一歪,缓缓地闭上了眼睛,她老人家就那么带着嘴角上的满意的笑容走了。

　　年年清明给父母上坟,献完花磕完头,给父亲斟满三杯酒,一杯一杯浇在地上,父亲爱喝酒,他搞了一辈子发酵工业,我们都相信,父亲在九泉之下一滴不漏地把那醇香的老白汾都喝下去了。给母亲说完话,我总想学着母亲生前那样给母亲吹一曲她喜欢听的口哨,但每次都只吹了个头,就吹不出声了,泪水顺着脸颊不停涌进嘴里又咸又涩。我不禁放声大哭,跪在墓前放声大哭,母亲会原谅我的,她知道我为什么没能吹出一首口哨歌送给她……

第二辑

# 滹沱河的记忆

## ——一个北京插队知识青年的手记

### 冬不冬

四十多年前，我毅然决然地离开北京，苍苍凉凉而又有些悲壮地去山西省定襄县插队。现在说出来很多人都难以相信，就是因为那条河，那条从五台山北流到定襄县弯弯曲曲横穿整个县城的滹沱河.

一九六八年，北京的中学已被"军训"了，军代表的最主要任务是把我们这些"残渣余孽"怎么能尽快像"扫帚扫灰尘"一样扫到农村去。那时毛主席"知识青年到农村去，接受贫下中农的再教育，很有必要"的最高指示还没有发表，但要求初中六六届、高中老三届毕业生必须在一九六八年年底前走完的指示已经下达到军训团。因为在之前，已经被送走了多批，去东北建设兵团的，去内蒙古建设兵团的，去内蒙古农村去插队的，去吉林延边插队的，剩下的学生已经不多了。

当时我们班有五十多人，那时已经走得只剩下十多人了。军代表的拿手好戏就是办学习班，因为"办学习班是个好办法，很多问题可以在学习班上解决"，这是伟大领袖的最高指示。我们班的军代表尤其能活学活用，不但给学生办学习班，而且给学生家长办学习班，不但面对面办学习班，而且背对背也办学习班。军代表讲得很直白，毫不隐晦："就是要打破这些家伙泡的思想，就是要打掉这些家伙能泡下去的经济基础。"我们实属在劫难逃，逃过初一也"泡"不过十五，北京虽好，已非久恋之地，军代表给我们的选择还是有余地的，"三地择其一"，一周办户口。号召我们像他们参加解放军一样去农村干"革命"。当时也顾不上发牢骚了："你们是从农村到首都来当兵，我们是从北京被下放到农村，能一样吗？"三地：一是内蒙古的乌蒙，二是山西临汾的山区，三是山西的定襄县。我们那时什么都不懂，说是知识青年，其实是没多少知识的未成年。

几个要好又泡不下去的同学找来一本中学生地图册翻开一看，运用的还是从军代表那儿学来的毛主席语录，"没有比较就没有鉴别"。把三个未知的地方放到一块儿，比比看谁高谁矮，谁黑谁白，一比较才发现地图上定襄县有一条粗粗的弯曲的黑线，那是什么？那是河！一条弯弯曲曲的"不细还挺粗"的河。我们一开始说它像一条雨后刚刚爬出草地的大蚯蚓，又说那比喻不行，蚯蚓爬出草地就快被晒死了。又比喻说那就像人腿上凸起的暴筋，弯弯曲曲的挺像。我们中的一位同学反对，他爸是大夫，他说那是静脉曲张，和将死的蚯蚓一样，是致命的。我们再也想不出还有什么好的比喻来了，当时就那么多知识，几个脑袋挤在地图册上，上面的字虽小，但我们那时视力都极好，三个拉开距离的印刷体字工工整整——滹沱河。滹沱河我们太熟悉了，因为我们学校曾组织我们看过电影《红旗谱》，虽然后来被批判了，但那条河，那条滹沱河可没有被批倒批臭，那河水浩浩荡荡，波起浪涌，在滹沱河里行船，赶上风顺水大，一天一夜船就行海河湾了。用《红旗谱》里朱老忠的话讲：顺着滹沱河就能直下天津卫。这太让人兴奋了，太有诗意了，太浪漫了，有河必有水，有水必有鱼，那该是个鱼米之乡。滹沱河水那么大，我们要带上蛙蹼，天热时就去游泳，游完了就赤裸裸地躺在河滩上晒太阳。要么就带上干粮，顺着滹沱河游进天津卫，那才够意思。带上渔钩渔竿，可以像渔翁一样坐在芦苇中钓鱼改善生活，一定要用滹沱河的河水煮刚出河水的鱼，汤里再放几片鲜嫩的苇子叶，那鱼汤虽然烫嘴，但一定很鲜很鲜，北京绝对喝不着。向毛主席保证，以后还可以组织村里的老百姓打鱼，改善生活，改变山西老百姓的生活习惯，还要组织一支农村游泳队，我们当教练，当指导，出钱给他们买游泳裤衩。夏天的夜晚一定要在河边生上一堆篝火，坐在篝火边哼着"月亮在白莲花般的云朵里穿行，晚风吹来一阵阵快乐的歌声"，太激动人心了！我们几个同学最后把地图册往天上一扔，共同击掌为誓：消灭法西斯，自由属于人民。那年月正放映阿尔巴尼亚电影《海岸风雷》，那几句游击队员的台词早已变成北京中学生的口头禅。

　　早知滹沱河在彼，焉用听军代表在此每天哭丧着脸教训人。这灰蒙蒙的脏不拉儿的北京城，西北风裹着黄沙卷着破碎的大字报纸，撒得像过去贝勒爷出殡时的纸钱。北海、景山、故宫全都被勒令关闭。北京没劲，此处不养爷，自有养爷处，不看军代表那丧门神似的干巴脸，要玩就到滹沱河去玩，玩出个"湘江评论"，玩出个"浪遏飞舟"。

　　一九六八年十一月十八日，我们终于到了山西省定襄县城，临时住在县政府招待所里。那个日子我记得特别清楚，因为我们相约终生不忘十一月十八日，这一天我们从北京一名中学生转变成山西定襄插队落户的老农民，但我们更愿意做滹沱河畔的吉卜赛人。

村里大车来接我们了，我们的行李都很简单，有一个酱红色的木板箱，木箱的前脸印着七朵向阳盛开的葵花，象征着七亿人民心向党。那年头，我们国家才七亿人口，下面有一行激动人心的口号：七亿人民七亿兵，万里江山万里营。再下面就是"三忠于四无限"的豪言壮语，那箱子二十三元，是凭借着迁了户口盖了派出所公章的下乡通知书买的。箱子和提包铺盖卷捆好以后，我们迫不及待地问赶车的大把式："滹沱河在哪儿，有多远？"大把式漫不经心地把系着红花的大鞭子往远处一指说："出县城往北，十里见河。"真的？十里？五公里？不过就是五千米、五千步呗，转眼就可以看见朝思暮想的滹沱河了？山西的车把式都是两个人，一前一后，前面的我们称为大车把式，后面的比较年轻，一般负责装卸车拉磨杆，就是在大车下坡时，使劲拉动箍紧大车轴的一对抱瓦，让车不至于下坡跑得太快，压着驾辕的骡马。我们把拉磨杆的赶车人称为二把式。大把式姓刘，一脸的络腮胡子，高个儿，看着有几分悍气，披着一件没面没里的光板羊皮袄。看我们对滹沱河那么感兴趣，大把式不以为然地说，河是不远，但河上没桥，咱过不去，要绕着走，远走三十里。为什么不架一座桥？那谁知道？祖祖辈辈都没架过桥，可能是水大桥难架吧。大把式、二把式都不再说话，忙着收拾行装准备启程，还有四十五里的路要赶呢。定襄前几天入冬下了第一场雪，雪残霜重，晋北的冬天冻得够劲，把路边的钻天杨的枝条都冻得咔吧咔吧地断了一地。我们真是兴奋，天冷算什么？一张嘴就是一朵漂亮的白莲花，我们没白来。滹沱河，我们心中的河，我们梦中的河，我们未来的河！我们不约而同地唱起了电影《上甘岭》中的那首插曲《一条大河》，觉得那就是滹沱河。"一条大河波浪宽，风吹稻花香两岸，我家就在岸上住，听惯了艄公的号子，看惯了船上的白帆……"

我们一遍一遍地唱,也不觉得累,马车走得很慢,一摇一晃的,像在波浪里逆流而上的小船。看着我们唱得那么开心,那么情深,大车把式说他也听不懂我们唱的是啥,但曲子唱的还是挺好听的,这调调到勾起了他肚子里的唱虫,"咕咕"地叫。他敞开破皮袄,甩了个响鞭,咧开黄乎乎的大嘴,仰脸向天唱起来。大把式的嗓子还真宽,顺着风忽悠悠地传出去,不过路上、地里都不见人的踪影,自己唱图个解闷高兴,"第一次瞅你啊,妹子你不在,你爹爹啊,你爹爹敲了俺两烟袋;第二次瞅你啊,你不在,你妈妈啊,你妈妈打了俺两锅盖;第三次瞅你啊,你还不在,你哥哥啊,凶得像个灰圪蛋把俺撵到咱村外;第四次瞅你啊你正在,搂着你亲嘴摸奶奶……"我们都不唱了,睁着眼看着其貌不扬的大把式,四十多岁的人了吧?怎么还唱这么骚的情歌,比我们在学校里禁止唱的"四旧"的歌黄得多!这家伙是什么人?竟敢公开扯破嗓子唱黄歌,赤裸裸的色情歌,这还有法有天吗?问二把式,那老小子是不是四类分子?逃亡地主?漏网土匪?二把式一脸尊敬地说,咱村的老贫农,他爹是咱村的贫下中农的代表。真没想到,知识青年到农村去,还没进村就让贫下中农给上了这么一课,方知北京城外天地广,要不我们还真以为农村的贫下中农都像《龙江颂》里的江水英呢。

## 冬天里的冰

远远看见滹沱河了,河面上结着冰,冰面上还覆盖着一层薄薄的积雪,看那河面是够宽的。大车把式说,滹沱河有五里宽,最宽的地方有七八里宽。把我们着实吓着了,真让人跌眼镜,别说驾着小船航行了,简直能开航空母舰了。顺着河由东向西望去,真像一条舞动的银蛇。我们的一位同学当时十分迷恋扑克牌算命且有时候似乎也算得有些靠谱,他兴奋地说,服不服吧? 我当时就算是去定襄好! 果然应验,此乃天命。

我们要过的渡口叫"嘴子",二把式告诉我们滹沱河在这里最窄,像人撅起的嘴。我们一致认为这地方的名字起得也太没文化太没品位了,叫什么不好,叫"嘴子"。所谓渡口,并无桥梁,只是在河上用玉米秆厚厚先铺一层,然后再垫上一层厚厚的土,大车走在上面跟人踩上棉花一样。二把式年轻腿快先跑到一个简易的小屋前,他们向"河卡子"交过路费,一辆大车一元五角,我们村最穷时生产队长向我借一块钱,为了队里开会买煤油。出纳说,他管钱管得最少的时候只捏着五分钱钢镚儿。"嘴子"上的人宰得够狠的。

大把式扯开他那折叠式的中式抿裆大棉裤往河边跑,"放水"有同步效应,我们也都尾随而去,但我们到河边傻了,愣在那儿,连撒尿都忘了。这是什么滹沱河?一无岸二无水,别说开航空母舰了,连洗澡盆也飘不起来,这儿肯定不是滹沱河。大把式说:"不是滹沦河还是通天河? 通天河是尿滋的。"这个长相凶恶一肚子色情的老贫下中农水放得够足的,像条滹沱河的支流。看见"卡子"上的一个"主儿"穿戴得像知识分子,我们就跑过去问个清楚,那"主儿"果然明白。他说脚下确实是滹沱河,千真万确,但它又不是滹沱河,也是一点不假。因为它是滹沱河的一个支流,滹沱河流到这儿地广又平,想往哪儿流就往哪儿流,支脉多了去了,夏天洪水下来时是一条大河,冬天就这样,骡子撒尿似的,一股一股的。再一问才知道此人果然不凡,是位老师,正借此处帮助记账的。但我们悬着的心并没放下,这是一条什么大河波浪宽? 蹚着水过河也没不了脚脖子,还不如我们朝阳门外的护城河呢,顿时让人泄了气。我们站在河面上,河水太浅太少,河底黄泥一坨一坨地露出河面,这是什么滹沱河?这难道也叫河?我们站在冰面上,极目一望,远山苍茫,近树凄凉,不知道谁起的头,竟然唱起印度电影《流浪者》的插曲来了,那可是典型的"四旧"歌曲。不唱难道该哭吗?男大愁唱女大才愁哭呢,"到处流浪,到处流浪,好比星辰迷惘在那黑暗当中,孤苦伶仃,漂流死亡,我一个亲人也没有……"大车晃晃悠悠地过河了,大车把式拉开嗓子喊我们,快上车吧,离咱村的热炕头就十五里路啦……

## 春不春

晋北的春天是怎么来到人间的?是黄风刮来的。铺天盖地的黄风从天尽头刮来,把天地之间刮得浑浑噩噩,蒙蒙浊浊,天日不见,刮得连人的耳朵眼鼻孔头发茬里都是细如粉末的黄沙土,把拉车的大骡子、大马刮得连眼皮也不抬,全凭人拉着走,人不拉着就奔拉着眼皮闭着眼摸着黑向前走。那一场接一场的黄风刮得柳树吐了芽,麦苗返了青,杏花吐了蕊,滹沱河开了冰。那黄风也把一拨在晋北插队的北京知青从北京刮回到山西。开春该干活了,回到定襄来的北京知青最发愁的就是那条滹沱河。

大家都带了大米、挂面、黄酱,炼成一瓶一瓶的猪油,装成一盒一盒的咸菜、炸酱,反正每个人都是四五个手提包,而且死沉死沉。滹沱河就横在面前,河上无桥,春风已到,河冰早就开化了。河水是不大、不宽,但也有三十多米宽,水不深,也有齐膝,有的地方甚至能淹到胯。最要命的是那解冻后的稀泥像黄河的黄泛区,七八里的河道尽是这种烂泥地,一群群知青"候鸟"飞到滹沱河滩上都要停下来,男知青无一例外地骂：我操，这水还挺大；女知青急得直跺脚，也骂：他妈的个腿，这怎么过？这缺德的滹沱河。

有专门"吃"这行的。河边上蹲着七八个人，有的穿着皮衣裤，有的干脆光着下半身，披着个烂皮袄，抽着烟等买卖。买卖来了，我们一到河边，他们就围上来"服务"。定襄县人实在，不懂得"敲竹杠"，不像北京的"板爷"又油又狠，漫天要价。背一个人五毛钱，五个提包算一个人，一个人连行李背过河一块钱。说实在的也不贵，这么冷的水，这么稀的泥，挣的是辛苦钱。但北京知青都不是"善茬"，在京城"玩"过，用当时的时髦话说经过风雨，见过世面。那时我们都是十七八岁的小伙子，大的已经是二十二三岁的壮爷们，有的哥们儿就拿背河人"练"着玩。一伸手说，你给我五块钱，我背着你一来一回六趟，让你占点便宜。又说兄弟我今天学雷锋白背你过河，不过回来的时候你自己趟回来。又说背胖子一块钱，背瘦子是不是打折？干这活不错，要不我们哥儿几个替下你们，你们坐在这儿抽烟干提成，借穿水裤多少钱？真不好意思，哥儿们穿过去你还得光着屁股自己趟过去再取回来。

这些"背河工"有时候也坏，当年第一拨回村的女知青走到滹沱河边曾被那帮孙子吓得扔下提包就跑。原来背河工见女知青扛着沉重的行李要过河，忙着来接东西揽活，一急之下，光着屁股亮着家伙就跑过来，北京女知青没见过这种场面，吓得如临大敌。从那以后，一般女知青回村都主动和男知青结伴，为的就是过那条倒霉的滹沱河。用北京知青当年的流行语说，"背河工"那帮丫挺的也真够损的。据说他们要是背上一个大姑娘、俊媳妇过河，走到河心里就肆无忌惮地大唱情歌，赤裸裸的色情歌。有的还让人家亲一口，或者摸人家的屁股，要不就假装泥绊了腿，一屁股坐在滹沱河里。这帮丫挺的，有一回背一个北京女知青过河，那女知青长得跟海报上的李铁梅一样。据说当年定襄县的一些农村就流传着一个"段子":问怎么死就无遗憾?是为革命吗?是为毛主席的革命路线吗?是为一百元钱吗?答:都不是!和李铁梅睡一夜虽死无憾!村里的人都认为李铁梅是天下第一美人。那家伙把那位美女知青背到河中心,先是唱情歌,人家不理睬,又要亲个嘴,人家只当没听见。这小子伸手摸人家屁股,那位女知青一使劲从他背上一个标准的跳鞍马动作,跳到滹沱河河里,狠狠抽了他一个嘴巴,啐了他一脸唾沫星子,然后头都不回地蹚着水大步流星地走了。以后村里的人都传:北京知青,阎锡山的宪兵——厉害,惹不起!

滹沱河的水真够凉的,冰凉冰凉的,刺骨的寒,特别是冰凉的黄稀泥刚解冻粘在脚心上,冰凉得让人心寒。冰水淹到大腿根上,上下牙都被激得禁不住打战,互相一看嘴唇都渐渐发乌了,肩膀上扛着沉重的提包,脖子上吊着装满挂面的书包,后背上背着大米包,河里刺骨的小风直吹到肚脐眼上,那罪还真不好受。哪个北京知青都是一串串一嘟噜一嘟噜地骂着滹沱河,把最难听最解恨的词都用上了,滹沱河是不会想到让这帮曾经那么向往它的北京知识青年骂它骂得那么粗野,那么难听,那么不齿于人类……

## 春天里的风

插队那几年,是"农村学大寨"上劲的年月,大学大干促大变,全县组织万人农业学大寨大军,大战滹沱河万亩盐碱滩。滹沱河北边的四个公社的男女基干民兵基本都上阵了,我们北京知青都是壮劳力,悉数"一网打尽",全部上战场。改碱治盐,把万亩盐碱地改成亩产上吨粮田。我们都是按军队整编的,一水的连排班,生产队的队长就是连长,副队长就是副连长,从开进万亩盐碱滩就一律改称连长、排长、班长,大家觉得既新鲜也时髦,就是刚刚叫时觉得像闹着玩,叫的不好意思开口,被叫的扭扭捏捏地答应。但时间长了就顺口也顺耳了,北京知青把他们叫做"一群土八路",他们也自喻是不穿军装不拿枪的人民子弟兵。

一万多人是一支浩浩荡荡的部队,沿河沿滩的村里根本住不下,我们北京知青全部在盐碱地上安营扎寨,好在吹面不寒杨柳风,我们也没感到冷,倒是觉得又回到学校过上集体生活,热闹多了,也好玩多了。活挺重,每天都是挖沟垒堰、挑土推车,一顿饭半斤重的大窝头嘴里咬着一个,用筷子串着一个,一手还再拿着一个,那也吃不饱,一天三顿饭连一滴油星都不见,每个人饿得脸都发着窝头色,馋得恨不能"人吃人"。

学大寨的工地上办有广播站,由四名北京女知青连写带念,那活是工地上最轻松最惬意的活。不知谁突然想起,那些女知青每天喝着热水坐在麦克风前念念稿子,肯定吃得少,肯定吃不了,与其让她们把剩窝头扔了,放着长绿毛了,还不如救济一下我们这些饿汉子。不知道那年月的人是怎么了,当初在学校那些女同学二两的包子都吃不了两个,一到了广阔天地,接受贫下中农再教育,真让人刮目相看,一个看上去弱不禁风的小女子,半斤重的窝窝头一气吃四个还把掉在桌上的窝头渣细心地捡起来放到嘴里。她们不再是杨柳细腰樱桃小嘴的"绣楼小姐",她们简直就是一群饿瘪了肚子的小母狼。这话虽粗鲁了些,但确实是当时我们的知青语言。我们当面说她们,她们嗤嗤笑着默认了。一位女知青说,她回北京第一顿饭不但把她妈吃傻了,而且还把她爸、她哥、她姥姥、她家的邻居都吃傻了吃呆了吃得害怕了,吃得抢她的碗了。北京那种蓝边的老式的大瓷碗,没打盹没喘气一口气吃了四大碗炸酱面外加两大盘白菜心、萝卜丝、豆腐干丝、肉末、炒鸡蛋的炸酱面菜码。她妈掉着泪说,就是头小猪也吃不了这么多。

滹沱河的万亩盐碱滩真神,连个青蛙、菜花蛇都看不见,偶尔逮住一两只大蚂蚱,就地找根细棍一串,放到火上一烤,顾不上细嚼慢咽,顾不上烫嘴,舌头一拌就咽了。用我们当时知青的话说,再小那也是块肉,再小也带一嘴腥。

有一天,大队的书记就是我们营长来我们工地检查工作,据说公社书记要陪同县委书记和地区的农业学大寨学习参观团来我们大队参观学习。营长一来就把我们连长臭骂一顿,说光拉车不看路,光知道死干,不知道宣传,一点声势都没有。用手指头敲点着我们连长的脑门咬着后槽牙说,学大寨学得不高不亮不真!吓得我们连长汗珠子都滚下来了。最后营长才软下来,点拨着连长,多竖几面红旗,多搭几个彩牌坊,尤其是要有几句有影响力、有震撼力、好记又好念让人一看就忘不了的口号。

营长走了,连长发愁了,这任务比让他光膀子推一百车盐碱泥、垒一百米石头堰还累。他只顾低头抽闷烟,不真学大寨的帽子扣下来能压断他的后脊梁。

连长有时候不如排长,排长说把这个任务交给北京知青,人家喝过的墨水不比咱喝过的井水少。连长腾地站起来,一巴掌差点把排长拍得坐在地上,肢体语言是他的强项。

连长跑到我们窝棚里,"嗵嗵嗵"地说了一气,临结束时说:"三天后把大标语牌立在工地上,让我拍了大腿,让学大寨参观团拍了大腿,我一个人一天多让你们吃一个大窝头。"这不啻三伏天送来甘露,我们都像打了鸡血,喝了胖大海似地立马精神起来,有人不放心又跟着问,连长不是吐个烟圈画个圆吧?不是用纸糊个媳妇糊弄人吧?连长一跺脚：我什么时候说话像撒尿了？有人赶快说，连长错了，是像放屁，是说说话不算数好比脱了裤子放响屁。连长一脸的严肃，铁青着脸说，放屁谁能看得见？你们看见谁放屁脱了裤子放？要是耽误了农业学大寨，我让你们个个都脱光了裤子放臭屁！

连长怒气冲冲地走了，我们高兴地狂呼：面包会有的，一切会有的，窝头也会有的。那时候我们能把电影《列宁在十月》的台词整段整段背下来。

紧跟着就犯愁了，怎么能使连长拍大腿，让那些没事找事的参观团拍大腿呢？连长狡猾得比夜袭队的铁杆汉奸都油，从他嘴里抠出窝头渣都不容易。这真应了晋北的民歌："樱桃好吃树难栽，饸饹好吃水不开。"我们几个挖空心思，搜肠刮肚，一个哥们儿把自己的头捶得"嗵嗵"响，一个哥们儿把胸脯都拍得血红了，最后我们都和尚打坐似的坐在地铺上，双手攥拳支着头，冥思苦想。若干年后，看见日本动画片《聪明的一休》，看见那小和尚发愁时打坐以手捶自己的头时，我会心地哈哈大笑起来。别人都莫名其妙，我不怪他们，因为他们没有滹沱河畔的生活。

"天下无难事，只要肯登攀"，向毛主席保证，他老人家的话好使。三天后，我们把一人高的大标语牌做成一条横线立在工地上。哥儿几个心中忐忑不安，不知道人家拍不拍大腿，能不能吃上大窝头。我们打出的是"三不"口号，不是卖关子，当时我们往外憋口号时先定下了三条原则：一是口号不绕口，看一遍就能记住，举拳头就能喊出来；二是不能太斯文，文化含量不能太高，让连长、排长们一看就懂，一看就爱，才能让这些头头们拍大腿；三是要新奇、扎眼、有力，别人没喊过。对，吃别人嚼过的馒头没味，宁肯吃别人没嚼过的窝窝头。统一"三项原则"以后，用当时我们知青的一句"圈里话"说叫"拉屎攥拳头"，才整出这"三不"口号。口号是这样的:农业学大寨,不吃饭不饿,不睡觉不困,不歇着不累。真没想到,让我们几个都震惊,"三不"口号火爆,得到了大寨参观团的交口称赞,一致好评。连长笑得直拍自己的大腿,他着实风光了,在现场会上,连长十字披红被戴上大红花,县里的一位领导在大喇叭里专门说到我们连的"三不"口号,他说"三不"口号充分体现了我们农业学大寨的决心、雄心,战天斗地的魄力、能力,我们就是要发扬"三不"的精神,拿下万亩盐碱滩,粮食亩产过千斤。

一时间,万亩盐碱滩工地上到处都立上了"三不"口号,工地农业学大寨"战地黄花"广播站还高音播出了"三不"口号是怎样诞生的采访,隆重地宣称:"三不"口号将和滹沱河一样,永生永世不会枯竭,"三不"口号将指引我们奋发向前。

我们一时也觉得自己确实伟大了,吃窝头也不用手接着掉下来的窝头渣了。

## 夏不夏

滹沱河的夏天好,天是蓝格凌凌的天,水是清格凌凌的水。但水至清则无鱼,我们过去一直坚信,有水就有鱼,有鱼必上钩。红军过草地艰苦卓绝得没得比了,还能钓着鱼,我们上初一时就学过王愿坚的红色小说《金色的鱼钩》。我们一块插队的一哥们儿是钓鱼的高手,还带来了全套的钓鱼工具。他钓鱼也是子承父业,有家传的因素。一九六二年是大饥荒闹得最厉害的时候,人们已经把能吃的都吃了,把不能吃的也当饭吃了,那时候大人几乎人人得了水肿病,像我们这样的小孩儿也个个面黄肌瘦,病秧子似的。但我们那哥们儿却吃得脸上放光,起初以为是水肿过度闹的,细看不是,是营养过度刷的色。这小子靠什么吃得那么滋润？就靠他爸手中的那根渔竿。他家住在全国农业展览馆后面的临建里，紧挨着一个一点都不比北海小的大苇子坑。他爸每到傍晚时就悄悄蹲在苇子丛里，张竿垂钓，哪次也能钓到个好几斤鲜鱼。久而久之，我们班里的这位同学也学会了钓鱼。但白带了，滹沱河有水没鱼，我们认为是水太清了。老百姓说，河水清不是好事，水清有鱼没鱼他们不关心，他们也不吃那水里游的东西，嫌肮脏。他们关心的是水清则天旱，天旱则少收，少收则少分，少分则饿肚子。后来我才知道黄河的水为什么不能变清，黄河水清就要饿死人。雨水越大，收成越好，黄土高原怕旱不怕涝，十年九旱后来竟变成年年抗旱。雨水大洪水下，混浊的山洪顺流而下，挟泥带沙，黄河水就混浊不堪了，当地的老百姓都高兴得要烧香拜佛了，今年是个好年景。老百姓说滹沱河也一样。

在滹沱河边学大寨最难熬的是馋，我们在初中学过陈毅元帅的《赣南游击词》，其中有一句是"三月肉不尝"。我们互相调侃，我们是三月油不尝，有时候看青菜汤里漂着几条菜青虫的尸体时，都忙着争着打捞，捞着的像吃山珍海味，飞快地填进嘴里，很认真地咀嚼，很仔细地体味。

在晋北农村的日子里，我们都深深地感到，饿的滋味难受，馋的滋味难熬。

有一天，一个哥们儿兴冲冲地跑回来报告了一件惊天的喜讯，他说不远处有个土脊梁，土脊梁上有个鸟窝，而且是一只大鸟，肯定比大雁大得多，像鹰啊鹄啊之类的。大家立即兴奋起来，这真像《林海雪原》中杨子荣说的黑话：想啥来啥，想吃奶孩子他妈就来了；想娘家人，小孩他舅舅就来了。决定实地勘察，摸清敌情，然后制订方案，一网打尽。但大家首先憋不住的是不约而同地讨论起怎么吃那只大鸟，怎么把它做熟了,在一无锅二无灶的条件下,怎么把"鬼子炮楼端了"确实是个难题。最后集中到是架火烤还是找老乡借个锅搭个野灶上,二者选择哪一个,留待以后再讨论。

哥儿几个以为此刻大鸟肯定外出觅食未归,少安毋躁,待时机成熟,方可下手。大家都信心满怀,有的甚至到大灶上偷盐、酱,偷葱、蒜去了。

晚上我们相聚在鸟巢下,那天月亮不大也不圆,但贼亮,像挂在头顶上的瓦斯灯,此乃天公作美,天时地利人和我们全占了,焉有不胜之理?一试还真有现实问题,两个人叠起来够不着,必须搭三个人的叠罗汉。谁在最下面?谁在最上面?都是问题,最下面的人得力大身壮,最上面的人得身轻如猴。我们一共去了四个人,本来想再叫两个人,后来一讨论,都认为再来两个,恐怕鸟肉不够分,僧多粥少又不够解馋塞牙缝的。最后集体作出一个决定,两人在下,第二层的一个人一脚踩下面一个人的肩膀,最上面的一个人"日本"责无旁贷。"日本"是他的外号,大名叫许伟,因个子矮得此绰号。四个人一致判断此时此刻大鸟肯定栖在窝中。罗汉顺着黄土梁慢慢叠起来了,我捐献出了自己的外衣,"日本"两手拿着,准备一到洞口就用衣服扑上去,免得鸟急了啄人,把"日本"的眼啄瞎了那可就牺牲大了。

我们叠了两次才叠上去,我们贴着黄土梁站着什么也看不见,只听见"日本"大喊一声"飞了!"又听见"扑扑啦啦"的翅膀拍打声。罗汉不攻自破,人砸人地滚落在黄土梁下,张眼一望,清朗的夜空里两只大鸟一前一后朝着月亮飞去了。我们先是傻了,接着就是埋怨,直到把"日本"逼得后悔得差一丁点就剖腹自杀了才作罢。

我们在工地上基本上是日出而作,日落而息。工棚里没电,也不发灯油,只是每天早晨有个吹号的吹三遍起床号,然后就是上工地,挖沟,推泥打堰,每个人都过得灰溜溜的,要想打扑克,必须自己走出十二里地去村里供销社买煤油。知识青年中最流行的就是侃大山,其中最热门的就是侃吃,比如侃东四牌楼的白肉氽丸子,八面槽的馄饨,东来顺的涮羊肉,东安市场的爆肚、卤煮火烧,前门楼子下的白水羊头肉,大栅栏的水煎包,全聚德的烤鸭、鸭架子汤,还有放在毛主席语录上能看见字的小荷叶饼,都一处的烧卖,那东西咬一口顺着嘴两边流油,丰泽园的酱肘子,嫩得皮不沾肉,天桥的焦圈,千万别往嘴里放,牙一碰就炸了,西单拐口的酱驴肉,吃一口那真叫龙肉。人馋极了就过嘴瘾。一天,我们那位钓鱼的哥们儿钻进工棚,异常兴奋地说:"水至清也有鱼,真的有鱼!"看我们都无动于衷,他又发毒誓:"谁要不是亲眼看见,谁就掉到滹沱河里淹死!"这就必须认真对待了。哥儿几个围上来,认真听他说,闹了半天他发现的不是什么鱼塘,也没看见什么大鱼,就是一片滹沱河水冲出来的水淹地,水很浅,能看见里面有小鱼,就是我们说的"麦穗",小白条一寸来长,获得一个很形象的名字:小麦穗。大家又讨论,一致认为"麦穗"也是鱼,"麦穗"虽小但味道很好,裹一层面,油锅里一炸,那可是最好的下酒菜。也可以放在锅里干烧,放足了红辣椒,你分不清哪是辣椒哪是小鱼,盛在盘子里叫辣椒鱼,是湘菜里的高菜。也可以放在铁锅里用麦秸烧,周围糊上一圈玉米面小饼子,叫贴饼子熬小鱼,河北一带典型的农家菜。最直接的办法是串在铁丝上放在火上烤,然后滚一层椒盐,那才叫美夫吧。说得大家喉结直蠕动。我们带上了铁锹,担水的水桶,洗脸的脸盆,雄赳赳气昂昂直奔滹沱河。

　　果然是一片小水滩,河水退回去以后在这片低洼的地方还留下一摊水。我们最关心的是里面有没有鱼,蹲下来贴着水面静静观察,果然看见似乎有几尾小鱼在水面上一张一合地呼吸。但好像就几条,值不值得大动干戈？"不斩楼兰誓不还！""钓鱼世家"再次拍胸脯,这家伙懂鱼情水情,他说:"浮在水面的都是小崽子,这里面肯定有比它们大的,看这水情,至少能淘大半盆,足够弟兄们塞牙缝的。"这个世界上只有两样东西人是扛不过去的,一是饿,二是馋。一想金色的"小麦穗"那诱人的味道,没有人再犹豫,脱鞋脱裤子,下水淘鱼。

淘鱼也有大学问,我们按"钓鱼世家"的指挥,散开成散兵线,先用铁锹,搅动水由浅处往深处赶鱼,然后一起发力,在深水区迅速筑起一道泥堰,把深水区的鱼都困起来,这叫"聚而歼之"。经检查,浅水区确定空无一鱼,一个小崽子也没留,至此第一阶段战役结束。我们稍作休整,"钓鱼世家"又蹚着水四处查看地形、水情,然后又指挥我们挖排水沟,累了一身臭汗,糊了一身臭泥,终于把一条弯弯曲曲的排水沟挖成了,水滩里的水服服帖帖地顺着排水沟流走了。"钓鱼世家"很专业地找来一排细树枝,在排水口上插成像梳头的篦子一样的栅栏,别说是"小麦穗"了,就是一片柳树叶也跑不出去。水滩里的水并不能全部流走,低洼的地方就需要我们下去用盆用桶淘。那可是件力气活,泡在水里,顶着头上的太阳,弯着腰,一盆一桶地把水往外淘,好在我们都是广阔天地受过贫下中农再教育的人,基本功还比较过硬,到太阳快落山时,激战了好几个小时,大功基本告成,看着眼前的"战场",方知何谓涸泽而渔。泥水窝窝里的小鱼都挤来挤去,偶尔也能看见一两条比较大的,它们都想把自己藏起来,但水都淘干了,还往哪里躲？弟兄们一齐举着脸盆、水桶高喊:"让我们欢呼吧!这是人民战争的胜利! 这是毛泽东思想的胜利!"《地道战》里的台词早在若干年前就背得滚瓜烂熟了。

斩获颇丰。不但有"小麦穗",也有小鲫鱼、小草鱼、瞪着一双大眼的"趴虎"鱼,最大的一条草鱼足有三四两重,装了多半水桶。那心情就别提了,胡乱擦干身体,用铁锹把儿抬着"战利品",哥儿几个高唱《打靶归来》,兴致勃勃地凯旋:滹沱河,我们真得感谢你!

## 夏天里的雨

那年夏天,雨特别勤。我们都特高兴,因为一下雨就不用出工了。弟兄们就趴在铺上打扑克,那年头兴在脸上贴纸条,一个个都贴得像吊死鬼似的。

滹沱河的河水不再清了,也不再平平静静了,河水混浊着翻着泡沫呼啸而来,多年不见的浪头都汹涌澎湃起来。老乡说,山里发洪水啦,今年雨水大,滹沱河的水都变成泥浆了,秋粮等着丰收吧!

我们都是青壮劳力,连长组成了青年突击队,让我们坚守在堰坝上。那时候还没有"严防死守"的口号,营里提的口号是"绝不能让农业学大寨的成果毁于洪水"。虽然口号长了点,但也鼓舞人心。因此我们都扛着铁锹立在堰坝上,滹沱河的河水顺着河槽奔腾而去,偶尔有一两个旋涡冲到堰坝上,也都是无功而返,最多是有惊无险,大家也乐得蹲在堰坝上看风景,白挣工分,白吃队上的黄窝头。

渐渐地却不一样了,滹沱河里顺流而下的不再光是夹泥带沙的洪水,河水里有折断的树干,倒塌房屋的梁柱,还有拖着电线的电线杆,偶尔还能看见有淹死的猪羊,旋涡里打着滚的死鸡死狗。人们脸上都紧张起来,严肃起来。上游有地方遭灾了。大家都不由自主地站起来,指指点点着河里漂浮过来的东西。

连长突然跑过来,上气不接下气地说,接到县里的电话,上游可能有人冲下来,让我们准备救生队。人命关天,救人如救火。但连里的老乡都推说不会游泳,怕水,说什么也不敢下水救人。这也难怪,山西农村根本没水,有的人一辈子都没见过湖是怎么回事,不大的一个小水滩,总共不过一个足球场大,最深的地方也就淹到人的肚脐眼,当地老百姓都称它为"海子"。连长又找到我们北京知青,他知道这帮家伙几乎个个都是"浪里白条",我们初中放暑假基本上都是在苇子坑里泡着,在庆祝毛主席畅游长江一周年和庆祝毛主席发出到大江大河去锻炼的最高指示的时候,我们都参加了横渡后海、北海、颐和园的昆明湖,也多次横渡过农展馆后湖,每年夏天个个都晒得像印度人似的。游泳是我们的强项,但下这么急,有这么多携带物的河里救人谁心里也没底,碰上一个旋涡,撞上一根树干那就没命了。面面相觑,该怎么办?连长也急了,他三下五除二就把裤子脱了,赤条条站在河边,干着急不敢下去。用北京的土话说,那可是玩命啊。闹不好你是竖着下去,浮着上来。

连长带着几个脱得精光的老百姓一步一挪地下到水里,没走两步看到湍急的河水吓得不敢再往前走了。

我们多少都识一点水性,这水下去干脆就是送死。大家商量一下,让连长赶快去找几根大绳,用大绳系住腰再探索着往里走。四根大绳拉着我们四个人往前走,水并不深,但确实很急很冲,深的地方也不过到人的胸口,但人已经站不住了,我们手拉着手,肩并着肩,并没有发现有人冲下来。下到水里,心里反而不紧张了,渐渐地也习惯急水冲过来的劲了。回头一看,堰坝上的人都瞪大眼珠子,张着大嘴看着我们,好像看着我们去上国民党的刑场。再看连长和七八个当地的壮爷们都脱得一丝不挂,手拉着手站在水里,根本不敢往前迈半步,而那些女社员也不觉得害羞了,都直勾勾地看着我们,只要我们身体一打晃,她们就吓得发出一声尖叫。连长直喊,行就行,不行就快快回来,千万别没捞着人再把咱的人淹着。我们都一点没觉得害怕,觉得危险,有时候还故意晃三倒四的,倒觉得挺好玩。突然远远看见好像一个人漂过来,堰坝上的男男女女都大喊起来,那黑黑的像女人头发似的,一起一伏,急急地冲来。我们立即作出部署,两人在前两人在后,先迎头抱住头,后面两个人再抱住她的腰。救人要紧,我们的心也紧张起来,终于那东西冲过来,我们四个小伙子力气也大,一下手就抱了个正当,提起来一看是一只黑头大绵羊,已经淹死了。连长说,赶快抱回来。那羊在水里不沉,抱出水还真有点分量。堰坝上的男女老少一起欢呼,我们两耳灌的都是称赞之声。

在水里站着也是站着,闲着也是闲着,索性打捞起河里冲下来的漂浮物。堰坝上的人也一起喊,又下来一只羊!又下来一根梁!我们就现场打捞,像玩似的,也挺过瘾。捞了许久也没捞着一个人。看着看着上游冲下来的东西也渐渐少了,我们也觉得挺乏的。连长就喊,回来吧,落水的人可能在上边就被救出来了。我们四个像得胜的将军一样回来了。别的损失也没有,就是腰上被大绳勒得磨下一层皮,有的地方还露出红肉来,一穿裤子疼得直哎哟,脚也被一截烂树枝扎了一下,一走一跛的。但大家都没有丝毫的怨言,回到工棚里躺在自己的铺盖上休息了。没想到一会儿连长带着"赤脚医生"来了,给我们腰上、脚上都上了药,把我们感动得只想喊连长万岁!连长真够意思,当众宣布,我们四个人休息三天不上工,工分照记。这不让我们喊"乌拉"让我们喊什么?连长这孙子还真会带兵,真应了那句后来的流行语:连长连长我爱你,就像老鼠爱大米。

## 秋不秋

那年庄稼长得特别好,满眼的青纱帐,铺天盖地,接天连地,别说藏几个土八路武工队,就是藏起千军万马也不显山露水的。大秋在即,县里农业学大寨办公室决定验收万人大战万亩盐碱滩,然后"班师回朝",各回各村,投入大秋的收割。在滹沱河边的日子屈指可数了。这鬼地方住久了又阴又潮又是蚊子、跳蚤、"小咬"的,全身上下除了搔烂了的就是咬肿了的。当时工地上有一句很时髦的话:孔老二可恨,比不上"小咬"可恨;孔老二该死,跳蚤首先该死。也有个"小段子",那时候不叫"段子",叫"情况"。开展批林批孔正如火如荼,方兴未艾。所有的"两校"大批制文章都是由我们知识青年念,念得如同嚼蜡,听得如对牛弹琴。但贫下中农还真听懂了,也不知道是我们北京知青的口音不对,还是他们理解的更深,从孔老二的"克己复礼"中贫下中农得到了一个共识:孔老二是色鬼、流氓。他们把"克己复礼"听成"玩弄妇女",真叫我们哭笑不得。县里让挂上下联,贫下中农枪口一致,瞄了半天也没找到目标,全村上下没有一个姓孔的,连我们北京插队知青也没一个姓孔的。贫下中农又出奇的一致,说姓孔的都逃到台湾去了,跑到美国去了。

农业学大寨大战万亩盐碱滩工程终于成功地通过县农业学大寨办公室的验收了,真要撤了,还真怀念这滹沱河的盐碱滩。县农业学大寨办公室为表彰我们,特意派县文化馆的电影队给我们工地放映电影《侦察兵》。据说这部片子在县里还从没放过,是王心刚主演的一部新片子。那时候我们村里偶尔演一部电影也都是老掉牙的,不是《南征北战》就是《地道战》。但贫下中农仍然百看不厌,一说演电影,全村乃至四邻五乡的都早早赶来看电影,真比过大年还红火。这回演《侦察兵》,用贫下中农的话说,真是天上掉下块熟猪肉,正巧落在咱嘴里。高兴得人们从太阳正午就开始占地方。在看电影方面,我们北京插队知青都是见过大世面的"主儿"。看过的电影说出来让贫下中农吐出舌头缩不回去,中国电影有《奇袭》《英雄儿女》《铁道卫士》《打击侵略者》,还看过许多外国电影,像苏联电影《列宁在十月》《列宁在1918》,阿尔巴尼亚电影《海岸风雷》《地下游击队》《广阔的地平线》《宁死不屈》《第八个是铜像》。阿尔巴尼亚的电影我们有时候也看不太懂,像《第八个是铜像》,看完走出电影院,大家都感到莫名其妙。阿尔巴尼亚离我们太远了,充其量也不过就是一只鹰,管他是山鹰还是夜鹰。那时候还进口阿尔巴尼亚卷烟,是一种扁支的,香烟不是圆的,是扁的,吸之前还要煞有其事地把香烟放在嘴唇边上用舌头从头舔到尾,那动作是跟《海岸风雷》中的阿尔巴尼亚游击队员学的。其实你要不把烟舔湿那烟卷就不能抽,一抽干得像抽树叶,燎人的鼻子。幸亏给我们放的电影不是阿尔巴尼亚的,弟兄们悬着的心终于放下了。电影终于开演了,人们急得直跺脚,北京知青把食指放在嘴里吹出尖利的口哨,真没治,连长讲完营长讲。农村放电影这点好,是银幕两边看,前面看,后面也看,不同的是后面银幕上的人是反的。那天老天也真给面子,滹沱河畔的月亮高高地挂着但却不明不亮。当银幕前后的老百姓都忍无可忍,恨不能把讲话的领导用刀劈了时,讲话终于完了,放映机的轮盘开始转动,电影开始了。

　　但电影并没有吸引住人们,因为一开始都是放映《新闻简报》,不是"农业学大寨",就是"工业学大庆",要不就是田间地头狠批孔老二,车间机旁痛斥资产阶级复辟。人们该说的还说,该叫的还叫,该喊的还喊,该闹的还闹,因为离"正片"开演还早呢。北京知青最善于起哄架秧子,一会儿吹口哨,一会儿乱起哄,玩得大家都挺高兴。《新闻简报》没完没了,一问才知道,"正片"还没到呢,早着呢。那年头北京知青都知道这句顺口溜:"阿尔巴尼亚电影是莫名其妙,罗马尼亚电影是搂搂抱抱,朝鲜电影是又哭又笑,越南电影是飞机大炮,中国电影是新闻简报。"这一套,北京知青都"门儿清"。

农村看电影热闹的最主要因素是聚会,男女拥挤在一起,会生出无数美妙的故事和激动人心的韵事。所以银幕前看电影的人群经常挤过来又挤过去,男的呼唤女的尖叫,要不就是女的"嘎嘎"地笑,男的瞎胡闹,反正热热闹闹挺有趣的。

说是《新闻简报》,演的都是旧闻,有的都是好几年前的事,银幕上不时出现因电影胶片陈旧损坏的痕迹。电影中的人一会儿穿皮袄踏积雪,一会儿又赤膊光着大膀干活。狠批"刘少奇反革命修正主义路线"时,人们举着拳头喊口号,但两只眼都贼光闪闪地看着镜头,让人一看就知道是摆拍的,没劲。

围绕放电影的银幕,有一圈又黄又昏弱的矿石灯,那是一圈做小买卖的摊贩,提篮推车的,大都是卖炒瓜子的,卖五香花生米的,卖豆腐干的,甚至还有卖羊头肉的,卖烧酒的,卖烟卷。在学大寨的风潮里,白天从工地到工棚到处都在大批判,批资本主义道路,批刘少奇"三和一少""三自一包",割资产阶级尾巴。晚上一演电影不知到哪儿一下子冒出这么多"资本主义尾巴"来。有的干脆就在"农业学大寨,大批促大干"的标语下摆摊卖货,有买有卖,热热闹闹,社会主义口号和"资本主义尾巴"相安无事。那年头我们这些北京知青觉得挺有意思,觉得不可思议。我们几个站在一个烟摊前,看那个卖烟卷的中年妇女。她卖香烟主要是散卖,把一包香烟拆散了论支卖。看来生意还不错,一问方知,一包一毛四分钱的"绿叶"香烟,拆散后一支她就卖三分钱,五分钱卖两支,卖得还挺好。我们说,你卖得可够贵的,简直就是驴打滚。那大婶好脾气,始终是一脸灿烂的笑。她说不贵,花三分钱就能享受一次城里挣工资人的生活还贵吗?那时候农村都抽旱烟,要么抽烟袋锅,要么抽自己卷的"烟炮",只有上班挣工资的人才有钱抽烟卷。我们说农民穷买不起一支香烟,买半支成不成? 那大婶笑着说:"你们北京来的洋学生家家都是挣大钱的,还在乎这一分钱?"我们说那我们就买一盒。她仍然甜蜜地笑着说,我只卖零的,整的卖不起,别为难我。我们说那我们就买二分钱的,你也不要为难我。那大婶说,北京娃说得好,谁也不能为难谁,拿二分钱来。我们当真递过去一个钢镚儿。那大婶一面灿烂地笑着,一面从篮子里拿出一把剪刀,干脆熟练地咔嚓一下,把一支香烟剪为两截,把半截递过来说,咱俩清了,依然笑得甜蜜蜜。这女人才是笑面虎,吓得我们赶快撤。

正片终于来了,还真是《侦察兵》,连县里也没正式演过,我们这些人虽说电影看过不少,但都是老掉牙的。这个崭新的电影还真没看过,王心刚演的,那是六十年代中国最亮最有派的小生演员,我们都曾经是他的影迷,他演的解放军军官年轻漂亮、威武有派,都是我们心中的偶像。用现在的话说,我们都是他的粉丝。《侦察兵》里演国民党特务队队长的那家伙我们都不知道他叫什么名字,但知道他就是电影《粮食》的汉奸特务"四和尚",那小子一出来,我们就喊"四和尚!四和尚!"觉得挺好玩。电影场很乱,河滩地又开阔,谁爱喊什么喊什么。正看着上劲,忽然银幕上一片惨白,像医院停尸房中的一块蒙尸布。这下所有人都枪口一致对外,又叫又跳又喊又闹。恨不得把放电影的活剥了,放电影的通过麦克风无可奈何地说,片子还没到,再喊再叫也没用。

人们在无奈的骂声中又渐渐聚到小矿石灯前,守着小货担,嗑着瓜子,叼着香烟没事找事,没话找话。这时候最流行的一种游戏就是"赌博",实际是一种游戏,大都不太文雅。比如前面不远处有一位年轻的女人,有人"下赌"说谁要能去拍一下那女人的屁股,而那女人不急不骂不炸还要道声谢谢,就输给谁两支"黄金叶"的香烟。"黄金叶"

的香烟一支就要五分钱，这时候就有人加码，用行话讲叫"跟进"，说我"跟"一支，又有人说我再"跟"两支，有时候能压宝压到十支"黄金叶"香烟。那年头，在我们县，我们公社"黄金叶"香烟是烟中佳品了，那年月抽一支真能赛神仙。

重赏之下必有勇夫，真有一哥们儿帅气，浩浩然走过去，不知他搞了什么名堂，但见那姑娘一个劲地回头看自己的屁股，那哥们儿十分君子气又十分绅士地在那姑娘屁股上轻轻拍了几下，那姑娘真的不但不恼，反而十分客气地连声说"谢谢，谢谢"。真神了！真绝了！那哥们儿简直就像出征凯旋的拿破仑，尽情接受着弟兄们的赞扬和夸奖。最大的荣誉就是一边耳朵根上夹着一支"黄金叶"香烟，左右两手食指和中指还各夹着一支"黄金叶"，嘴上叼着一支"黄金叶"，傲慢但不失礼貌地说："点上！"然后把赌赢的"黄金叶"散发给众人，像富豪灾年办的赈济的粥棚。

这小子到底凭什么能平白无故地拍一位素不相识的姑娘的屁股，且人家不但不恼反而很有礼貌很友好地连声说谢谢？但这小子宁死不说，那剩下的只有一条办法了，就是当众给他"看瓜"，这对男人来说是一种极大的侮辱，就是把他的头插进他的裤裆里，让他自己看自己的"瓜"。一二三，一声号子，哥儿几个一起动手，他果然撑不住，就在脑袋被插进裤裆里的一刹那如实招来。

原来这小子先把自己衬衣脱下来弄得全是黄土，然后装作急匆匆地走过去，不经意地用沾满黄土的衣服蹭在了那位姑娘屁股上，让黄土沾了人家一裤子，然后他装作道歉连连称"对不起"，很自然地在人家屁股上像拍黄土灰尘一样拍了几下。像猜谜语亮出谜底一样，原来赢十支"黄金叶"就这么简单。输了烟的哥们儿大呼上当受骗，四个人拽起他的胳膊、腿，着着实实地踱了好几踱。

片子终于像迟到的新娘，好歹总算抬到家门口，电影又开始演了，但大家的兴趣好像都不大了，后半夜滹沱河滩河风一吹还真有几分寒意。那时节没有一个戴表的，手表可是个金贵玩意儿，大家都不称。昂头看星星，估计总在下半夜了，银幕上的"四和尚"还在被王心刚用枪逼着给解放军带路哩！

## 秋天里的云

秋天的云像秋天的花，天高秋云时淡时浓，淡时如天上飘着一层薄薄的轻纱，透过那缥缈的薄纱能清晰地看见蓝天上的天脉；浓的时候又像天上泼了浓浓的颜色，把灿烂的阳光都过滤成七彩光了。

滹沱河的秋天才美。云随清风走，风顺着河道刮，一会儿像皑皑白雪，一会儿又像水泼宣纸，一会儿像调色板上流动的颜色，五颜六色，一会儿又变化得让人可以尽情想象，看什么像什么，说什么是什么，变化万端，无奇不有。

定襄县隶属忻县地区管，忻县地区办着一份对开小报，是忻县地委的机关报，名字起得挺拗口，叫《新忻报》。第一次和它见面说起来十分不恭敬，有一次到县城去办事，临回村才想买几个"锅盔"带回来，就是我们常说的烧饼。好不容易买上了，想要张纸包上好带回去，售货员在柜台上随手扔过来一张报纸，这就是《新忻报》。据说《新忻报》上写了一篇报道，报道我们县组织万人学大寨大战万亩盐碱滩，还配发了一张照片。《山西日报》又转载了，这下了不得了，据说是陈永贵看见了，在这篇报道的题目旁边写了八个大字：学大寨就要这么干。在全省学大寨表彰大会上，忻县地区受到了省委、省革命委员会的表彰。一回到地区，地委、地革委就隆重表彰定襄县，定襄县委、县革委载誉归来，一回到县里就隆重召开大会，表彰万人大战盐碱滩工程，成为全县上下一件大事，一件喜事，于是在滹沱河畔的工地现场搭起彩棚、彩台，县委、县革委领导召开现场表彰大会。敲锣打鼓，锣鼓喧天，彩旗飞舞，标语、口语满眼皆是，光是庆贺的鞭炮就放得炸红了一河畔，滹沱河畔可能从来没有那么热闹过。开庆功大会之前，县里从各公社抽调来四套"响器"班子，就是北京人说的吹鼓手，一套是八个人，四套四八三十二人，都是"十字披红"，比给人家娶媳妇吹喜乐还气派。那曲那调吹得真是惊天地泣鬼神，吹得随河水走四方。我们这些北京知青对开大会一点兴趣都没有，天安门前的百万人大会都开过，这河滩上的闹腾就是瓶二锅头。但我们被一位吹唢呐的民间艺人给镇住了，那位爷厉害，唢呐吹得声如裂帛，直冲云天，把那娇滴滴的唢呐声发挥到了极致，高亢滑润、缠绵萦绕，声高能高得顶着你的嗓子眼，声颤能让你的心头直哆嗦，声声调调，飞扬滑落，真真把个《大寨红花遍地开》吹得让人如醉如痴。多年后我在国家大剧院听民歌手阿宝唱陕北民歌《山丹丹开花红艳艳》，立时让我想起滹沱河畔的那位吹唢呐的艺人。

庆功会场两边飘着两个大红气球，像井口那么大，用比大拇指还粗的粗绳系着，气球下挂着大幅的标语，没想到竟招惹那么多老乡看新鲜。至于开什么会，谁讲话，讲什么对他们来说好像事不关己，他们一点都不关心，甚至连看都懒得往主席台上看。这回他们把我们真的当成知识青年了。这么大的气球怎么能飘到天上？不用绳系着就真的飘飞了吗？我们答：因为气球里灌了氢气，氢气轻就飘到天上。如果不用绳拽着它就会飞到天上去了。问：那还飞回来吗？我们答：肯定飞不回来，也落不下来了！问：难道还有从天上落不下的东西吗？答：没有。问：那气球哪儿去了？答：变成气球皮落下来了。问：怎么变的？答：很简单,爆炸的。问:怎么会爆炸呢? 里面又没有填炸药就炸不了了吗? 你们家的自行车轮胎也没放炸药,你可劲地往里灌气,你看它炸不炸? 问:那谁给气球打气啊? 没人打气怎么爆炸啊? 又问:那氢气是怎么来的? 答:是制造出来的。问:怎么能制造出来这种怪气? 答:用机器制造出来的。问:机器制造出气来,气又轻那不都飞了? 答:灌在大气瓶里了。问:那不连大气瓶一块飞了? 答:大气瓶比你都沉带不动了。又问:把那种神气打到大车轮子里,大车不就升上天了。答:理论上是这样。问:那还修什么路啊? 都飞到天上,在天上走了。答:你爱修不修。问:那大牲口怎么办? 拉车不用骡马了,用气了。答:杀了吃肉正好解馋。一个问题接着一个问题,每一个答案又都能被问出无数个问题,直到把我们全问晕,全问倒,全问得理屈词穷。突然间想起《列宁在十月》中的一句台词,是列宁在回答为什么要在现在发动武装起义而引来无数质疑者时,列宁时而把手插进西装背心里,时而又扬开双手,不停地来回走动,回答道:假如,若是,假如,若是,这就使人想起一个真理,一个傻瓜提出的问题是十个聪明人也回答不了的。我们一齐欢呼:"为了列宁,前进!"老乡们全惊呆了,以为我们被问傻了,是一群真正的傻子。

最使人兴奋的是为表彰万人大战盐碱滩取得的空前胜利,县里决定送一出大戏,由县剧团最红的梆子演员领衔演出的《红灯记》,这一下可真闹红火了。对我们北京插队知青来说,有点洋鬼子看戏的味道。我们都听不懂山西北路梆子,也没觉得好听。老百姓可疯了。演李铁梅的演员号称是"全县红",又称"九龄红""水上漂",只要她一出场,碰头彩,叫好声不断,掌声拍得比台上敲出的锣鼓点还响。知青听不懂,就评论演员,一致认为李铁梅不行,实在不行,脸太圆,太大,个不高太胖,胸太厚太挺,不像穷人家的姑娘,倒像阔太太,屁股也太大,走路有些摆,鸭子似的不好看。但台上演得严肃认真,台下看得入迷尽兴,叫好声不断,不过我看有时候也带有起哄的性质,李玉和都被枪毙了,虽然他高喊"中国共产党万岁",但也不应该热烈鼓掌啊。

好戏还在后头。梆子戏收场后最激动人心的时刻到了,"挠羊比赛"就要开始。

据我们知青考证,"挠羊比赛"很可能是当年蒙古族在山西留下的风俗,一种草原牧区的风俗,互相以摔跤见输赢,最后的赢家就是牵走一头羊。

人们围成一个大圈,就像在草原上围坐一处,没有一把椅子,也没有一个凳子,全都是蹲着、站着,但每个人脸上都像刚喝过烧酒似的,透着兴奋。这又似乎是一个纯男人圈,我们细细搜索了一番,还真不见一位妇女同志,一水的男同胞,这也可能是当年鞑靼人留下来的老传统。让我奇怪的是人们表达自己的喜悦和欢呼不是鼓掌而是拍大腿!每一个人都仿佛是在拍别人的大腿,一点都不惜力不怕疼。在一片热烈而激情的拍大腿声中,一位"公证人"牵着一头绵羊走进人圈,牵着绵羊在圈里庄严地迈着四方步,人们开始呼喊起来,奇怪的是呼喊发出的声音竟是"噢,噢,噢!"也像几百年前的鞑靼人,那羊儿有先知先觉,用四只腿支着地一步也不愿走,两只眼凸瞪着,发狠地瞪着拖着它的"公证人"。

绵羊被拴在一根短短的临时钉在那儿的木桩上。我从"公证人"车轴子话中弄明白,赢这只羊还真不容易,要一连摔倒六个跤手,才能牵走它。在人们"噢噢噢"的叫声中跤手出场了,"行头"和北京天桥上的一样,把褡裢往场上一扔,谁捡起穿上谁就算下场。摔着摔着我们这些外来户看明白了,并不是谁想下场谁下场,原来是分哪头的,属于哪一路子的,这场子开在滹沱河北,滹沱河北的跤手就是一拨的，要保住"羊"落河北；滹沱河南的跤手团结一致就是要来牵羊的。就像足球比赛，主客场是旗帜分明的。摔跤的路数一般都是"扫堂腿""背口袋""大绊子""抄后腰""抱双腿"，四分技巧，六分力气。摔得都十分认真，十分卖力，也有脸红脖子粗的，也有咬牙下狠手的，也有嘴里不干不净的，但"公证人"是位老手，也是位高手，该分开的分开，该叫停的叫停，输赢评判双方都挑不出理来。

　　有几位北京知青看着看着渐渐按捺不住，渐起"杀机"，禁不住下了场子乍起膀子像斗鸡斗牛似地摔起来。说句实在话，敢在那个场面下去和当地的跤手"玩一玩""过过招"的人都在北京城多少玩过摔跤，一般的套路都懂，三摔两跤的也连连战胜不少当地跤手，但往往摔倒两三个人后自己也被人摔倒了，反正只要有知青下场，不管认识不认识，所有在圈里圈外的北京插队知青都扯开喉咙拼命为北京知青鼓劲呐喊。"挠羊比赛"也有潜规则，比如河南边的跤手是绝不会自相残杀的，河北边的跤手只摔河南边的，连"啦啦队"都是半圈对半圈。而北京知青全不"尿"那一套，他们下去是通吃，不管你是河南边、河北边的，下场就交手。北京知青的"拉拉队"无形中也一致对外，只给自己的队友摇旗呐喊，根本不管你是滹沱河哪一边的。有几位北京知青的跤摔得好，摔得很有章法，很正规，看起来也过瘾。据说都曾经在朝阳区、东城区的业余体校学过。有一位北京插队知青一气硬摔倒了四个，第五个眼看就要取胜，因气力不支，灯光晃了眼被人摔倒。北京知青立即爆发出一阵北京城流利的"国骂"：我操，真他妈冤枉。

　　当地跤手也看出来了，北京知青厉害。他们也渐渐"枪口一致对外"了，不再分河南边河北边了，高手只盯着北京知青，往往是等北京知青摔到第三、第四个时，他们的高手就下场亮彩了。双方你一个，我一个，像犄角顶着犄角的两头公牛，你顶过来我顶过去，有时会相峙很长时间,把我们的嗓子都喊哑了。那只拴在人圈里的羊倒适应了这个喧闹的环境,仿佛闭着眼悄然打盹儿了。

　　突然人群分开,下来一位重量级人物,此人身高一米八多,块儿也大,估计有小二百来斤,大头方脸,粗腿牛腰。我们都不认识,但立时就传开了,是阎家庄的北京插队知青,北京垂杨柳中学的,外号叫大寺。大寺不但身高力大,而且会摔,一看就是正规训练过。一眨眼的工夫,"内情"就传过来了,大寺曾经在北京中学生运动会上获得过中国式摔跤第三名,是国家体委认可的"二级运动员"。这回这只半睁眼半瞌睡的绵羊是有归属了。当地跤手急了,如果羊落在外地人手里,可是他们的莫大耻辱。大寺连摔倒三位当地高手,第四个下场时披着一件运动衣,上面写着"忻县体委"。据说此人曾是山西省忻县地区的摔跤运动员,也有滹沱河上无敌手之称。当地人把大腿拍得比战鼓还响,北京知青倒有些气弱声竭,那主一下场一走圈一乍膀让我们外行人都看得出是个行家高手,受过专业培训。但大寺并无一点心虚,只是把褡裢紧了紧,把腰间的绳带狠狠地往紧杀了杀。两人一来一往,一前一进,一扑一闪,一踢腿一拧腰,紧跟着爆发出了雷鸣般的掌声,春雷一般的欢呼声。北京知青一齐拼命跺脚,玩命拍掌,齐声呐喊。大寺喘着粗气,向我们走来,高傲地昂着头,使劲地抖动着双肩。谁知道这时突发事件发生了,不知从哪儿钻出一个当地的愣后生,从后面突然抱住大寺的后腰,一发力,来了一个犄牛犁地,把大寺拱倒在地。这明明是违背规则下黑手,使暗器,但那个貌似很公平的裁判却立时作出裁决,判大寺倒地,失去再摔的资格。这无疑犹如一瓢井水泼到油锅里,北京知青炸了营了,骂的、叫的、推的、搡的,都往里拥,眼看就是一场武斗。后来连长、营长一大堆领导出面总算把局面稳住了,但北京知青还是不依不饶的,因为我们遭了黑手,中了"暗器"。人家那边也有理,认为怎么下场怎么交手并没有明确规定,赛前的规定就是摔倒为输,裁判做主。双方争执不下,火药味越来越浓。最后还是领导们有水平,决定北京知青不再参加"挠羊比赛",但给知青们一只和这只一样大的绵羊。至于北京知青怎么比怎么赛由北京知青自己定,当地跤手免得有羊落他乡之辱。当地跤手继续摔,"挠羊"继续赛。

这可难坏了我们,再继续摔跤挠羊吧,拾人牙慧,吃他们嚼过的馍没味,让人瞧不起。北京来的,好歹都去过天安门,亲眼看过毛主席站在天安门城楼上,就玩不出什么高档次、有品位、会让人眼前一亮的"玩意"来? 否则也枉称是北京知识青年。"挠羊"有多少知识含量? 江湖中确有高人,到定襄插队的北京知青中有一批老高三的毕业生,当年正是二十四五岁,不是 1966 年 5 月的一场"文化大革命",很多人都是一只脚迈进清华、北大、哈军工的高材生,他们一研究,生出的点子让县里的领导都瞠目结舌。北京知青举行一次"铁人三项赛",从工地出发,推小平车跑到滹沱河边,然后脱衣下水,蹚过滹沱河,找一处最深最宽的河面,蹚不过去就游过去。上岸直奔县城跑,跑到县城公安局门前再跑回来,先者为胜,不发生任何肢体碰撞,免得红脸白脸地伤了和气。弟兄们同声高呼,"消灭法西斯,自由属于人民"。

老百姓说,千年万辈子也没听说这么"挠羊"的,北京娃们真的玩出新鲜招数了。

比赛前一位老哥儿先亮出当时很流行的话:友谊第一, 比赛第二。第二句是:无论羊归谁,大家都喝汤。二踢脚一响,大家都推起工地上的拉土车跑起来,这些都不稀罕,脱得赤条条只穿一件游泳裤跳进滹沱河也平常,老百姓称之为"耍水"。没想到后面的赛程成了"壮举",我们一跑到县城,县城立即大哗,所有的人无论是机关干部,还是商店顾客,还是走在街上的行人,居住在附近的居民都像看外星人似的争着挤着看我们,用他们的话讲叫光着屁股在县城大街上跑,盘古开天这是第一遭。最后我们都几乎是在"人胡同"里慢慢跑,不知不觉中每个人都产生了一种自豪感。

据说此事一度成了县城里的热门话题,说定襄县有史以来只有两件新闻,当地称之为"奇事"。一件事是有一位男人曾提刀杀了自己老婆的奸夫,又割下他的人头,提着人头缓步过闹市,一点都不惊慌,自己去衙门投案。另一件就是一群北京知识青年,光着屁股一丝不挂排着队在闹市大街上跑着游县城。我们真冤枉,明明都穿着标准的游泳裤,怎么传成了"光着屁股"、一丝不挂了呢?有嘴都没地方解释去。

三十多年过去了,离开滹沱河畔足有三十多年了,听说滹沱河上早就架上了水泥大桥,平坦坦连颠都不颠一下就能到我们村了。可我偶尔也惆怅,桥是有了,但滹沱河的故事却没了,谁还记得滹沱河呢?谁还记得那滹沱河畔的酸曲曲呢?

> 人家骑骡子咱骑着羊
> 我送妹妹情意长
> 有心上炕亲妹妹
> 又怕妹妹嫌哥身上脏
> ⋯⋯⋯⋯⋯

滹沱河记得。

# 听我讲那地主的事情

一

陈先生在当地赫赫有名，但我从未谋面，也未曾闻名。我是去拜国恩寺的，那是佛教中禅宗六祖慧能修炼圆寂的地方，想从中得到一些大师的"顿悟"。出寺院果然似有一种前所未有的清凉感。朋友非要拉我就近去乡下看看，也算见识一番粤中农村的气象。我在犹豫之际，猛然想起大师之言：禅需悟，悟需观。也罢，去看看落日余晖的粤中大地。

果然风景。余晖脉脉水悠悠，远山近树，层林尽染。虽说走的是乡村土路，但觉脚下有阵阵地气上涌。染成玫瑰色、胭脂色的晚霞仿佛自西天而来的佛光，让人欲飘欲仙，端得是别有洞天。

陈先生黝黑矮个，精明但脸上无光，不像有福气，笑也是寡寡的。朋友的一句话让我大跌眼镜，不由得又细细看了看这位宽额细眉窄眼瘪嘴的陈先生。朋友说，你目所及，脚所踩，霞光所罩，皆为陈先生的地。这怎么可能？陈先生认真，一丝不苟，寡寡的浅笑也褪去了，说是的，都是我的地，有一万多亩。大地主、大土豪赶上"南霸天"了！阿弥陀佛！

匆匆之际，看了陈先生的林场、农场、渔场、养殖场，果然生机勃勃，好生了得。晚饭有意开在野地"草棚"里，陈先生介绍：这是一道土菜，但下锅的鸡都是能飞上房的。飞不上房的鸡广州大宾馆不要，人家来挑鸡是站在房上挑，飞高够二点五米的才捉走。那鸡到广州就不叫鸡了叫"凤"；这也是一道土菜，但猪是爬过墙的，现在人家来抓猪，不仅看大小肥瘦，关键看猪会不会、能不能爬墙，爬过墙的抓走。那为什么？怕给猪喂药，让猪减肥，现在要看猪的动作、肌肉……

陈先生厉害，他的"飞禽走兽"都是直接送香港、澳门的，都是卖大价钱的。

吃完饭陈先生让我看看他的"荣誉室"，四墙张挂着不少名人的题记。细看还真有大领导、大名人。陈先生和朋友们都执意让我题个字。满墙皆是"造福乡祉"、"再展宏图"。提笔再三，写下四个字："地主庄园"。不想陈先生和众人本来拍掌的半空停滞了，本想喝彩的张口结舌了。陈先生细眉高挑，本来无光泽的两颊更阴暗了。他用我能听懂的客家话说，庄园就罢了，怎么冠之地主？这地主怎么看怎么不顺眼、不吉祥、不……地主不是好人，不是说天下乌鸦一般黑吗？那是我小学三年级学的。陈先生四十八岁，当年已然懂得阶级斗争了。我笑着说按陈先生的意思是前面再加两个字，变成万恶的地主庄园？皆大笑。不妨坐下，就地主而言，就言地主。于是撤酒上茶，对一轮清月，听崔先生讲那些过去的故事。

三零后、四零后的人对地主自然有一番自己的看法，他们见过地主的地，地主的房，地主的眉眼地主的墙。很多人曲里拐弯地都能联上地主。"文化大革命"清理阶级队伍中,社科院那年头还叫中科院学部,学部的一个单位上查三代,三代直系亲属中,百分之八十以上都有地主关系,都不"清白"不"纯洁"。军代表有句名言:解放前能掂着八十块大洋上大学的不是地主就是官僚,查他个底漏绝不会冤枉。阶级斗争的语言掷地有声!

　　我是生在五零后门槛上望四零后的人,扪心而问,一九五八年以前我不记得还有"地主"二字,就记得"戴花要戴大红花,骑马要骑千里马,唱歌要唱跃进歌,听话要听党的话。"大跃进除四害,大炼钢铁砸矿石,吃大食堂,半天上课半天撵麻雀。课文上也没有"周扒皮""刘文彩",翻开课本教室里一片朗朗的读书声:"秋天来了,天气冷了,一群大雁往南飞,一会儿排成个人字,一会儿排成个一字。再念就是天上没有玉皇,地上没有龙王,我们就是玉皇我们就是龙王。"也不懂什么叫贫下中农,戴红领巾当少先队员都是凭学习成绩,没填过表问过家庭出身。

　　粮食一困难,一节粮度荒,连我们小孩都吃不饱饿肚子的时候,地主就来了,气势汹汹地开过来了。高玉宝的《半夜鸡叫》选在我们的课文里,插图中的万恶的地主周扒皮画得特像一个人,若干年以后才对上谱,"周扒皮"长得鼠眉獐耳,尖嘴猴腮,下巴上一撮二寸多长的山羊胡,该是《智取威虎山》中的座山雕。我们教室后面的黑板报,画地主要么画得猴瘦猴瘦得瘦成一根筋,要么画得肥胖肥胖得一摊肉老母猪似的。地主是魔头。欺压老百姓的阎王爷、催命鬼。幼小的心灵里开始仇恨地主。

　　老师在课堂上反复教唱"天上布满星"。从那时候起我们这代人才知道唱歌还要带着阶级感情唱,要唱出阶级感情。因为有阶级感情所以记忆特深,什么歌曲过了半个世纪了还能张口就唱?阶级斗争的歌！虽然槽牙少了，门牙缺了，嗓子都劈拉了，说话都不兜风了，但唱起来还虎虎生风的："天上布满星，月牙儿亮晶晶。生产队里开大会，诉苦把冤伸。万恶的旧社会，穷人的血泪恨。千头万绪涌上我心头，止不住辛酸泪挂在胸。不忘那一年，爹爹病在床，地主逼他做长工累得他吐血浆，瘦得皮包骨，病得脸发黄……"

为了牢记血泪仇，不忘阶级恨，学校把我们拉到六里屯农村，找了一位苦大仇深的贫下中农忆苦思甜。老师原来说老贫农讲到痛苦流泪时，我们一齐高举右手，紧握拳头，高呼革命口号。但那位老奶奶一直没哭没掉泪，说话也是细声细语的，像越剧《白蛇传》中的道白，软得不能再软了。诉苦前老师好不容易鼓起来的"阶级仇恨"一下子让老奶奶泄完了。老奶奶下台以后才知道还要吃一顿饭，同学们立时兴奋起来，集体吃大灶，多热闹多感情多出彩，等着上饭这功夫，老师又领着唱起"天上布满星"，虽然老师再三强调要带着感情唱，但同学们着实饿了，累了，渴了，烦了，唱得有前声少后语的，像小猫尿尿似的。等"饭"上来才知道是吃"忆苦饭"，一人分两个又黑又糙半生半熟的糠窝窝。学校是好意，让我们这些生在新中国，长在红旗下，在蜜罐罐里泡大的"第二代"体验一下先辈们在旧社会，在地主阶级剥削欺压下的苦难生活，立意是再也不能"吃二遍苦，受二茬罪"。"忆苦饭"不知是哪位阶级斗争大师发明的，但果然教育人，让人刻骨铭心。真不能再吃二遍苦，再吃忆苦饭。我们没吃过毒药，但我们都肯定，忆苦饭比毒药难吃。

吃完忆苦饭，原地不动，又齐唱："听妈妈讲那过去的事情"歌词写得也好，但不知是谁作的词谱的曲，他肯定听他妈妈讲过那过去的事情。"月亮在白莲花般的云朵里穿行，晚风吹来一阵阵欢乐的歌声，我们坐在高高的谷堆旁边，听妈妈讲那过去的事情。那时候，妈妈没有土地,全部生活都在两只手上,汗水流在地主火热的田野里,妈妈却吃着野菜和谷糠。"又是可恨的地主,可怕的忆苦饭。那忆苦歌唱得凄凄惨惨,唱得可怜巴巴,唱出了阶级感情。

## 二

我们那时的班主任姓刘,好像叫刘炳文,特革命,他自己掏钱给我们班订了一份《人民日报》,一份《红旗》杂志。虽然我们都看不懂。刘老师尖鼻子,鼻子还特大,像课文中《张骞通西域》插图中的西域人,后来看了苏联电影《以革命的命义》才对上号,刘老师特像电影中的捷尔任斯基,自此落下了革命的外号:捷老师。一九六〇年《毛泽东选集》第四卷发行时,捷老师在朝阳门外的新华书店整整排了一整夜的队,才买回一本珍贵无比的《毛主席选集》第四卷。当时全校的师生都挤到他办公室看最新的毛主席著作,楼道里挤得满满的,校长都挤出一身汗才挤进去看了看。所有看的人看出来都眼睛发亮,有的同学激动得哭了,甚至还哭出声了。捷老师太伟大了,是他为我们学校"请"回毛选第四卷的。我们都特想喊捷老师万岁! 后来在"文化大革命"中捷老师竟被揪出来了,闹了半天他是钻进革命阵营内部的蛀虫,是"红皮白心糠萝卜",挂在他脖子上的大牌子黑白分明,红叉刺眼,原来他是逃亡地主,地主阶级的孝子贤孙。捷老师真的是地主? 是"半夜鸡叫"里的周扒皮? "白毛女"中的黄世仁? 让人不寒而栗。

但那时候捷老师真的特革命。随后发生了"刘文学事件"。闹得全国上下都沸沸扬扬的。四川一个小学生晚上回家路过生产队的青椒地,看见有人偷青椒就冲上前去,抓住了偷椒人,要把他扭送到生产队,偷椒人是个成年人挣脱不了就下了狠手把刘文学掐死在青椒地。后来破了案抓住了凶手，原来是个地主分子，从生产队到公社到县里召开公审公捕批斗大会，最后不杀不足以平民愤，把这个搞破坏的狗地主当场枪毙！

当时正值毛主席讲阶级斗争一抓就灵。阶级敌人，人还在心不死。阶级斗争必须年年讲，月月讲，天天讲。阶级斗争这根弦是越绷越紧了，火药味也越来越浓了。"刘文学事件"被轻而易举地提高到两个阶级两个阵营两种势力的较量，是阶级斗争的典型表现。捷老师特气愤，看得见他眼睛里要冒火，拳头攥得紧紧的，他把登着刘文学英雄事迹的报纸抖得哗哗直响，然后带着浓厚的阶级感情带头学唱："刘文学热爱党，思想红眼睛亮，发现阶级敌人来破坏，一把抓住就不放……"那时候没有电视，打开收音机不管什么台都是在争着放"刘文学，热爱党……"像现在电视台比着播放广告一样。

阶级斗争像走马灯一样，又像现在的电视连续剧。刘文学余震尚在，又冒出大型泥塑展"罪恶的地主庄园——收租院"。学校组织我们去参观学习受教育，谁知道到了那儿才知道竟然人山人海，抓阶级斗争，抓防修反修，不是那个学校那个人的事，而是事关亡党亡国，事关千百万人头落地，事关资本主义复辟的百年大计，千年大计。等了两个多小时还没排上，同学们都疲惫得蹲在地上。人一闲一累就想上厕所，结果把美术馆旁边的公共厕所差点挤爆了。好不容易排到了，捷老师又反复交代：一定要带着阶级感情看，一定要带着阶级仇恨看，谁也不许笑，笑就是阶级感情不深，就是政治思想有问题。说得挺瘆人的。捷老师本来鼻子的凹地就常年阴暗发青，严肃起来更挂起一层阴森的恐怖。有同学悄声问道：老师，能不能哭啊？声音细细的飘飘的仿佛已经带出哭音。捷老师摆着头搜寻着想找出提问的同学，阴沉着脸说哭可以。

那些雕塑真是活灵活现，置身其中真犹如走进万恶的地主庄园，让人吃二遍苦受二茬罪。同学们真没有一个笑的，都挺严肃的，绷着脸，吊着眉，但也没有一个哭的。贫下中农卖儿卖女呼天喊地的雕塑前人倒不太多，在地主刘文彩和他的账房先生的面前，同学们挤成疙瘩挤成蛋，都瞪大眼睛看地主，原来地主丫挺的小样就这德行！也难怪我们谁都没见过真地主，这里站着的欺压百姓作威作福的"泥地主"可能是我们见过的假地主中最真的了。出了展馆，大家都长长出了一口气，屋里人多空气不好，头昏有些脑涨，大家异口同声同仇敌忾地说：狗地主，真孙子！

那时候也不光是捷老师整个学校都口诛笔伐狠批阶级敌人，狠抓阶级斗争。不知谁发明了"上挂下联"，火力越来越猛，每个班级都出了学习心得专栏，那时候还不叫"大批判专栏"。不但揭批"收租院"中的刘文彩，又扯出"白毛女"中的黄世仁，"红色娘子军"中的南霸天。有同学明白，指出黄世仁那孙子和南霸天那丫挺的是一个人，这种对农民吸骨敲髓的剥削和奴隶式的压迫简直让人发指，忍无可忍。同学们都恨不能把地主黄世仁和恶霸地主南霸天拉出来当场枪毙。捷老师就曾咬牙切齿地说恨不能生啖其肉。同学们也都恨不能把那孙子刀劈斧卸碎尸万段。若干年后才知道扮演那个万恶的狗地主的人叫陈强，他的儿子是以后出了名的喜剧演员陈佩斯。看过他爷俩合演的一个电影叫"瞧这一家子"，但只要陈强一出现，就感到他那大鼻子两边、三角眼上下有一股腾腾而起的凶气，一股作恶多端十恶不赦的地主气。不像陈佩斯，同样是笑，陈佩斯那是真笑，笑得像发面和尚似的。可见少儿时阶级斗争印象之深，黄世仁、南霸天地主的形象牢牢地刻在脑海中了。

然而《诗经》有句云：高岸为谷，深谷为陵。盖棺难定论。四十多年后，竟有人"揭露"当时"收租院"是怎样被艺术加工，艺术拔高的；是怎样在典型环境中被典型化了的。有当时领导批文为证，白纸黑字："设计想法对，真人真事不必要。"用老百姓的话说得更直白：胡诌！蒙人！那天晚上不是因为茶浓味苦，几乎通宵未眠，书桌上的台灯一直亮到启明星渐暗。那是中共江西省委党校党史与党建教研部副教授，硕士生导师王永华先生发在《炎黄春秋》杂志二〇一〇年第二期第四十三页上的一篇文章：《大地主刘文彩：集体记忆的重构》，以无可辩驳的事实说明刘文彩虽是地主，但绝不是恶霸更不是土豪，收租院里展出的刘文彩的重重罪恶纯系子虚乌有。恰恰相反，刘文彩晚年十分热衷于地方公益事业，自己拿钱开办了"文彩中学"，家贫无力上学的学生还可免费上学，从一九四五年到一九五〇年"文彩中学"共培养了毕业生达七百多名，其中相当一部分是贫下中农子弟，很多人从此走向革命道路成为了建国人才。那文中有一句话深深刺痛了我的心，那句话是这么说的，"如果联系到而今国家对陈嘉庚、包玉刚、曾宪梓、李嘉诚等著名实业家因慷慨办学所给予的崇高政治地位，那么倾家兴学、曾两获国民政府教育部与行政院嘉奖的刘文彩最后竟落了个'在劳动人民的白骨堆上建立了地主资产阶级专政的工具'的骂名，就不能不让了解真相的笑蜀等人为之抱屈鸣冤了。"刘文彩头上的帽子何止一顶骂名？简直是罪恶滔天，罄竹难书。这弯子转得大了，想起牛顿老先生发明的万有引力定律，失重会导致晕菜。决定去万恶的地主庄园走一趟，看看那千夫共指的"收租院"还滴血流泪吗？中国人最讲究眼见为实。

　　终于来到四川成都大邑县安仁镇，终于踏进了万恶的地主庄园，终于战战兢兢地迈进了"收租院"，特别注意地，瞪大眼睛反反复复认认真真地看了又看"那充满着腐朽肮脏糜烂不堪的地主生活的逍遥楼"，"那罪恶滔天、私设公堂、肆意迫害贫下中农铁证的水牢"，"那用具体而生动的活生生的现实说明旧中国几千年来封建地主阶级对农民进行残酷压迫和剥削，无情摧残和压榨的收租院，那渗透着贫下中农鲜血通向伪善人的佛堂……"

有人给我介绍了一本书，书名叫《大地主刘文彩》，真是此刘文彩非彼刘文彩，大型泥塑展览"收租院"中的刘文彩绝非大邑县安仁镇的刘文彩。那座玲珑剔透别有情趣的庄园确实是一座地主庄园，但绝不是万恶的地主庄园。给我介绍情况的负责人说，经查，刘文彩无罪恶，更谈不上万恶，人比较正直，肯为家乡和四邻乡亲们办事，曾经修过公路，建过学校，接济过穷人。在他修建的学校读书的穷孩子交不起学费的可以免费，学习好的有奖励，只要有人求上门去，必有所济，从未打骂欺压过村中的农民，无论穷富。刘文彩从未亲自收过租子，他有个管家狗眼看人低，解放后被镇压。那位年轻的讲解员话锋更利，直言刘文彩是个好人，比现在一些村干部强多了。让人像坐过山车。

刘文学那案子也搞清楚了，杀害刘文学的坏人并不是什么地主，甚至不是"地主狗崽子"，就是一个游手好闲好吃懒做喜爱偷偷摸摸的"闲人"，严格上说是"贫下中农阶级队伍中的一员"，因为他出身下中农。据说当时案子就小葱拌豆腐一清二白，就是一个普普通通的刑事案，但为了阶级斗争的需要，就给那小子扣上了地主的高帽子，成了反攻倒算图谋变天的地主典型。

突然间想起董存瑞，那和地主没有丝毫关系，董存瑞家庭出身贫农，政治面貌中共党员。是他在桥型碉堡下一手托着炸药包，一手拉着导火索，然后大喊一声：为了新中国前进！轰隆一声巨响，英雄化为忠魂。现已查实，董存瑞是我们伟大的英雄，不朽的英雄，但他在拉响炸药包前绝对没喊那句豪言壮语。而是战后的记者们要拔高要"典型"，要高大，要完美，"源于生活高于生活的"。黄继光在上甘岭中也并没有高呼：让祖国人民听我们胜利的好消息吧。难道非得有那个亮相，有那个呼喊，有那个豪言壮语才能是"革命英雄主义和革命理想主义的结合"的典范？记得一位见义勇为牺牲了的英雄的父亲站在儿子事迹演讲团刚刚讲过的主席台上深深地鞠了一躬，流着热泪说，你们讲得好，但讲的不是我儿子，你们讲的是董存瑞、黄继光、罗盛教、雷锋、王杰、麦贤得，我儿子就是个平常人，常常把我和他娘气得喘不上气来……全场的掌声爆了，那才叫经久不息的掌声，发自内心的掌声。

曾经在一次突发事件中，新华社的记者采自现场的目击报道，原稿有这样的一段，说在关键时刻，一位下岗的工人大喊一声，弟兄们跟我上。但在编辑部通不过，需要"拔高，拔一下"。遂改成一位老工人大喊一声：同志们跟我上。还通不过，一位负责人大笔一挥改成："一位老共产党员振臂一呼：共产党员们，跟我冲。"通稿发到全国全世界。若干年后，谁又能知道事情的真相呢？

呜呼哀哉……当然这与地主没关，但可能与"地主形象"有些相关。与刘文彩，刘文学有关。他们都不在了，但他们都经历了，半夜之中你能在瞑瞑黑暗中看到，那些黄土掩面的故人正掩着嘴笑咱们呢。

## 三

五零后的人都特革命，特要求进步。饿得腿肚子浮肿得一捺一个坑，两眼冒金花，吃着棒子面伴柳树叶、红薯叶团子，一打嗝能呛出一股土腥气的绿水，但还不忘要求进步，要求入团。有时候老家来人悄

悄地说,农村里有饿死人的了,有吃观音土的了,有拉着棍子出去讨
饭的了。大人们说得神神秘秘的,我们是偶尔从哭泣的抽泣声中断断
续续地听说的。但这都没有影响我们这一代人的革命志气。那时候有
几句特著名的"反面教材语言",是美国总统杜鲁门说的。那孙子说要
在中国搞和平演变,在第一代身上搞是不可能的了,我们把希望寄托
在中国第二、第三代身上……这不是给我们这代人栽赃吗? 这下可
好,我们这一代,被称为第二代,成了社会主义和资本主义相互争夺
的一代,是社会主义能不能巩固、资本主义会不会复辟的关键一代。
我现在都怀疑是不是美国中央情报局搞的反间计, 是不是杜鲁门之
流搞的离间计。我们这代人是赶巧了,也赶好了,赶上阶级斗争的风
口浪尖上了。上一代三零后、四零后的人是赶上波澜壮阔的大革命,
腥风血雨的战争年代,好不容易建国了,和平了,我们也自然而然地
出生在"蜜罐罐"里了,谁想到又无形中成了被争夺的一代人。我们不
仅仅是感到阶级斗争这根弦在绷紧,是感到阶级斗争像条无形的牛
皮绳在捆紧绑紧勒紧。毛主席的教导:千万不要忘记阶级斗争。谁敢
忘? 记得刚上初一,班主任,那时又称政治辅导员给每个人发一张表,
叫社会调查表。挺复杂、挺细致、挺严密,用一句当时通用的政治术语
讲就是"查三代",家庭出身、政治面貌、何年何月何日参加过何种反
动党团,何年何月何日参加过何种反动会道门组织,何年何月何日参
加过何种反动组织,何年何月何日受过何处分、处罚、判刑,有没有亲
属(包括直系和非直系的)参加过反动组织、反动团体、反动军队,任
何种职务,任职时间、地点、证明人,有何种亲属(包括直系的和非直
系亲属)解放以后被人民政府关押、劳改、判刑、镇压,有何种亲属(包
括直系的和非直系亲属) 因何种原因滞留国外、境外或加入外国国
籍,现在以何种方式联系,等等,表格上的字像颗颗微型冲锋枪子弹,

弹头不大,威力不小。自从发了表以后,班里的秩序好得多得多了,过去不少天真活泼爱说爱玩的同学一下子就像霜打的茄子,抽了筋的豆芽,再也机灵不起来了,你脸上被一巴掌贴上了一张阶级斗争的表,社会调查表。应了伟大领袖那句名言:阶级斗争一抓就灵。

我拿回去以后,父亲戴着老花镜认真地又反复地看了好几遍说,这是你们班发的表吗?我也认真地反复地肯定地点了点头。老人家摘下眼镜长长地吁了一口气。抽着烟若有所思。那是我一生中第一份自己填写的正规的政治审查表格,以后不断填写着,后来也渐渐生出窍门来复制一份留底,什么时候需要填就像写楷书描红模一样填上交了算了。

父亲沉重而凝滞地在他家庭出身栏上写上:地主。把我吓了一跳,着着实实地吓了一大跳。这怎么可能呢?父亲的家庭出身是地主?一种纯粹的巴甫洛夫条件反射我立即反映出的是万恶的地主庄园,是周扒皮、黄世仁、刘文彩、南霸天、胡汉三。父亲是革命干部,是穿着中国人民解放军军装走上和国民党打仗的战场上的啊,怎么会是地主呢?老爷子给我上了一堂一点都不生动但却比较难忘的"地主课"。

父亲的语速很慢,语调很低沉,让人能感觉到一种深重的压抑,一种难以摆脱的负罪感。父亲好像在交代,在坦白,这可能就是干部政审要过的关。我感到一股冷气嗖嗖地从丹田直渗到颈椎。老爷子那苍老岁月的声音虽然已经隔着阴阳两世的崇山峻岭了,但依然让人听得那么真切那么悲苦。

老爷子说,咱家确有八十亩薄地。这八十亩薄地是怎么来的呢?我心中悄悄说,其实是巴甫洛夫在说,是剥削贫下中农强夺豪占的呗!老爷子说这八十亩薄地要上溯到清末的道光年间了,那时咱家祖上从山东逃荒来到这里,这地方人烟稀少,土地贫瘠,到处都是荒地,祖上把家放置在这片荒野山地上,开荒种地从此安下家来。我第一次听说地主是靠自己剥削自己成家立业的。报纸上,广播里,社会上,课堂里可都不是这么说的。老爷子说,何谓薄地?地贫土瘦,咱家那八十亩地都是坡地沙地,浇不上水,靠天吃饭。地有多贫多瘦?老家有句话说得十分生动具体叫回车的高粱卧牛的谷。那沙坡地种的高粱棵与棵之间的间距驴车可以打转转弯。种谷子棵与棵之间相距要能卧下一头牛。如果种密了就长不成庄稼结不出穗,土地没那么多养分供它。咱家最多时曾有过二百多亩地。老爷子一说这个数字把我吓得眼珠子差点跳出眼眶。二百亩地那可够得上大地主了,百分之百的革命对象。没人种,没人要,后来都搁荒了,成了兔狐相逐的战场。那怎么可能?农民不种土地搁荒?放着土地不种去逃荒?不是在为地主涂脂抹粉吧?那沙地碰上干旱,种下一斗种子收不上一升粮,连种子也白扔了,谁还种?谁还要?咱家是凭祖上的汗水,勉强维生。一年到头没有吃过一顿白面蒸馍。地主尚如此,贫下中农怎么办?过不下去的都走了,到富裕点的地方租上几亩地比在沙窝窝里刨食要强得多。那咱家为何不走不逃?要那样不也逃出个贫下中农成分?关键是你祖上老爷爷的爷爷是位能人,借着朋友的帮助,在家乡开了一间酒坊。自己产的高粱自己酿酒,把洒卖到城里去,比卖高粱值钱多了。得,再填政治审查表须填上地主兼资本家啦?就靠这间酒坊咱家勉强维持,惨淡经营。这期间也遭过兵劫也受过匪梆。但每逢大旱之间,家中都关张不酿酒,而是把酿酒用的高粱接济给缺粮少食的四邻的农民。老爷爷在那一带极有口碑,人称大善人。巴甫洛夫又告诉我那刘文彩佛堂后面的水牢。老爷子说得极认真,认定巴甫洛夫是地道的苏修,赫鲁晓夫一类的人物,心里就多少有些坦然了。

　　抗日战争时期,减租减息时,咱家准备把八十亩沙地一下子捐给抗日政府。那多好！但抗日政府不要，不是客气的不要，是真心实意地不要，推到他怀里放到他手上都不要，县长亲自到家做政治工作。言之抗日政府难，新四军的队伍在县上要吃要喝，你不种地怎么养活咱抗日的队伍？分给农民种，打下的粮食将够他们自己吃，你叫咱新四军饿着肚子打鬼子？再说，咱这儿有两座新四军的医院，一年得用多少酒精？你不开酒坊，新四军的伤员怎么开刀怎么疗伤？问得你老爷爷一言未答。从此，你老爷爷不存一颗粮食一滴酒，全部送到抗日政府。

当然抗日政府也没亏待你老爷爷，放在粮车酒缸上的都是闪闪发光一吹能嘤嘤叫响的袁大头。你老爷爷也正是靠这些钱才能供养我们在北京、南京念大学。划分成分时，没有给咱家划成地主。抗日政府不答应，划的是开明绅士。搞"三三制"时，老爷爷还登过县抗日政府的议事大堂，是乡里乡外都知道的抗日参事。我关心的是那为什么变成地主啦？解放以后，政审填表，就像你这样的表，我填的仍然是开明绅士，上级打回来说，没有这个成分，归堆归类应该是地主。这么要命的一个罪恶的十字架就这么轻易地背上了。

我问父亲：地主里也有好地主吗？

父亲沉思着但却十分坚定地说：地主里肯定有好地主，你老爷爷顶着的那顶地主帽子是顶干净的帽子。望着漆黑的星空，父亲深情地说，早知今日，你老爷爷非后悔死不成。后悔什么？一九四三年没能把那八十亩薄沙地带那间土酒坊都捐献给抗日政府，那位抗日县长好心办了件大坏事啊！

父亲说得在理。若干年后偶看电影《活着》，"葛优"果然"成功"，又爱皮影更爱赌博，夜以继日地赌，好像背后有小鬼催着押着似的，赌输了房子赌输了地，赌光了地主输成了贫农。一声枪响，"葛优"吓得尿了一裤子,子弹射向赢他房子赢他地的地主头上。"葛优"贫农,还全须全尾地活着。

　　父亲说的也不在理。没过两年"文革"了,北京中学里首先开了锅,搞起红色恐怖万岁。教我们数学的张老师不知什么时候说过地主也有心地善良同情革命憎恨官府的,天下乌鸦一般黑难道就没有一根白毛吗?这番话不知因为什么被大字报揭发出来,成为张老师反革命言论之一,十几张大字报糊满了一堵墙,标题像一排乍开膀的乌鸦,内容像一群铺天盖地飞来的蝙蝠。一查三代张老师又是地主出身,于是"手榴弹、爆破筒一起扔过去",差一丁点就彻底结束了这个"时刻磨刀霍霍梦想复辟变天的地主狗崽子"的生命,皮带,棍子,书桌腿打得张老师阴阳之间只剩一口细细的游丝。

　　一九六六年八月,北京中学中风传一幅"对联":老子英雄儿好汉,老子反动儿混蛋。要干革命的你就站过来,要是不革命就滚你妈的蛋。时时事事都要先报出身,都要分是红五类还是黑五类?地、富、反、坏、右,黑五类中地主依然坐排头老大,红卫兵大批判中说得真真切切:地主就站在蒋介石后边,是蒋家王朝的经济基础,蒋介石就坐在地主怀里。为地主摇旗呐喊,屠杀劳动人民。我们大院里一个女生,是北京女四中高二学生,因为辩论"对联",她据理力争,反对"对联"。辩论中她列举出身不由人,革命靠自己,列出一长串著名的革命家都是出身不好,又都是中国乃至世界公认的革命家。她不屈地提出:你们说恩格斯是不是革命的?是不是我们革命的领袖和先驱?他是什么出身?恩格斯本人就是大地主、大庄园主、大资本家,按照"对联"的说法,恩格斯还能革命吗?恩格斯也得滚他妈的蛋吗?把那帮红卫兵驳得哑口无言。红卫兵的一头目恶狠狠地说,那是外国说我们中国的事,对联只管我们中国的革命。她又不屈地以捍卫真理的姿态挺身而出说,毛主席伟大吧?众皆呼万岁万岁万万岁!她说你们说毛主席是什么出身?那么火爆的辩论场一下子犹如真空一般,只有北京8月的热风燥燥地吹过,扇动着树叶哗哗响。一红卫兵挑战似地质问:你说我们伟大领袖毛主席是什么出身?我们大院的女生真无敌真勇敢也真率直,她一字一句字字如钉地说:毛主席出身地主!那是一九六六年红八月啊,那是一片无顶无底的红色恐怖的红海洋啊,那是毛主席语录大过中华人民共和国宪法和中国共产党党章的时代啊,我们院那位时代的姐姐,只骄傲了不到十秒钟,绝对淹没在一片铜头皮带和拳头皮鞋之中了,当她被抬回我们院时,已然奄奄一息,面目全非,其惨状绝对比我们看过的电影《烈火中永生》中江姐被架下老虎凳还惨,用惨不忍睹形容一点不过分。身上还用墨汁写着地主狗崽子!院里有人说她家庭出身不是地主。负责押解的红卫兵厉声喝道:你什么出身?你怎么知道她不是地主出身?这代不是上代是!上代不是上上代肯定是!像她这么反动的反革命不是反动地主出身是什么?一片压抑的喘息声。

## 四

陈先生有些惶惶然,右眼的眼皮霍霍地跳颤,俗话说,左眼跳财,右眼跳灾。陈先生特信冥冥之中的神鬼。陈先生扯过一片树叶在嘴中吮了吮,贴在右眼皮上。他嚅嚅地说,"文革"中我们家也被批斗,被挂牌被抄家,但不是因为地主,一说地主瘆人,累累白骨,敲骨吸髓。我们家的成分是小业主,开着两间小门脸。众人齐喝:剥削阶级,资本家相当于地主,小业主相当于富农。陈先生赶紧把颤掉了的树叶捡起来,又用嘴唇吸吮着,又重重地贴在右眼皮上。他拍着胸脯说,我父亲是工人,工人阶级中的工人,按崔先生的阶级分析法家庭出身也是工人。红五类中的一类。就是红的不太光彩。何以此言?陈先生说,我父亲在家兄弟中排行老三,用我爷爷的话讲最懒,最好吃懒做,兄弟三份家分的一份家业坐吃山空,为生活所迫,被逼得脱下长衫,打起赤膊给人帮工混口饭吃。我大爷家无子,就把我过继过去当养子。穷有穷福,富有富灾。我爸爸无能无德无品谁都没想到混成一个纯粹的无产阶级,那年头"混"在老一辈心目中就是堕落,堕落得一无所有。养父一生勤俭持家,积德行善,艰苦奋斗,含辛茹苦十几年如一日,没想到成了"二地主",批过来斗过去,逼得好几次差点寻了短上了吊。陈先生的人生的哲学来自实践,他归纳为:钱这东西,该你有时一定要有,不该你有时千万别要。要了拿了就跟住鬼罩住魔了。

上个世纪八十年代初,我在新华通讯社山西分社当记者,在乔家大院所在的祁县访到一件和陈先生说的有些相似的事情。

离乔家大院西北二十五里路有个大村叫方榆树村, 是个未改行政区划时的老村名,据说最早是因为村头有棵榆树,树干不是圆的,是见方见棱的,祖先们就把那地方叫方榆树村。村里有一大地主,名副其实,财大地多,站在房上极目一望,目光所及都是他家的地。天边有一片茂密的树林。遮住了目光,一问那片森林也是他家的。地可能比"收租院"中大地主刘文彩的地多。也瞧不起乔家大院,说他们老乔家是走西口推着辆破独轮车帮人卖货起的家,那叫啥庄稼人?他们家祖上是靠春种秋收,汗珠子浇地,一垄地一垄地挣出来的家业。

一代传一代,传到民国初年,这家大地主在村东西各盖了一整套高房高墙的大院落,四进四出,盖得一模一样,因为只有两儿子,老地主主持分家,半斤对八两,公平公正,只是大儿子多了那片黑森森的大森林。没想到短短几十年下来,老大败家,比《活着》里的葛优还坏,不但五毒俱全，还吸鸦片，不但他抽，全家六口人三对烟枪。于是乎卖了房子卖了地，把那片森林先是一棵一棵砍着卖，后来一片一片指着卖。家中的地也是开始还是一垄一垄地卖，一亩一亩地卖，后来是一片一片地卖。房子先是卖砖后是卖瓦，先是卖梁后是卖檩，先是卖偏房杂院后是正房大院。房中的摆设先卖洋钟隔扇，字画屏风，后卖条案八仙桌，座椅躺櫃。最后流落他乡，落得冻饿而死，家破人亡。家中有一小儿子，被老长工收养，成了地地道道的庄稼汉。九死一生。用老长工的话说，算他们老东家积德。

他家老二，看老大渐渐败落，出于兄弟情义，往往出高价把老大卖的土地都收下来。两辈子人下来，方榆树林只知道有他家不知道有老大家了。到1948年晋中解放战役拉开大幕，老二家带着一家老小金银细软大车小轿"逃难"跑到太原城。太原被解放军四面包围围攻了一年多。这功夫晋中地区就斗地主，分田地，刮起了一场像周立波写的那样的"暴风骤雨"，风暴雨急一点不比东北差。老二被划为大地主，又跟随阎锡山的晋绥军逃跑到太原，地主成分前面加上了逃亡地主，反革命地主。村里组织了贫农团，乡里派来了工作组，煽风点火，紧跟着就斗地主分田地分浮财分房子扒院子，贫农团一致要求支援解放军，打下太原城，揪回反革命逃亡地主。

老大家的后代，根据解放区成分划分办法，主要依据解放前三年家庭的经济情况划分家庭成分，他家已经穷得一穷二白连媳妇都娶不起。常年在外给地主打长工，一划成分是地地道道的雇农，比贫农还贫农。太原一解放，各县都组织了工作队去太原清理阶级队伍往回抓逃亡的地主、恶霸、反革命、敌军官。老二家后代一个没跑了，全部五花大绑武装押解回村，一路押解，一路批斗，打得一家十几口男女老少没进村已经有一半咽气。村里召开贫雇农大会，贫农团一阵棒子、棍子，只剩下两个吓傻了的小孩了。要不是一位县上派下来的干部拦着，也被愤怒的贫农团扔进枯井里饿死了。我采访时顺便问了一下他老二家为何与贫下中农这么大仇呢？没想到不但没有愤怒的血淋淋的控诉，竟然没有一个人能说得上来。经人指点找到一个七老八十的当年贫农团的积极分子，老人家患中风偏瘫但说话还能听得懂。他翻着眼使劲想了一阵后说，啥仇哩？就有一年春上无粮揭不开锅了，去他家借粮，他不借，想把我们饿死？末了，他翻回眼来说，我没打，没动一指头，那时候咱还是个毛娃娃哩。那为什么那么大仇恨呢？老人家又习惯地翻起眼来，遥想良久，说，啥仇啊，不是兴打地主吗？像后来喊万岁，谁不举拳头喊万岁？你倒是北京来的大领导你没喊过万岁？啥都万岁，贫农团万岁，县里来的解放军领头喊的，喊得俺们贫农还掉泪哩！又把眼翻回来了，叹了气，老二家的后人也真真可怜哩，活得比站钉板还难还苦生生难死了！

细问方知，那两个孩子，女孩子长大了嫁给远村一个有癫狂病的贫下中农，那男人一抽风要么口吐白沫人事不知，要么狂躁至极又打又骂肆意虐待，百般折磨。村里人说，黄连苦不如那女人苦，苦尽甜不来，最后一根麻绳算是了结了她人生的苦难旅途。

她那个哥哥，在方榆树村干最苦最脏最累最下贱的活，实在饿得受不了就揣着个破碗想外出讨饭，被抓回来，不知怎么着就扣上了个逃亡地主分子破坏人民公社春耕春播的罪名，被抓进县大狱，不知所终，再无一丁点消息，让人唏嘘。

老大家的后代因为家庭出身雇农，养父家是长工家庭出身是贫农，根红的不能再红了，土改后入了党，到乡里工作，一直当到公社的副书记，“文化大革命”中，当权派都打倒了，他还没打倒也打不倒，他根太红了，双料“红五类”，两派都想拉他树他。但多少也有些担惊受怕,他是属于被打倒走资本主义道路当权派。也挨过几回斗。但比斗地主温和多了。他算腰板硬骨头硬的人,造反派呼口号要他承认走资本主义道路,他说我真没走过那狗日的道路。又呼喊他反党反社会主义。他也极认真地回答,我反党? 反社会主义? 我可不想吃二茬苦受二茬罪,我是贫雇农,再也不想再当贫雇农了! 这句话让造反派抓住毛病了,脸一记重重的耳光,扇得他满口流血。他命真好,正要打倒之际,解放军支农,进村第一件事就是清理阶级队伍,一看他双料贫雇农,双"红五类"。亲不亲阶级分,他一下子又红了,成了典型的革命干部,"三结合"一下子被结合进公社革委会。直到退休,退到县里有房有院,子女不是在县里当干部,就是在省城念大学。

人的命运,谁能说得清呢? 葛优不在! 添酒! 换茶!

## 五

我对陈先生他们说,说一句酒盖脸的话,一次集中看见十几个男逃亡地主,女逃亡地主的人不多,我看过,亲眼看过。酒盅茶杯举到嘴边都停住了,一片惊诧不解的目光,那些眸子在灯光下幽幽地闪发着光。随着一声长叹,那不堪回首的一幕才慢慢拉开。

一九六六年九月下旬,我们被组织到北京火车站广场去参加一个什么批斗会,走到那儿看见拉在会场的横幅才知道,原来是"首都红卫兵东城纠察队"组织的"押解逃亡地主返乡清算现场批斗大会"。秋后的北京还燥热得厉害,一九六六年那年秋老虎更厉害,盘腿坐在广场上头皮被晒得发麻。

批斗台是用四辆汽车的拖车拼对而成的,把马槽档报放下,就是一块平整威武的批斗舞台,不知是哪位俊男才女发明的。前面是口号,战歌,随之一串被押上"舞台"的逃亡地主被红卫兵恶狠狠地推押上来。有男有女,有老也有看上去不老的,每个人胸前都挂着一块大牌子,上面用墨笔写着逃亡地主×××或罪名更重更邪乎。一些不但写着逃亡地主,前面还加上恶霸逃亡地主,反革命逃亡地主,还乡团逃亡地主,反动军官逃亡地主,在一片片风起云涌的打倒声中,在一阵阵毛主席语录的高呼声中,被押在"舞台"边沿上的男女地主们纷纷被身后雄赳赳、恨昂昂的男女红卫兵捺跪在车板上。突然上来一群挽着胳膊穿黄军装戴黄军帽的女红卫兵,一人拿一把大剪刀,男的被一律当场剪成鬼剃头,女的一律被剪成阴阳头。看得见,有人的头皮,脸被剪刀割破,鲜血顺着脖子流到胸前!然后有红卫兵上去对着麦克风激情四溢地声讨逃亡地主的滔天罪行,都愤怒不可遏地紧握拳头高呼要把他们打倒在地,再踩上一万只脚,叫他们永世不能翻身!只许红色恐怖万岁,不允地主阶级翻天!不知从哪位大批判的红卫兵开始,念完大批判稿以后,阶级仇恨怒不可挡,押下腰上系的仿苏武装牛皮带对着那群逃亡地主就是一顿暴打,打得都是鲜血直流,头破脸肿。然后由一个尖声尖气的女红卫兵领着教唱"牛鬼蛇神歌"。歌词大意是:"我是牛鬼蛇神,我是人民罪人,我有罪,我该死,人民的铁锤,把我砸烂砸碎。"那女红卫兵教得挺艺术,她教唱你是牛鬼蛇神,跪着的逃亡地主一齐学喊就要唱成我是牛鬼蛇神。一开始总有男或女逃亡地主跟着她唱你是牛鬼蛇神,结果又是一阵劈头盖脸的暴打。不出声不大声唱还不行抱着两个胳膊站在两房的男女红卫兵听不见学唱的歌声,又是一顿没头没脑的暴打。

最残酷的是我看见在那拖车摆成的平台后面还跪着黑压压一群所谓"地主阶级的狗崽子"都带着简单的行李,只等批斗会一散就把他们也一起押解回家乡接受清算。据说北京市仅一九六六年八、九、

十、十一月被押解回乡清算劳改的逃亡地主等各种阶级异己分子就达近十万人！实践证明，全是冤假错案！那些比"俄罗斯流放"还苦的罪是受了，人民群众无产阶级专政的滋味是领受了，"红色恐怖"的恐怖也经历了，被活活打死的人，被生生逼死的人也活不了了。但一道道伤痕一阵阵余悸却难以消除，一代人，两代人？

陈先生他们真不干了，这么沉重的话题，酒还能喝吗？茶还能品吗？话还能说吗？席间有位先生不紧不慢地说，你爸爸家庭出身地主，我们在座的要说接触过家庭出身地主的还真有，他爷爷老爷爷祖爷爷是地主大地主，但绝对没有一个人接触过解放前的真地主，用阶级成分划分来说叫地主分子。看那位先生果然是位黑面皮的"老生"，五十多岁，似乎也经历过一些"风云"，见过一些"世面"。

在这个世界上见过真正的地主分子的人，和真正的地主分子一起活过的人越来越少了，真正的地主分子现在活着的存活概率几乎等同于清康雍乾三世的皇家清花瓷了，但我不但见过而且还和真正的地主分子在一个生产队战斗过。

陈先生们的兴起来了。"移船相近邀相见，添酒回灯重开宴"。

我去山西定襄县插队，农活中有一项就是"起户粪"，就是把社员家里的猪圈、羊圈中的粪清理出来，然后担到生产队的大粪堆上，再由马车把粪拉到田间地头施肥。起户粪就要进到每家每户，我按队长分配和几个社员到了梁俊喜家，俊喜和我们知青都熟悉，但没去过他家。晋北农村穷，但院子都修得很大，有的院子有三四亩地大，种着各种蔬菜瓜果桃李的，俨然是个世外桃源。俊喜家院子不甚大，却也收拾得干净利索。休息时，他家一位瘸腿老人给大家搬来板凳，我走进屋里喝水看见他家堂屋里有几排放中药的药柜，我当时不知道俊喜家中还有人懂中医。老爷子一脸的沧桑，用我们北京知青的损人话说,这老爷子是"满脸大小括号,上下双眼皮,"但仍掩盖不住老人有一种慈祥睿智的底蕴。

老爷子似乎是第一次看见北京来的知识青年,专和我们找话说。问这问那的,实际上好像在考这考那的。他指着院里的胡萝卜说,这胡萝卜可不是源于咱山西的。"日本"(一块插队的哥们,因个矮落下这么个绰号)嘴快,说,休止山西?非中国原产,西汉张骞通西域带回来的。要不怎么姓胡呢?老人家立时兴奋了,说果然是北京来的大学生。村里人都这么称呼我们,实际上哥几个只上了初中。山西人把芹菜叫胡芹是有道理的,芹菜也是西域传过来的。

我估计那老爷子肯定血压高,一兴奋脸就红,七老八十的老爷子了问了几个初中历史"小儿科"的题目竟然认为是找到知音了。又指着屋檐前的葡萄架说,知道这葡萄是从哪儿传过来的吗?"日本"说,是张骞那老爷子吃葡萄不吐葡萄皮。俊喜家老爷子没太听懂"日本"的调侃。"日本"又解释,是吐了葡萄皮带回了葡萄籽。老爷子竟然高兴地瘸着腿拄着拐杖,一颠一颠地在我们面前晃来晃去。我觉得挺可笑,就反问老爷子:您知道是谁把葡萄传到西域的吗?西域胡地也不是葡萄的发源地。可把老爷子问住了,他双手拄着拐杖,也不颠不点了,一块来起户粪的社员说,这天下还有人能难住咱们的梁大夫的?真不容易。梁俊喜他爹是全村唯一的"大知识分子",老百姓说他肚子里的学问比村里井水都深。真把老爷子问住了,他翻着白眼不解地问我:"那你给说说,这葡萄是从那儿传到西域的?"

我像得胜的小公鸡昂起头来说,是从意大利,是罗马军团东征,把葡萄芽带到了中亚西亚,西域才有的葡萄。我趁机牛了一把,一指他院里栽的一排大叶子旱烟说,这东西来得更远,更曲折,它发源于南美洲,是哥伦布把它带回欧洲,葡萄牙人、西班牙人当年就像看变魔术一样看哥伦布带回欧洲的印第安人是怎样吸着香烟，把烟从鼻子里冒出来。老爷子吃惊地望着我，是一种渴望，一种钦佩，一种久觅遇知音的眼光，这种眼光把我的小公鸡似的骄傲全都看没了，他真的让我不好意思了，起码为刚才那种浅薄的卖弄不好意思。

老爷子一边瘸着腿又摇又晃地赶忙回屋，一边热情地说，再歇会儿，我给你们沏茶去！

那待遇不低。他们都跟着我沾光。后来得知，此瘸腿老人乃我们村唯一现存的地主，地地道道的地主分子，那条瘸腿也是被贫下中农打瘸的。因为开展"死宝变活宝"运动。这运动我从未听说过，就是把地主埋藏的金银财宝俗称为死宝，挖出来，交给国家，交够一定数量由供销社返给村里各种农具变成"活宝"。地主交不出大洋金条就动真格的，梁老人属命硬的，软一点的就被打死逼死了。但梁老人念过书，懂点中医中药的，私下给乡亲们看看病，乡里乡亲的也都不让他白看，这个一斗米那个一筐菜的老人生活无忧，就是怕"运动"，一提"运动"，一提阶级斗争就抽风翻白眼吐白沫昏死过去。

插队知识青年到农村去接受贫下中农再教育很重要的一项教育内容就是接受阶级斗争的"洗礼"，和阶级敌人面对面，脸对脸地斗争。村里组织我们开阶级斗争忆苦思甜会，让苦大仇深的老贫农给我们讲万恶的旧社会吃人的地主阶级。每次都把梁老人押到会上，我们插队知青把他叫做"梁老地主"，先是糊标语，再就呼口号，梁老地主瘸着腿拐着一根破树枝，穿着破得不能再破的百家衣，腰弯得像拉满的弓。梁老地主不拿拐，因为他曾拿着拐杖参加批斗会，被刚从首都"文化大革命"的战场上下来的"红卫兵"一把抢过来当场折成两截。从此梁老地主就拐一破棍子是扔是掰由他们。两只眼睛灰老鼠似的，死死盯着自己鼻梁前的二寸地。

上台的贫下中农也气愤也仇恨,说到伤心处禁不住热泪潸潸的,挖草根,吃树皮,被饿得奄奄一息,老人最后活活饿死,说得凄惨悲苦,这时候按照大会的安排有领喊口号的人义愤填膺地站起来大喊:打倒万恶的旧社会!牢记阶级苦!不忘血泪仇!念念不忘阶级斗争!就在这节口上,公社负责插队知青的干部觉悟高,越听越不对,及时呵斥。问:你控诉的是什么时候的事?答:是六一年春荒时候。问:你敢诬蔑伟大的社会主义?你到底什么成分?我看你不是贫农是地主!参加批斗会的我们村的贫下中农协会主任不干了,硬邦邦地顶了一句:可不敢说他家不是贫农,查个十代八代的谁也经不住,可他家一直都贫雇着哩!公社干部指着"梁老地主"让控诉他解放前剥削贫下中农的罪恶。几十个贫下中农没有一个激愤地跳起来揭发批判的,没人理他。我们这些"北插"坐在那儿像看西洋景,捂着嘴偷偷地发出各种怪声"哄"他们。那公社干部急了,指着贫下中农说,谁家解放前给他家当过长工?谁家受过他的剥削压迫?勇敢地站出来!这就是阶级斗争!有个老爷们慢慢地站起来,说俺爹给他家当长工,但俺爹临死前还合不上眼……那位公社干部眼睛亮了,脑门也亮了,忙问他为什么至死都闭不上眼,为什么?那粗壮的老爷们慢腾腾地说,俺爹没给老梁家锄好坡上的谷子,对不起老梁家的黄馒绿豆汤……

从此以后,一直到我离开农村,整整六年半,公社里再也没组织过知识青年搞过忆苦思甜现场批斗会。

说得挺平淡的,陈先生出去方便了两次,别人也进进出出的,咳嗽声也高起来。像电视节目中演广告,没劲。

陈先生问我,我们想听听你们和真地主分子的接触,至于你们受到的是什么样的再教育就没必要再教育我们了。

我被"审"征了,突然想起"梁老地主"的一件事。

　　那年冬天，农业学大寨如火如荼，农田基本建设搞成了出工收工两头要不见太阳，在晋北冬天寒风刺骨的光秃秃的地里平田整地，吃冷饭喝冰水，那才真正叫遭罪受苦。那天晚上，"日本"突然折腾起来，肚子疼得比过电刑上老虎凳还邪乎。我看他脸色苍白，大粒大粒的汗珠子顺着鬓角流下来，疼得他浑身痉挛。这可怎么办？村里一没医二没药，这半夜三更找谁去？看"日本"疼得像剥皮抽筋似的，我们几个像蛇螺似地光在地上打转。实在不行就拆门板作担架把"日本"抬到公社卫生院。但"日本"根本不让动，一动他就杀猪似的地疼得怪叫。我突然想起梁老地主，那老地主不是懂中医吗？死马当成活马医，不管他中医西医是医就行。唯一顾忌的他是个地主分子，给北京知青看病合适不合适？农业学大寨中正强调阶级斗争，要抓阶级斗争新动向，村里大喇叭一天到晚都在喊资产阶级一旦复辟了，就会人头落地……"日本"对我说：我求你了，老兄！赶忙去找梁老地主，我不怕他复辟，也不怕什么人头落地，我现在恨不能马上人头落地也比这活受罪强。

　　没法子，谁让村里没有贫下中农的医生大夫呢？没想到一打门一递话，梁老地主二话没说，让他儿子背上就跟我来了。那老家伙医道果然娴熟，一排银针扎下，"日本"已不再疼得浑身抽搐了。又是号脉又是开方，叮嘱他儿子赶快回去配药熬药，又从怀中摸出两粒紫红色的丸药，让"日本"温水服下。"日本"渐渐安静下来。没想到梁老地主竟然在我们知青小屋里整整熬了一夜，我们都困得东倒西歪，瘸地主还挺有精神，亲自帮助"日本"喝药，又号脉又扎针，"日本"安静了，"日本"对我说，谁说鸡毛不能飞上天？地主分子也能为人民服务啊！这小子！

　　后来就和梁老地主没什么联系了，"日本"送给他儿子两盒当时在村里代销点能买到的最好的香烟,二毛九分一盒的"墨菊"牌香烟,他儿子没敢要,怕被抓了典型挨批斗。他说他爹再也经不住批斗了。

有一天,突然被告知梁老地主死了,还说是被吓死的,浑身战栗极度抽搐而亡,死时蜷缩成一团。据说是受了刺激犯病。那时候正赶上批林批孔,我们公社上挂下连又加上了一条批地主。村里的大喇叭天天喊,把梁老地主喊出心病来了。他是全村活得最大的一位老汉,我们村最后一个地主分子死了,再开批斗会是没目标了。"日本"说咱得去看看,人家半夜救过咱的命,咱得去意思一下,起码在他棺材前摆上两盒烟。正说着他儿子提着几张白纸来了,按照村里的习俗,大门要贴白对联。他家是地主,没人会写也没人敢写。那年月过年过节的对子和办丧事时贴的对子内容都一样,就是写对子的纸的颜色不同。一般人家死了人大门上都贴上白纸黑字"为有牺牲多壮志,敢叫日月换新天"。我对俊喜说你们家千万千万不敢贴这副对子,这不是给人家送刀递枪吗?你一个地主分子家老地主分子死了,小地主分子敢贴"为有牺牲多壮志,敢叫日月换新天"?这不是明明白白要翻天要复辟要地主阶级重新骑在贫下中农头上吗? 一句话真捅在他的心窝上,他连忙把写好的白对子撕成碎片,说咱不是以为是毛主席说过的吗?毛主席的话不是字字句句都是放之四海而皆准的真理吗?"日本"插了一句:毛主席的话什么时候对地主说成真理了?没扣你个反攻倒算想变天就偷着乐吧。但我们把这写丧联的事承揽下来,我突然想起一副对联,就用"激将法"激"日本",说我倒想好一副对联就怕没人敢去贴。"日本"马上一拍胸脯说,兄弟我敢贴,你敢写我就敢贴,一个插队的农民二哥我看他们还能把我开除出地球的球籍!

我蘸了蘸墨,写道:为人民服务不分地主贫农;解人于病苦何论白天黑夜?弟兄都拍掌叫好,异口同声:横批"是地主也是好人"。墨迹一干,"日本"一手执一联兴冲冲地走到梁老地主家,公公正正地贴在了大门的门框上。没想到我说到这里,陈先生们竟然也一齐拍手称妙。陈先生什么也不说,把刚才写的"地主庄园"四个字拎出来非让再加上四个字,也算凑一幅对子,我憋了半天,又写了四个字:造福乡里。

# 最后的狼

## 一

上个世纪六十年代,晋北的农村还很自然,很"原始"。我们是在立冬以后进村的。初冬的庄稼地一片空旷,接近村时才看见一簇簇光秃秃的枣树枝。村庄外面围着高高的菊黄色的干打垒土墙。斜阳余晖之下,一眼就能看见那土黄色的土墙上画着一排十分醒目的白白的大白圈,是用白灰粉刷上去的,一个圈紧挨一个圈,大到能套进一个人去,白惨惨地看着瘆人。

我们都是自小在北京长大的十几岁的中学生,没见过这么古怪的白圈图腾,像看天际星座。给我们拉行李的车把式哈哈大笑,他说,那些白圈什么都不是,什么都不代表,画在那儿为的是吓唬狼的!

狼? 他这么一说,我们都感到毛骨悚然。难道这儿真的有狼? 车把式说他也没近处看见过狼,只见过村里被狼咬死的猪娃子、羊羔子,被剥圢膛把五脏六腑掏吃得干干净净。没吃过村里的小孩吗? 我们那时都学过鲁迅的文章,都知道鲁迅笔下祥林嫂的儿子就是被狼叼了去吃了的。车把式又哈哈大笑,呲出他一口黑的黑、黄的黄、凹凸不齐的板牙说,鲁迅那是骗你们小娃娃呢。再凶的狼,再狠的狼,再饿红了眼的狼也绝不会吃人家的娃娃,它吃的是猪娃子、羊娃子,敢咬死毛驴、牛犊子,十里八村、山前山后、沟里坡上从没听说狼吃了谁家的娃娃。鲁迅骗人?我们都有些愤怒了,你知道鲁迅是谁吗?车把式坐在车辕上抽着烟自在又十分自信地说,俺不认识他,但俺知道他!你知道鲁迅?大车把式真不可貌相,别看他不认识几个字,但他知道鲁迅。你知道鲁迅?我知道鲁迅,他是城里人,他在骗你们,狼不吃小孩,送到嘴边上都不吃,它不敢吃。你敢说鲁迅骗人?肯定骗你们!你真够毒辣的,鲁迅是毛主席肯定的,高度赞扬的,你敢怀疑鲁迅?毛主席说他好了?说他不骗人了?那他就好哩!大车把式摔着响鞭不说话了。

快邻近村了,暮色中突然看见离白圈不远处竟然蹲着两只大灰狼,耸着肩,立着毛,昂着头,竖着耳,狼?有狼!我们情不自禁地发出几声怪叫,确实把大车把式也吓着了,把车辕下挂着的铁锹掂出来了,我们都趁机往他身后藏。狼太凶了,特别是冬天的狼,群狼、饿狼。车把式顺着我们的手指一看,又哈哈大笑起来,那是狗,咱村的狗,哪儿来的狼?吓唬人哩!自己吓唬自己也罢了,着实把俺都吓了一大跳。记住,狼那东西惹不得!

在晋北农村赶大车的都是两个车把式,一前一后,后面跟着的是二车把式。二车把式讲了一个狼的故事,吓得我们出了一身白毛汗。

二车把式说,我们村后山上有个孤零零的小庙,庙里只有一个老和尚。一年冬天,天气奇冷,老和尚出屋抱柴火烧炕,就在这功夫,一只老狼一头钻进屋里,趴在灯影里。老和尚抱着柴火进屋后,把门插好就烧炕准备睡觉,那只老狼从后边扑上来咬死了老和尚,把老和尚吃了,一天,两天,三天。老狼再也出不去了,就在屋里狼嗥。谁知道这只老狼是只头狼,它一叫招来一群狼,都蹲在半山腰小庙周围狂叫,吓得村里的狗都不敢叫,吓得大骡子大马都不敢吃夜草。后来呢? 我们问。后来那只老狼最终饿死了,群狼最后过了很久才散了,全村人那时一到夜里连屋都不敢出,狼惨嗥时能嗥得人汗毛倒立! 啊……

没想到到农村插队接受贫下中农再教育上的第一课竟然是防狼的课。

二

我们到农村那年,正赶上"农业学大寨"掀起新高潮。每天战天斗地的,毛主席说叫"背负青天朝下看",用村里老乡的话说叫"面朝黄土背朝天",忙着"土里刨食"。早把狼不狼的忘到爪哇国去了,连土墙上防狼用的大白圈里,也让我们填写上了"农业学大寨"的标语。

日子过得寡淡无味,想折腾点事来都不可能。只有在那个时代的农村,你才能真心体会出日出而作,日落而息的生活是多么恬淡,你才会感到陆放翁没什么值得羡慕的。

有一天,在农田基本建设兴修大寨田的工地上,老乡们都神秘兮兮地交头接耳,好像发生了什么大事情。一打问方知,昨天夜里,很多老乡都听见村北头废窑址上有狼嗥的声音, 叫得凄凄惨惨、悲悲壮壮。有的老乡说狼嗥是二更天开始的,一直直着嗓子嗥到三更天。那几天可有话题了,围绕着狼嗥说到狼吃羊吃牛吃人,说道狼心狗肺,狼子野心,白眼狼。我们知青没有一个人听见狼嗥的,都后悔的抡圆了铁镐创冻土。看得出那么多老乡,没有一个人说狼好的。讨论起狼坏来,我们"北京娃"绝不比他们山西老乡话题少。

　　狼不知道从什么时候得罪了人，而且得罪得那么深。其实，现在所有家畜，狼是第一个被人类驯化成犬的，专家考证，大约在九千年前；而马被人类驯服则到了五千年前；牛也到了五千五百年前了，但形容牛、马、羊、犬几乎都是好词，就连鸡，也是金鸡高鸣，羊也是三阳开泰，狗是人类最忠实的朋友，现在在中国估计有几十万只狗已经成为人类的"儿子"、"闺女"，穿着衣服化着妆美着容。据说仅北京宠物医院注册的就达上千家。可怜的狼，却让人那么仇恨，让我们感到有些打抱不平，数典忘祖。

　　也难怪，我小时候牙牙学语时就被灌输大灰狼是个坏东西的教育。那时候有个儿歌，带表演的，现在还会唱："小兔子乖乖，把门儿开开，妈妈回来了，妈妈来喂奶。""不开、不开、我不开，原来是只大灰狼！"大灰狼倒霉，从小就成了学龄前儿童的反面教员。

　　再大一点就学习"伊索寓言"。伊索老先生比中国的老子还老很多，课文中选的他的寓言故事是"狼和小羊"，狼不仅是野蛮，简直就是恶霸。伊索也仇恨狼。

　　后来在课文中跟着老师一字一句地念，一字一句地背，"东郭先生和狼"，狼的形象被彻底丑化了，被彻底颠覆了，又加上一条恶名，变成了"忘恩负义"的"白眼狼"了。

　　以后大了，上中学了，读到蒲松龄先生写的"狼"，方知狼除了上述的"恶迹"外，还有狡猾。看来蒲松龄先生研究过狼。蒲先生对狐狸心爱有佳，对狼却是憎恶不已。好在其文不长。我对蒲先生的恶狼感有异，认为他是"编故事"。"一屠晚归，担中肉尽，止有剩骨。途中两狼，缀行甚远。屠惧，投以骨。一狼得骨止，一狼仍从。复投之，后狼止而前狼又至。骨已尽矣。而两狼之并驱如故。屠大窘，恐前后受其敌。顾野有麦场，场主积薪其中，苫蔽成丘。屠乃奔倚其下，弛担持刀。狼不敢前,眈眈相向。少时,一狼径去,其一犬坐于前,久之,目似瞑,意暇甚。屠暴起,以刀劈狼首,又数刀毙之。方欲行,转视积薪后,一狼洞其中,意将隧入以攻其后也。身已半入,止露尻尾。屠自后断其股,亦毙之。乃悟前狼假寐,盖以诱敌。狼亦黠矣,而顷刻两毙,禽兽之变诈几何哉? 止增笑耳! "

蒲先生把狼的智慧人格化,那就不是狼了,当为人之狡猾的自我揭露。

但狼的凶残狡猾已成为定论。铁案难翻。

小时候就曾听一位前辈讲过一个关于狼的故事,吓得我们不敢出门走夜路,尤其害怕听见身后有脚步声,还老跟在后头,又万万不敢回头看,好不容易到家门,一头撞进院门,吓得浑身上下被冷汗泡透,一屁股瘫软在地上。

狼吓的。

那位前辈讲,他曾在晋北工作过,那个时代,三十年代初,晋北多狼,走夜路往往让狼跟上。狼悄悄跟在人后边,走到没有人的地方,它会直立起身子把前爪从后面搭在人的肩膀上, 这时候人是万万不能回头的,人一回头,狼顺势就咬住人的脖子,咬断人的喉管。所以西北人走夜路,遇上有人在后面拍肩膀一般绝不回头看,只是用手摸摸搭在肩上的"东西",如果是毛茸茸的爪子,就大步流星走,绝不能回头,而且要尽可能地把脖子缩到两肩中。真够瘆人的! 感觉比"敌后武工队"中的"夜袭队"汉奸还让人胆寒。

晋北狼多,常窜进村庄咬死家畜,于是就有人想办法,怎么能制服头狼。据说一群狼中有一统领,头狼也。此狼是狼群的主心骨,抓住头狼,狼群就散了,形不成破坏力了,但一般情况下头狼都极狡猾,拿猎枪打不着它。

　　于是有大胆人便在村外野地里挖一个坑，上面铺上门板，四周压上土，门板上挖一小洞，仅能容一只狼爪子伸进来。然后人蹲在坑里，怀里抱一只羊羔。半夜狼群从山里下来，羊羔就能感觉到，在人怀里瑟瑟发抖。"猎人"就故意让羊羔凄惨而悲哀地叫唤，把狼招来。这时隔着门板的狼靠嗅觉知道下面有"猎物"，但可嗅而不可得，它们会在门板上用爪子抓挠，找扒开坑的地方。这时候"猎人"要沉住气，一直等着，一直让羊羔惨叫，直到会有一只又粗又壮又大的狼爪子从门板上的小洞洞里伸进来时，他才双手抓住狼的爪子，死死拉住不放，狼和人开始"拔河"，地上的狼群开始嗥叫，是一种集体绝望的嗥叫。据说那些叫声不同于平时的狼嗥，叫得村庄里的大骡子大马都腿股战战，吓得站立不住。直到天亮村里的人拿着锄头、铁锨出来，把伏在门板上动弹不得的领头狼活活打死。人也够残酷的。

　　当时，我们和村里的老乡一样，白天干活，晚上躺在床上都神聊狼的故事，反而我们都努力不睡，想听听狼嗥，我们真没听过真正的野狼在野外的狼嗥。

三

　　等着狼嗥，狼不来了，也不嗥了。让人等得焦躁不安。

　　那天，地头上聊大天，我们这些北京知青愣没有一个真见过狼的。我们从小学就去动物园春游，过队日，游玩，但一进动物园都着急着去看老虎、狮子、大象、河马、猴子、狗熊、长颈鹿、熊猫，谁去看狼呢？

　　世界上怕就怕认真二字，我们那时就爱一根筋，就爱较真。哥几个一致认为，狼虽然不来了，但人过留名，雁过留声，咱不妨去那废砖窑实地勘察踏访一下，就是找到一撮狼毛也可以显摆显摆。闲着也是闲着，踏访狼的踪迹去。

那废弃的砖窑有个年头了，挺背挺阴的，连窑里都长出碗口粗的野枣树来了。要是半夜来也还真得"揣俩胆儿"。

细细地侦察了几遍也没发现狼的蛛丝马迹。有些丧气，深感勘察考古都不容易。突然，我们一哥们终于有了重大发现，绝不亚于在古墓勘察中发现了古铜印和墓志铭。凑近一看，原来是一摊屎，但这屎里有文章，首先它不是人的大便，更不是羊的、马的、牛的，极有可能的是狗的或者就是狼的！

我们不愧是知识青年，首先采用的是辨别法，看那摊屎的颜色，因为根据我们从书本上得到的知识是狼粪的颜色是白色的。我们几个把头扎到一块认真看，又拿木棍拨拉着反复看，粪不全白，但绝不是粪黄色。一时还确定不了是狗粪还是狼屎？最后的排除法就是燃烧法。根据我们从书本上得到的知识，狼粪燃起的烟是直直的，古代烽火台上都堆积着狼粪，一旦有外族入侵，则燃起狼烟报警，狼烟是直上青天的。我们就把那干粪点燃起来，还真有一股怪味的青烟。但那袅袅升起的青烟和我们抽的香烟冒的烟几乎是相同的，似直非直，似转非转，也左右飘悠，忽忽悠悠，谁也不能断定这是狼烟。

那一阵，总有老乡说半夜听见狼嗥了，我们又很认真地熬着夜，但谁都没听见狼嗥。但村里的气氛是有些严峻了，入夜街上人烟稀少，串门的也不串了，早早插牢院门，一遍一遍检查猪圈羊圈，半夜里偶尔有野狗从村子里穿过，引来家家户户看门狗的狂吠，第二天就有人说是狼进村了，我们觉得有点像鬼子进村了似的。

后来，乡亲们告诉我们村最北头有个孤老汉，他和狼对峙过，是村里唯一一个打死过狼的人，想问狼的事得找他。

　　闲着也是待着，溜达着就来到村最北头，原来是个孤院子，圈在一片高台上，像个土围子，让人奇怪地是院墙不是黄土打起来的，是用片石垒起来的。来前我们都调查好了，这孤老汉家里养着几条凶恶的狗，所以我们就站在院门外大声呼喊。一声高过一声，院里却死气沉沉，不像有狗的人家。当我们快要失望地走回去时，屋里有人搭腔了。老汉有派头，像皇上起驾似的，半天才来开门。老汉姓李，是个有些驼背的半老汉，又干又小，让我们大失所望，就他这样别说是打狼了，喂了狼恐怕狼都嫌他的肉柴。但一进他的院把我们都吓一跳。谁都没想到李老汉院中趴着三条牛犊般大的大狗，狗见生人立即冲上来，两眼圆瞪，毛都直立起来。这几条大狗一声不叫，从三面包围上来，从嗓子深处发出瘆人的呼呼呼的低沉的喘息声，我们都情不自禁地往李老汉近处挤。别看李老汉干瘪，这时候把一直含在嘴上的烟袋拿在手上十分自信地说，我不说什么，它们不敢动你们一根毛，我要说句话，它们能撕碎你们。我们赶快递上一支纸烟，连声说，您千万别说话，什么也别说。

　　到他屋里又吓一跳，屋不大，熏得挺黑，大土炕占去三分之二，窗户小得像牢房一样，吓人的是迎面土墙上挂着一张大狼皮，像老虎皮似的，屋里白天都得点油灯，像座山雕的威虎山。

　　李老汉果然厉害，最让人提心吊胆的那三只大狗齐齐地卧在门口，虽然屋门大开着，但没有一只敢进来。

　　和李老汉聊什么？聊狼呗。我们得先把他侃昏了才行，递给他一支北京出的香山牌香烟，告诉他，这是北京城住在香山的伟大领袖抽的烟。老汉果然激动了，很郑重地把香烟放到相框上。再递给他一支，依然舍不得抽，立在相框框边上敬着。他开始重视起我们来，三问两问，他就开始说起狼来了。李老汉果然有高论，不同凡响。他从狼嗥说起,他说狼嗥好听,那是狼在唱歌,唱情歌,唱酸曲曲,也是唱哥哥妹妹的,和人一样。有时候几只狼一块叫,是互相说家常话哩。我们说狼嗥得全村人都害怕,谁还有心听它们唱歌哩?他说听他们胡说胡害怕哩,他们见过狼?谁见过狼?小干巴老汉长着一脸络腮黄胡子,拍着胸脯说全村只有我脸看脸地和狼两眼对两眼。狼从来不吃人,我手里什么家伙都没有,狼看看我,悄悄地绕过去走了。

李老汉从怀里掏出一个小羊皮包,我们以为一定和狼有关。打开一看原来是一副火镰,拿起两片铁灰色的石片一打把火绒打着,用嘴小心地吹着,吹着以后放在烟袋锅子上。我们送他一个打火机,一次性的,那时候买一个也就五毛钱。他说什么也不要,说太贵重了,非要用老祖宗的原始玩意。

接着聊狼。我们说狼的眼睛为什么是绿的?像两颗没熟透的大蚕豆?那是够瘆得慌的,半夜里,荒野上突然闪出好几对幽灵似的绿眼睛紧紧盯着你,间或还能听见上下牙齿相错的磨牙声。李老汉慢悠悠地问:谁说的?书上呗!那全是骗你们这些城里的学生娃哩。他们看见啦?他们看见狼眼是吓得拉了绿屎,所以才把狼眼看成绿松石。李老汉可能见过世面,说起话来挺逗,挺幽默。他什么都像,现在想起来他长得有点像相声演员李文华,就是不像入山进沟打狼的猎手。

李老汉不慌不忙地有滋有味地吸着烟,能清晰地听见烟油子在他的烟袋杆里像山泉跳涧似地发出哗哗啦啦的流动声。他说,俺和狼四眼对视着,看过来看过去,我连狼眼上的眼睫毛都快数清了,但没看见狼眼是贼绿贼绿的。贼绿这个词是京片子,是李老汉借我们的话说的。

我们面面相觑。李老汉又说,人一吓得没魂,他会把人说成鬼。来,他一叫唤,有只大狗一蹿就前爪搭在大炕上,吓得我们都纷纷往炕里挤。李老汉说，好好看看，看看咱这狗的眼睛是不是绿的？李老汉屋子又暗又阴，我们细细一瞅，那狗眼离我们也就二尺远。啊，那双狗眼真的是绿色的，绿玻璃球似的，闪着幽幽的灵光，瞳子里透出的寒光都是绿的。

又过了若干天，村里的人又似乎都听见狼嗥了，仿佛只有我们睡得死，又错过一次欣赏狼唱歌的机会，谁知道这竟是最后一次机会，最后的狼留下的最后的嗥。

那天我们又转悠到李老汉家，他正就着老咸菜喝红薯酒，一种极容易上头导致人脑神经麻醉的土酒。小眼红红的，他说那是只孤狼，唱的不是情歌，唱的是挽歌，它也走了，去大山里了，这儿再没狼嗥了。那是最后的狼。

我们盘腿坐在热炕上，用手摸着挂在山墙上的大狼皮，互相用眼神说，这东西拿到北京去，说不定还能卖出个价钱来呢。谁知道这个世界上真没多少真东西。万万没想到李老汉又悠悠地说，这不是狼皮，是狗皮！狗皮？是，狼皮毛如针，狗皮毛是毛。你们摸摸这皮子是针还是毛？都说俺老汉打死过狼，狼都不吃不咬俺，敬着俺，俺干甚要打死它？告诉你们一个秘密，俺从来没打过狼，他们说俺打死过狼，是怕俺，不再叫俺上山修大寨田，让俺负责保护村里生产队的羊，白挣生产队的大寨工，俺是沾了狼的光哩！

李老汉好像喝得有点高了，那薯干酒比医用酒精都"毒"。他凄惨地说，再也没有狼了，狼都吓跑了。这他娘的！天天不是开山，就是炸石，现在又在无畏庄修建飞机场，白天黑夜闹腾得像群鬼叫魂似的，莫说狼，连狐子、兔子、野猫都逃得无影无踪了。狼胆大，是最后走的，呦……李老汉说得真对，打那以后，我在农村十年，再也没听说有狼嗥，连村外土墙上的大白圈圈也都斑落的没有什么痕迹了……

# 遥想"扪虱而谈"

我不敢确定蒋子龙先生曾经招惹过虱子没有,我想可能。因为我看他在转述斯诺先生当年在《西行漫记》中描述毛泽东在陕北延安窑洞前扯开裤带捉虱子描述得有感有情,让受过"虱扰"的我不禁浑身瘙痒起来。蒋子龙先生说,斯诺在采访毛泽东时几乎没有什么客套,毛泽东谈话也直截了当,且生动多智。炉火越来越旺,毛泽东便不经意地解开裤腰带,一边说着话,一边将手伸进裤腰里捉虱子。捉到吸满了血的虱子,就用指甲挤破,啪啪作响。毛泽东边捉虱子边说话,谈兴愈浓,捉虱子仿佛成了他必不可少的动作。伟人也生虱子,捉起虱子来也是饶有兴致,用指甲捏得啪啪作响。斯诺没有写他自己,他自己也经常在太阳下,靠着黄土窑洞的门框,解开衣服捉虱子,而且也是发出"噼噼啪啪"的响声。至于他是不是像毛泽东一样能当着美国记者的面解开裤腰带从裤腰上捉虱子就不得而知了。但可以肯定的是毛泽东一边谈一边低着头认真扪虱且啪啪作响的动作,肯定影响了斯诺,他会周身犯痒止不住也要往裤腰上抓一把。招惹过虱子的人都有过这种经历,一个人捉虱子,大家都想脱了衣服捉;一个人搔痒,大家都觉得身上也瘙痒起来;虱虫就像瞌睡虫一样,一个人打瞌睡打呵欠,传染得大家都发困。当年在延安没有招惹过虱子的人几乎没有。陕北的老乡说,虱虫就像风吹满天的黄土,没有不生虱子的人。也是,连毛主席都生虱子,谁还能躲得过虱子这一关?

　　穆青就对我说过,当年在延安住窑洞住的是大通铺,有一个人惹上虱子,一夜就能传遍全炕全窑洞,因此捉虱子是每天的必修课。学习理论时,常常是围成一圈,陕北人管太阳叫阳婆,阳婆晒得身上暖洋洋的,不用人教更不用人说,每个人都会自觉地解开怀搔痒捉虱子,每个人都捉得很认真很仔细,因为虱子不喜光,在衣服缝里爬得很快,一不留神就被它跑掉了。大家都知道逃过此劫的虱子绝不会翻然悔过、立地成佛,而会发了疯似的报复你,咬得你抓破了皮都觉得不解痒。穆青没说毛主席怎么捉虱子,但他讲过王震捉虱子。说王震捉虱子彻底,怎么讲?穆青哈哈哈地笑了。穆青说:“我们都是解开怀捉,王胡子索性脱光膀子干。”我说斯诺也长过虱子是有依据的,穆青说虱子有个特点——一视同仁,不管你是中国人、外国人,不管你是多大官,招惹上它就了不得。美国记者斯诺曾经和他们座谈,看到他们个个都边听边说边在怀里捉虱子,身上也不禁痒起来,他没好意思解开上衣捉,但看见别人捉虱子搔痒,那种瘙痒是难以抵抗的,只好停下手来,不时在胸前、腰上抓一把解解痒。穆青说从陕北延安出来的人说起捉虱子还是很有感情的,谁说虱子多了不愁?那是长在别人身上,长在自己身上看他愁不愁?

　　真愁!我是一九六八年十一月去晋北插队的,当年春节回北京过年。一进门,就被挡在走廊里。老太太、老爷子高兴归高兴,严肃归严肃,审贼似的审我长虱子没有,我看着二老的表情觉得特神特有意思特想笑。我就嬉皮笑脸地说:一看就没接受过贫下中农再教育,什么虱子？那叫"革命虫"。老太太、老爷子逼着我脱，脱得一丝不挂，然后由老爷子拿着大衣、外套、裤子，晒到外面大绳上，还拿棍子上下左右使劲敲。老爷子还很内行地说，敲敲一是去尘去土，主要是把可能挂在上面的虱子敲下去。我说，老爷子您挺专业的，肯定也闹过"革命虫"。父亲坦然承认，那是抗日战争时期去昆明西南联大途中招惹上的。

　　母亲拿我的衣服就像工兵探地雷一样小心翼翼，胳膊都伸得直直的，生怕有"位"虱虫爬出来，爬进家里，她把我的毛衣毛裤、衬衣衬裤、裤衩背心，都放进我们家蒸馒头用的大蒸锅里加足了水蒸上了。我问老太太："妈，你们干什么如临大敌似的？"老太太说："不如临大敌似的行吗？前楼老郭家老大从陕西插队回来，经验不足，措施不到位，结果全家都染上了，只好把家里坐的、铺的、盖的，大人小孩身上穿的长的、短的都煮一遍，费劲费大了！"俄尔，大蒸锅开始冒蒸气了。那味，什么味啊？真不好闻。我妹妹在家戴上口罩，还一个劲问我什么味，这是什么味？怎么这么难闻？我说我也是第一次尝鲜，什么味？清蒸虱子味吧。妹妹说差点把她恶心得吐了。

　　在晋北农村插了六年队，和虱子战斗了六年。二十世纪六十年代末晋北农村穷，真穷！家徒四壁，除了院里摆的几个大醋缸外几乎是一无所有，有的人家甚至连窗户都是土坯垒的，但晋北农村民风却极淳朴。我们刚一去，正赶上冬天，那时候晋北的冬天够冷的，一早一晚能把枣树枝子冻断，但中午太阳光又极灿烂，照在身上暖洋洋的，我们因为有事去找生产队长，队长的老婆说在队上开会呢。我们找到队部，就是生产队的饲养处，牲口棚里静悄悄的，只有喂牲口的饲养员在忙活。饲养员老汉说是在开会，但不在屋里开。问为什么，老汉说谁傻啊，这阳婆烤得比大火炉还热，屋里冻得冰窖似的，在南墙根上开会呢。我们称：言之有理矣。果然七八个人都靠在南墙根上，半躺半坐着，叼着烟袋在晒太阳，这会开得够浪漫的。我们发现七八个人一边抽烟——就是那种晋北农民自己种的被称为"小兰花"的土烟，一边含糊不清地说着话。晋北的方言说起话来阳平音都改为阴平音，软绵绵地拖着尾音，挺有韵味。我们蹲在他们跟前，跟他们说，听他们聊。这才发现，队上的这几位领导脖子上都搭着自己的裤腰带，肥大的中式肥裆大棉裤裤腰都提在手上，晋北农村的农民里外只穿一条又肥又大的厚棉裤，原来他们都在利用阳光利用开会有条不紊地在从裤腰裤裆里捉虱子，捉得是那么认真，那么自信，旁若无人，就像我们开会时记笔记一样天经地义。我们贫协主任叫杨二十一，头都快扎到裤裆里了，连裆里的"东西"都时不时地袒露出来了，但大家都觉得那么正常那么自然。我们调侃他们：祁队长，您这可是革命生产两不误！祁队长咧开大嘴哈哈大笑，一口参差不齐的大黄板牙在灿烂温暖的阳光下显得像磨损了的金牙。晋北不少农民喝的都是超氟水，怪不得他们，喝上那水，白瓷牙也会变成黄马牙。祁队长也挺幽默，他从裤裆里伸出手，提着一只虱子放到我们眼前说：你们说的没错，学大寨是上边布置的，抓革命促生产两不误是叫它闹的，你不抓，它咬哩！那虱子真不小，比小米粒还大还肥，阳光之下呈土褐色，张舞着小细腿惊慌失措地乱爬。着实把我们几个吓了一跳，比在北京动物园里看见的非洲大雄狮还吓人，真乃此虱子并非彼狮子。逗得祁队长几个人哈哈哈地畅怀大笑。

　　时间一长就熟了，田间地头，屋里炕头，只要一有空，老百姓就解开怀捉虱子，渐渐地我们也有了那东西。知青戏称为"革命虫"，不长"革命虫"就不是真革命，不算彻底革命。那年月不知道毛主席他老人家也长"革命虫"，要那样我们该多自豪，多骄傲。

在和虱子的长期斗争中,我们也不断总结经验,不断锻炼提高。渐渐地摸索出一整套"打鬼子"的办法,用《地道战》中的一句台词说叫"各村都有各村的高招",我们最后高到能凭感觉不用看,不用解裤腰带伸手就能擒来,即使身边有女同胞,照样"打鬼子"。革命生产两不误。那时我们男的都是一水的"大秃瓢",老百姓很看不惯,说我们北京知青剃的都是和尚头,但有一点好处是不长虱子。鱼与熊掌不可兼得,选择不长虱子。夏天好办,一般情况下都能光膀子,既晒得黝黑健康,○○七似的,又叫虱子无藏身之处,剩一个破裤衩定期放在锅里煮一煮,伤其十指不如断其一指,彻底解决彻底舒服。难在冬天,虱子最活跃最疯狂的时候就在冬季,疯狂地吸血,疯狂地交配,疯狂地繁殖。我们常常能捉到叠在一块儿交配的一对虱子,那些虮子一排排牢牢"种"在纤维中,还闪着白光。我们的办法是集体行动,彻底扫荡。狐狸再狡猾也斗不过好猎手。找一天最冷的时候,全屋知青一起扫荡,把所有被子、褥子、棉毛裤、棉毛衫、裤衩、背心全扔院里让老天爷冻死那些没良心的东西,然后拿棍敲。虱子一般冻不死,但能冻僵了,一敲它们就会掉到地上,难对付的是它们的子孙——虮子。我们就把冻得梆梆响的被褥拿回屋里放在灶上使劲烤,烤得热乎乎的,虮子从被冻得半死中终于又活过来了,血液又流通了,然后我们又风一样地把那些东西全扔到干冷干冷零下二三十度的院里,再冻它们,让它们吃二茬苦,受二茬罪。岂止二茬,一夜反复好几次,虮子在一热一冻中大批死了不能正常孵化。后来别村女知青传过来的经验是毛衣、毛裤易招上虱子,就加大剂量几倍十几倍地放上洗衣粉,然后两个盆扣起来闷,"小鬼子"果然完蛋,女知青命名为"化学战"。

插队第三年,祁队长给我派了件美差,让我看大场,就是秋收后,收到粮食和芝麻等经济作物都堆放在一个大院里,四周有很高的干打垒墙。我就住在场院里值班防贼。干那活吹不着晒不着净挣工分，还能偷吃炒芝麻炒黄豆。倒霉倒在和我一块儿看场的老光棍梁三老汉身上，谁都猜不出他身上怎么会有那么多虱子，我没有思想准备，一夜把我咬得从热炕头上蹦起来，胸脯上还挂着两个虱子，竟咬着我不撒嘴。我真纳闷了，梁三老汉瘦得就剩一把骨头了，怎么能养活这么一大群疯狂的"鬼子"？不知道为什么梁三老汉似乎很能和虱子和平共处。他看我从炕上跳起来也着实吓一跳，一丝不挂地跳到炕下，以为发现了偷秋的贼，那是我们看场人员的职责。老汉得知后朗朗地笑了，那笑声真不像老汉。他说，虱子咬你说明你血热健康，是好事。他问我，你知道吗？虱子只有一种人不咬，放到他身上都不咬，你知道是什么人吗？我说没那种人，狗要吃屎狼要吃肉，哪有虱子不咬人的？梁三老汉很认真地说："虱子不咬的人有，死人！"说得让人瘆得慌。

　　每天晚上，在两盏马灯"照耀"下，看场的小屋不大，炕烧得贼热，我和梁三老汉一丝不挂地坐在热炕头上"扪虱而谈"。老汉无酒自醉，爱说。他一九三六年参加红军，一九三八年是八路军一一五师的兵，反六路围剿时和日本人拼过刺刀，大腿根上还留着让日本人刺刀穿透的伤疤。为了一个相好的女人，他脱离了队伍也丢了党籍，要不梁三老汉是正经的将军、部级干部。梁三老汉歪理特别多，他捉住虱子不是挤死就算了，而是要吃了，把虱子放在嘴里咬破，吸干了虱子的血，虱子皮粘了他一嘴唇，让人看了犯恶心。他的理论是虱子吸的是我的血，我要把血补回来。我处置虱子的办法是把捉到的虱子放到马灯上活活烤死，让这些害人虫不得好死。问题是怎样才能挡住从梁三老汉那边气势汹汹爬过来的虱子群，否则光靠两手捉只能是聊解心头之恨，难解皮肉之痒。最终我采用了北京女知青的"化学战"的办法"恶治"。我把我所有的衣服全部用浓浓的洗衣粉闷起来，然后在和梁三老汉的炕上,用洗衣粉筑起一道长城,洒下一溜白色的洗衣粉。梁三老汉一开始闻不惯,呛得他又咳嗽又打喷嚏,又流鼻涕又流眼泪。"化学战"果然厉害,一夜无战事,终于和梁三老汉划江而治了。每天晚上我都把所有的衣服全部用皮带捆好,系在小屋的屋梁上,赤条条来赤条条去,看那虱子奈何于我。有一回梁三老汉停住了捉虱子的手,痴呆呆地看着我的光身子,我觉得这老家伙的眼神里有一种邪恶和淫荡。我故意粗声大气地吼了他一声,干什么呢?老汉顿悟,把一对肥大的虱子放到嘴里用力一咬啪啪作响,又用力吐出虱子皮。昂起头,像卸了套的驴叫,撒欢似的突然唱起来:

> 骑白马,扛洋枪
>
> 哥哥吃上八路军的粮
>
> 有心回家看姑娘
>
> 打日本啊顾不上
>
> ……

老家伙唱得还有板有眼的。

# 山药蛋的遐想

红

山药蛋开花美。

成百上千亩的山药蛋一起开花更美。

看过那片铺天盖地的山药蛋花的人都会魂牵梦绕，都会感慨万千，都会手足无措，都会沉醉其间……

那片山药蛋花白得像六月蓝天上的白云，像九月初秋铺满大地的月光，像十二月大小兴安岭初场大雪，像腊月兴凯湖结了厚冰的湖面。

种那片山药蛋的农民们说，那花开得像漫坡走回家的绵羊，像吐絮待收的棉田，比那杏花梨花俊，比那满月下的滹沱河水甜……

花开花落，花开得美，开得灿烂畅心奔放，秋上一定会大丰收，老百姓不用再担心饿肚子，不用再操心走西口，不用再过那"泪蛋蛋滚下哥哥的脸"的分手时刻，等着起房梁，垒院墙，安门窗，娶新娘，什么花开得能有山药蛋花甜?

## 绿

山药蛋好种好活好收成。我们村的老乡说山药蛋是受苦人家的娃,吃的再粗再糙也能长成五大三粗的愣后生。

村里的好地一亩能长三千斤山药蛋,薄地孬地也能产一千多斤。种山药蛋和种棉花、谷子、高粱、玉米、麦子不一样,"野生野长",基本不靠人伺候,草都不用锄一遍,地都不用镂一回,化肥农药都可以不上。山药蛋厉害,野草争水争肥争地争不过它,连害虫也不吃不咬它的叶,难怪老乡们也感叹,山药蛋秧秧可惜了,只能沤肥了,连猪羊都不吃。它唯一害怕的就是"地老虎",老乡说,老虎谁不怕?连人都怕。老百姓挖出吃山药蛋的"地老虎"往往是放在太阳地下活活晒死它,解恨,给山药蛋出气。

山药蛋中的极品是紫皮的山药蛋, 长得能像奥运会用的标准铅球,紫皮紧绷着,泛着紫罗兰似的彩色,划开那层薄薄的紫皮,会沁出一层白嫩嫩的浆水。

我在农村插队时,家家户户都有地窖,储存山药蛋,有的地窖很大,地下有三四间房大。那时候生产队的男劳动力,一个人平均要从地里担回三万斤山药蛋,没个好身板没个好肩膀是扛不下来的。山药蛋丰收了,女人们也开始忙了,忙着把山药蛋洗干净擦成粉,做成粉条,秋后到村里看看,家家户户院里院外都挂着一排一排雪白雪白的粉条,有时候串个门,走个亲都要拂开挂满一院的粉条,一股股细腻细腻的淀粉味香甜得让人发醉……

# 黄

马铃薯传入山西、内蒙古可能在明末清初,以后晋蒙多次闹过饥荒灾年,和其他地方相比,饿死的人不多,研究者认为其中全靠马铃薯救命,那东西产量高,抗旱抗寒又抗虫,不知救了多少人的命。

它为什么取名叫山药蛋呢? 这名不甚雅,既然救过山西、内蒙古那么多先人的命,为何不取一大雅之名知恩图报呢?

一位山西籍的专家说,还能再起一个比这个名更亲、更雅、更高尚的吗? 起个山药蛋的名,正说明晋人知恩、晋人有智、晋人有根。何以言之? 曰:物与人同,名字叫旦的皆不凡,皆伟雄,皆人杰。何以见得? 曰:潘光旦,著作等身,清华著名教授,怪才,国之大学问家,他坐着,毛泽东站着向他请教。周公旦,辅佐周公伐纣灭商,被称为周之第一功臣。高梦旦,民国期间中国学术界有两位"圣人",一位是胡适,一位就是这位高梦旦。胡适说,梦旦更有资格当"圣人"。

外国人亦如此,顾拜旦,撒旦……

故此叫旦是大尊大雅大敬。山药是一味中药,药中之旦,救命药也。

我亦言之,此旦非彼蛋,雅量地说那蛋是鸡蛋的蛋。

专家言之,汉语旦即蛋,古之通字。那个蛋亦了不得,了不起。没有鸡蛋何来有鸡? 无蛋即无种。恐龙消失是因为恐龙蛋再也孵不出小恐龙来了。汝切勿言之蛋为粗话,男人之蛋,乃睾丸也,命也,无睾丸者,乃太监也。谁敢失蛋? 谁敢亵渎蛋?

原来山药蛋是最美最敬最神圣的称谓。

后与一山西作家闲话,也说起山药蛋来,他十分恭敬地说,此言不差,蛋者谁敢不尊? 不敬? 称我为山药蛋派作家,欣然也。敢称吾为马铃薯派作家当面击之!

## 蓝

　　山药蛋的官名叫马铃薯,历史有多久远没有人能说清楚。它在南美洲安第斯山区土生土长,野生野长,是印第安人发现了它的"蛋"能吃,虽然印第安人只是把马铃薯连皮煮熟了吃,但在安第斯山区土地并不肥沃,有马铃薯作食物印第安人得以生存,慢慢地他们摸索着学会了种植马铃薯,马铃薯救了安第斯地区的印第安人。因此当地的印第安人把马铃薯当做上天派下来的神,当神供着。比中国人供财神、土地神还神圣得多。如果哪一年马铃薯减产,安第斯山区的印第安人就会有不少人饿死,他们认为这是神在惩罚他们,因为他们对马铃薯"怠慢"了,为了求得神的宽恕,他们就举行一次盛大的几乎整个安第斯山区的印第安人都要参加的祭祀仪式, 他们把杀死的骆羊和饲养的家禽,都深埋在马铃薯地里,最残酷的是他们还要杀死不止一对童男童女作为对马铃薯神的祭祀,以求得明年马铃薯丰收。血淋淋的残酷,但也说明马铃薯在印第安人心目中的地位。

　　马铃薯这个官名也是欧洲探险家给起的。没有人搞清楚马铃薯原始的名叫什么,只考证出马铃薯是欧洲人误听误译,印第安人给那种经过数千年的摸索实践才得知其土里结的果实能果腹, 他们为此跳跃欢呼举行盛大的祭祀活动, 给这种地下结果命名极可能离不开"蛋",很可能像山东一些地方一样把马铃薯称之为"地蛋"。

　　马铃薯传到欧洲整整一个多世纪,欧洲人竟然不知道"地蛋"可食,只把它作为一种开漂亮白花的外域植物在园圃栽种。后来贵族的淑女们开始把马铃薯的花别在帽檐上作为装饰,显示漂亮和尊贵。

马铃薯在欧洲大陆的推广,还有助于法国国王路易十六和他的王后玛丽·安托凡内特,法国大革命,路易十六和他的王后都被送上断头台,人民公审,当众斩首,但马铃薯在法国的普及不该忘了这两口子,虽然这两口子昏庸奢侈得无以复加,他们也有一句名言,曰:"人民若无面包,那就吃蛋糕嘛!"中国也有位皇帝说过类似的话:百姓饿死,何不食肉糜?但言此语的晋惠帝乃"白痴",而法国国王路易十六两口子皆"人精",聪明智慧得不能再过之。现在也没搞清楚这对在法国历史上以昏庸和骄奢淫逸出名的断头皇帝皇后为什么要大力推广马铃薯?历史是这样记载的,他们下命令在王室的土地上都种植上马铃薯,并派精锐的皇家卫队把守看护,这就足以引起上上下下的关注。一到晚上,路易十六就下令看护的军队撤回营房,老百姓趁虚而入,偷挖走了王室种植的马铃薯,一传十,十传百,到波旁王朝被推翻时,路易十六被斩首时,法国大多数农民都已开始种植马铃薯了。马铃薯的魅力!当历史迈过十九世纪的门槛时,马铃薯迷人的白花已经开遍整个欧洲大地。不知道该不该用这个词,欧洲人征服了南美洲,马铃薯征服了整个欧洲。我把这段历史讲给那位山西籍的专家,他哈哈畅笑,言之:汝言不错矣,凡带"蛋"者,其力必不可限,其锋必不可挡,不是征服欧洲,是全世界!什么马铃薯?"地蛋","山药蛋"也!

## 紫

欧洲人种山药蛋,是在平地里挖个坑,把切好的山药蛋块丢进挖好的坑里埋好。远远不如山西人、内蒙古人会种山药蛋。我们是先耕地,再起垄,在高垄上种。我估计,我们的一亩地的收成要超过欧洲三亩地。这不是我说的，当我站在美国波士顿美术馆，站在佛朗索瓦·米勒的大油画《种植马铃薯者》前，我认真仔细地看米勒再现的欧洲人种马铃薯确实够原始的，他的这幅画作于一八六一年，而一八六一年的山西种植山药蛋的办法要远比欧洲人科学。

感谢米勒，他是唯一以种植马铃薯作题材入画的大家。我看那刨土男人锄头上的土，感觉那马铃薯种深了，至少深了半寸，我种过不止一年的山药蛋。

去瑞典的哥德堡，看见中心广场上有一个高大的青铜雕塑。哥德堡的青铜雕塑随处可见，阳光下泛着翠绿的青铜发出阵阵的暖意，海风吹过，把落在那些曾经伟大轰动一时人物头上的海鸥吹得怪叫着飞开。车开过去了，那位朋友才指着那尊青铜像说，这是世界上第一个吃马铃薯的人，随后他又改口道是欧洲。他说那位站在风雨之中的铜像名字叫约拿斯·阿尔特鲁玛。看那个让中国人不好记住名字的青铜像，像个绅士，更像个骑士。准确地说，他是全世界唯一一位以吃马铃薯而被树碑立像的人。

欧洲人有时候真墨守成规。西红柿亦如此，从秘鲁、墨西哥传到欧洲整整一个多世纪没人敢咬一口。白白放了一百多年，自生自灭。直到十七世纪中叶，有一位法国画家曾多次绘画西红柿，他太爱这种被人称之有毒，有剧毒的浆果了，为它他愿意去死。于是他冒着去死，去立即就死的危险吃了一颗西红柿。西红柿才在欧洲传开。但没有人为那位不知道名的画家塑像。是他名气不大？是他勇气不足？还是西红柿比不得山药蛋？那时候，西红柿是水果，以后是蔬菜，而山药蛋以前是粮食，维持生命的口食，现在依然是全世界人类不可缺少的粮食。据科学资料记载：山药蛋是世界上第四大重要粮食作物。如果没有它，世界上数以亿计的人可能要面临饥饿威胁。山药蛋不简单。虽然貌不惊人,但它却能撼动整个地球。它拥有三点九万多个蛋白质编码基因,每个中含有四个彼此之间有相当大差异的染色体,而大多数人类细胞中只有二个染色体。山药蛋都有些神秘了。

山药蛋不但穷国吃,穷人吃;富国、富人也离不开它。我在美国从东海岸走到西海岸,从城市走到乡村,山药蛋几乎无处不在,无桌不占,无人不吃,不但小孩吃,大人吃,老人也爱吃,不但黑人爱吃,白人爱吃,好像是美国人都好这一口。

据说美国的"软实力"体现在"三片"上,即薯片、芯片、美国大片。又说"美国要靠这三片打败中国。"说得挺让人起鸡皮疙瘩。我问过几位美国的专家,皆对以"三片"涵盖美国的"软实力"不解不惑不满。对美国靠"三片"打败中国则大惊大惑大窘。但一致认为,薯片打败的不是中国,是美国。

山药蛋果然厉害。

# 橙

也不是所有非山西人内蒙古人都不管马铃薯叫山药蛋。身为湖南人的彭德怀就把马铃薯叫山药蛋。

朝鲜战争第二次战役时,彭总就很激动很动感情地说,我们就是靠两弹(蛋)打赢的这一仗,靠手榴弹消灭了美国兵,靠冻得邦邦硬的山药蛋救活了志愿军。

彭总对山药蛋情有独钟。在西北作战时,彭总常常装着几颗煮熟的山药蛋,饥餐山药蛋,渴饮延河水。

解放太原那一仗,彭总去太原前线接重病的徐向前。不知该如何迎接彭总,彭总脾气大是出名的,搞不好会拍桌子瞪眼骂娘的。没人敢做主,请示徐向前,徐向前说按他家乡待客饭做。

据说彭总坐在餐桌前铁青着脸一言不发,因为他听说要"宴请"他。

第一道菜是辣椒炒山药蛋丝,第二道菜是山药蛋粉丝炖豆腐,上面泼了一层红红的辣子油,第三道菜是五台吊子,粗瓷罐里山药蛋块、白菜、萝卜,缴获阎锡山军队的罐头肉满满炖了一罐,第四道菜是过油肉炒山药蛋片,主食是铁锅焖山药蛋。

彭总最爱吃山药蛋,看过这一桌宴请菜,脸上阴转晴,举着筷子敲着菜盒说,痛痛快快吃!

毛泽东也不称它为马铃薯,叫它土豆。毛泽东虽在陕北十三年,但不爱吃土豆。

一九六五年,毛泽东写过一首词《念奴娇·鸟儿问答》,讽刺苏联赫鲁晓夫的"共产主义土豆烧牛肉",原句为:"还有吃的,土豆烧熟了,再加牛肉。不须放屁!试看天地翻覆。"

一时间,批判赫鲁晓夫修正主义几乎篇篇章章不离批判他的"土豆烧牛肉"。土豆躺着也中枪,山药蛋也冤,被阉割了,错炖了。

现在中苏论战已经过去半个世纪了。事实逐渐浮出水面,原来土豆躺着挨的枪竟是黑枪。

赫鲁晓夫一九六四年四月在匈牙利访问时曾经讲过的原话是"到了共产主义,匈牙利人就可以经常吃到'古拉西'了"。所谓"古拉西"(goulash,来自马扎尔语的"香草 gulya"),本是一道匈牙利名菜,即把牛肉和土豆加上红辣椒和其他调料在小陶罐子炖得烂烂的,汁水浓浓的,然后浇在面条上,很好吃。谁知翻译到中国报纸上,因为"古拉西"没有合适的译法,先试写成"洋山芋烧牛肉",然后改成了"土豆烧牛肉"。

　　二〇〇六年我到匈牙利访问，专程去吃了那道中国人曾经人人皆知的"土豆烧牛肉"，即匈牙利人说的"古拉西"。那陶罐焖的土豆、牛肉真烂真香真入口，让人感慨不尽，我想说如果要用我们家乡的紫皮山药蛋焖牛肉一定更香，但看到周围有两位会说汉语的匈牙利人就忍住没说，但却勾起了我对山药蛋的遐想。

　　夏天到了，有机会一定去看看山药蛋开花……

　　秋后有机会去晋北一定品品山西的山药蛋，那是给有福人备下的，没福的人尝不上……

# 红高粱　白高粱

说起来真惭愧，一九六八年我去晋北插队时都十八岁了，还没见过高粱。惹得我们生产队贫下中农协会主任毫无顾忌地咧开河马一样地大嘴，发出得意的大笑。他说，十八岁俺都看过俺媳妇的腚了，你们还都没看见高粱？当着那么多来插队的女知青。如果在北京我恨不得从胡同口捡块板砖抡圆了拍过去，贫协主任觉得挺正常，又咧开大嘴有滋有味地笑了一气说，要不伟大领袖毛主席让你们到俺们这来接受贫下中农再教育？没见过高粱？哈哈。不知为什么没见过高粱这么随口一句话，竟让这位贫协主任得意得像抱了个金娃娃。我突然问他，你知道为什么叫它高粱么？你知道高粱的祖先在哪儿吗？这会轮上他尴尬了。我得意地说，因为它高，它是所有粮食作物中长得最高的，如果它是长的最低的，它就叫低粱了。贫协主任目瞪口呆，这回轮上我们知青咧开嘴哈哈大笑了，总算把北京知识青年的面子扳回来了。

但高粱的主题似乎还没完。

冬天晋北农村见不上高粱，黄土一片，农业学大寨主要的农活就是修大寨田,修高灌站,兴修水利。水利农田基本建设工地上一项"大活"是"砸夯",一块石礅子,八个大后生齐心协力把它举起来,然后再一松手,让它从半空中自由下落砸到地上。我们县立县是在西汉汉武帝征匈奴时,我估计从公元前开始我们村就是用这个办法夯实虚土的,没想到老祖宗发明的办法延续到今天不改样。

关键是夯歌。八个抬夯手要一齐用力,就要喊号子,估计是在长期的干活中人们学会了喊夯歌,既活跃了气氛又统一了行动,中国农民真聪明。令我们没想到的夯歌竟然还离不开高粱。

唱夯歌的不用抬夯,只领唱夯歌,后来才知道唱夯歌的人那活也不好干,要让大家提神上劲,夯歌就得唱得花,唱得荤,唱得有滋有味有盐有醋,不是件轻松的活计。没想到第一次听夯歌唱的句句不离高粱。

"高粱那个高,豆豆那个低,低腰钻进高粱地,我说我的大娘啊——"

夯手们一齐抬夯使力,一齐咧开大嘴跟着唱后面一句拖腔,"我说我的大娘啊——"我问为什么要唱我的大娘这一句,不唱别的,有什么特殊意义吗?贫下中农回答虽然很冲但也很直白,不为什么,因为爹就是爹,娘就是娘,你为啥不管爹叫娘呢?一板砖轮到自己头上了。

后面越唱越黄越晕越下道了,据说唱夯歌的歌手一看见大姑娘小媳妇的就像打了类固醇,荷尔蒙激素大增,唱得就花了,尤其有那么多北京的女知识青年,荷尔蒙挡都挡不住。

"高粱那个高,豆豆那个低,拉着小妹妹的那个小手手,一头就钻进了高粱地,我说我的大娘呦——"

"上面那个亲,中间那个紧,下面抱着妹妹的腿,我说我的大娘呦——"八个夯手果然如同刚刚打完雄鸡血精神头大增,劲大长,嗓门都放大了,夯举得更高,砸得更实。直到把女知青们唱得找生产队长要求收工回家。有的女知青指着唱夯歌的歌手说,他就是一个大流氓,要放北京破四旧那会儿,这家伙算是活到头了。

队长挺为难,不唱就起不了夯,干不了活。队长真有高招,说要不你们知青用纸卷个卷塞在耳朵里,听不见为净。好在我们插队知青中有人才,有毛泽东思想宣传队的,上台唱过"长征组歌"的。就那两句老调旧腔的,用音符谱下来都没几分跳跃。我们北京知青领唱夯歌,我们学校一位老大哥往前一站,脆高高地露了一嗓子高腔。"叫了一个声,同啦志们,大家齐心修水利啊,我说我的大娘呦——"

唱得真有点李玉和的味,立时工地上都涌过来听夯歌新曲,又为我们知青扳回了面子。不唱高粱,不唱钻高粱地就打不成夯了?真是的,死了张屠夫,就吃混毛猪?这板砖拍的,见红见彩。

亲眼看看高粱长什么样也不容易,可不像亲口尝尝梨子的滋味那么滋润。

种高粱首先得拉耧。三足耧的发明恐怕不会晚于东汉,二〇〇〇年了,通衢的大道早已走成河,但中国农民还是耧上耧下。队长给我们派的活是上耧。原来种高粱是用耧种的,把高粱种装到耧箱里,移动耧,籽种就会顺着耧足种到地里。因为我们队穷,没有那么多牲口拉耧,就改为用人拉耧,俗称上耧。

初上耧没觉得累,耧足深入地下不过一寸多,但架不住一上午直到太阳偏西都是拉着耧走,肩膀都勒红肿了,一说歇会儿,一屁股就坐在地头上,哪管什么脏净?老乡们说得有实践经验:上耧像驴,下耧像牛。为什么像牛?是像牛卧着,一下耧就累得像牛一样躺卧在地一动不想动。高粱这狗东西种起来真累人。

最让我发怵的是"拉碌动"，用耧种完高粱后为了给高粱种子保墒保温，就用石头作的小圆轮子在种过高粱的畛子上压一遍，我们村的老乡管这种耕作方式叫"拉碌动"。那"碌动"是四个小石轮并排，一次可以压四行，生产队长把你派到一眼可以看见地平线的一片高粱地，远远的还有一个"拉碌动"的人，你们俩拉着"碌动"，什么时候碰上了，什么时候才能收工。这活看起来简单自由实际上最要命，孤独得让人想上吊都找不找挂尸体的地方。一开始还胡思乱想，想着想着就想烦了，后来就放开嗓子唱，想唱什么唱什么，唱革命歌曲，唱样板戏，唱家乡小曲，唱当时被称之"四旧"黄色歌曲的外国爱情民歌。唱着唱着都觉得提不起精神来，四周静得连声屁都听不见，还真不如拉耧，那样和拉耧的，摇耧的，说说笑笑的不感到寂寞，时间过得也快，哪像"拉碌动"时，太阳就像被钉在十字架上的耶稣，一动不动。焦躁、烦闷、无聊、想歇斯底里，突然间就唱起高粱地，"高粱那个高，玉米那个低，和妹妹钻进啦高粱地，我说我的大娘呦——"果然来劲，连编带诌，唱得不亦乐乎。方知运动员为什么吃雄性激素类固醇，那些东西确实有刺激性。

在北京时，我一直以为高粱面是红的，到农村才知道，红高粱磨出来的面是雪白雪白的，但像富强粉一样白，高粱面见不得热水，热水一扑，就变成酱红色了，不是变色龙，是变色面。

晋北农村的老乡苦高粱面甚矣。晋北的杂交高粱面一点油性也没有，那东西吃在嘴里发苦发涩，当年又见不上丁点荤腥，咽的时候又辣又呛直拉嗓子眼。老乡们说，杂交高粱牲畜都不愿吃，实在饿极了，才不得不吃一口。因为杂交高粱没有油性，和面揉不成团，发散，不知何时何位老乡想出一个高招，在高粱面中掺加一些榆皮面，这样高粱面和起来就柔和有韧性了，就粘在一起了。榆皮面是什么？就是把榆树皮扒下来磨成面,村里还经常有人担着挑子卖榆皮面。但那东西做成的面食吃进去要拉出来可就难了,我就发现我住的房东家的厕所墙头上摆着几根不同的小木棍,后来才搞明白,是解不出大便来的时候用棍抠一抠。为了生存,农民真能忍。

房东老大爷对我说,高粱这东西怎么做怎么吃都好不了,世上谁见过黄土能做出发糕?高粱这东西生就不是给人吃的,老天爷托生出荞面、莜面、麦子面,那才是盛在碗里,端在盘上让人吃哩,高粱是酿酒的,高粱只有变成酒才是它真正的去向。那才是高粱真正的用途。可惜啊,房东老大爷刚兴奋起来的脸又暗淡下去了,七年了,七年从未沾过一滴高粱酒,别说喝,闻都没闻过,闻闻也胜过过大年啊,房东老大爷开始眯起眼,真正像品酒似地深吸一口气,吧唧起嘴来了。我说,明年我从北京探亲回来给您带瓶高粱烧酒回来。真如石破天惊一般,我真没想到,老大爷几乎是一个鲤鱼打挺从半躺在炕里到直挺挺地端坐在炕头,从见到他就一直眯着的眼睛瞪得滚圆,且能让我感到是在熠熠放光,屋里头暗,好像是放出幽幽的绿光来。老大爷说,不是打诳语吧?我说,君子一言,驷马难追,毛主席保证,板上钉钉!老大爷极深情地说,死亦无憾矣。原来老大爷也读过几本古书。老大爷得意地又说了句文言文,岂敢,岂敢,年轻时听过人家说过几回书。

老大爷说,这辈子再无什么奢望,毛主席咱天天见(指毛的像挂在屋里正墙上),就盼着能喝上一口高粱酒。我真没想到,第二年给老大爷带来高粱酒以后,老大爷隆重得像给自己过寿,先恭恭敬敬地满了一杯,双手托着放在毛主席像前,老大爷好像是含着热泪说,这么多年也没好东西敬您老人家,今天可得着点珍贵东西,敬给您,是纯高粱白酒,知道您老人家天天喝高粱白,但那是您的,这是咱自家的。我说,毛主席他老人家不喝高粱酒,要喝也就喝一杯红葡萄酒。老大爷说,谁喝红酒?谁喝那些红糖水水?村里的干部私下都说,毛主席每天喝的都是纯高粱酒,一喝还不喝一瓶?怕一瓶也挡不住哩!当时我没敢说,我是想说,让毛主席喝一瓶纯高粱酒,您是不是想麻倒他老人家啊?

高粱终于长起来了。青青的,嫩嫩的,翠绿翠绿的。顺着地垄,一直排到天尽头。高粱也真美,春风吹过,枝摇叶摆,如波如滔,如海如洋。老乡们都没见过大海,我说大海就好比咱们的高粱地。老乡们齐声斥道,那有什么好看的!闹了半天,海啊海啊的,就是高粱地啊!

高粱不是个娇贵东西,不是大户人家的小姐,地道的"贫下中农",有土就能生,而旱作物。老乡们说,过去好地,水地谁舍得种高粱?都是些坡地、旱地、沙土地,收不收由它去了。但农业学大寨以后,全村的地都种上了高粱,而且是杂交高粱,叫晋杂五号,有个红彤彤的革命大名,杂交高粱向阳红。为的就是它高产。那个年代,要"达纲要"、"过黄河"、"跨长江",我们村的目标是"过黄河",就是亩产要过五百斤,不种高粱,不种晋杂五号高粱,别说"过黄河",就是中央要求的达到农业发展纲要的亩产四百斤也没门,所以全村一片"向阳红"。

晋杂五号厉害,结出来的高粱,穗就像吊起来的大葫芦,挂起来的老倭瓜,一个手拎着还费劲。但高粱不高,越长越矮,越长越挫,齐头也就长到人胸高,杆也越长越粗,像白蜡杆似的,老乡们说得形象,说那高粱为甚叫晋杂高粱?就是杂交串了种,和当年扫荡的鬼子兵一样。

老乡们讨厌杂交高粱是因为是上边强迫要种,又难吃又难拉的。老乡们说话无遮拦,说毛主席号召咱学大寨,难道大寨的日历牌牌也不翻翻?天天就过十五号?我不明白是什么意思,老乡们哈哈大笑说知识青年白知识了,十五就是早上吃五号杂交高粱,中午吃五号杂交高粱，晚上还是五号杂交高粱，三个五号不是十五号吗？日他娘的十五号，都天天盼着不过狗日的十五号。

老乡们的爱憎观念特别分明。生产队也有点私心，要不生产队长也不好当，我们队百分之九十九都是贫下中农，谁怕谁？"灰旗杆"就好几杆。"灰旗杆"就是专指"硬茬货"，出身几代贫农，又懒又坏又奸又馋，茅房的石头又臭又硬。所以生产队也偷偷地种一些荞麦，是不交公粮，不卖余粮，专门分给社员们作口粮的。一说到荞麦地里干活，连"灰旗杆"都勤快负责得像伺候自己家的老母猪，你要不留神踩倒一株荞麦苗，就会有人呵斥你，不想吃荞麦饸饹了？那荞麦开花是一片雪白雪白的白花花，比三月初开的杏花还美还漂亮。那酸曲曲唱得也实在。

"荞麦开花一片片白，维下个相好数你白；羊肉扁食满锅转，荞面饸饹尽你吃。"那就是神仙过的日子，和相好过的日子。

其实晋杂五号也美也俊也迷人。高粱开花漂亮。一棵高粱穗上，可能要开成千上万朵谷子粒大小的白花，娇嫩娇嫩的白花互相簇拥着，环抱着，争相怒放着，远远看去像一大片长着白茸茸的茸毛的鸟群栖在青纱帐上，高粱穗结多少颗果实，就开多少朵花，高粱花还会变色，初开如梨花、杏花、玉兰花，进伏的热风一吹，高粱花竟奇妙地变色了，仿佛在一夜之间就变成了鹅黄色，像八月十五的月亮，又仿佛在一夜之间又变成了淡淡的粉红色，淡淡的玫瑰红，淡淡的胭脂红，像三伏天落日后的晚霞。那是高粱最美、最漂亮、最动人的时候。

高粱开花之前要锄耧两遍。那也是个有苦受罪的活。老乡们的经验之说是宁给谷子锄三遍，不给高粱锄一遍。原来高粱长到一人高了，杆连杆，叶挤叶，密得挤进个人去都得靠钻，天又热，地又蒸，老乡们在地头上脱得只穿一条小裤衩，赤条条，光溜溜的，拿着锄钻高粱地,不钻不知道,一钻才知道那钻高粱地的滋味可没有酸曲夯歌里唱得浪漫潇洒。方知高粱叶子看着温温柔柔的,你一挤它,一碰它,它就如刀似剑,割得人皮肉疼,晋杂五号高粱的高粱叶上有一层白白的"拂粉",叶子划割过的皮肤上,再沾上这种白粉粉,那真如刀口上撒盐,再加上高粱地里热得如蒸笼一般,浑身上下犹如刚刚从水里捞出来一样,划割处让汗水一浸,那罪大了。骂天骂地都没人理,耳朵里全是哗哗啦啦的高粱叶摆动的恐怖声,听起来像日本鬼子磨刺刀。

锄出高粱地,老乡们到底是经过风雨,见过世面,除了大汗淋漓,身上像涂了一层痱子粉之外,谈笑自如,苦就苦在我们几个北京知青了,身上左一道,右一道,脸上,尤其是脖子上到处都是伤痕,疼得神经霍霍乱跳,像刚从中美合作所的审讯室出来似的。我们愤愤地问,谁他妈编的钻高粱地?还拉着搂着小妹妹?老乡们皆哈哈大笑,笑得前仰后合。说拉着妹子钻的不是这种高粱地,绝对不钻这样杂交过的高粱地,钻的是老高粱地,那高粱地钻着才叫舒服才叫美,小妹妹也想钻也愿意钻。我们看他们个个张开大嘴,忘情地笑相,袒露着七七八八的大黄牙(因为我们村的水缺氟,不怪乡亲们)。就气愤愤地说,这肯定是一群钻过高粱地的骚头羊。贫下中农到底是老师,笑后教育我们,钻高粱地要挑高粱,没杂交过的纯种高粱,种的也稀疏,叫回车的高粱卧牛的谷,高粱与高粱之间能转过车来,别说你领着一个妹妹,就是带着一群婆姨钻进去都宽敞,比家里的炕头还舒适。贫下中农的教育真乃很有必要,谆谆入耳。

那时候我们县广播站办着一个节目叫"广阔天地,大有作为",就四下约知青写稿。点灯熬油地我也写了一篇,因为是县上派下来的活,大队、生产队都特重视,让我在家写三天,给我记三天大寨工,其实我一晚上就"齐活"了,剩下的时间不是睡懒觉就是打扑克瞎溜达。

那时候也好,一上工,男女老幼齐上阵,整个村子都空了,我们队长的名言,学大寨要打人民战争,上至小脚的,下至吃奶的,都要出工出力。我走在空荡荡的村子里,仿佛在参观刚出土的庞贝古城。

日子过得像流水像浮云像变色的高粱花。受了粉的高粱花渐渐变色了,变得凝重起来,收敛起来,成熟起来。变成了红色的高粱壳,里面包藏着像珍珠一样的白高粱,真的像刚刚熟透的荔枝,剥开艳红色的皮是一粒脂玉白的果实,那时候的高粱是白高粱,白高粱真美!

有一天,队长通知我去公社开会,我去公社开哪门子会? 一般去公社开会都生产队的队长,即使是队长一年能去公社开会的机会也不多,他们大都是去大队部开会。一级比一级大,一级给一级开会,越级去开会的少,从我们生产队长的眼神中我就看出来了,难道天上掉下个白面馍馍,就巧巧地掉到你嘴里?

我们村的老乡对公社干部都惧怕得很,真有点像羊群遇见狼,多大一群羊也得吓得抽筋拉稀乱哆嗦。那个时期的公社干部也凶,也狠,也有招。记得公社来我们村有位干部,因为村里有人违反计划生育政策,生了第二胎,按照政策要罚款罚粮,那家人也属于村里的"灰旗杆",谁也奈何不了他们,要钱要粮没有,要命要人有! 公社干部带着大队的治保主任亲自来,"砍倒灰旗杆",提出一个我从来没有听过的革命口号,叫"扒房赶猪牵羊还钱",公社干部水平高,不藏着掖着,不搞突袭,而是开全体社员大会,那位公社干部真和老戏中的"包黑子"一样,一脸正气,全身严肃,让人先身抖心颤。一宣布那条见真格的政策,老乡们一阵躁动,"灰旗杆"有势力,公社干部更不含糊,站在板凳上双手比划着,像电影《地道战》中高常保跳出地道口,双手抢着匣子枪。那位公社干部,全村包括我们队长都不知道他是什么干部,更不知道大名贵姓,只称谓公社领导,指着"灰旗杆"一簇人说,你敢反对毛主席的计划生育政策？你们谁敢反对毛泽东思想？你们，他用双手双指点，吓得人们直弯腰缩脖，农民弟兄们被整怕了，农民怕官，芝麻大的官在他们眼里看着也大如天。你们谁敢反对毛主席，你？你？你？那就请你站出来，或者举起手来喊一声，谁敢？你？你？你？点到哪边，哪边的老赶快把脸藏起来，吓得和上磨拉套的毛驴似的净放臭屁。那位公社干部也真有水。厉声喝道：你们吃饱了？喝好了？社会主义不要了？两手使劲很下一劈：不行！不行两个字拖了很长的拖腔，间隔很大，粗声大气，斩钉截铁。

公社在当时老乡眼中绝对比现在中南海在北京市民眼中还有震撼力。有一回干活休息，老乡极认真地问我，毛主席住在哪儿？我回答说住在中南海里。老乡们都嘲笑我，说咱这儿的公社干部也不住在中南海里，毛主席住在天安门上。

公社离我们村八里多路，去公社开会生产队还得给记上一个大寨工，补助两毛钱，当然也是记在账上。但的确像革命样板戏《沙家浜》里刁德一的一句戏词，派你一桩美差，到常熟城里办嫁妆去。玩着、逛着、看着、闲着又挣工分又挣钱。好事还在后边呢。

公社一位领导对我说，你有一篇稿子发表在省报上，说着拉开抽屉递给我一份报纸，我翻到第二版上果然在右上角有一篇文章，"批判焉用稼，立志滚泥巴"，下面印着我们县，公社，大队的大名后面就是我的名字。公社干部就像自己中了大彩越级提拔了一样，兴奋得把我夸得花一样红，他说话不太兜风，吐沫星子直喷，我两次悄悄地擦了擦脸。越表扬我，我越心虚。我一没批什么"焉用稼"，只知道报上、广播里说过孔老二宣扬"焉用稼"，看不起农民，该批是该批，不看也该批；二我更没立志滚泥巴，谁立那个志？再说立志也不能滚泥巴，当一辈子老农民？犯傻啊？那不就是写文章么？最后，那位公社干部极认真严肃地对我说,你马上填张表,经研究决定,你是咱公社的团委会委员,大队的团总支委员,生产队的团支部书记。我都没缓过劲来。使劲咬咬槽牙,能听得见槽牙相磨的声音。不是做梦要媳妇。当然又给我下了新任务,一年之内必须在县广播站、地区报纸、省报上登几条稿子。噢,原来状元是这么中的。走在回村的小路上,清风徐来,喜鹊鸣叫,你不想喊不想唱都不由你。几段样板戏,语录歌唱过以后,觉得胸中的激情未施放完,突然看见路边的青高粱、白高粱,脱口就唱了一首高粱调:"高粱那个高,玉米那个低,咱们两个钻进了高粱地,我说我的大娘呦——"

秋风一起,高粱穗穗就红了,高粱红不是火红火红的,不是鲜红鲜红的,也不是血红血红的,更不是胭脂红、石榴红、桃花红、玫瑰红,熟了高粱红了,是暗红暗红的,是一种果实红,红透了的红,酱红酱红的。

那年风调雨顺,高粱开花时阳光灿烂;高粱授粉时,微风摇曳,高粱灌溉时:细雨霏霏,等高粱要丰收时,又是一片艳阳天,接天铺地的红高粱,一株高粱真能结出多半斗红高粱。

公社,县上,甚至地区的各级领导跟走马灯似的来来往往,村上跟赶集似的。我们知识青年也跟着忙乱起来,几乎天天写标语口号,天天贴欢迎领导的大横标。真没想到,犹如晴天一声雷,县上宣布,我们村晋杂五号高粱亩产超过美国,一举夺得了世界冠军,亩产平均达到一千八百公斤,全生产大队的总产量达到五百七十万斤。到那时我才知道,美国的粮食产量世界第一,不知为什么美国的高粱亩产量也是世界第一。公社书记在全公社在我们村开的现场会上讲得有水平,深入浅出,把毛主席思想讲得入木三分,他说农业学大寨,学跟不学不一样,真学假学不一样,学深学浅不一样,学一阵子和时时事事都学就是不一样,我们真学了,学深了,时时学,处处学了,我们的向阳红就赶超了美帝国主义。到现在我还记得他那生动的演讲,讲到动情处,眉毛、眼睛、鼻子都似乎挪位了。

非常遗憾直到现在我也不知道世界高粱亩产最高一亩能产多少？是美国人创造了世界纪录还是我们村？

没想到接下来我的事就来了。而且是大事,事关我们村,我们公社的大事。

原来是省报的记者神神秘秘地来到我们村,不要县委通讯组,公社通讯组的人陪着,只让村里的通讯员陪上就行,这个任务就历史地落在我肩上。那个时候,那些记者的采访作风还真深入,又是转场院,又是钻高粱地;又是走访老贫农,又是亲自看打场过磅,每天忙碌得汗里来汗里去,土里钻出土里钻进的,又开座谈会,又参加田头批判会的。每天晚上等他们进了屋,生产队专门为他们号的房,我才回到知青点,大队团总支书记眼巴巴地盼着我,让我详细汇报这两个省报记者的行踪,那家伙问得特别细,一边问,一边还往小本本上记。记完又慌慌张张地往大队部赶,因为公社干部还等着听他的汇报呢,我也纳闷,为什么搞得这么鬼祟？我不成了跟踪地下党的特务了吗？

我最感兴趣的是派饭。

那个年代干部下乡吃的是派饭,派到谁家就在谁家吃。当然也是看人下菜,一般上面来的干部,派的人家都是生活条件好,家里比较富裕的人家,也不是刻意安排,但你不指派个"好人家"真不行,有的人家脏得让人受不了,小孩就拉在炕上,也不擦不洗,唤进看门狗,让狗舔干净了就算完事,碗越吃越小,筷子越吃越粗,老乡说,回烟的灶,漏水的锅,炕上躺着个病老婆。那日子过成什么了？别说派饭,你连屋都进不去。这次派饭吃得好。是大队干部精心挑选精心安排的。

饭是顿顿不离高粱,但高粱面的做法就讲究了。

一进屋,小炕桌上摆着早切好的五小碟拌菜,土豆丝、胡萝卜丝、芹菜丝、白菜丝、豆腐干丝,五个小瓷盘摆成梅花状,中间是五魁抱首,一大盘油光闪闪、黄灿灿的炒鸡蛋。

滚开的锅,火爆的柴,热气腾腾,香气扑鼻。河捞床子就架在锅上,和好的面在黑瓷盆里醒着。客人一进屋,热情寒暄,客气大方,让上炕,端上刚出吊子熬好的大叶茶,让你看得见每碗热茶中放几粒那年头农村极稀罕的沙白糖,要不就是晶莹剔透的糖精。老乡们有句掏心窝的话,就是毛主席他老人家来了,也是这样接待。这是农村里农民最高的接触规格了。

等荞麦面的饸饹一出锅,需要说明一下的是给公社、县里领导派饭,在村里似乎有一条潜规则,不吃高粱面,都拿自己家最好的饭招待,而且我认真调查过,都是自愿,村里,大队,公社,没有任何补助,下乡干部一顿饭交四两粮票二毛五分钱,就这么多,那时民风真淳朴,真让人怀念!

主妇就在这时候把长把的大铁勺从灶火膛中拿出来热滚滚的麻油,上面有爆开花的花椒,何捞饸饹盛进碗,拌好五样伴菜,然后把热热滚滚的香喷喷的香泼油往碗里一倒,当时全屋香得跟饭馆一样,连邻院的猫都爬着房,跳着墙窜过来,在高台上齐齐地蹲了一排,眼睛瞪得像玻璃球似的,不时地伸出粉粉的舌头舔着嘴唇。

晋北老乡家的蓝花大瓷海碗,我连吃三大碗,最后再盛多半碗才算"过瘾"。那两位省城来的记者也吃得热火朝天,全身心投入,直吃到大汗淋漓。

三十里莜面二十里糕,十里的荞面饿断腰。我们挺着圆滚滚的肚子马不停蹄地采访,转了一圈以后,肚子已经自如了,荞麦面这东西真是个养身的好粮食,要不,光山西每年向日本国出口的荞麦就达十六亿斤,日本人会养生,会享受。

采访终于圆满地画上句号了,我神仙般的好日子也该结束了。最后一顿饭就派在我们知青屋,两位记者和我们几个北京知青吃顿告别饭,答谢饭,这顿饭是大队派人帮助准备的,但我们也拿出自己珍藏的"战备粮",两瓶正宗的北京二锅头。我们知青都是见过世面,经过风雨的人,最大见过毛主席,所以不拘束,海吃神聊,两位记者也端不起架子。两位记者学问大,但酒量不大,三杯过后尽"开颜",就有些挂色上脸。人家到底是大知识分子,说酒岂能哑喝? 难道还要伸拳猜数? 人家说得高雅,这次是因高粱而来,因高粱有缘,咱们就连语,每人说一句,句句有高粱,没有高粱的当罚。甚好,甚好! 于是酒斟满开连:

"高粱高,产量高,产量超过美国佬。"

"高粱红,红高粱,高粱收了交公粮。"

"高粱交公粮,咱不吃高粱,下挂面卧鸡蛋。"

"高粱叶儿宽,高粱叶儿窄,高粱地里一二三。"

那真是酒的魅力,几条汉子脸对脸,眼瞪眼,端着杯,斟满酒,酒里出真情,酒里听真话。围绕着高粱的酒令,不知不觉还是唱起了高粱高:

"高粱那个高,玉米那个低,哥哥那个高,奴家那个低,一头钻进那个高粱地,千万别把奴家那个奴家来绊倒,我说我的大娘哟——"

酒汉子的吼:"我说我的大娘哟——"

# 品味吃醋

我小时候从来没有吃过醋。只知道醋是酸的,酸酸的醋有什么好吃的? 母亲曾教育我,醋是做菜时的一种不可缺少的调料,尤其是调凉菜,勾上一勺醋,香味就会扑鼻而来。过年吃饺子,蘸上香醋,能香得倒掉牙。记得母亲说完还甜甜地笑起来,好像回味起饺子蘸醋放到嘴里的香味了。当时对于醋我没有一点感性认识。那岁月天天盼过年,因为过年能吃上一顿肉馅饺子。但我顾不上蘸醋,饺子刚出锅还冒着热气就恨不得一口吞下仁饺子,哪还想起来蘸醋?

真正吃醋是一九六八年我到晋北插队以后。村里的乡亲们吃醋不是蘸着吃,是端着碗喝,喝完后,乡亲们会和蔼亲切地问你喝好了没? 再来一碗?

那年我从北京给房东大娘捎回一块藏蓝色的"毛哔叽",其实就是华达呢。当时大娘大爷急得火烧火燎,吃不香睡不着,因为他们家好不容易才给二小子说了房媳妇, 按着当地的风俗给女方送定亲的彩礼,一块"毛哔叽"是礼单中的头筹,缺了这道礼,亲就定不成了。我听说以后,就写了封信,母亲在北京买好了寄来。大娘大爷捧着那块

"毛哔叽"颤颤巍巍地,看得清清楚楚,泪水就含在眼眶里,激动得不得了。大娘说了一句话:"这可救了我和你大爷的命,没有这块'毛哔叽',二小子的媳妇就定不上亲了!"看着两位老人的表情、动作,我才明白什么叫雪中送炭。

　　第二天中午,大爷大娘隆重地把我请到热炕上,笼屉上热气腾腾,一股饭菜的香气扑鼻而来,我胃里的馋虫蠕动得心痒痒。我享受了当时村里最高的接待标准。端上两个白瓷碗,大娘先给我盛了半碗热水,然后返回里屋窸窸的一阵声响之后,大娘拿着一个小油布包出来,在我和大爷面前站定,在手掌上打开油布包,又打开一层白纸包,露出一小包白色晶莹的颗粒。大娘一直笑着,拥挤着一脸又深又重的皱纹,她拿过一支筷子,把筷子头放到嘴里吮了一下,然后把沾满唾液的筷子放到白色晶莹颗粒中一蘸,再放到盛水的碗中一搅,把碗端起来,恭恭敬敬地说:"这是糖水水,甜得很!"两位老人眼巴巴地看着我一饮而尽。我明白了,那贵重得宝贝似的白色颗粒就是平平常常的糖精。我心里说,下次回北京给大娘大爷买上一大包让他们吃个够。大娘又转身进里屋,听得见砰砰叭叭的一阵响声后,大娘端来一碗淡黄色的液体,呈浅琥珀色。她又恭恭敬敬地说:"这是三年的好醋,酸得很,酸得很!喝了它肚子里会舒服得很!"这回我犯难了,喝一碗三年的陈醋?什么都没吃,什么菜都没有,干喝一碗醋?突然想起了当年很流行的样板戏《红灯记》中"临行喝妈一碗酒",可这是一碗醋啊。两位老人那么恭敬虔诚,那么执著那么亲善地望着我。我心里说,别说一碗醋,就是一碗蒙汗药也得喝下去,谁让我来接受大娘大爷的再教育呢?那是我平生第一次喝醋,喝一碗醋。我憋住气像喝酒干杯一样没有经过口腔,直接把醋灌进食道。大娘大爷向前探着头问:酸吗?酸吧!好醋啊,好醋!要不要再来一碗?我连忙用手罩住碗,咧着嘴说:

"喝好了。真喝好了。"但那碗醋比我想象的要甜,要淡,酸是酸,但那股酸劲没想象的那么冲,不是那么酸得能酸掉牙,像一口咬在青杏上。

山西人吃醋厉害是有传统的,也是有科学依据的。我们村就有句人人都知道的顺口溜:盐不咸,醋不酸,羊肉扁食赛神仙。盐不咸是因为当年村里人吃的盐不是海盐,都是在滹沱河盐碱滩上刮下来的盐碱熬出来的,那种盐托在手上看,不是白色晶体而是像一块块寿山石。放在嘴里使劲舔,冒出来的不是咸味而是一种涩涩的苦腥味。村里的水,即使是甜水井的水也都是含碱高的水,不喝醋,胃、肠是受不了的。但村里老乡们自家酿的醋确实不酸,论碗喝也不足为怪。

我刚插队到村里时注意到:几乎家家院里都有几个半人高的大缸。房东大娘家院里就有两排七个大缸。都是半人多高一人搂不过来的大缸。黝黑的釉子,褐黄色的缸沿。但这也不完全是醋缸,至少有一半是泡酸菜、腌咸菜的酱缸。当年晋北农民苦,一年要有半年靠吃咸菜、酸菜过日子。我才知道,老乡家里酿醋可不是件轻松活。那年夏天,我收工回来,看见房东大爷光着膀子正站在大醋缸前用一柄长长的大木锨在使劲地翻动着什么。在阳光照耀下,大爷身上滚着一层油光闪亮的汗珠子。老远就能嗅见一股呛人的酒糟味,一问才知道,老大爷正在"翻缸",这是酿醋的一道必需的程序。大爷也被醋缸里翻动冒出来的又酸又涩又苦又辣的怪气冲撞得泪流满面,不停地剧烈咳嗽。我拉着大爷蹲在屋檐下歇歇,给大爷敬支烟,大爷也舍不得抽,夹在耳朵后边,自己装上一锅土旱烟,对个火,深深地抽了一口。大爷累坏了。大爷对我说,醋是咱农民家的"水粮食",吃饭活命过日子离不开它。家家都有醋缸,家家都会做醋。做醋最累的活就是拌料、搅料、翻料,把蒸熟的高粱、小米、豌豆拿大木锨翻匀拌好,放在大缸里点曲发酵，是累活但不是苦活，苦活是夏天要暴晒，要拿棍子捅一捅，看看。看什么？我问。大爷说，看翻泡没有，看起皮没有，冒味没有，一般人，像你们这样的年轻人受不了那个味儿，挨不了那个呛。一到冬天还要在三九寒天，翻缸看看，把缸上结的冰用手捞出来，这就是做醋讲究的"夏晒三伏，冬捞三九"。我脱口而出：一个破醋，还这么难做？大爷咧开他一连缺了两颗门牙的大嘴哈哈大笑，把烟袋锅子"砰砰砰"地在地上磕着。他告诉我，做醋有个比方，好比女人生娃娃，好比男人伺候庄稼。其实比生孩子、种庄稼还难，还费工夫，因为做一缸好醋要花整整三年到五年的工夫。经大爷这么一说我不由地重新打量起那一排排冒着酸气的大醋缸。慢慢站起身来，走到大醋缸前，猛然一下，差一丁点把我吓得背过气去。褐黄色的大缸沿上竟然落了满满一缸沿的大苍蝇，都是清一色的红眼绿翅的像蚕豆大的绿苍蝇。在缸沿上，缸里面的缸壁上，挤得密密麻麻，一层一层，疙疙瘩瘩，见有人走过来，竟然没有一只惊慌失措，或慌张飞走，而是几乎一致地转动着一对闪闪发亮的红眼睛一起瞪着你，不时抬起后腿摩擦，仿佛在摩拳擦掌。至少有几百只大苍蝇！大爷刚刚用过靠在缸边的还沾满醋料的木锹上，从木把到锹头全被这种大绿苍蝇霸占了。天啊，哪来这么多这么大的苍蝇啊？看着真叫人恶心，真叫人不寒而栗。大爷看我傻傻地站在那儿也走过来，他明白了，说："不要紧，趴在醋缸上的苍蝇不脏。庄稼人说，护秋的不偷，五谷不收。做醋的不招苍蝇，这醋也做不香。"这是哪门子理论？但慢慢地我懂得了，庄户院里一年年、一代代都是这么做，都是这么活的，这就是生活，这就是过日子。我似乎明白了，这可能就是接受再教育的内容吧。

那天傍晚闲着没事，和大爷抽烟数着星星闲聊。我问大爷："听说当年阎锡山的士兵缴枪不缴醋葫芦是真的吗？"大爷微微地昂起头，呈遥想状，良久，说："咱村里当过阎锡山晋绥军的有几个，没听说他们缴枪不缴醋葫芦。"我问："真有醋葫芦啊？"他答："当然有了，外出扛活当兵吃粮，腰里都别着醋葫芦，到外面不受制。"不受制是我们村里的土话，意思是不受罪。大爷说："当年我走西口时，铺盖卷里放一个醋葫芦，腰里挎着一个醋葫芦。"我睁大眼睛说："真的？"大爷也睁大眼睛说："那还有假？你想一出杀虎口要走上十天半个月，饥一口饱一口，冷一口热一口，有时候就要点人家的喂猪食，能不病在半路上，全靠葫芦里的醋调养着哩！"我说："那醋葫芦多大？"大爷笑着说："大葫芦做瓢，小葫芦盛醋。小葫芦皮厚壳子硬，不怕摔不怕压，醋盛在里面放心。"我说："大爷咱家有没有醋葫芦？让我也开开眼。"大爷把烟袋一磕说："醋葫芦咱村上家家都有，我拿给你看。"一袋烟的工夫才姗姗而来，大爷挺不好意思地说："这两年不出远门了，也不用那东西了，不知扔到哪个旮旯里了，改日找出来让你这个北京娃娃见识见识山西老醯的醋葫芦。"

　　那年我要回北京过春节，临出院门看见房东大娘有些扭捏不好意思。我想老太太肯定有事又不好意思当着人家面说，就把大娘拉到一边问她。她一句话着实让我丈二和尚摸不着头脑。她说："你要能捎，就帮我捎一瓶醋回来。"我没听错吧？从北京往山西捎醋？大娘看我眼珠子瞪得跟铃铛似的就赶忙说："不好捎就算了，就算了，就当大娘没提过。"我真切地对大娘说："我没听错吧，您让我捎的是醋，对吧？"我想说咱家光醋缸就排了一长溜，酿的醋还不够你喝？大娘两眼珠子眯成一条缝，笑得皱纹又挤到一块儿去了。她悄悄地对我说："咱就喜欢吃个醋，咱家酿的醋不酸不好吃，大城市捎来的醋酸，醋香。你大娘光听说过，从来没尝过。这不是想再沾沾你们北京娃娃的光？"我脆亮地答应下，看着大娘一嘴七扭八歪的黄板牙我禁不住地说了句笑话："大娘，千万别让北京的醋酸掉您的黄门牙！"

　　过完春节准备行囊回山西，我想起房东大娘的恳求了，告诉母亲要买瓶醋带回去，这回轮上母亲大跌眼镜了，往山西带醋？母亲不敢相信自己的耳朵。我只好把往山西带醋的原因简短地向母亲述说了一遍。老太太也哈哈大笑，说："这好办，楼下就有卖的，现在什么都缺，都凭号凭本凭票，醋好像还没有。"一会儿，母亲拎上两瓶醋来。母亲说："没有你们山西老陈醋，是咱北京酿制厂出的陈醋。"我说："房东大娘说捎一瓶就够了。"母亲说："又不是什么多贵重的东西，人家稀罕就多带上一瓶吧！"还是母亲有远见，带两瓶真带对了。房东大娘是个特爱显摆的人。她心中也憋着股劲，想当初村里安排北京知识青年住，你们都怕麻烦，怕吃亏，怕不方便，找理由拒绝，我这回就让你们看看当知识青年房东的好处。那天收工回来，看见院里、屋里都是人，我一进院满耳朵都是赞誉声。夸得我也没头没脑，不知道赞从何来。大娘风风火火地从屋里冲出来，把我拉进她的大屋。好家伙，一股老陈醋的醋味。原来房东大娘正在开品尝北京陈醋的鉴赏会。大娘把我捎回来的醋倒在一个大盘子里，让每人尝一指头，就是拿手指头蘸一下，然后放到嘴里吮。我看见周围的大娘大嫂子大姨们一个个不止尝了一指头，因为大家的嘴唇都让醋蛰得发青发白了，还都啧啧地深深地由衷地赞赏北京醋呢！我觉得挺可笑，大娘分开人群连忙在盘子里饱饱满满地蘸了一食指醋，往我嘴里送，连声说："快尝尝，真酸哩！真香哩！"吓得我扭头就溜。深感山西人吃醋瘾大，连醋都能吃出个香甜苦辣。

　　那年，和我们一块儿插队的北京知青"老孙头"，叫孙立礼，上树摘枣吃，一不留神从树上掉下来了，摔得挺重，好不容易把他弄回了北京。他家住在北京朝阳区垂杨柳那块儿三间趴趴小房，看样子家庭挺困难的。后来"老孙头"想把户口关系转回到北京，街道上也同意安排他进街道工厂。他家太困难了，再摊上他这么个摔得一干重活就喘大气的病号，日子更别提了。可街道上的革命委员会也有个要求，必须让生产队革命委员会开一张证明，证明"老孙头"是在农业学大寨中因公摔伤，不能再参加农业学大寨，否则就不给办。这也给了"老孙头"家好大的面子了，实在是看着他家孩子多，两位老人都有慢性病，手不能提肩不能挑的。开证明的事就义不容辞地落在我们这帮哥们儿身上。我们也都在"老孙头"的父母面前拍了胸脯：保证拿下！谁也没想到回到村里才知道，大队掌印的那位革命委员会副主任是个正直的"土八路"，刀枪不入，冷热不吃，就说一句话：不能欺骗上级。明明是偷吃队里的枣摔下来，怎么能证明他是农业学大寨学坏了身子的呢？所有的招都使了，三十六计使了三十五计，就差美人计了，可这家伙一计都不吃。愁得我们一点招都没有。真没想到这桩发愁的事，房东大娘一听一拍大腿说："多大点事。我一张嘴就能给你们办了！"我们都傻了，彻底傻了，看大娘不像幽默不像调侃也不像说着玩。大娘说："那把着印章的老倔头，天也不怕地也不怕，连日本鬼子晋绥军的刺刀都不怕，可就怕他老婆。他老婆让他打狗他不敢撵猪，叫他穿针他不敢引线。"我们都有些泄气，他那老婆我们都打过交道，脸绷得驴皮似的，和电影里的黄世仁他妈一模一样。我们进去了几趟，她连眼皮都不抬。房东大娘说："那老婆的心思我能不知道？你们赶快再捎回一瓶北京陈醋，往她炕上一蹾，你看她说啥？卤水点豆腐。"我们击掌为誓：消灭法西斯，自由属于人民。

"老孙头"的弟弟扒了三天三夜的火车，终于给我们送来了四瓶北京陈醋。为了保险别半途磕了碰了，十五岁的小孩像捆手榴弹似的把老陈醋扎扎实实地绑在腰里，解下来时，醋瓶都是温温的，我们弟兄们都被感动得不得了。

　　我们先给大娘送去一瓶，大娘激动得直搓手，握住醋瓶子再不松手。我们问她证明怎么办，大娘十分自信地说："你们先写好了，把这北京陈醋往她面前一放，她翻箱倒柜也得给你们找出印章来盖上。"我们半信半疑，犹豫不决。大娘指天为誓："办不成你们砸我的锅！没看见那天在这儿尝醋，她恨不能把那一盘子醋一个人一口都喝了。"我们犹犹豫豫地走进她家的大屋，那婆姨果然难缠，正声嘶力竭地在训斥她的几个脏得跟院里乱跑的猪崽一样的孩子。那时候我们去插队还不到两年，还听不太懂村里的方言，尤其是女人激动时骂娘的方言。我们只能听她骂人的调门，高高低低的，抑扬顿挫的，忽而尖利忽而平缓。一开始我觉得有点像唐山大鼓，像北京评书，像京韵大鼓，后来我听出味儿来了，更像京剧里的老旦道白，七分道白三分唱。那婆姨骂唱的功夫不浅，我们站在那儿都抽完一支香烟了，她才停了嘴。我们按房东大娘的教导，一字不走样地做，从腰里拔出两瓶锃光闪亮的老陈醋往她炕沿上一蹾。那婆姨果然上钩，用北京的方言叫眼儿立马绿了，提起醋瓶子那叫看得认真仔细，一丝不苟，脸也不绷了，化怒为喜，像院里的鸡冠子花。那婆娘突然好像看出问题来了，指着其中一瓶说，这瓶怎么和在你们房东家尝的那瓶不一样？不是在欺骗我吧？我一看，还真没注意，其中一瓶不是老陈醋是腊八醋。赶忙说这是北京最有名的香醋。比那天尝的要好！那婆姨似信非信，脸上的肌肉慢慢绷紧了。我急中生智，赶忙拿过一只碗来，把那瓶腊八醋拿起来放到嘴边用牙使劲一咬想把瓶盖咬下来，没想到北京腊八醋的瓶盖盖得比他妈的啤酒瓶子盖盖得都紧，连咬三下纹丝不动，这关键时刻焉能掉链子？心一横，一使劲，瓶盖掉了。但我做梦都没想到从此落下了牙齿松动的毛病，后来那两颗门牙都先后被拔掉换了假牙。那都是后话。北京的腊八醋果然厉害,瓶盖一启,醋香弥漫,一屋子香气。我把腊八醋倒进碗里,端给那婆娘。那婆娘果然行家,甚话也不说,先长闻,再短舔,最后才细细地喝起来,喝了几口后深感满意,把醋碗放在炕沿上。她那几个猪崽似的脏孩子马上像小猪崽围槽似的趴在碗上舔醋,一个个舔得跟过大年似的,嘴唇像涂上现代兰蔻唇膏……终于,我们拿着还带着浓重腊八醋醋味的证明从她家走了出来。前几天村里刚演的《地道战》,那可能是我们看的第九十九遍,我们那心情,和电影中的高全宝一样,哥儿几个禁不住唱起来:主席的思想放光芒,革命的人民有了主张,我们布下了天罗地网,要把那侵略强盗消灭光。唱着唱着就改成:北京陈醋放光芒,照到哪里哪里亮,天大的困难有陈醋在,知识青年有方向。

　　回忆那岁月也挺有滋味的,从那时我就爱上北京陈醋、山西陈醋、腊八陈醋,往餐桌前一坐首先想到醋,品醋胜品酒,那里面有岁月的辛酸……

第三辑

# 朝阳门外旧事多

一

现年头儿要真能在北京城里找见地道的北京老爷子已经不是件容易的事了。说其地道,不光是说其土生土长在北京城,还得说他亲眼见过老北京城的四墙九门,那城墙仰脖抬眼望有三丈六尺六高,墙头上并排跑得开十二匹高头大马。那九门分布在北京城的东西南北,九门为旗,九门为栓,九座城门把个北京城拱卫得严严紧紧。九门就是九位大将军,一字排开的是正阳门、崇文门、宣武门、朝阳门、东直门、阜成门、西直门、安定门、德胜门。说地道的北京老爷子,那还得说他遛过皇城根,登过社稷坛,串过天坛、地坛、日坛、月坛,上过先农坛的观耕台,逛紫禁城只逛御花园,进北海只去五龙亭,上真觉寺观的是银杏如佛,到觉生寺赏的是永乐大钟,进智化寺抬头瞻仰的是藻井真品,奔大慧寺看的是大悲殿的二十八天神像,去碧云寺拜的是金刚宝座塔浮雕。

　　北京的老爷子厉害，你说你是土生土长的北京人，他拿一个字就能考住你。不光看你是不是一口字正腔圆的"京片子"。就拿北京说事，你说北京、北京市、北京那片地方、北京那旮旯，那就"楼子"啦，再说下大天来，老爷子也不信你是"四城"里长大的老户，因为老北京人说北京都是叫"城"，北京城，城里城外，皇城根下，因为在老北京人心目中，北京就是方方正正的一座老城。一个"城"字就能看出对北京的情感有多深。其实，北京城不止这九门，明嘉靖年间蒙古铁骑横行直杀到北京城下，当时明朝为抵御蒙古骑兵的侵略，保卫京城，定下"城必有郭，城以卫君，郭以卫民"，在内城外再修外城，又建了七门：永定门、左安门、右安门、广渠门、东便门、西便门、广安门。说九门提督，是掌管十六门，清王朝时称"步兵统领九门提督"，真正该称十六门提督。

　　上个世纪五十年代，我们家从山东济南搬到北京朝阳门外的白家庄住。北京城里人十分看不起城外人，通称乡下人。一出城墙就称郊，老北京人说别看隔一道墙，墙里是京城，墙外就是郊外、荒郊、农村、庄稼地，我们家当时的通讯地址是北京东郊三里屯白家庄。山东老家人说，搬家搬到首都北京啦？怎么像下放到农村了？又是郊，又是屯，又是庄的，那地方的人都姓白？其实五十年前，朝阳门外东大桥一过就基本上是农村，青纱帐一起，从八里庄、十里堡到通州东坝漫天漫地，铺天盖地，藏上千军万马都不显山露水。一九五八年我们这儿由高级社改为人民公社，称红星人民公社白家庄生产队。

　　我们离朝阳门很近，从白家庄到呼家楼，过东大桥、神路街就到了朝阳门。北京城这十六个门，名字叫得最响最亮最贴切最实在的就是朝阳门，迎着太阳，是北京城最早看见太阳的地方。听登过朝阳门的人说，一大早，站在城门楼子上往东望，一轮旭日，冉冉升起，霞光四射，金色遍地。把个朝阳门城门楼子照得金灿灿的。站在城门楼子上远眺，眼下一片青灰色的屋脊，像刚刚浮出水面的鲸鱼背，遥远的东方，一道微明微亮的金线在苍灰色的天际闪现，那就是北京城太阳升起的地方。不知道为什么当年京城八大景观中没有朝阳门观日出一景。

离朝阳门二十华里，离通州县八里，有座高高拱起的大石桥，像条桀骜不驯的青龙盘卧在通惠河上，它就是中国近代史上赫赫有名的八里桥，是第一座中国士兵为抵御洋鬼子侵略用鲜血染浸的石桥。七十七年以后，北京城的另一座石桥也因此而名垂千秋，那就是卢沟桥。四百年前的通惠河汹涌澎湃，浪头追逐浪头是呼啸而来！一百多年前的通惠河能张帆走大船，从大运河漕运而来的船队，十几只为一伍，头尾相衔，直抵通惠河，粮船靠埠，登车进城，走的就是朝阳门。朝阳门当年就是北京城的粮道，老百姓讲话，关了朝阳门，饿死北京城。

一百四十年前，八里桥是通惠河上唯一的通道，是从塘沽、天津进京的咽喉要道，一过八里桥，一马平川，无险可守，顺着河沿东行，不到二十华里，一万米，便马踏北京城。那年月还没有建国门，建国门不在十六门之内，更不在九门之内，它是公元一九四五年前后日本人为交通方便在城墙上扒开个口子，修了个不伦不类的城门。八里桥和建国门正在一条笔直笔直的直线上，我测过，八里桥到建国门的距离就更近了，八千多米，别说旱地跑马，就是水路游泳，好把式也用不了一个小时就能摸着城沿子了。

一八六零年英法联军拉着炮车，扛着后膛上火的来复枪，从塘沽一路烧杀奸淫抢掠来到了八里桥，史称第二次鸦片战争。隔河布阵八里桥，两军血战肉搏。中国军人要誓死保卫八里桥，八里桥一失，北京城危矣。洋鬼子就直入京城。咸丰皇帝不惜把他自己的亲弟弟胜保及所部六千铁骑调来，那可是清王朝的精锐，又调蒙古亲王僧格林沁率所部两万多蒙古铁骑在八里桥以北严阵以待。一杆黑字杏黄大旗插在桥头，一员虎背熊腰的军士牢牢握住大旗。一场侵略与反侵略的京城保卫战就在八里桥畔开始了，三万多华夏男儿用血肉之躯一次又一次勇敢地迎战洋鬼子的洋枪洋炮，一波过后，没有一人一骑败回，前仆后继，拼死向前，血洒疆场，前队牺牲了，一声呼啸，后队继续冲锋，八里桥边喊杀声不让枪炮声，清军将士视死如归，连胜保也中弹落马。据说，站在桥头挥舞大旗的威武军士身中数枪不倒，最后是被洋炮一炮轰中才轰然倒下。三万将士几乎无人生还。当年八里桥附近的定福庄、张家湾、郭家坟一带的老百姓自发为牺牲的中国军人收尸，通州城里的白布都用完了，老百姓又捐出被里褥子里，一开始还是白布裹尸，到后来只能是白布蒙面，尸体多得没办法掩埋，都抬到附近那些当年烧城墙砖如今已废弃的一座座砖窑里。老百姓说，天阴不能过三，阴三天以后，冥冥之中，就能听见成千上万人在呐喊，在呼啸……八里桥面上的每一块青条石都被中国军人的鲜血染红，八里桥上的每一个石狮子都为中国军人的血肉灵魂无声地哭泣，八里桥桥上桥下中国军人的尸体不是一具具相枕，而是一堆堆一片片一摞摞一垛垛……英法侵略军就是踏着流淌着鲜血的中国军人的尸体冲进朝阳门，火烧圆明园……一百四十八年后，当我又踏上八里桥时，我的心仍在颤动，它不再像盘卧在通惠河上的苍龙，他不再威武高耸；他不再是把守京城咽喉的重地。连它那曾经浸泡过不屈的中国军人鲜血的条石也被肮脏的水泥覆盖。通惠河像已然僵死不通的脉络，水细如潺，水污如染。它和那当年的八里桥都到哪儿去了？岁月有痕，如刀如斧。桥栏上蹲着的一只只石狮子有的竟然面目难分，有的竟被风化成几近扁平模糊不清的石骷髅,像一颗死后被人遗忘的白骨。我在八里桥上一遍又一遍地走过来又踱回去。这苍老的古桥是历史的见证人,它亲眼目睹了无数颗头颅对一个衰败王朝的祭奠,亲眼目睹了不屈的中国军人甘洒热血的壮举, 亲眼目睹了失败后鲜血和尸体被践踏的惨景, 它曾亲耳听见无数为国捐躯的亡灵的悲号和痛苦的呻吟。只有蹲在八里桥桥头两边的石兽两目圆瞪,怒容宛在,脑后的鬃毛和石桥已然融为一体。一百多年过去了,它无时无刻不在无声地悲歌,无时无刻不在无声地哭泣,无时无刻不在无声地呼唤,无时无刻不在无声地祭奠……

## 二

　　地道的北京老爷子兴许还能说出老北京城的燕京八景, 那可叫老黄历了,叫一去不复返了,连回光返照的可能都没了,没看着那八大名景的也只能听老爷子们访古话当年了。据说乾隆皇上钦点的这八景直到上个世纪五十年代初还依稀可见。权且记下那八大名景:太液秋风、琼岛春阴、金台夕照、蓟门烟树、西山晴雪、玉泉趵突、卢沟晓月、居庸叠翠。

　　这八景都是历朝历代传下来的,从宋、金、元、明直到清,数清王朝乾隆皇上做得潇洒,这八大景他都是亲眼赏定。其实北京城称天下奇景的何止这区区八景? 后来又加了四景叫南囿秋风、东郊时雨、银锭观山、西便群羊。我父亲上个世纪三十年代在北京大学念书,老爷子晚年就曾经对我说过,每临仲夏,那朝阳门城楼上,傍晚不知从何处飞来无数噪鸦,遮天蔽日,数万只罩在城楼上空盘旋飞翔,鸣叫之声传数里不止,高大的城门楼虽然残破凄凉,但在余晖中数百年前的英姿不减,城楼上的琉璃瓦透过岁月的尘埃仍熠熠发光,像一排排眨巴眨巴的童子眼。那时候,朝阳门外一带地穷人贫,一片暗灰色的低矮小屋更衬托着天高、鸟多、楼美、城宽……可惜一九五七年拆得片瓦块砖不存……

　　老爷子说得深情,其实"东郊时雨"那景就是说登朝阳门,东望城外,但见良田万顷,一马平川,远村近舍,依稀可见,春雨绵绵如织,农民披蓑戴笠,扶犁耕耘,一幅农家乐,莺歌燕舞的太平盛世美景,再想就该是"稻花香里说丰年,听取蛙声一片"了。

　　乾隆老爷子那年代朝阳门正忙着哩,车水马龙。那可是交通的中枢关键。因为北京城里吃的粮食绝大部分都是漕运而来的,在通州上水以后,车载人拉源源不断运往京城,走的就是朝阳门。皇城九门分工,朝阳门就是运粮门,秋后热闹的时候,堵车、塞车的现象不亚于当今儿。这就在朝阳门外派生出一系列产业:剃头的、摆大碗茶的、卖酸梅汤的、拉洋片的、演木偶戏的、练五虎棍的、摆棋练摊的、猜字的、算卦的、吹糖人的、换银钱的、锔锅锔碗的、说书唱大鼓的、缝补衣服的、卖饽饽的、给人修脚的、给马钉掌的、卖烧锅老酒的、卖蒸笼包子的、也有依门卖笑的"暗门子"的,朝阳门外还有一家挺有名的澡堂子,名俗点,叫大澡堂子,但生意红火名气不小,据说上个世纪五十年代初公私合营改造时为保留不保留这块牌子还发动澡堂职工讨论了好一阵子。

　　当时最有名的要数"关东店",关东店这名一直保存到现在。上个世纪四十年代末出朝阳门过东大桥那一大片平房、荒地、野坟岗子统称关东店。住在朝阳门一带的北京老爷子还可能记得。关东店最有名的是关东店合作社,就是一个卖百货副食的商店,商店的门面土眉灰脸,用现在的眼光看什么都不是,但那年月里在朝阳门外也算得上数一数二的了。住在朝阳门外东郊一带的老百姓要想买点像模像样的东西，要么坐洋车去东四牌楼大栅栏，要么就去关东店合作社。合作社的前身原属私人的，一九五五年工商业社会主义改造以后公私合营，变成国营的了，老百姓也不再叫铺子、买卖、商店、柜台，统称合作社。现如今的蓝岛大厦就是当初关东店老店的老址。

关东店最早是从关外来的一家山东人开的，是家骡马大店。开店的人没什么文化，但眼里有水，看着离朝阳门不远，知道这儿是个生财宝地，就托人写了关东店三个大字，幌子高挑，算是开店有名。关东店最有名最能招徕人的是烤白薯、酱驴肉，卖的是自家烧锅酿的老白干。生意做得火，南来北往走漕运的、拉骆驼的、跑单帮的、赶大车的几乎没有不称道关东店的。几十年、几百年又从中演绎出无数的风流史、侠客传奇、创业史、生死离别、辛酸苦辣的人生故事，我甚至怀疑周润发主演的《和平饭店》就有关东店的影子。一八六〇年，洋鬼子冲进关东店吃了肉、杀了人、放了一把火，把关东店烧成一片白地。以后的关东店是在光绪年间后建的，名气也远不如从前老关东店大了。

朝阳门忙活时人嘶马叫，人挤车车挤人，进的进不去，出的出不来，当年的朝阳门还有瓮城、箭楼，人流车流像打着漩涡的急流流淌不畅。这时候把守城门的总兵就要派出挎刀兵勇来维持秩序，疏通交通。我考证这可能是中国也可能是世界上最早的交通警察。因为当这里有奉命快步从马道上下城门去疏导交通充当事实上的"交警"时，美国才刚刚建国，独立宣言刚刚墨干。

老北京城城内称四城：西城、东城、崇文、宣武，出了九门就称四郊，东西南北四郊为野。我点点当时出朝阳门十里地就在朝阳门城根前的地名，就知称郊称野是事出有因名副其实了。三里屯、苇子坑、鬼子庵、牛王庙、大北窑、八里庄、十里堡、高家坟、洼子村、夏家坟、薛家坟、雍家坟,有点名气的叫公主坟,野坟岗子里有狐狼出没。朝阳门外当时别说没有一户公侯伯子男,连户旗人都没有,满清入关坐定北京城以后,八旗兵将连同其家属都按旗分住在四城里,住的是正儿八经的四合院,讲究的是"天蓬鱼缸石榴树,先生肥狗胖丫头"。院出两道门,一进大门要有影壁,五福报寿,年年有余,还有就是临街不开窗户的倒座,旗人讲的倒座就是现在的客厅,不进内宅,有事拜访外面坐着说话。再往里才是二门,二门才真正叫讲究,一般建成莲花门,门上门下有彩绘,有装饰,二门以里就是家眷内宅,所谓大门不出,二门不迈,都是指北京四合院说话。

朝阳门外没这么高雅繁华,偶尔有个四合院也是趴趴院、小矮房、小庭院、小门脸、小开间、小进深、小胡同,都是小,有处大房大院,也是"墙新树小画不古、此人必是内务府"。那个时代,北京冬天真冷,房檐上的冰凌子能垂下来一尺多长,棒槌那么粗,夏天又贼热,恨不能扒层皮。故那时候的老北京人冬天不出屋,夏天光膀子,不到后半夜起点夜风不回屋。沏一壶酱黄色的"高沫",就是最便宜的茶叶末,老北京人爱脸儿,取名高雅叫"高沫",芭蕉扇不离手,围一圈赶着蚊子侃大山。二三百年过去了,到今天北京城里胡同口还有这种遗风。侃,活灵活现,亲眼见的、亲耳听的、别人编的、自己编的、有山有水的、有风有影的,旱地拔葱的、凭空撒网的,一说一笑一忽拉,散了回家。现在不沏高沫了,每人面前摆一瓶啤酒,从"开花"喝到"败园",启明星都要升起了才散伙。从八旗入京,就传下一种通病,闲。

朝阳门还有一种其他八门都不能替代的作用,就是给皇上出殡。皇帝死了,灵柩一定要出朝阳门,清王朝东西两陵都在北京城的正南,东出朝阳门并不顺,但祖制不能改,皇规不能动,走那么一大段冤枉路就苦了抬灵柩的杠夫。

　　满清入主中原后，躺着从朝阳门出的第一位皇帝就是清世祖顺治皇帝。顺治有少年天子之称，也有短寿天子之称，他六岁登基，二十四岁病死。皇帝驾崩讲究多了，一是百官要斋宿二十七日，荤腥不沾九日，以水代酒三十日，七七四十九天内不许屠宰杀生，三十天内不许嫁娶，不许音乐歌舞，停止一切娱乐活动，说法规章繁杂。侯宝林老爷子曾经说过一段相声讲"改行"。为什么唱戏唱大鼓的都改行了呢？就因为皇帝死了，百日之内禁一切娱乐活动，艺人要吃饭糊口养家就得改行。其中侯老爷子抖了一个"小包袱"，说有人长的是酒糟鼻子，红鼻头，那不行，不能让它红了，怎么办？染蓝了！夸大是夸大，但皇上讲究。皇帝死后百日之内，连国家的行文要盖的公章大印，都不许用红色的印泥，改为蓝印，如果一不留神盖成红印章，那就是杀头之罪，甚至灭族之灾。

　　从顺治始，清朝的九个皇帝死后灵柩都是东出朝阳门，只有末代皇帝爱新觉罗?溥仪死后火化，先把骨灰盒放在八宝山革命公墓，后移葬在清西陵西北的"华龙陵园"，没走朝阳门。

　　清王朝皇帝出殡最忙活的要属朝阳门外的老百姓，沿朝阳门外大街的所有店铺全部上板关张，临街的一切摊贩全部撤走，不许走动不许打闹不许喧哗也不许买卖，更不许说笑，否则抓起来再说。沿街的房屋都要整肃，见红见喜见有画的包括门神财神都一律刷掉，店铺门板是红的、棕的、酱紫色的都必须换掉，房、墙、门、窗都必须用青、灰、白重刷一遍。等皇帝出殡那天，除了三日之前就黄土漫道、清水细洒外，朝阳门外老百姓还要准备饮水站，十几条条案排开，上面都是大茶壶。老百姓负责烧水沏茶，保证送殡的文武百官饮用。当年最大的饮水站老址就在今天的外交部大楼处。据说，每次给皇帝送殡的人多达数千，不仅百里之内官员都来跪送，光是抬杠的，搬物的，护送的,打杂的,随行的就不下一两千人。送殡队伍一走,朝阳门外的老百姓都争着趴在跪在黄土道上,也不完全是崇拜真龙天子,还意在捡洋捞儿,真有不少人捡到了大官们佩戴的各种物件,运气好的甚至能捡到一两个祖母绿的扳指。这使我想起上个世纪六七十年代天安门广场一举行百万人游行,光丢的鞋子就能拉好几汽车。谁要真的捡了点宝贝东西,那可真就成了老百姓的侃料了,不侃出个曲折故事,不侃得你目瞪口呆,不侃得人后悔没趴在黄土道上捡个正经玩意儿悔得肠子都青了,那就不叫侃。

## 三

　　朝阳门外有个地方叫三里屯,巴掌大的一块地方,现在名气大了,火得厉害。我去过一趟,亲身体验,比不上巴黎的香榭丽舍大街边上一溜的酒吧咖啡厅,比起罗马、马德里的酒吧一条街,不但做派大,品位也不差。但朝阳门火的时候,三里屯是五院一屯,不过是几户专给城里旗人主子送新鲜蔬菜的佃户住的几间泥房茅舍。那个时候院墙上都用大白刷刷的一个挨一个的大白圈,屋前房后都有风铃,夜风吹过叮当乱响,家家都养着几条恶狗为的是防狼。那时候朝阳门外的东郊不但有狼狐鹿獐,还有金钱豹。冬季春季,皇帝御驾北狩,去张家口坝上狩猎,一些王爷贝勒爷侯府将军府的爷们就骑马架鹰搭弓射箭到朝阳门外的三里屯六里屯再往东,石姑坟、幺家店、黄渠村打猎。康熙皇帝晚年曾自夸说他一辈子曾打死虎一百三十二只,豹二十五只,熊二十只,不知道当年北京城的田郊能不能听见虎啸猿啼?但上个世纪五十年代末,白家庄,就是现在北京青年报社大楼那地方,竟还有一片高高的松柏树林,我和当时的小伙伴就曾在树下观看过假寐的猫头鹰，那树梢上还时常飞来十几只长腿长颈红嘴长一身雪白羽毛的大鸟。我们开始以为是白天鹅，后来才知道那鸟叫鹳。为什么鹳飞到这儿落脚？因为朝阳门外有一大片苇子坑，又称窑坑，水丰鱼肥。团结湖最早也是一个大窑坑，雨水流进去，慢慢溢成个湖，何年何月起名叫团结湖无考，但团结湖北侧是一片数百棵柳树集成的柳树林。冬天不说，到了夏天，草肥树茂，最让人叫绝的是那树上爬着的蝉，老北京人称其为"大季马"，一棵树上都趴着好几个，整棵树，整座林子，几百几千上万的"大季马"一起鸣叫，那才真叫震耳欲聋，声彻云天。胜过几十几百个交响乐队。

　　现年七八十岁、原先住在朝阳门外的北京老爷子还都能清楚地记得，就是到了解放以后，朝阳门城楼子扒之前，北京朝阳门外有两座林子了不得。一座林子就是前面讲的团结湖边的柳树林，在北京四城四郊都是蝎子拉屎——独（毒）一份。老百姓夏天扛一个枕头，提一壶"高沫"，拎一片席头，林子里一躺一喝，一侃一睡，那也是天上人间。又称"快活林"，北京老爷子评书听多了，引用武二爷鞭打蒋门神的故事，称团结湖的柳树林为快活林。那是北京老爷子的乐儿。

　　朝阳门往南，建国门正对，护城河边上也有一片恶凶凶的林子，上世纪五十年代初周围的老百姓俗称为建国门小树林。那片林子有些怪，怪中有些凶，从林子穿行而过，有些瘆得慌。树没有参天大树，没有古树老枝，松柏也少见，但杨柳长得怪异，柳树多是歪脖柳、扭腰柳、断头柳，杨树多是疙瘩杨、钻天杨、空心杨、分叉杨，杨柳树尽头突然有几棵歪脖松、扑地柏，拧着腰身，别着枝条，长得像着了魔似地那么别扭难看。树林不小，从朝阳门前的护城河一直到现在的秀水街，住在附近的北京老爷子叫它"野猪林"，恶煞煞的一座林子。那个时候，建国门外小树林剪径劫道的还时有发生，要知道那是什么年代？

上个世纪五十年代初,夜不闭户,路不拾遗。更让人怕的是经常传闻建国门小树林有人吊死,当时北京上吊自杀的地方首选二地,一是颐和园后湖,二是建国门小树林。下午四五点以后,独自一人,尤其只身一个年轻女人敢穿建国门小树林,那可是吃了龙心豹子胆。就是个爷们,太阳落山一擦黑,孤身一人走建国门小树林,也要个好胆量,也得提着心吊着胆嘴里吹着口哨,眼睛四下打量,总怕生猛窜出三两个强人剪径,伤吾性命,劫吾钱财,鸣呼哀哉。不是耸人听闻,朗朗乾坤,光天化日,皇城根下,王法何在?我记得清楚,一九六四年我已上初中一年级,我们学校的启事板上贴着一张北京市高级人民法院的告示,白纸黑字,字如核桃,最醒目的是法院院长名字后面要用朱笔打个钩,说明宣判已执行,北京话说枪崩。崩的是一个姓黑的流氓团伙在建国门外小树林多次抢劫杀人,强奸杀人,后面几句是罪恶极大,不杀不足以平民愤。为什么记得清楚? 一是我上初一时不知天下还有姓黑的,故记得深;二是当年杀一人如石破惊天,可不像现在似的。那布告贴得有墙皆是,看得人如此认真仔细,让人后脊梁发凉。建国门小树林绝非良地,宁绕三里,不穿树林。强人出没,流氓逞凶。上个世纪五十年代后期北京朝阳门内和朝阳门外的"混混"曾经相约一斗,地点就在建国门小树林。当年建国门小树林最阴森怕人的地方,正是当今的建国门外外国俱乐部。

　　出朝阳门往东不过八里,现当今正是北京工人体育场往西,北京八十中学往东,上个世纪四十年代是一片有名的坟地。说是有名的坟地不是说是前朝前代的格格坟、王爷墓,是鬼子坟地,日本鬼子坟地。老辈子北京人说那地方埋的都是被咱国军、八路军游击队打死的日本侵略者的骨灰。日本坟地刚建时,还拦着围栏,有三两个黑狗子即伪警察看管。周围的老百姓都知道是鬼子坟地,就有意无意地往坟地圈里倒垃圾,弄得又脏又臭。有一年日本驻华北军的一个大头头来祭奠鬼子亡灵时,汉奸用枪逼着周围的老百姓清理过一次,以后更没人管了。有意思的是一九四五年八月日本人投降以后,大致应该是一九四六年春节前后,不知怎么全北京城包括四城四郊盛传鬼子坟地里有宝,有金子,已经有人发了财,发了大财,发了横财!为什么?因为日本人有事没事都爱镶大金牙,官越大,金牙越大越纯。死后人烧成灰了,但真金不怕火炼,于是大人孩子都赶到日本坟地刨坟筛那死日本鬼子的骨灰,筛金牙,把城里城外的中国人忙坏了,不仅白天又挖又筛,晚上打着灯笼火把筛,前面挖完筛完了,后面还要重新挖重新筛一遍。想一筛子就发大财的美梦,对穷了几辈子的中国人来说诱惑力太大了,更何况一会儿传言说东边筛出几个金槽牙,一会儿又传说西边筛出几个金门牙。惹得人人心痒痒。若干年后我曾问过父亲,那时我已在新华通讯社当新闻记者了,我坚信如果鬼子坟地闹得那么大,新闻报纸上肯定有报道,父亲冷静又很幽默地说,如果说北京大学的学生集体去鬼子坟地筛金牙,那才是新闻哩!我恍然大悟,父亲功道就是深,老爷子就是老爷子。

## 四

朝阳门外六里屯到全国农业展览馆后边是一个套一个的苇子坑,北京老爷子们说就是些大大小小的窑坑。不知何年何月何日开挖的,也不知何人何故在窑坑的周围种了那么多苇子,也有一说是天然生自然长的,夏日那些芦苇沿窑坑四周铺散开去,无边无际,风动苇摇,波澜不惊,也是朝阳门外一大景。查上个世纪五十年代初的北京市地图上标明的朝阳门外的苇子坑,蓝莹莹的一点一溜一片,在黄红色的图面上格外显眼格外可爱。我估测了一下，那些苇子坑的水面面积加起来要比北京城里的西海、后海、前海、中海、南海的总面积还要大。该是朝阳门外一道亮丽的风景线。北京的老爷子们扯闲的时候说起六里屯的苇子坑都恭敬地称作"海"。据说当年蒙古亲王僧格林沁八里桥战败后，曾驻马"海"边眺望良久，说了一句八里桥那儿怎么就没有这么个海？有，淹也把洋鬼子淹死了！每年端午节，北京城里城外的人都讲究过，苇子坑的苇子叶不知包过多少粽子，当年住在紫禁城的皇帝娘娘们也要过年过节，逢端午都要派专人到六里屯苇子坑周围的芦苇地里挑叶宽叶肥叶绿的苇叶，摘下洗净包好送到宫里。现在六里屯也好，农展馆后边也好，都是摩天大厦了，苇子坑早没了，苇子也就没了，不知道北京人是怎样过的端午节？不过人们好像照常吃粽子，但那成色就差多了，老爷子们说，六里屯苇子坑里新摘下的苇叶有股沁人心脾的清香，两根苇子叶就能包个拳头大的粽子，现如今……不能比啊……

朝阳门外三里屯到六里屯之间的窑坑是历史留下的印记。当年要垒砌北京城的城墙、墙门楼子，北京城里要盖皇城宫殿，要盖深宅大院王府贝勒府，老百姓住大杂院也得有四堵墙一面瓦，这就需要挖土烧砖烧瓦，当年可是一个大产业。那些大窑坑有说从明永乐年间开挖的，有说还早，宋朝元朝就有了，祖祖辈辈似乎有北京城就有了这些窑坑。也有人说，不，没有北京城就有了窑坑，无非是小点、浅点。太早的不说，因为谁都说不清楚，甚至连留下来的传说都很少了。那时候朝阳门外有许多砖窑，有许多有名的烧砖烧窑的大师傅。像义和兴、庄义兴、百顺和、永福里等等，都是百年老窑，都雇着二三百人，一家都开着几座甚至十几座砖窑。皇城用的砖瓦都是他们专供的，信誉可靠，质量有保证，那可是拿人头作保的。据说当年给北京城烧的城砖都是用糯米汁浸泡过的,砖烧得结实不结实那可不是天桥的把式,而是随意抽出一块砖,用厚牛皮裹着用打铁用的大铁锤抡圆了砸,如果锤到砖碎,那就得办你的罪;如果锤落砖面,只是像结冰花似的裂纹,这就是好砖。给皇宫贵戚烧的瓦也有标准,瓦上房铺好以后,要把农村打场压麦子的石碾子,俗称石碌碡扛到房顶上,在碌碡中间穿根大绳,一边站两个人,站在屋脊头上,然后把石碌碡慢慢压在瓦上往下放,还要反复轧三遍,要是有一片瓦碎了,两家治罪,一是铺瓦的,二是烧瓦的,所以那时给皇上烧窑的有个说法叫"没头的买卖",意思是办不好说杀就把你杀了。所以所有的窑厂都有自己的记号,无论是砖是瓦进窑之前都印有自己的号,像义和顺就印上个义字,出了事就找你,跑都跑不了,且终身负责。二〇〇五年北京市修复崇文门一带残存的旧城墙,很多匠人都纳闷,当年的城砖是怎么烧的?铜坯一般,几百年过去了,风吹日晒雨淋水泡的,不碎不裂不断不走形,道理就在这里。当时的窑场都养着"名师傅",实际上就是工程师,技术监督员,那年月称"三眼师傅"。烧砖前拌料时多少沙配多少黄土掺多少黏土得请这位高人看一眼,他说行了才能进行下一道工序。拌好料,活好泥,打成坯,还得请他来看一眼,他说行了才能送进窑。别小看这一眼,他能看出这细沙黄土拌进水以后闷了多大工夫,和泥时和了几遍,和的泥真正活起来没有?和匀了没有?醒透了没有?然后是升火烧窑,还要请他看一眼到没到火候,那拿捏得真叫恰如其分,准确无误,一星一点都不能错,拿宋玉形容女人来比喻烧窑的技术也不过分,"增一分则太长,减一分则太短,施粉则太白,施朱则太赤"。

"三眼师傅"当然吃香的喝辣的,凭的是经验,赚的是沉甸甸的银子。但可千万不能看走眼,走了眼就不是钱不钱的事情了,闹不好就要下大狱问个三灾五罪的。

我们家当时住在白家庄,离全国农业展览馆公共汽车一站地,要是抄近道钻庄稼地也就是一箭之地。一到夏天我们院的半大小子一放了学都跑着跳着去农展馆后湖游泳去。农展馆后湖就是苇子坑,我们起的名,顾名思义,是全国农业展览馆后面的窑坑。尤其到了暑假,我们几乎天天泡在苇子坑里。我游泳就是那时候学会的。因为游泳也常常闹一些纠纷,主要是和六里屯农村的孩子"叫劲",那时候还不兴什么"查架",主要是两拨孩子谁也不服谁,就拉开架子比,旗帜鲜明,阵容分明,两拨孩子分左右站着,互相怒目相视,但很少有动手打群架的,那是再过七八年以后文化大革命中的"玩闹",动不动就刀子、扎子、皮带、钢丝锁,真刀真枪玩命。那时候是比游泳,两阵谁服谁关键看谁游得快,游得远,也有玩花样的,比潜水看谁能憋气憋过谁,不打不相识,最后是和解。那时候我们瞧不起六里屯农村的孩子,认为他们是"土八路",统称其为"公社的"。因为那一带是红星人民公社,那些孩子都是人民公社社员的儿子。有一回我们又去农展馆后湖玩去,看见许多人都涌在苇子坑边上,还开来小汽车,那个时候,我们称小汽车为小轿车,都知道是"高干"坐的。顺着人缝挤进去才知道是淹死人了。原来淹死的人是个大干部,老红军,经过长征,江西老俵,车开到这儿,可能是去参观全国农业展览馆,那是专门为建国十周年献礼的十大建筑之一,在当时的确是了不得。看见这一潭碧波就忍不住下去游起泳来,围着的人七言八语地说,我们就瞪着眼睛支棱着耳朵听,说这位领导在老家曾是玩水的高手,下去游得真畅快,越游越远,就一去不回头了。司机着了急才四处求救。我们都挺害怕,怕"水鬼"拉住我们淹死人。但我们又憋不住,只消停了两三天,又扑通到水里玩开了。一九六六年七月十六日,毛主席畅游长江,发出到大江大河去锻炼的"最高指示"。苇子坑热闹了,不仅红卫兵来,连附近的部队也来凑热闹，没有大江大河，苇子坑也能锻炼。那时候苇子坑再也不平静了，红旗招展，宣传车大喇叭，人声鼎沸，口号声震天。但淹死人的事也越来越多，有男红卫兵也有女红卫兵，就是没有见过或听说过淹死解放军的。尽管我们看有的解放军纯属旱鸭子，连笨拙的狗刨都不会，气蛤蟆似的只会张着嘴喝水。远的不说，我大姐夫的亲弟弟小五就是那个年代淹死在苇子坑的，今年清明给我父亲母亲上坟时他曾伤感地说，小五要不被淹死，今年也是翻四张的人啦！我们都唏嘘叹息了好一阵。

一九六二年夏天，北京城发了一场大水，有如那出老戏叫"水漫金山寺"，那年的水很大，几乎淹了北京城。那时候只觉得暴雨连连，天像漏了似的，白天下夜里下，不停点地下，下的都是大雨暴雨。用马季先生相声段子里的话形象，叫"倾缸"的大雨。雨还没停水就上来了，从白家庄出门的路全都泡在水里，一不留神踩到路边的"排水沟"里呛你几口水是正常的。学校停课，父母亲也不能正常上班，从卡车上把一袋一袋的沙袋扛下来堆在一楼的窗台下，又在楼道口用沙袋围成半圆形，像战争年代做的临时野战工事。每个楼道里都临时挂了半截铁轨，一有情况听见敲铁轨就赶快往四楼跑。那时我们家住二楼。我们那几个宿舍楼都是上个世纪五十年代盖的四层板楼，在当时就真算是"高楼大厦"了，好像一夜之间水竟漫到一楼的高台边上了，忽悠忽悠的，浑浊的水上还浮满了垃圾，眼看着就要涌到屋里来了，父亲和一些成年男人组成的抢险队帮助一楼的人往四楼搬家，闹得人心惶惶的，晚上我看见父母也在收拾东西。收音机里气象预报说还有雨，且是大雨加暴雨。那时候的天气预报真不准，父母正发愁呢，谁知道第二天雨过天晴，连太阳都出来了。孩子高兴大人也乐，我们跑到四楼往团结湖、农展馆后湖和六里屯方向一看，但见一片汪洋，水光连天，那才叫"浩浩荡荡，横无际涯，朝晖夕阴，气象万千。"若干年后我真的登岳阳楼时也感觉不如当年我登四楼看水淹北京城的情景。院里的小孩闲不住，不知从哪儿弄来的木板，捆绑成"战舰"，打起水仗来，玩得直到浑身上下没有一处不滴水。那水说退也真快，头一天晚上我们的"好几艘战舰"还都漂在水中，第二天早上却已搁浅在泥地上。听父母亲说是为了保住北京城，空军把通往海河的河道炸开了，淹了天津市的好几座县城。于是从机关到学校又开始捐钱捐物支援灾区，是为我们牺牲自己家园的天津人民，大家都捐得特自愿特高兴，我把父亲刚刚给我买的一枝自来水笔捐了，虽然有点舍不得，那是我一生的第一枝"钢笔"，但也捐得心甘情愿。

最让人难忘的是水退了，但在很多低洼的地方留下了很多水坑，我们发现，困在水洼洼里的不仅有鱼虾，还有大王八。都是从苇子坑里跑出来的。我们院里有个小孩和我一个年级叫小军，那厮竟把捉到的一只一寸多长的活虾放到嘴里生啖之活吞之。我从未见过，很认真地质问他，你他妈是人吗？迎来的是在水窝窝里的一场厮打，两败俱伤。值得一说的是有一天我竟抓住了两只大王八。六里屯当时是叫红星人民公社，后来又改叫中德人民友好公社，其实德国在哪儿，德国人什么样，谁都不知道，所以不管是农村人自己还是我们这些紧挨着农村人住的郊区城里人，都还称他们是红星人民公社。红星人民公社修过一个王八池，我们专程去看过。四周都是水，中间是个土堆子，王八高兴了就爬上土堆子晒太阳，据说是专供北京城里国宴用的。这场大水把王八都冲出来了，我白捡了个"洋捞"。

拿回家母亲看了也挺稀罕，瞄了半天说，送给楼上的葛叔叔家吧，他家是广东人吃这东西。我说干吗白送给他？我还留着玩呢！就放在母亲洗衣服盆里养着，但最终还是送给了三楼姓葛的。他也真行,星期天上午送去的,晚上就做好了送下来了,我们家都不吃,他死活给留下了一只,再三交代甲鱼如何好吃如何大补,我和弟弟妹妹都没吃,趴在桌上瞪大眼睛盯着甲鱼的小爪。我觉得王八的小爪特像小孩的手,尤其像我们同学他弟弟,他弟弟才满月,到他家玩时看见他那小弟弟又哭又闹张着手乱抓,想到后脊梁发凉瘆得慌。

那年月北京老爷子们说,北京城经历过水火两大难。光绪年间大栅栏一场大火,把前门外的街街道道店铺房舍烧成白地,连前门楼子也被大火燎去了半截城楼,好在风停雨来了,否则烧着正阳门紫禁城就悬了。再有就是这场大水,见时见天地往上涨,不是把天津段扒开,皇皇京城还不成了一片汪洋走渔船啦? 苍天长眼!

## 五

出朝阳门别说坐汽车,就是骑马乘轿迈方步,也用不了两炷香工夫就到了一条街,其名煌煌,叫得庄严肃穆,叫神路街。神路街无神处,灰渣垫底,三合土铺路,路宽不过两辆马车擦肩而过。神路街神在一座金碧辉煌高大威猛的牌楼上。

北京城作为皇城时最讲究树牌坊,有功有德有恩有惠的、光宗耀祖的、歌功颂德的、仰慕皇天的、敬神敬天敬皇上的,都要立牌坊以彰天下传万世。北京城最有名的有前门五牌楼,北京城的老爷子们说:“前门楼子九丈九,四门三桥五牌楼”。再往北京城的城北走,是有名的西四牌楼,北京老爷子们也有句名话:“西四牌楼的警察,各管一段。”过去拉洋车的一说去四牌楼,抄起把就走,奔西四,四牌楼名气也大。再有就是国子监街的牌楼也威风八面。琉璃牌楼,匾额上三个金灿灿的大字:国子监。告诉来这条街的所有人,此地乃元、明、清时国家最高学府,文官下轿,武官下马,恭恭敬敬溜边行。出朝阳门,城外就是神路街上这座黄绿琉璃瓦砌成,白玉石起座的大牌坊。这座大牌坊也称牌楼,不是面朝朝阳门而是站立在主道的路边上,像侧立守卫的大将军,其实大牌坊的正南正面还有一座供神供天的大庙,东岳庙。五百多年风风雨雨历史变革,虽几经修葺已然颓破得如行将就木的孤老爷子,一点精神头儿也打不起来了,而这座牌坊还威猛,还高耸,还张狂,还昭示着什么,诉说着什么,其中不光说它灿烂辉煌的一段,肯定也在低语着它遭灾遭难的一段。

　　一九六六年九月,红卫兵运动正如火如荼,用当时一句流行语叫正以摧枯拉朽之势雷霆万钧之力大破"四旧",大立"四新"。红卫兵统称"小将",要砸碎旧世界,建设一个红彤彤的新世界。位于东大桥有所学校,也就离神路街一炷香,比神路街离朝阳门还近,名唤北京朝阳区女子第四中学,简称北京女四中,现在改名陈经纶中学,红卫兵运动闹得正轰轰烈烈。经历过那个时代的人都还记得,北京中学里红卫兵运动有一个现象,就是女红卫兵厉害,凶悍,"革命性"特强,立场特坚定,打人决不手软,咬牙切齿,下手黑,能唱着歌把人打得血肉横飞。仅举两例,毛主席充分肯定红卫兵造反运动的那封致红卫兵的信中公开点名肯定赞扬的那位红卫兵,就是北京大学附属中学的女红卫兵叫彭小蒙;把老舍痛打得头破血流以至老人家一怒怒沉太平湖的,是北京西城区女八中红卫兵。此类例子不胜枚举。女四中的红卫兵来到神路街的琉璃大牌坊前要"破四旧"是理所当然的。这座牌坊造于明朝万历年间,是为万历皇上祈福的。有意思的是这牌坊竟然是一个太监盖的,名谁叫甚不值一提,值得留存的是,太监造牌坊自古唯此,此太监非别人,正是明朝恶贯满盈的大宦官魏忠贤的老师,牌坊上的金字题词是大奸臣严嵩亲笔写的。属"四旧"之列是毫无疑问的。女四中的红卫兵开到神路街大牌坊前容易,要破它却不那么容易了。因为大批判批什么怎么批? 严嵩写的八个大字怎么念,什么意思,着实难住了这群英姿飒爽一身黄军装手持仿苏武装带的女红卫兵。这八个字是"秩祀岱宗,永延帝祚",一开始几乎所有的女红卫兵都念成了"祚帝延永宗岱祀秩",因为匾额上当年严嵩并没有写标点,几乎所有的女红卫兵都是一个字一个字地往外蹦,不知该在哪儿断句,且不说很多女红卫兵都是初一初二的孩子,祚字祀字甚至岱字都是蒙着念的,且白字连连。严嵩的大字写得漂亮、威武、阳刚、帅气,这八个字可称是书法中的佳品上乘。

北京女四中的红卫兵有勇有谋, 她们一方面拿出红卫兵的杀手锏,呼口号,唱造反歌,用她们的话讲"把战斗的气氛搞得浓浓的,手榴弹炸药包一起投过去,炸它个人仰马翻、地覆天翻!"一方面又派人去学校搬救兵,请高年级的红卫兵并带语文老师和历史老师来。后来果然把这八个混蛋字的意思搞清楚了, 原来是万历皇帝那个老混蛋祭祀了泰山之神,乞求保佑他皇位传万世,永远延续,万岁万万岁。女红卫兵的情绪更狂暴了,斗志更高,激情更高,呼声也更高更尖,口号也更具有红色恐怖的血腥味了。念了"破四旧"的红卫兵宣言以后就该"造反有理"了! 这"阴森森的牌坊",典型的封建主义毒瘤。万历年间的东西,搬走牌楼上的一个小石兽,搁眼前可就了不得了,就是揭片刻着花纹的琉璃瓦也是几百年前的文物了。但那时候女红卫兵想的是怎么砸烂它再踏上一万只脚。

神路街上的这座大牌楼修得实在太结实了,经五百年风雨仍然坚如磐石。当初的工程质量和敬业精神、职业道德,的确让今天的人们汗颜。女红卫兵们带来的锤子、钢锹都使不上劲,终于她们扛来了几架梯子,把梯子接起来立在牌楼上,一个女红卫兵举着大铁锤一步一晃地爬上去,空中作业不像喊口号抢皮带那么简单,她狠命砸了几下没见什么破坏效果,在红卫兵战友的齐声呐喊下抡圆了铁锤拼命砸下去,但终于从梯子上滚落下来,且摔伤了,女红卫兵忙成一团,忙着扎成简易担架,急急忙忙送到附近的朝阳医院去了。"四旧"没有破成,只在牌楼上挂了一副白纸黑字的大挽联,上联是:什么混账牌楼?下联是:封建主义余毒!横批像屁帘似的挂在牌楼下,四个黑字:不破不立。神路街的明朝万历年间的琉璃大牌楼至今仍耸立在朝阳门外。遗憾的是朝阳门和它的瓮城、箭楼都没了。

　　崇文门那块儿还有一段老北京城残存的城墙,也被扒得支离破碎的,连城墙上的垛口都没有了,像被肢解一半的僵尸。其实它很美,那是我们祖先留下的真东西,得珍惜啊,宝贝似地捂着护着。不怕它残破,不是吗?留在法国卢浮宫内的维纳斯像虽然没了双臂,但她仍然是世人公认的艺术珍品。我们这段残破的城墙也该是艺术的珍品,虽然它失去的不仅仅是双臂,它留在这个世界上的只剩下双脚,且是断趾的双脚。这个比喻也不对。但那毕竟不是朝阳门外的旧事了。

# 只想听听那些歌

　　那晚，正值旧历八月十三，月朗星稀，风清云静，让人心旷神怡。我却只想到一个地广人稀的地方放开喉咙对着苍天旷野唱那些歌——刚才听到的歌——那些随着岁月流逝已经快被遗忘的歌，那些老歌记载着我们这代人说不尽的酸甜苦辣。那些歌比老酒还厉害，比老酒还醉人。岁月当歌，一点不假。

　　回头看，刚才还是灯火通明的礼堂已然是黑糊糊的一个轮廓，像天地间的一个青墨色的符号；再深深地望一眼，它却又突然变得灯光灿烂，鼓乐齐鸣，这里聚集着一群曾经年轻过的"过来人"，他们是那样专注凝神地歌唱那些发自内心的老歌，仿佛是在唱他们的历史，唱他们的过去，唱他们的幸福，唱他们的遗憾，唱他们的无悔……歌也会老，老得一点也不比他们慢，那满头的杏花，掩饰不去的皱纹，那些老歌也只有他们这些人才会唱得这么激动人心，这么情深意往。那聚光灯下闪闪发亮的是根根银发，是颗颗潸然而下的泪珠……

　　上个世纪的六十年代，我们这代人有一个统称叫"生在新中国，长在红旗下，从小在蜜罐罐中长大"。不错，我就是生在新中国，长在红旗下,但从记事起到长成青皮后生好像从未尝过蜜的滋味。但我们确是在蜜一样的歌声中长大,先是爸爸妈妈的歌,叔叔阿姨的歌,又是老师同学的歌,自己唱的歌,我们这代人是被时代的歌声滋养,又在时代的歌声中成长。无论是在总路线、"大跃进"、人民公社三面红旗的照耀下,还是在节粮度荒饿得打晃的困难时期,歌声总是那么激扬高亢,虽然我们现在可能听起来可笑。

> 戴花要戴大红花,
> 骑马要骑千里马,
> 唱歌要唱跃进歌,
> 听话要听党的话。

现在早已做爷爷奶奶的"过来人",谁敢说当年没有满怀激情地唱过这些歌呢? 他们不但那时唱,现在聚到一块还唱,还唱得那么专心动情。这份情感是没有经过那段岁月的人难以理解的。

从金色童年算起,当时最爱唱的歌是《中国少年先锋队队歌》,今天我还能唱,还能唱得情动不已。那是歌的魅力。

红领巾是红旗的一角,是被烈士的鲜血染红的。那时候最神圣的期望就是早日戴上红领巾。举起右手,时刻准备着! 该是人生的最大幸福。小学二年级时我被发展成为中国少年先锋队队员,放学后我们这些少先队员就自动排成一列,在那些"非队员"羡慕的目光中怀着一种骄傲和自豪学唱"自己组织的歌"。我们都学得那么认真,那么一丝不苟,仿佛在执行一项神圣的使命。过去近半个世纪了,至今还能轻轻摇晃着满头杏花哼唱那首歌,那就不仅仅是歌的魅力了:

　　　　我们是新中国的少年，

　　　　我们是新少年的前锋，

　　　　团结起来为了祖国的明天，

　　　　不怕艰难不怕担子重，

　　　　为了新中国的建设奋斗，

　　　　学习伟大领袖毛泽东。


　　我终于戴上了红领巾，兴冲冲地回到家里，父亲摸着戴在我脖子上的红领巾高兴地说，人生三件大事，入党入团入队，你们生正逢时，好好努力吧。为了鼓励我，父亲掏给我几角钱，让我到关东店照相馆照张相留个念。那时候无论在家还是走在路上，一有空就情不自禁地哼唱少年先锋队队歌，觉得特别崇高自豪。有一天同学告诉我，关东店照相馆里挂出你的照片了，老大老大的。我不相信，放学一路小跑地赶去，那时候朝阳区东大桥关东店照相馆很小，三间小平房，橱窗里果然挂着我戴红领巾的照片，放得像本书那么大。我爬在窗户上看了又看，直到嘴里哈出来的热气把玻璃都糊湿了。我不是看我照得怎么样，我是看系在脖子上的红领巾照出来帅不帅。真帅！什么"曹衣出水，吴带当风"，说曹不兴画人的衣袖像刚从水里浣洗出来一样清新鲜丽，吴道子画的系带犹如被风吹起来似的轻柔飘逸，都比不上当年系在我脖子上的红领巾，几十年后看仍然让我感到那红旗的一角正飘飘欲动。我跑着跳着一路高唱队歌，像得胜回朝的大将军。

　　加入少年先锋队以后，过队日的一项主要活动就是唱歌。有时候还分成几部唱，我还做过领唱、男女二重唱，大家最喜欢的歌曲有：《让我们荡起双桨》、电影《红孩子》插曲、《英雄小八路》插曲等等，那些歌真好听，让我们这代人一辈子也忘不了"让我们荡起双桨，小船儿推开波浪,海面倒映着美丽的白塔,四周环绕着绿树红墙,小船儿轻轻,飘荡在水中,迎面吹来了凉爽的风……"那歌声让人一下子又回到那金色的童年,那歌声真美,那时光真美,那迷人的岁月! 只有这歌声能把人们牵回!

一九六三年毛主席发出"向雷锋同志学习",我们这些中小学生闻风而动,连课间操的时间也都利用来学唱《学习雷锋好榜样》、《接过雷锋的枪》。一放学,我们班的同学就排起队,唱着《学习雷锋好榜样》,去做好人好事。学校附近有一个大坡,我们就排队坐在坡下等着,看到有三轮车或手推车上坡,就一窝蜂地冲上去帮助人家推车。没车的时候我们就齐声高唱"学习雷锋好榜样,忠于革命忠于党,爱憎分明不忘本,立场坚定斗志强。""接过雷锋的枪,雷锋是我们的好榜样,接过雷锋的枪,千万个雷锋在成长……"那歌真真直白,几十年后聚在一起唱还让人激动不已。后来又唱"毛主席的书我最爱读,千遍那个万遍下功夫,深刻的道理,我细心领会,只觉得心里头热乎乎。哎,好像那旱地里下了一场及时雨,小苗儿挂满了露水珠,毛主席的语录滋润了我呀,我干起那革命劲头儿足……"

那个时期,我们每年七月二十二日放暑假,放暑假之前,全校师生要欢送老同学毕业,其中一项非常重要非常严肃的活动就是最后集体合唱《毕业歌》:

> 同学们,大家起来,
> 担负起天下的兴亡!
> 听吧,满耳是大众的嗟伤!
> 看吧,一年年国土的沦丧!
> 我们是要选择"战"还是"降"?

我们要做主人去拼死在疆场，

我们不愿做奴隶而青云直上！

我们今天是桃李芬芳，

明天是社会的栋梁；

我们今天是弦歌在一堂，

明天要掀起民族自救的巨浪！

巨浪,巨浪,不断地增长！

同学们！同学们！

快拿出力量,

担负起天下的兴亡！

　　几千人顶着北京夏天酷暑烈日,个个站得笔管条直,庄严肃穆,
几千双眼睛向东方行注目礼,几千个喉咙放歌寄情,唱得是那么专
注、动情,唱得是那么神圣、雄壮。我们分明看见站在前面,面对我们
的老师们满头被讲台上飘飞的粉笔末染白的银发在阳光下闪耀,还
有闪耀着的是他们激动难抑的泪光……

　　我是一九六三年九月一日考入中学的,正赶上要求学校培养"又
红又专"的无产阶级事业接班人的时期,学校每年至少要组织一次去
农村参加劳动,不是帮助生产队割麦子,帮助社员收玉米,就是平整
土地,翻地挖渠,反正公社里的活有的是。从初一到高三,全校师生组
成的下乡劳动大军,真可谓浩浩荡荡。几千名学生,打着红旗呼着口
号,戴着一样的崭新的草帽,别的不说,光是给我们拉行李的马车,就
前后蜿蜒七八里。说实在的,我们那时候特别愿意去农村参加劳动,
苦是苦点,但同学们都编成军事化的班、排、连,可以同吃同住同劳
动,那多有意思。谁也没拿劳动当回事。最让我们兴奋的就是集体唱

歌、拉歌、赛歌。班有文体委员，年级有文体部长，学校有总指挥，统一
指挥，一声令下，几千人昂首阔步，抬头挺胸，踏着"一二一、左右左"
的步点，放开喉咙高唱：

> 日落西山红霞飞
>
> 战士打靶把营归
>
> 胸前红花映彩霞
>
> 愉快的歌声满天飞
>
> mi sao la mi sao
>
> la sao mi dao ruai
>
> 愉快的歌声满天飞
>
> 一二三四……

　　歌唱得雄壮，最后"一二三四"口号喊得震天动地。赶大车给我们
送行李的贫下中农高兴地说，真没见过这样的架势，走起来一条龙，
喊起来一个腔，有点像一九四九年解放大军进北京城了！

　　真正拉歌、唱歌、赛歌是在劳动之余，在农村的打谷场上，黑压压
地坐满了人，四周围观的农民看不出名堂，其实我们都是按班级、年
级分开阵容坐的。这时候拉歌就开始了，一般都是高年级先开场，他
们是老大哥资格老，常常能翻出新花样来，领喊的人一般都是嗓门
大，脑子快，经过风雨，见过世面的"人来疯"，就是人越多，场面越大，
越不怯阵，越想表现，表现得也越能超常发挥。大家都盘腿坐着，他往
起一站就是一杆旗。喊歌也有讲究，不是光直通通地喊干巴巴的口
号，而是唱着喊，像唱山歌，有问有答。领头的先有节有拍有韵有律领
唱一句："新同学啊——"四周一片共鸣："来一个啊！"然后他再顺腔

顺律:"来一个啊——"随即把手用力一挥,四周又是一片合辙合韵的回答:"新同学啊——"我们都是刚升到中学的初一小孩,没见过这种阵势,有点怯阵,一时张不开嘴。他们又喊:"叫你唱啊,你不唱啊,扭扭捏捏不像样啊——"我们更慌了,一时不知如何应付,没等我们组织好,大同学们又喊:"革命歌曲大家唱,我们唱完你们唱——"人家高歌一曲唱起来了。我们也放开不害怕了,嗓门比他们还大,声音比他们还尖,先唱《唱支山歌给党听》、《社员都是向阳红》、《共青团员之歌》、《歌唱祖国》、《上甘岭插曲》、《我们是共产主义接班人》、《骑马挎枪走天下》、《我为祖国献石油》、《我们走在大路上》、《我们是共产主义接班人》、《海岸炮兵之歌》。唱到最后实在想不起来有什么没唱的歌,就索性唱儿歌《丢手绢》:"丢手绢丢手绢,轻轻地放在小朋友的后面,大家不要告诉他,快点快点抓住他,快点快点抓住他……"一片欢笑一片掌声一片热闹。

那时候下农村劳动最怕的不是干活是害怕吃忆苦饭,往往是傍晚紧急集合,一个人发两个黑不黑灰不灰的糠菜团子,由一个苦大仇深的贫下中农忆苦思甜讲过去地主怎么坏,怎么为富不仁,贫下中农怎么穷怎么苦怎么没饭吃,然后要求我们这些"长在蜜罐罐里"的幸运儿把两个糠菜团子吃下去。忆苦会场上一阵阵滚雷般的口号:牢记阶级苦!不忘血泪仇!念念不忘阶级斗争!念念不忘无产阶级专政!念念不忘突出政治!念念不忘……每一个同学都愁眉苦脸的,说实在的,同学们不是被贫下中农的苦熏染的,而是发愁那两个糠菜团子。喊口号举拳头容易,一口一口吃下这两个糠菜团子,对我们来说太难了,真比嚼黄连都苦,比咽猪食都难。我们班有位同学讲了一句牢骚话,还让团支部追查过,因为他老爸是红四方面军的老红军就算了。那哥们儿说,红军爬雪山过草地难不难?我听我老爸说的是挺难;可我

觉得 吃忆苦饭也不容易！谁发明的忆苦饭？为什么不吃思甜饭？后面带着一串纯京腔的国骂。

吃完忆苦饭还不能算完，阶级斗争教育课的最后一节是集体合唱《不忘阶级苦》：

> 天上布满星，
> 月牙亮晶晶，
> 生产队里开大会，
> 诉苦把冤申，
> 万恶的旧社会穷人的血泪恨，
> 千头万绪千头万绪涌上了我的心，
> 止不住的辛酸泪挂在胸……

唱着唱着就自动分成男女二重唱了，后来又变成男女领唱，一支歌唱得星星也闪月亮也闪，唱得大家的歌瘾上来了，又都一往情深地唱起：

> 月亮在白莲花般的云朵里穿行，
> 晚风吹来一阵阵快乐的歌声，
> 我们坐在高高的谷堆旁边，
> 听妈妈讲那过去的事情……

第二天，团支部来征求对忆苦思甜活动的意见，同学们齐声唤：愿唱忆苦歌，不吃忆苦饭！

一九六五年下半学期，学校团委突然组织批判电影《冰山上来客》的插曲《花儿为什么这样红》，那时候还没兴大字报，但各类板报、墙报和思想园地上都是口诛笔伐的浓浓硝烟。说这首歌是典型的资产阶级的靡靡之音，宣扬颓废的资产阶级世界观，宣扬爱情至上，宣扬低级下流的黄色情调，等等，越批越悬，越批火药味越浓。也怪，我们好多同学本来不知道有这么一首"黄色歌曲"，这一批判，《花儿为什么这样红》不胫而走，口传的，手抄的，批得几乎人人都会唱了，三人行不唱，二人行就保不住哼哼，那曲调那歌词在当时真是挡不住的诱惑：

> 花儿为什么这样红
> 为什么这样红
> 哎，红得好像红得好像燃烧的火
> 它象征着纯洁的友谊和爱情……

后来不知谁在大批判园地上写了一排小字，闹得惊天动地的，我们还都写了"花儿为什么这样红"作为字迹鉴定交到团支部，后来才知道写在大批判园地上的那一排小字是："不让唱花儿为什么这样红，难道让我们唱花儿为什么这样黄？为什么这样蓝？为什么这样黑？为什么这样白？"查来查去，最后不了了之，但《花儿为什么这样红》是彻底普及了。

有些事情真难说，用同学们的话说叫"大批判带来大普及"。一批判电影《怒潮》，插曲《送别》就差点唱得无遮无拦：

> 送君送到大路旁，

君的恩情永不忘，

农友乡亲心里亮，

隔山隔水永相望……


又批判电影《红日》，结果插曲《谁不说俺家乡好》又传了个遍，特别是女同学，唱得那么甜，那么亲，那么迷人，歌儿入耳入心，醉人深啊……

一九六七年春节，部队大院演电影《地道战》那演得也精彩。当电影中高传宝一推开房门，旭日高照，歌声平地起：


太阳出来照四方，

毛主席的思想闪金光，

太阳照得人身暖哎，

毛主席思想的光辉照得咱心里亮……


不平常的是电影内外一起高唱，观众唱得比电影里唱得还整齐动人；随着电影中的道白："这就是人民战争的威力：地道战，地道战，埋伏下神兵千百万……"一时间几乎不约而同地都唱起来，战士唱、干部唱、老百姓也唱；孩子唱、年轻人唱、老年人也唱，坐在前排的将军们也都张着大嘴忘情地唱：


地道战嘿地道战，

埋伏下神兵千百万，

嘿！埋伏下神兵千百万，

千里大平原展开了游击战，

村与村户与户地道连成片，

侵略者他敢来，

打得他魂飞胆也颤，

侵略者他敢来，

打得他人仰马也翻，

全民皆兵，

全民参战，

把侵略者彻底消灭光……

最后那几句全场都是跺着脚唱的，唱得解气解恨痛快！

还有那首不知谁作词，不知谁作曲，但我们这代人几乎都知道的《革命造反歌》：

拿起笔作刀枪，

集中火力打黑帮，

革命师生齐造反，

"文化革命"当闯将。

老子英雄儿好汉，

老子反动儿混蛋，

要干革命你就站过来，

要是不革命就滚他妈的蛋，

杀！杀！！杀！！！嘿！！！

这首歌现在听起来都阴森森地带着股血腥气。

"文化大革命"中也有一些歌悦耳上口让人难忘：

> 不敬青稞酒呀，
> 不打酥油茶呀，
> 也不献哈达，
> 唱上一支心中的歌，
> 献给亲人金珠玛。
> 感谢你们帮我们闹翻身哎，
> 百万农奴当家做主人哎，
> 感谢你们支左支工又支农，
> 文化大革命立新功，
> 立呀立新功哎。

　　年轻人喜欢唱歌是天性，说女大愁哭，男大愁唱也不尽然，我们那个时代年轻人高兴唱，不高兴也唱，有事唱，没事也爱哼哼个曲，笑着要唱，哭的时候也想唱，一个人时情不自禁想唱，三五成群几十人几百人时也放开喉咙大声唱。歌是我们那个时代的精神食粮，再苦再穷也挡不住我们唱歌，饿了唱，饱了还唱，一唱也就暂时放下了什么叫怨，什么叫苦，什么叫泪，什么叫难。

　　一九六八年十一月二十一日，我们去山西插队离开北京时，那天北京站一片哭声，大人哭，孩子哭，同学们哭，老师们哭，哥哥们哭，妹妹们哭，姐姐们哭，弟弟们哭，当时都说哪儿的黄土不埋人，各家都有各家的难，再难也得送儿送女到穷乡僻壤，十指连心，骨肉深情。儿行千里母担忧。没有多少人见过几千人都同时发自内心的哭，哭得那么伤心、牵挂、思念、难解难分。但那满载知识青年的火车也就刚出东便门，没到丰台，有的人泪珠子还挂在腮旁，不知谁起的头，谁先唱的歌，反正一人唱十人唱，十人唱百人唱，一个车厢唱，整个列车都在唱：

> 抬头望见北斗星。
> 心中想念毛主席，
> 黑暗时向你有方向，
> 迷路时想你心里明。

不知为什么要唱歌？为什么要唱这支歌？唱这些歌？

> 是那一山谷的风，
> 吹动着我们的旗帜，
> 是那狂暴的雨，
> 洗刷着我们的帐篷，
> 我们有火热的一颗心，
> 战胜着一切疲劳，
> 背起了我们的行装。

又唱：

> 迎着春风，迎着朝霞，
> 跨山涉水到边疆，
> 伟大祖国天高地广，
> 中华儿女志在四方，

　　哪里有荒原就让那里献出棉粮，

　　哪里有高山就让那里献出宝藏……

　　直唱得泪干口燥，直唱得夕阳西下，直唱得车厢中灯光暗淡，直唱得火车开始钻山洞，煤烟从打开的窗口直灌进车厢，呛得人直咳嗽。过娘子关啦……

　　使我难忘的是一九六七年夏末秋初的一天，在北京工人体育场召开十万人的什么誓师大会，会场上除了看台连体育场的草坪也坐得满满的。不知因为什么，大会迟迟不见开始，但一个令人极度兴奋的消息像干燥的热风一样传遍每一个人，毛主席要来了！等毛主席一来誓师大会就开会，毛主席继十一次接见红卫兵后这次是第十二次接见革命师生！每个人都兴奋得冒出细细的汗珠，每个人都兴奋得心头直跳，每个人都把眼睛睁得大大地盯着主席台看。一会儿旗帜乱舞，一会儿人头攒动，每一个声音的变异，每一个动作的组合，十万人中的每一个人都真诚地以为是毛主席来了，"毛主席万岁"的口号此起彼伏，人们在等待中焦躁、兴奋、按捺不住。

　　突然，不知从哪个看台上还是从草坪坐场的群众中传出来一阵歌声，"大海航行靠舵手，万物生长靠太阳，雨露滋润禾苗壮，干革命靠的是毛主席思想……"像海涛、像山风、像滚雷、像奔潮，不，那是十万人心声的发泄，十万颗激动人心的朝圣。那时候没有人觉得可笑、荒唐、幼稚，觉得只有用歌声，才能表达对伟大领袖、伟大统帅、伟大导师、伟大舵手毛主席的崇敬之心。十万人，十万条喉咙，绝没有一个人假唱，都是放开喉咙，拼命抒发、宣泄、表白。那声音汇成一股力量，铺天盖地震耳欲聋，每一个人都想让自己的声音唱出心声独领风骚，每一个人的歌声又只能像一滴细细的水珠汇入波涛连天的大海。以后几十年,我再也没有见过听过十万人的大合唱,从来没有排练过,从来没有合唱过,没有乐队,没有指挥,大家都会唱,都熟悉它,热爱它,一唱就走在了大路上:"我们走在大路上,意气风发斗志昂扬,毛主席领导革命队伍,披荆斩棘奔向前方。向前进!向前进!革命气势不可阻挡,向前进,向前进,朝着胜利的方向。"唱得好不好,那时候没人给打分评奖,但唱得精神、有劲、发自内心,确实是革命歌曲大家唱。后来听过一个香港歌星唱革命歌曲,总觉得像阉人哼哼,有气无力,唱不出那股时代的劲来。再有一次参加一个晚会,其中有一个节目就是重唱六十年代的老歌,音乐一响,总禁不住要合着拍子唱起来。女儿几次悄悄拉我的衣襟,示意我听,不要唱,我几次情不自禁。他们怎么能理解我们这代人的经历和追求,怎么能理解我们这代人对逝去年华的追缅和顾怜?

十万人的誓师大会开成了大合唱会。毛主席迟迟没来,从"我们走在的大路上",唱到"大海航行靠舵手",唱到了"天大地大不如党的恩情大,爹亲娘亲不如毛主席亲;千好万好不如社会主义好,河深海深不如阶级友爱深。毛泽东思想是革命的宝,谁要是反对他,谁就是我们的敌人……"

就那几首歌,唱来唱去也没有把毛主席唱出来,但让人激动幸福的消息却不断传来,一会儿传毛主席已经开完会了,一会儿又传毛主席已经出中南海了。十万人的心更加激动,十万人的歌声更加雄壮。没人指挥也唱出了声部和花样,比如"天大地大不如党的恩情大",一句唱完立即加喊一声齐刷刷如春雷乍响般的口号:"毛主席万岁!"然后再继续唱,"爹亲娘亲不如毛主席亲",再加上一句"毛主席万岁!"整个体育场四面八方全靠心灵的相通,唱得竟那样和谐、整齐、一致,真神了。

　　工人体育场十万人的大聚会,竟几乎没有人上厕所,所有的人都在聚精会神地唱歌,都在向往着那幸福的一刻,等待着伟大领袖毛主席的到来。

　　有一段真实的故事,那时在我们中传得很广。毛主席第八次接见红卫兵时,坐的是敞篷汽车,而被接见的红卫兵是早上六点钟要进入指定的位置,大家也是在唱歌等待,谁也不知道毛主席他老人家什么时候才来。一个小时过去了,又一个小时过去了,时间不因歌声的急促而快逝,却好像因为大家的急躁而停滞,有些人内急,实在憋不住都跑到很远的地方去找厕所方便。说巧不巧,毛主席的敞篷车就在此时以每小时三十公里的速度在两旁高呼毛主席万岁的声浪中穿过。而那一群群去找厕所方便的红卫兵就丧失了这千载难逢的"最幸福的时刻",他们哭啊,喊啊,有的恼恨的咬破手指写下了"毛主席我对不起您"……

　　那天人们都怕因去方便而丧失了亲眼看看毛主席的幸福时刻,十万人都全神贯注地放歌情怀。也怪了,当时人们也觉不出内急,只是一遍一遍地唱我们都热爱的革命歌曲。说实在的,可能是老了,跟不上时代了,真看不惯现在舞台上那种闭着眼、扭着腰、甩着胯、摆着手、抱着麦克风,似说似哼似唱,不看字幕不知道唱什么词,看了字幕知道唱的词又搞不清唱的什么意思,只能赶快把电视频道调换一下。我喜欢那个时代的革命歌曲。上口、明快、直白、坦荡、高昂、有劲,能唱出人的精神,唱出人的心境,唱出人的追求,唱出人的好恶。

　　工人体育场十万人的誓师大会毛主席最终没有来,不知怎么就偃旗息鼓了。让我记忆清楚的是大家都纷纷挤出体育场,因为厕所早就挤满了,就在场外附近,人们甚至来不及多跑两步,站着的全是男的,蹲着的全是女的,目光所及人山人海,数百上千人一起方便便没有羞涩之感。也没有男女不便之说,大家都好像在完成一件必须完成的任务,虽然有的男女相隔不过几尺,但都目不斜视。歌声仅在那时停了,后来又都是哨子声集合声。我们班的苗顺同学一边系裤子一边悄悄地对我说,这么多人尿,流到一起准比我们家门前的亮马河水大。他家住在麦子店,三间趴趴房,那时候麦子店一片农村,穷得一塌糊涂,他中午带的饭从来都是两块玉米面贴饼子夹着几块腌咸菜。我说,还淹了你家的三间房哩!

　　集合完毕,一面面红旗乱摆,然后又是一路高歌,"我们走在大路上……"

　　现在的歌儿特别多,一唱就过去了,我还是愿听那些过去的老歌。夫人给我买了一盘六十年代的老歌,沏了一壶茶,怕影响别人,把耳塞装好,美美地过了一把瘾,直到夫人以天冷夜凉劝我早点休息才仿佛又回到眼前,不知不觉竟感到眼角冰凉冰凉的。

# 吃面的哲学

北京人爱吃面，尤其爱吃炸酱面。现在街头巷尾冷不丁地就冒出一个小馆"老北京正宗炸酱面"。别看馆小门脸不大，可也挺火，北京人爱那口儿。

北京人吃炸酱面也挺讲究，面要和得软硬适度，一般三分软七分硬，拿擀面杖硬擀叫手擀面，吃到嘴里筋道，有嚼头。炸酱面的酱必须是北京正宗的甜面酱，肉末不能太大也不能太小。老北京人会告诉你，肉切成丁，肥瘦相宜，五花肉最好，肉丁切得不能比黄豆大，也不能比绿豆小。使绞肉机绞出来的肉末做炸酱不香。

炸酱面端上桌之前要摆上几碟菜码，也有叫拌菜的。菜码也有讲究，一般四个小碟儿，一碟儿黄豆，一碟儿黄瓜丝，一碟儿炒鸡蛋，一碟儿豆腐丝。吃炸酱面要学会拌面，把碗里的根根面条都拌成酱红色，不会吃炸酱面的人往往拌不出那种酱红色，上半碗有炸酱看起来还热热闹闹的，下半碗却还是白白净净的面条，那就吃不出真正北京炸酱面的味道来了。

北京人吃炸酱面讲究趁热，面一挑出锅落进碗，就赶忙撒菜码放炸酱,说冷了就坨了,败了,没味了。吃炸酱面时嘴里还出声,发出很大的呼噜呼噜的声音;要是在大食堂里,上百人都吃炸酱面,那呼噜呼噜的吃面声可能会山呼海啸般壮观。我曾问一位很有修养的老北京人,您吃炸酱面时也鼓着腮帮子一边吹着热气一边呼噜着往嘴里扒拉炸酱面面条吗?他不好意思地笑了,又挺认真地点点头。问我留神过老北京人喝豆汁吗?就是在过去戴礼帽拿文明棍穿长衫的大学教授,也是一捧着,二吹着,三呼噜着。那叫地域饮食习惯。吃炸酱面就决定了必须呼噜着吃,你总不能一根一根地往里吸吧?不信你试试,文明是文明了,但却一点炸酱面的味道都没有了。

老北京人吃炸酱面还有说法:说天下最好吃的要数饭,饭中最好吃的要数面,面里最好吃的是炸酱面,炸酱面里最脆最香的是大瓣蒜。

老北京人吃面还和历史事件有关联。

庚子年间北京城大闹义和团,义和团设的神坛到处都是。有史可查,当时连皇宫紫禁城内、颐和园里都设起了义和团的神坛。每当义和团要有大行动,就派人筛起半人高的大铜锣,沿街高喊吃面不搁卤!什么意思?这是义和团的暗号:意思是炮打英国府!吃完面要去攻打英国大使馆,现在就要做好一切准备。吃面吃的是阵前饭。要是喊吃面不搁醋,那就是炮打西什库;要是喊吃面不搁酱,那就是炮打交民巷。据说义和团每每举行神坛聚会,所有参加做法事的团员都可以放开肚皮白吃一顿地道的北京炸酱面。

早几十年,北京没这么多高楼大厦,都是成片成片的四合院、大杂院,一条胡同串下去,有几十上百座四合院、大杂院。到饭口时候,常常是一个四合院、一个大杂院里几乎家家都吃炸酱面,蹲在自家屋檐下,端着碗,就着大瓣蒜,吃得热汗腾腾,嘴里嚼着面,用门牙嗑着大瓣蒜,顾不上说话道白,只互相间笑笑点头算是打了招呼,顶多用筷子挑起面来一边吹着热气一边说一句也是炸酱面? 人人都只顾一个劲地呼呼噜噜地忙着往嘴里扒送面条,似乎唯恐自己吃慢了,少吃了,吃凉了。一阵急风暴雨风卷残云般吃劲过去了,才碗底朝天擦把汗腾出嘴来侃大山,天南海北不管是听见的还是看见的,就着下面条的热面汤,打着饱嗝侃。我正赶上那个时候的一个尾巴,对北京人吃面是由衷地翘大拇指。

　我有一位家住陕西的表舅舅,多年没有走动了,“文革”前那年不知因为什么碰巧了来我们家走亲戚,母亲高兴得又是张罗着买鱼,又是排队买肉,忙得一脚厨房里一脚厨房外的。我那位表舅舅问忙甚哩? 一口字正腔圆的关中话。就吃抻面! 甚有抻面香? 说完挽袖子就下厨房和面去了。表舅舅对我说:“北京人吃面算个甚? 甚也算不上!不就吃个炸酱面、拉面、打卤面? 俺陕西关中吃的面就有几十种哩!北京人怕见都没见过。”“要说吃面,”表舅舅说,“老陕天下第一,不信你到关中大地看看去,那可了不得!”表舅舅一边和面一边讲他们陕西人吃面条的学问。“老陕吃面那可不含糊,真是一言难尽,除非你挑一根嚼嚼,吃上一碗尝尝。要不,那就真像古诗文中说的‘悠然心会,妙处难以君说’。”表舅舅还真不是自吹,他还有一套一套的口诀,押韵对仗,像古骈体文,比如说到陕西的面条“薄如纸,细如线,下到锅里连汤转,挑到碗里莲花瓣”。他还告诉我老陕的四句真谛:“八百里秦川尘土飞扬,三千万老陕齐吼秦腔,一碗粘(关中人读rán)面喜气洋洋,没有辣子嘟嘟囔囔。”陕西人有两大嗜好,一是吼秦腔,二是吃面条。陕西人吃面凶,吃辣子也凶。一碗面条上漂着一层满满的辣子,汪汪洋洋,红得放光闪亮,让不敢吃辣子的人光看一眼就吓得舌头根子发麻发辣发颤。那辣子也不是不辣老陕的嗓子眼,一碗辣子面饕餮大嚼吸溜吸溜地吃下肚,连面汤也倾碗喝尽了,直辣得他们热汗腾腾,满面红光,前胸后背都让辣出来的汗珠珠挂满了,舌根也辣得麻酥酥的,咧着嘴,不停地往肚里吸凉气。可陕西人说就要的这种劲,他们会从五脏六腑里吼出一声欢叫:痛快! 太痛快!

这就是陕西人吃辣子面。吃高兴了,把空碗平端着两根筷子敲打着碗沿沿,伸长脖子向天吼上几嗓子秦腔,说这才叫神仙哩! 这才叫皇帝哩!

我想陕西人爱吼秦腔该是叫辣子面辣的……

我见过外国人吃中国面条。

一位久居英国的朋友谈起英国人来总是不无羡慕地说,看人家英国绅士那做派、那素质、那言行、那修养,仿佛英国人伸个懒腰都是贵族绅士造型。他还举例子说人家手端半杯威士忌,能从乌金西坠品到玉兔东升,哪像我们仰脖直灌……

我见的吃中国面条的恰恰是英国人,而且确实是地地道道的英国贵族,祖上曾被封过爵位,有过封号徽章。

英国绅士吃的是兰州拉面,端上来的是一碗热乎乎的地道的兰州臊子面,浇的汁是肉末、青椒、豆腐、西红柿、辣椒,又浇了一层油汪汪的红辣子。那位英国绅士是位中国通,曾在大使馆做过三年文化参赞,在北京大学专门研究中国明清小说,地道的汉学专家。他也像中国人一样,端起大碗,也顾不上烫啦,也顾不上辣啦,更顾不上什么绅士派头了,只顾得呼呼噜噜地往嘴里扒送面条,而且还发出很大的吃声。看他的吃法很像中国老百姓,真看不出他是祖传的英国绅士,但却让人体会到他那碗面吃得香! 吃得爽! 吃得惬意! 吃完也像中国老百姓一样大汗直流,痛快淋漓。问他辣不辣? 他回答辣! 问他香不香? 他回答香! 问他感觉怎么样? 他回答再来一碗! 还要辣子!

　　四川有担担面,山西有刀削面,新疆有拉条子,上海有阳春面,天津有过水面,内蒙古有羊肉臊子面……河南有一道很特殊的面,其实是一道有名的豫菜:鲤鱼背面。正宗的黄河大鲤鱼,长须金鳞钻石眼,背的面却好生了得。河南人说,这地方的面,那地方的面哪儿的面也赶不上俺河南的鲤鱼背面。俺们河南的鲤鱼背面看上去是一坨面,实际上就是一根面,拉直了能从洛阳拉到开封。打个形象的比方,从洛阳到开封的高速公路有多长,这根面就有多长,那吃起来才叫美! 只有吃过鲤鱼背面,才知道河南人说起吃面来为什么豪气万丈了。

　　我是一九六八年深冬到山西晋北插队当农民的,一直在山西生活了三十年,我深知要说吃面,山西堪称第一。首先是它的普及性没地方能比,家家吃,人人吃,几乎顿顿吃,无面不成饭,无面无以为食;其二是面食的种类多,据说光面食的做法就有一百四十多种,而且每种都能上谱上席;面的种类也多,除了白面以外还有莜麦面、荞麦面、高粱面、玉米面、黄米面、糜子面、豆面、红薯面、山药蛋粉面、榆皮面等等,数不胜数。

　　山西最有名的是刀削面。流传最广的是山西面师把头剃光,头顶着一块面,两手两把刀,左右开弓,飞刀如闪电,面落如飞花。有没有那回事? 有! 那是大把式,但多少有些表演成分了。其实刀削面在山西是家常饭,和北京人吃炸酱面一样。面和好了,水烧开了,水滚如花,热气腾腾,这时候和好的面已经稍稍"醒"过半袋烟的光景,软硬适中,色如羊脂。托在手上,刀要快,也要轻,轻刀利刃。很多人家都有专门削面的刀,其实不是一般人概念中的刀,而是一片上好的钢片,又轻又薄,没有二两重,但刀快得能吹毛得过。山西的家庭主妇削面也很有讲究,站在离锅二尺远的地方,面条削得根根有棱有角,削出来的面条要在空中飞着舞着打着旋落到滚开的汤锅里,别说吃,看着就是享受。

　　我到山西生活的头五年没吃过刀削面，因为刀削面对面要求很高，要头箩磨出来的麦子面，细、嫩、韧。我去的晋北，有苦甲三晋之说，那年月几乎不产麦子。当时我是队上最棒的劳力，最好的年景是一九七二年，我分了十六斤麦子，还不是面。那时候，老乡们家里顿顿都吃高粱面搅拌上榆皮面压出的饸饹面。高粱面里为什么要加拌上榆皮面呢？原来山西的高粱和东北的高粱不一样，晋北产的高粱一点油性都没有，苦涩涩干巴巴的，根本攥不成个儿，做不成面条，只有拌上榆皮面才有了黏性。我来晋北以前根本不知道榆树的皮还有这么重要的功能，初来乍到看见人们在剥榆树皮我还很纳闷，问房东大娘，大娘简单的一句话让我明白了在课堂上几年都难懂的道理，为什么？为吃，为肚子，为活着！

　　高粱那种作物长起来美，翠秆绿叶红高粱。杂交高粱秆矮穗大，穗红得像油彩涂的，秋风一吹，红红的高粱穗子一天一个变。漫山遍野的红高粱，红得流光溢彩，出神入化，能把蓝天染成红彤彤的。

　　红高粱美是美，但却不好吃。偶尔吃一顿尝尝新鲜行，天天吃高粱面就太苦了。说出来恐怕没人会相信，当时很多人上厕所解大便都随手拿一根像筷子一样的小木棍，为的是拉不出屎来用木棍抠。晋北人民当年生活得苦啊！

　　高粱是红的，但磨出来的高粱面却是雪白雪白的，放在面盆里用热水一扑就变红了。乡亲们吃高粱面一是搓鱼鱼，二是压饸饹。搓鱼鱼很简单，就是把高粱面搓成细长条，像粗面条一样，放在笼屉中蒸。压饸饹就有意思了。去山西之前我从没见过饸饹床子，第一次在房东大娘家看见它真像看见了个稀罕物。大娘说，家家都有，吃饭过日子就靠它喽！

　　饸饹床子一般是枣木或榆木做的,有大有小,依锅而做,架在锅沿上,很像压水机,下面烧开水后,在饸饹床子里放上高粱面,用力一压,从饸饹床子的箅子里就压出一根根细细的面条。高粱面易熟,在开水锅里打个滚就可以吃了。晋北人都爱吃饸饹面。那年月要是有碗羊肉臊子,扑在饸饹面上,就鲜得没法说了,不是过年娶媳妇一般日子里是吃不上的。乡亲们给饸饹面做卤的是大缸里泡的酸菜,加上半碗自家做的醋。村里人吃饭喜欢扎堆,都爱端着一海碗热气腾腾的饸饹面,房前屋后院内院外地蹲在一块儿吃,吃得也挺香。除了高粱面,晋北农村还能吃着莜麦面和荞麦面。

　　莜麦开起花来才叫美,蓝莹莹地像一湖碧蓝碧蓝的湖水。莜麦面一般的吃法是搓成卷卷放在笼屉里蒸,这就是山西人常说的莜面烤栳栳。想当年一首《交城的山交城的水》唱红了大江南北,"交城的大山里没有好茶饭,只有那莜面烤栳栳还有那个山药蛋"。乡亲们常说:"三十里莜面二十里糕,十里的荞面饿断腰。"说的是莜面耐饿,吃饱了干上一天的活也不觉饿。乡亲们说真正好吃的莜面在口外,那莜面做出的烤栳栳浇上用口外的嫩羊肉做的臊子拌上辣椒、酸菜、葱花、芥菜丝丝,饱饱地吃上一顿真能让人美上十天,想上半年哩!

　　荞麦开起花来才漂亮,雪白雪白铺满一地。我没吃过荞麦面条时就知道荞麦了,因为小时候睡的枕头填的就是荞麦皮,偶尔枕头漏了,漏出几粒荞麦皮,看着它见棱见方的奇特样子,问妈妈,才知道那叫荞麦皮。

　　荞面饸饹特香,又好消化,过年过节,有了红白喜事一般都是莜面烤栳栳和荞面饸饹。白面太稀罕了,有一年我们村里一个男劳力一年才分了六斤麦子,谁舍得吃? 乡亲们让我盘腿上炕吃饭,都热情真挚地劝我多吃两碗荞面饸饹。我说真吃饱了,他们非再盛一碗,说难得吃一回,多吃两碗不胀肚。还告诉我,吃荞面饸饹一定要吃得有点撑了,那才叫美。那样荞面特有的涩涩的麦香才会从肚里缓缓升上来,嗓子眼牙根根里都是香气。

荞麦面还不含糖分,现在还成了一种保健食品,日本人尤其爱吃荞麦面面条。那年我去日本,日本朋友专门请我们吃荞麦面料理,问我香不香?我说香!其实呷舌尖一比较,真感到不如我们晋北农村的荞面饸饹香。

一九七二年我们村粮食亩产终于达到了"纲要"。这在当时是"农业学大寨"的重大成果,生产队长作出一个"惊天动地"的决定,为了庆祝"农业学大寨"的伟大胜利,让全生产队的父老乡亲们放开肚子吃一顿羊肉臊子高粱面饸饹。这消息真像当时一首歌里唱的那样:"好像那旱地里下了一场及时雨,小苗儿挂满了露水珠。"人们那欢乐劲真是难以表达。队里杀了两只羊,那年头过年也保不准能吃上一顿羊肉臊子面,又一箩一箩地细细磨了一千多斤红高粱。村里的男女老少几乎家家都是一天没吃饭,光就着水瓢喝清水,就憋着晚上那顿梦中餐了。那天晚上,不等队长吆喝,全队二百多口子一个不漏早早都端着碗站在队部的院子里了。羊肉臊子香飘满院,那香气人们在很长很长时间里只是在梦中幻想。眼前那香气从鼻孔直入丹田,让人无法阻挡,那香气使人的每一根神经都能兴奋起来。人们渴望着,等待着,每个人眼睛都闪闪发亮,都在使劲往肚里咽唾液。当院高挂着几盏明亮亮的大汽灯。两口新支的大锅烧得水花翻滚,大锅上架着半人高的饸饹床子,两个身强力壮的大后生立在锅台上两手把住饸饹床子的把手。

现在想起来我们生产队长还真有水平。他叫全队老老小小端好碗排成两队,那时候人们真听话,立马站成两列。大院里静悄悄的,只有汽灯燃烧发出嗞嗞的声音,人们都虎视地盯着那两口大锅。队长站在高台上说:"咋的了?都饿哑巴了?今天是农业学大寨的好日子,托毛主席共产党的福,今天保证每人都吃饱!管够!有多大肚皮都放开了吃!再吃——"队长一指立在队部房檐下的大标语"农业学大寨""也吃球不掉一个寨子!"大家这才哄的一声笑了,绷得紧紧的弦才放松了,悬着的那颗心才算放下来。队长说:"咱也不能这么哑声憋气地光等着吃,咱们还得农业学大寨,吃羊肉臊子压饸饹怎么学大寨?"大家又哄地笑了,队长斩钉截铁地说:"那也得学!怎么学?现在咱们就唱一首学大寨的歌《社员都是向阳花》,人人都唱,唱完了就捞面!第一锅没赶上的接着唱,唱完第二遍就捞二锅。"队长对压饸饹的人说:"一遍歌完就捞面出锅记住没有?手脚麻利些!"做饭的几个人开玩笑地说:"唱完歌面不熟捞不捞?"队长一伸手像指挥打仗的大将军吼道:"捞!问问乡亲们是干瞪眼等着还是趁着热气捞面?"二百多喉咙一起高喊:"捞!"队长得意地晃着膀子连声说:"这就对哩!不能傻后生等老婆干站着,我起头咱们就唱起来,一唱起来就有希望了,饸饹面就快盛到碗碗里啦!"

> 公社是棵常青藤,
>
> 社员都是藤上的瓜,
>
> 藤儿离不开瓜,
>
> 瓜儿离不开藤,
>
> 藤儿越肥瓜儿越壮……

那歌唱得真整齐,真嘹亮,真悦耳,全村的男女老少由衷地唱,放开喉咙唱,一遍一遍地唱,一碗一碗地吃……

这么多年过去了。现在想起那情那景还让人有些激动,想起那激动人心让人食欲倍增的歌声还似乎犹在耳边,想起那晚吃的六七碗堆得尖尖的热气腾腾的羊肉臊子高粱面饸饹,那香味仿佛还留在舌根牙缝缝里……

# 乌鸦

北京东长安街上怎么会有那么多乌鸦啊？我也是无意中发现的，天近暮色，行路匆匆，猛一抬头，看见长安街两面的枯树枝上仿佛蹲满了"东西"，细看竟然是一树又一树的大鸟，直勾勾地盯着你，让人惊一下。后来不知道什么原因，蹲在树枝上的大鸟们突然惊起，扇动着翅膀腾空而起几十只，几百只，可能是上千只，几千只，满天空仿佛都是，盘旋着飞来飞去。然后几十只，几百只，上千只，可能是几千只一起鸣叫起来，那声音粗犷高亢，浑厚震荡，怎么会是乌鸦呢？怎么会有那么多乌鸦呢？一问更让我吃惊，方知西长安街上也有成群成群的乌鸦，成百上千。据说有闲人数过，一棵树上最多能落九十九只，是九十九只硕大的乌鸦，不是九十九朵玫瑰。人们都讨厌乌鸦，憎恶乌鸦，避之不及。因为似乎自古乌鸦就是凶鸟。

早晨一出门，就有两只喜鹊飞到头顶上一唱一和地喳喳喳叫着，叫得人满面春风，满心欢喜，喜鹊叫，好事到，也有的说喜鹊叫，贵客到。当年《红灯记》中李玉和的一句唱词曾经传遍大江南北，几乎家喻户晓，"烦闷时等候喜鹊唱枝头。"

　　遇上喜鹊迎头叫,喜庆,好兆头,起码不烦。

　　遇上乌鸦就倒霉了,乌鸦嘴几乎在全世界臭名昭著。乌鸦不知从何年何代开始就成了凶鸟,它的喙和喜鹊的几乎一模一样,叫声也都一样,专家说声音上没有区别,如果说叫声上更多样更细腻更精彩,当数乌鸦,而不是喜鹊,乌鸦是鸟类里"唱"得最美,"唱"得最丰富最婉转的"歌手"。专家测定,乌鸦能发出二百五十多种声音,绝非其他鸟类能比拟的,而且这二百五十多种声音是分两部分,一部分是"内部交流"用的"专用语",另一部分才是对外喧哗的声音。会听的要听乌鸦叫,懂得鸟语的要听乌鸦歌唱。在鸟类中只有它才有那么多声调,那么多起伏,那么多语音。但不知从何朝何代何人何事开始,乌鸦嘴是丧门神的发音,百分百的贬义词。乌鸦叫出来的声音也被人类形容为哇哇,或呀呀,只会直着嗓子像在野地里号丧,听见了就让人感到背运倒霉,就连鲁迅先生也在他著名的短篇小说《药》的结尾写道:"他们走不上二三十步远,忽听得背后'哑……'的一声大叫,两个人都悚然地回过头,只见那乌鸦张开两翅,一挫身直向着远处的天空,箭也似的飞过去了。"身历其境地想,瘆不瘆得慌?仿佛乌鸦只在这样的阴宅凶地上报丧。我猜想鲁迅先生可能对乌鸦就没有好感,否则把它的叫声写得那么瘆人,乌鸦是不是"哑"地大叫?恐怕也不见得,大先生带着偏见去听坟头上的乌鸦叫,恐怕听不出鸟类中鸣叫冠军的风采。

　　乌鸦身上黑锅是背定了。乌鸦嘴的冤案似乎是铁定的了。记得有位酒友曾对我讲,说他的一位同事就是因为一泡乌鸦屎大病一场。

　　那年他们单位组织春游,公园里人山人海,摩肩接踵,正在人挨人的往前走时,突然有一老鸹直冲冲地飞到我们头顶上。他是皖北人,把乌鸦称为老鸹。谁都没想到那老鸹真像鬼使神差地飞过我们头顶时,哇哇地大叫,其声听起来也惨,也怪,也挺瘆人。大家不约而同地抬头看,谁知道那老鸹不早不晚拉了一泡屎,不偏不歪正落在我们那位同事的脑门上,你看晦气不晦气? 又加上我们那位同事平时就特信这特信那的,一时竟然呆木了,同事们怎么劝怎么开导,她只是两眼直勾勾地看着老鸹远逝的方向,久久不语。后来大病一场。幸亏她评职称没耽误,顺顺当当地评下来了,但人是瘦了一圈。现在搞得连我这些自称是彻底的唯物论者都害怕老鸹, 更害怕让老鸹当众在脑门上拉一泡屎。

乌鸦简直就是凶神恶煞。

但乌鸦确实凶。在争夺食物中,乌鸦敢主动向狼、老虎、狐狸进攻。一群勇往直前、以命相拼的乌鸦,能把正在进食的老狼啄走。据说,乌鸦拼命时,两只眼睛充血,血红血红的眼睛会发光,叫出的声音是具有极大挑衅性的高声调。数十只乌鸦齐鸣光那叫声就能吓跑老虎。乌鸦还具有自我牺牲精神。当领头的大乌鸦不顾生死地冲上去其余的乌鸦皆舍命相搏。乌鸦的喙又尖又利,狼、狐狸要躲闪不及就会被一口啄瞎眼睛。

从小学就学过伊索寓言,说得乌鸦又傻又爱虚荣。乌鸦口衔着一块肉蹲在枝头上正得意,此时树下路过一只狐狸。狡猾的狐狸就费尽心思费尽口舌地奉承乌鸦,终于把乌鸦骗得张开了它的乌鸦嘴,准备表演它那世界上最优美的歌唱,谁知刚一张嘴,衔在嘴里的肉就掉下去了,狐狸正好按在嘴里,它再也没什么心思听乌鸦歌唱了,把那个傻乌鸦晾在松树枝上。

其实乌鸦是所有鸟中最聪明的。它能骗得了狐狸,狐狸骗不了它。

聪明的猎人一枪打死一只狐狸以后,并不走,而是静静地等着,肯定会有另一只狐狸来，它是来看看究竟是因为什么那只狐狸被杀死了，避免以后重蹈覆辙。狐狸是聪明反被聪明误，这就在人间留下了再狡猾的狐狸也斗不过好猎手。而乌鸦比狐狸更狡猾更聪明，是真聪明。

听我父亲讲过，他在老家的时候，一落霜一飘雪，野地里就飞来漫天的乌鸦。有人生出邪念，捕杀乌鸦，然后就像杀鸡一样，褪毛开膛做成"烧鸡"卖，拿鲜荷叶一包，跑到汽车站、火车站上卖，简直就是无本的生意。但也真奇怪，只要有人在一个地方捕杀过乌鸦，这个地方就再也不会飞来乌鸦了，即使是撒上乌鸦爱吃的粮食，乌鸦也不会来了，一只也不来，不但今年不来，明年后年都不会再飞来。乌鸦群中肯定有警示，此地是凶地。因此它们都远远地避开。乌鸦真是绝顶的聪明。

经科学家的考察发现，乌鸦是鸟类中的"天才"，是制造和利用工具的天才。乌鸦会把飘落到地下的枯树叶叼起，把枯树叶啄尽，用喙衔住叶子柄的一端，用叶柄的那一端把肥胖的幼虫从树洞中牵引出来。然后是一顿大餐，乌鸦聪明绝顶，在鸟类中无与伦比。

想起曹孟德的"对酒当歌"中唱的："月明星稀，乌鹊南飞，绕树三匝，无枝可依。"曹孟德没反感，更未让弓箭手以射之。乌鸦在东汉时期还是吉祥鸟。

不管何时的乌鸦，这些成群结队的乌鸦何处是归程？我只在树上看见过喜鹊窝，看见喜鹊成双成对地飞进飞出，也看见喜鹊成双成对地衔树枝搭窝，也看见过孩子们淘气地爬上树枝掏喜鹊窝，从窝里掏出青白的有褐色斑点的喜鹊蛋，却从来没有见过乌鸦窝。我在农村时，平时似乎看不见成群的乌鸦，每年一到霜降前后，就有成群结队的乌鸦落到田野里，但却从来没有看见它们忙着搭窝。它们成百上千,那得多大的一片林子才够它们做巢繁衍后代啊?但我们村、我们乡、我们县里都几乎没有成片的树林,即使有的树林中,也只看见喜鹊窝不见乌鸦巢。

站在长安街上望着那些在暮色中不紧不忙悄然蹲在树上的乌鸦,我去问一位胡同里的老北京这么多乌鸦夜里住在哪里?没有窝它们怎么繁殖后代呢?那位老同志认真地看了我一遍,又认真地说:"乌鸦是个神物,你没看见它们都蹲在树枝上等吗?等什么?等到夜深人静了它们才回家。乌鸦的窝一般人都不知道、也不打听。大象死在哪儿世界上就没人知道,到快死的时候大象就到那片神秘的墓场,卧在那儿等死。乌鸦也一样,老人们说,它们的窝都建在坟圈子里。这年头没有那么多坟地了,八成是建在八宝山一带吧?!"

真的?那乌鸦确实够神的了。

# 鸽子

一

我小时候都恭恭敬敬地叫它和平鸽,因为那个时候"抗美援朝"刚结束,人民对和平的祈望特别强烈。

幼儿园迎门的墙上挂着一张彩色的画,我们天天见,画的是一男一女两个戴着红领巾的少先队员,男孩子正迎着朝阳放飞和平鸽,女孩满怀幸福在看着幸福飞翔的和平鸽,他手里还拖着一只展翅欲飞的和平鸽。

小时候的事印象特别深。半个世纪后我在安东市鸭绿江边路边公园竟然看见了和当年那幅宣传画一模一样的一座雕塑,激动得我赶忙让司机把车停下来。我快步走向那座雕塑,敬穆地仰望着他们,一动不动地静静地凝视着他们,他们要是真人,应该七十多岁了,但他们永远年轻,他们手中的和平鸽永远眺望天空,展翅欲飞。

这是时代的定格,历史永存的一瞬。

他们手中的和平鸽和毕加索笔下的和平鸽在我们这代人心中该

是永生的。

后来不知从什么时候开始，人民不再称赞鸽子为和平鸽了，可能战争走得太远了，只有刚刚经历过战争残酷的人才会那么渴望和平的到来。人民都不客气地直呼其鸽子。

自从搬到北京后，我对鸽子的印象就"坏"起来。起因是我们隔壁建平家喂着四只鸽子，渐渐地不光是我，连我的家里人都开始讨厌起他们来了。

因为隔壁家没有平台，因此就把鸽子窝搭在窗户外面。我们住的是四层楼，五十年代末北京没有高楼，最高的是老北京饭店，我一层一层地爬过，让上去的也不过就是六层。我的家住二层，他们家养的鸽子动不动就飞到我们家平台上，落在平台的栏杆上，像刚从水里钻出来的鱼鹰蹲在船帮上。一开始我们并没反感。那四只鸽子长得不算难看，不知为什么，我们外行看上去像乌鸦，黑黑的一身闪光的羽毛，圆圆的小脑袋瓜上有一簇高耸的头冠毛。他们家都不称其为鸽子，一律叫"墨羽"。他们家孩子建平喊它们叫"黑子"。"黑子"两眼有神，圆圆的小头动来动去，没有一分安静，不是梳理羽毛，就是互相扑闹，尤其是在我们家午睡时，这些"黑子"就在平台上，我们家窗户根下"咕咕咕咕"地叫个不停，叫得那么不屈不挠，那么不累不乏，叫的振幅还越来越大，叫得一家人都不得安生。最让我受不了的是他们家的鸽子站在我们家平台的栏杆上拉了那么多屎，我妈妈给我的任务是必须由我负责清理干净。不干不知道，一干我才知道鸽子屎那么黏稠，一点不比人吐在地板上的口香糖好清理。我终于想出一个办法，彻底根治的办法就是找了一根竹竿，只要他们家的"黑子"一落，我就挥竿击之，绝不留情。但那些"黑子"也鬼得很，家中无人时就放肆地飞来自由地停留，随地大小便，把我们家的平台、窗台当成他们的"厕所"了。

　　气愤之余，我把建平叫到我们家平台上，让他参观他们家那些"黑子"的劣迹。我说，如果你们家"黑子"再往我们家平台上落，又拉又叫的，我准备去我同学家借一把气枪，一枪一个，消灭这些"黑老鸽"。那年我们击落了一架美制蒋帮的 U-2 高空侦察机，在军事博物馆作展览，那架头被打烂的 U-2 高空侦察机被称为"黑老鸽"，一不留神就给建平他们家的"黑子"起了一个高雅的绰号。

　　建平和我同级不同班，是好朋友，他一看"战场"果然形势严峻，放在谁家谁也必欲除之而后快。我说，你们家那些"黑老鸽"，对于我们家来说犹如"周处"也！那时我们都上语文课，正学一篇课文叫"周处"。都哈哈大笑。建平说，鸽子是他爸养的，但他有辙了。去找几块闪光的玻璃瓦铺在他们家窗棂上，鸽子识标志，就不往你们家平台上落了。

　　养鸽子的人懂得鸽子的秉性。

　　没想到却闹出一件大事来。

　　有一天，家属委员会的领着两个警察来我们家取证来，搞得我们一家人都特别紧张，不知道捅了什么篓子？后来才弄明白了，原来建平和他哥兄弟俩跑到长安街上偷琉璃瓦被抓住，已经被"圈"了两天了。估计"堂"也过了好几回了，现在就要取证，他们哥俩偷长安街上的琉璃瓦想干什么？跟养鸽子挨得上吗？到底是怎么回事？我们家人都瞠目结舌，只有我能说清楚，我就领着他们参观我家的平台，几乎"惨不忍睹"，我一边说，那警察一边记，完了还从包里拿出一个印盒让我捺手印。我觉得挺新鲜，那不成了杨白劳卖喜儿了？大家一片欢笑。

　　建平哥俩从分局出来了，他们家的"黑子"也送人不养了。后来倒是我的家人有时候聊天时常常说起隔壁的鸽子。特别是有一回，有两只雪白雪白的鸽子落在我们家平台栏杆上，连我父亲都隔着窗户站在那儿看了半天,不知道为什么,大家都挺想念那四只"墨羽"的。

## 二

我去农村插队住的房东的小儿子叫喜林也喜欢养鸽子,而且是位养鸽子的高手,村里村外都知道。

农村地方大,他们家院也大,鸽子就养在北屋屋顶的"鸽子楼"里,我没数清楚过,大概有二十多只。开始我没在意,每天学大寨土里刨食儿,累得贼死,那儿还顾得上天上飞的?日子久了,才注意到院里有群鸽子,时飞时落,时叫时闹,在院里摇着摆着晃着,像南极企鹅似的挺神气的,看那些鸽子长得精神,个个凤头凤尾,眼睛亮得漆光闪闪。他的鸽子也分好几种。我是外行,也从不爱养鸽子,不过因为有前因,所以看起鸽子来也就格外多瞧两眼。喜林好像是根据鸽子的颜色来起名的,有的叫"黑子",有的叫"紫尾",有的叫"花脖",有的叫"凤头",有的叫"雪团",等等。好像那些鸽子也都知道它们叫什么,喜林一唤它们,就像操场点名似的,一个个扭扭摆摆地走过来。喜林喂鸽子是拿个斗,一把一把地把高粱粒撒到院中天井中,鸽子就蜂拥而上,有时候,它们家的公鸡也带着一群母鸡冲上来,鸽子和鸡还有一番较量,啄咬得那么认真、较劲,都忽扇着翅膀昂着头,挺着喙,斗得有进有退,我看得挺过瘾,挺解闷,像小时候在北京天桥看"拉洋片"。

晋北的农村的房子都是平顶的,屋顶的作用大了,能晒粮食晒枣,夏天夜里还能上房铺上席子睡觉,晒了一天的屋顶一点不冰人,睡在上面夜风一刮,一只蚊子都没有,数着满天的星星就睡着了。真美!喜林的鸽子飞累了就蹲在屋顶上,悠哉乐哉地享受着生活,那时候我们都觉得它们比人活得滋润,自由自在的,什么都不想。

　　有一天我一进院,喜林正站在院中看着房上的鸽子"闹腾"呢。我调侃他:"看着鸽子婚配,你想闹洞房啊?"他冲我一摆手,好像很严肃很有事似地对我说:"帮个忙!有只野鸽子被咱家的鸽子裹进来了,扣住它。"

　　我看着房顶上的那群鸽子说,不是做梦要媳妇吧?凭什么捉?喜林像个老猎手, 他告诉我那只远远站在屋顶后沿上的白鸽子就是野的,你盯准它,我唤咱家的鸽子下房,它肯定不敢下来,只站在屋檐处,到时候你告诉我它站的位置就行了。

　　喜林回到屋里,端出了那个盛高粱粒的粮食斗,抓了一把往屋前的空地上一丢,嘴里咕咕地叫着,又丢了一把,又丢了一把,我站在院中看着。果然,房上的鸽子顿时高兴得撒欢似的纷纷从屋顶上争先恐后地飞下来争食高粱。只有那只个头显得很粗壮的白鸽子没飞下来了,它从房顶的后沿,慢慢走到屋顶的前沿,不时侧着头,细心地观察着院里的情况,看着院中鸽子们的争食样,但它却没着急下来,警惕性还挺高的。

　　喜林一窜上了窗台,一手扶着屋檐下的房檩子,一手拿着一张圆网,轻声问我:"它在哪根檩子上?"我两眼盯着那只蹲在房檐上正侧过头来打量我的鸽子,一边示意他往左,再往左,再往左一根檩子。喜林用左手扶着那根檩子,示意是这根吗?我看得清清楚楚,那只飞来的野鸽子就和他相隔一个屋檐顶,只是他俩谁也看不见谁。在得到我肯定的点头示意后,喜林身手果然了得,右手一翻,圆网嗖的一声由屋檐下面一下子翻到上面,不偏不歪,正罩住了那只鸽子,任凭那只鸽子怎么拍打,已犹如落网之鱼矣。看着也挺惊险,也挺过瘾。

　　我那年回北京,临行,喜林把包好的两对鸽子交给我,像托付什么重大事项似地说,这是他两对最好的鸽子,极可能是村里最棒的鸽子,请我到县城时把花手巾包的两只鸽子放飞了。到太原转车时再把剩下的包在格子手巾中的一对信鸽放飞了，测测它们能不能飞回家来。走的时候,村里爱养鸽子的几个老乡都跑来送行,有点像送子参军上前线的味道。喜林跟我说过,远途的鸽子十只也飞不回两只来,不是被鹞子吃了,就是出别的事了,所以特别悲壮。

我按着喜林的吩咐,到定襄火车站时,解开花手巾,把那两只鸽子高高地扔到天上,看着它们在我头顶上转了一圈,就双双往我们村的方向飞去了。我一直看着,看着,心中全是祈盼,一直看着它们飞成小点点,直到消逝在白云蓝天之中。

到太原中转换车时,正赶上晚上,天已经擦黑了,这下我可犹豫了,该不该把怀里的这两只鸽子放飞了呢?抬头望望天空正渐渐漆黑下来,太原迎泽大街上的路灯已经亮起来了。犹豫再三,最后还是解开了格子手巾,两手捧着那两只灰色的紫脖鸽子,祝它们成功飞回家去,虽然知道它们也听不懂,可是还是对着它们诉说着。难得的是这两只信鸽不停地点着头,像听懂了我的祝福。

我把鸽子高高地抛向天空,只听见两只鸽子扇动翅膀的声音,在朦朦胧胧的夜色中,不知朝什么方向飞走了,说实在的,夜幕中的太原我都不辨东西南北,太难为那两只鸽子啦。

回到北京,我就给喜林写了一封信,心中挂念我放飞的鸽子,但信去如泥牛入海,我的心也凉凉的,甚至有一种刽子手的感觉。

三个月以后,我从北京探亲回来,见到喜林第一句话就骂他,"你小子孙子不孙子?怎么不给我回信呢?"喜林冤得差点以头跄地,他说肯定让大队的人撕了当卷烟纸卷烟抽了,日他娘的! 他告诉我,县里放的两只鸽子一只也没飞回来,太原放的两只飞回来一只。我心里咯噔一下,真的,难受了好几天。

# 三

一九七四年我从农村选调到定襄县色织厂当工人。定襄县色织厂是从天津搬迁过来的工厂，工厂里很多老师傅都是单身跟着工厂来的，几十个人住在单身宿舍，也挺热闹。但时间一长我就发现，单身的天津老师傅们心事都得特别重，时时刻刻都在牵挂着天津家中的老婆孩子。那时候他们正是上有老下有小的时候。和我住隔壁的谢师傅大概有五十岁了，后来才知道谢师傅长得老成，粗糙，实际上才刚过四十五岁，我们屋的田师傅也是天津来的单身老师傅，他告诉我们谢师傅家中挺苦，两女一儿，但儿子得过小儿麻痹症，走路一跛一拐的，老母亲半卧在床上。但谢师傅人还挺开朗的，不像田师傅整天坐在床沿上唉声叹气的。看样子谢师傅挺想得开。

后来我才发现谢师傅养着两只白鸽，这倒挺新鲜的。

谢师傅养鸽子完全是饲养鸡的办法——笼养。但喂的时候就打开圈门把鸽子放出来了，他喂的鸽食挺讲究，不但有高粱，还有玉米、大米、晒得焦黄焦黄的谷子。两只白鸽特别惹人喜欢，围着他膝前，仰着脖子一昂头一昂头地叫着，又低下头一点头一点头地吃着，不时地扇动着翅膀，展翅欲飞。这个时候是谢师傅最高兴的时候，他会笑得满脸都是深深浅浅的皱纹，像后来看见的相声演员李文华似的。背着双手，挺胸昂头，迈着京剧舞台上的台步，摇晃着身子在屋前得意洋洋地走绺儿，这时候那两只雪白的鸽子就跟在他背后，仿佛也在学着他一摆一晃地跟着亦步亦趋，久而久之，成了我们光棍宿舍的一道风景线。

那时候因为我们是色织厂，三班倒。谢师傅照顾他的两只鸽子无微不至,早班六点上班天未大亮,他走时要先跑到鸽子窝前看看,下午两点一下班回宿舍的第一项任务就是喂鸽子,溜鸽子。上中班是下午两点上班,一上午谢师傅把时间都花在和鸽子玩上了。轮到上夜班,谢师傅宁可自己少睡,也要在正午太阳好的时候喂鸽子,带着鸽子走绺转圈。鸽子窝收拾得比他的宿舍还干净呢。

我也喜欢鸽子,慢慢就和谢师傅特熟特别好了。谢师傅告诉我,这鸽子是他儿子专门从鸽市上买来送给他的,让他生活快乐些,别天天瞪着灯泡发呆发愁。但两只鸽子不成群,不敢放飞,怕被人招走。再加上咱上的是三班倒也不规律,怕鸽子不认时不认地方飞丢了,只好可怜地像喂鸡一样喂它们。谢师傅两眼流露出深深的歉意。他只好拿出全部的爱来补救鸽子。

有天夜里,半夜时分,谢师傅突然翻身而起,一跃下地,箭一样冲出房门,连衣服都顾不上穿,连鞋都来不及提。原来他听见鸽子在惊慌地尖叫,在拼命地扇动着翅膀,老谢一个箭步窜到鸽子窝前,他说他看见了鸽子窝上有一条黑影,月下没看太清楚,不是只狐狸就是只大野猫。那天晚上把鸽子吓坏了,总叫个不停,谢师傅索性穿好衣服拿个板凳就坐在鸽子窝前,让那两只鸽子看见他。果然鸽子不慌了,不惊叫了,渐渐地安静了。

谢师傅不愧是老师傅,经过反复琢磨、试验,他终于试验制作成功一种平板感应器,放在鸽子窝上,只要有个风吹草动,感应器就会通过一条导线传给蜂鸣器,蜂鸣器便会有节奏地响起来,这时候谢师傅会抄起在门边的拇指粗的铁棍冲出去和黄鼠狼或狐狸什么的玩命。即使谢师傅上夜班,他也把这个"伟大"而艰巨的任务交给他屋里小孙。谢师傅也很"狡猾",他怕小孙年轻贪睡听不见蜂鸣器,就把蜂鸣器调到最大。也真奇怪,自从谢师傅安装了现代化的报警器以后,好像黄鼠狼、狐狸、野猫都得到了信息,再也没有来骚扰过。

　　谢师傅为了让鸽子能吃点荤腥,改善改善生活,有时候像只老啄木鸟似的爬在树上,从树洞里往外掏又肥大胖的白虫虫;有时候又拿着铁锹到庄稼地里翻"地老虎",看着那两只鸽子吃得那么得意,那么解馋,谢师傅多皱的脸上高兴得似乎像涂了一层油彩。忘记过了多久,有几天总看见谢师傅像没魂似的人格外没精神,显得腰都弯了,常常一个人蹲在鸽子窝前呆呆地发怔,很长时间一动也不动,我走过一看,大吃一惊,鸽子窝里显得空荡荡的,一丁点欢腾劲都没有,而且窝中只有一只鸽子。我忙问:"怎么只有一只了?那一只呢?被黄鼠狼衔走了?"谢师傅极度悲伤地说:"死了,可能是病死的。""啊?"谢师傅沙哑着嗓子说:"我已经把它埋了。"谢师傅对我说,他考虑了好几天了,这么圈着它,就它一只,孤苦伶仃的,恐怕早晚也得病死。鸽子是个活物,是飞禽,不能像养鸡似地养着,得叫它飞翔,叫它自由,叫它快乐,这么闷着像人坐监狱似的不行。尤甚现在就剩它一只了。

　　星期天,谢师傅叫上我,带上那只鸽子,我们一直走,走出很远,一直走到滹沱河畔。谢师傅那只鸽子捧在手上,望着它深情地说:"你飞吧,自由自在地飞吧,你要有福气就顺着这条河回到天津卫,就能找到我儿子,他有一窝鸽子,那你就找到家了。要是飞不到天津,你就好自为之,自己找生路吧……"谢师傅把双手高高地托过头顶,他没有往高空扔鸽子,我知道他舍不得,怕摔着鸽子。那只白鸽先向四周望望,又忽扇着翅膀,突然它向上一跃,飞离了谢师傅的手掌,在我们头顶上盘旋了两周,像依依不舍似的,然后真的顺着滹沱河飞走了……

　　我扭头看见谢师傅两眼饱含着的热泪终于滚出了眼角,顺着额颊骨慢慢地流下来。

第四辑

# 长平冤魂

没有人见过两千二百年前的丹河是什么样，李珠海老汉只见过七十年前的丹河。那时丹河河宽水猛，夏天波汹浪涌，秋天两岸一片如雪的苇花。

说也巧，我站在丹河河畔正巧是辛卯年清明，丹河已无水，断流的丹河裸露着满目疮痍的河底，料峭的春风掠面而过，留下阵阵寒意。昨夜一场薄薄的春雪依稀可见，空中还时时飘过针尖般的雪粒。丹河两岸薄雾蒸腾，枯柳摇曳，远山不清，近水无声，一股萧萧瑟瑟的阴气自丹河河底而生。清明祭鬼，我们也该祭奠一下这丹河两岸屈死的几十万亡灵，二千二百多年了，似乎冤魂不散。

一九九五年四月十二日上午十点多，李珠海老汉当时正在自己家地里翻地时，无意中发现了锈迹斑斑的青铜刀币和数颗白森森的人头骨。老汉并未奇怪，在永录村，村民翻地挖见白骨、铜钱已见多不怪，他们只是把这些白骨拣出来，在地边挖个小坑埋了，把那些像刀一样的青铜"玩意"拿回去让家里的小孩子当玩具玩。但今天不同，渐渐地，李珠海觉得手脚有些颤抖，后脊梁上、额头上，都沁出了一层白毛冷汗。这简直就是一片尸坑，一层一层铺着，横七竖八堆着全是人的尸骨，像秋天里的草垛，李老汉丢下铁锹跑回村报告。终于县文化馆的领导带着专家急匆匆地赶来了，他们在尸骨堆里又翻又检又看又量，一位领导高兴地对李珠海老汉说，你的这个无意中的发现不亚于陕西西安郊区兵马俑坑的发现，奖你一千元。李珠海老汉不知道陕西西安的兵马俑坑是什么？他一开始还提着心捏着汗，因为隔院的邻居老汉表情神秘地说，不会是什么杀人现场吧？李珠海老汉紧锁的眉头终于平平展展地松开了，他听得明明白白真真切切，就因为他刨出了这片人骨头，他将获得县里一千元钱的奖励。李老汉呆呆地怔住了，一九九五年在丹河东岸偏僻的农村里，一个地地道道的土里刨食的老农民没见过这么多钱，也没梦见过铁锹能挖出这么多钱的好事。老汉悄悄地蹲在尸骨坑边上静静地吸着一袋旱烟，他不再理会这些人在尸骨坑里喜气洋洋地忙碌啥，他在心里盘算这一千元钱领到手头一件事该办啥。

李珠海老汉挖开的是公元前二百六十年秦赵两国长平之战的古战场，挖开了秦坑杀四十多万赵卒的现场。

秦赵长平之战持续三年多，双方投入兵力过百万，死亡近七十万，其中四十多万是被坑杀的，在春秋战国乃至持续到今天，都令人心寒齿冷。丹河东岸，大粮山下延绵十几里处处都是尸骨枕藉，几百人的尸坑首尾相衔，在青铜器时代一次屠杀几十万人，更显出非人的残忍。李珠海老汉发现的尸坑里很多头骨都是被重钝器击破的。

古今中外坑杀降卒的事例不少，但一次坑杀四十多万降卒，唯此唯大，唯此唯凶。让人不敢相信。"可怜无定河边骨，犹是闺中梦里人"。丹河不叫丹河，原名叫红河、血河，因为那河里流淌的不是水，是血红血红的战士血……

## 都是上党引来的祸

上党,古称与上天为党。上党盆地肥沃富足,其地域比现在山西省长治市还大,战国时的上党郡辖十七座城邑。三国分晋时,上党地区归韩国所有。韩临秦、赵、楚、魏,是战国七雄中最弱最小的一支弱旅。特别是到秦始皇曾祖父秦昭襄王执政时,秦国经过数十年的变法图强,国力大增,军力大强,已成为站立在中国西北方的超级巨人。秦国此时的相国叫范雎,献给秦昭襄王的国策就是远交近攻,韩国首当其冲。秦国军队气势汹汹,杀气腾腾,其势难挡,军队求战求胜之气不可捺。无论从军队的装备、人数、素质方面,还是在制定鼓励士兵杀敌建功的政策方面,秦军都远胜韩军。两军交锋,秦国士兵为抢先杀敌,怕敌溃追不上敌人,甚至不穿鞋不披甲。临战不是心惊恐惧而是激动兴奋,一种对杀戮的真挚渴望,因为每名士兵都明白,杀一敌,斩一首,家中是奴隶的可免,是平民的可获耕地房舍。秦军在战国列强中率先实行二十级军衔制,杀敌可升级,升级即提薪升官,意味着衣锦还乡,富贵在身,贵及家人族人。战场是秦人跳跃的"龙门"。谓秦军虎狼之师不为过也。弱小的韩国国土不断被蚕食,边境无一日安宁。大军压境,弱肉强食,只好苟且偷生,仰人鼻息,得过且过,甚至不得不割地求和。然而秦国秦昭襄王却不是"小富即安"的国王,他是有野心的,而且是"狼子野心",横扫六合,鲸吞韩国。秦王之心,路人皆知也!公元前二百六十二年无缘无故秦即起兵伐韩,秦军此时不但越过去秦晋交界的黄河,而且大军攻占山西晋南的运城,兵锋直逼河南的济源、孟津、新安、义马,攻占了韩国的野王,即今天河南的沁阳,斩断了河南新郑即韩国国都与韩国上党之间的联系,上党十七座城池已然"孤悬海外"成为一块脱离自己国家的飞地。上党朝不保夕,韩以一国之力尚不敌秦国虎狼之师,何况区区一上党?秦国实现了其战略穿插和战略分割。上党郡二千二百年后,在发生国共两党之争的上党战役中,毛泽东曾戏称:太行山、太岳山、中条山中间有一脚盆,就是上党区,那个脚盆里有鱼有肉,阎锡山的手伸得太长了,派了十三个师去抢。上党是个好地方,自古就是兵家必争之地。上党已是秦国囊中之物,是煮熟的鸭子。秦昭襄王并没有立即发兵攻占上党郡,他在等着瓜熟蒂落,兵不血刃。因此第二年,秦军继续攻韩,跨过温县、巩义,兵锋直指偃市、荥阳。这时候韩国实在招架不住了,打算将本来也守不住的上党郡连十七座城池都割让给秦国,换取秦军停止进攻。这本来也是秦国所求的。"上党战役"本可以不战而息。但世事突变,煮熟的鸭子要飞了。原来守上党郡的太守叫冯亭,也没歇着,权衡左右,思谋前后,降秦不甘,抗秦无力,最后选择降赵。"史记"写得简约明了,"不如以上党归赵,赵必受我,秦怒,必攻赵,赵被兵,必亲韩。韩赵为一,则可以当秦。"这位冯亭何许人?对秦、赵、韩三国在上党战役中的预测如掌上观纹,长平之战未起,冯亭已料其中。

果然,赵纳上党,封冯亭为华阳君,囊括上党十七座城池方圆数百里土地。未费赵国吹灰之力,未动一刀一枪。赵国至此是大赢家。但秦国是虎狼不是绵羊,它焉能容忍虎口夺食?让自己煮熟的鸭子飞到别人口中?本来欲战无名,这回师出有因。秦立派大将王龁统兵攻打上党,长平之战序幕至此拉开。但秦、赵、韩包括这位冯亭谁都没有想到这场战争会持续三年,成为秦赵的决死之战;甚至经过了二千二百多年屈死的冤魂仍然不散。

## 秦赵交兵隔河对峙

秦军果然厉害。虎贲之师，所向披靡。一路从陕西韩城、合阳、大荔，山西河津、侯马、翼城，河南济源、孟州杀来，直取上党。秦昭襄王大怒，他绝不允许上党这块肥肉滋补了他人。赵国既授上党，又封冯亭，是秦、韩、赵"三国演义"中的大赢家，闻秦军气势汹汹地扑来，不得已，派大将廉颇率军，兵出上党。赵军前锋经河北的武安、涉县，山西的黎城、长治，直抵山西晋城市的高平，占据高平丹河流域西边的有利地势。双方近百万大军风起云涌，波澜壮阔的大战恶战即在眼前。

赵、魏、韩三国分晋以后，为秦国东进扫清了门前的一大障碍，山不搬自除。一个强大的，比秦国还强大的晋国如雪入沸水，瞬间即逝，变成三个小国，而三国中通过变法自强最有实力的当属赵国。赵国经过赵武灵王的"胡服骑射"，赵军军力大增，又经过向西"侵略拓疆，辟地千里，"国力大增。赵国已成为赵、魏、韩三国中唯一可以和秦国较力一搏的东方大国。赵国和秦国已逐渐势不两立。历史上曾有过辉煌的记载，蔺相如完璧归赵，渑池会秦赵针锋相对，莫言割地求和，就是外交礼节也绝不能让秦国稍占一点便宜。尤其是阏与一战，竟把常胜不败的秦国军队打得大败，赵军也凶悍，也难缠，也能战斗。公元前二百七十年，因赵国耍赖，"欺负"秦国，大战在即。赵国要求把从前占领的赵地置换一下，把靠近秦国的焦、黎之地置换给秦，双方都便于管理。秦国同意并首先把该置换的城池撤出来，但赵国却又背盟赖账不承认置换，戏耍秦国，双方翻脸，以战争赌政治。

战场摆在现山西长治市的和顺县境内，是秦军发动进攻，带有惩罚教训赵国的性质。选择和顺这个地方,那时称阏与,就是因为距赵首都远,地势偏僻,在太行山腹地赵军不易增援,秦国志在必得必胜。果然,赵文王征求大将廉颇、大将乐乘的意见,皆言山高、路远、坑深,无法增援。唯大将赵奢敢去,留有一名句:"两鼠斗于穴中,将勇者胜"。赵奢真将军,赵之良将也。《史记》上记载得精彩,仗打得分外激烈,司马迁表述秦军的凶悍威猛时虽仅用十二字,但已让人能感到杀气逼人,威武怕人:"秦军鼓噪勒兵,武安屋瓦尽振。"何况人乎? 赵奢巧用兵,用兵猛,集贤纳策,果断出击,大破秦军。《史记》上仅此四字:秦军大败。按秦赵交战的规模推论,秦军大败被杀者不应少于数万人,否则不能言其大败。赵文王不会封赵奢为马服君。这可能是赵军最后一次打败秦军了,马服君之子便是兵败长平的赵军之帅赵括。

廉颇率赵军先到长平,赵军主力屯兵丹河以东,丹河以西一马平川无险可守,只有一山名老马岭,山不高不险,远望像一座高高封土的帝王陵。但却是丹河以西的制高点,是长平的西南门户,兵家必争之地。秦赵两军一交战就充满呛人的血腥,因是两强相斗,战斗异常激烈。秦军尽出精兵,夺取老马岭。战斗的第一回合,赵军被斩四将,失去了两城垒,秦城、古寨相继失守,推测被斩杀的赵军不下万人。特别是随着老马岭的失守,赵军在丹河以西的阵地全部丢失。廉颇的持久战、堡垒战、消耗战实为迫不得已,他率倾国大军退秦何不想一鼓而下?但丹河河东一战廉颇明白,秦军不是纸老虎!赵军虽占有天时、地利、人和以逸待劳,但结果损兵折将失城丧地。要这么打下去,不但上党不保,赵军不保,赵国也难保。廉颇才把河西的部队全部撤过丹河,依丹河建垒,据垒死守。

相比较,丹河东畔险要。依河有大粮山海拔在一千零九米,大粮山后是整个高平市的制高点七佛山,海拔在一千一百二十二米,况且大佛山背后就是上党，再行就是河北邯郸——赵国的国都，后勤保障有靠。大粮山到丹河岸，地势险中有安，森林茂盛泉水不断，屯兵安营据山守水，易守难攻。反观秦军隔丹河而军，渡河河宽浪大，要注意不能让赵军在其渡半而击，即使渡过河也是一路高坡，一路仰攻，在坚固的营垒面前斩旗夺关岂是易事？秦军一开始肯定是挟胜威而猛攻，想一举结束战争，结果是伤亡累累，久攻不下，再攻徒劳，才形成了与赵军对垒三年的战争胶着状态。站在大粮山上，我们几个对军事一窍不通的文人都异口同声地赞扬，廉颇不愧百战威名的老将军，驻兵河东据险死守是最佳也是唯一选择。赵胜定了，廉颇必胜，秦败定了，王龁死定了。

　　生死难卜，赵括冤不冤？秦赵长平之战由速决战打成了持久战，三年的消耗战，拖得两国都气息奄奄，喘不上气来。当地的研究者告诉我们，大粮山曾经是赵军屯粮之地，廉颇用重兵守卫，但因几十万大军人吃马喂耗费巨大，全部靠人背马驮从几百里外的河北翻山涉水送到前线来，赵军粮草几度危机，几度不得不把粮袋摆在大粮山上，一是让秦军看见赵军粮草充足无疑，二是也让赵军的弟兄们看见了放心。大粮山由此得名。实际上只在山坡上摆了薄薄的一层。赵国曾向齐国借粮，说明赵国全国已缺粮，长平前线的军粮不仅仅是运输难，运输路上人吃马喂，耗费巨大，而且国内已经空虚无粮可调，不得不向邻国借粮。这场战争也真打不下去了。

　　秦国亦如此，可能比赵国还惨，因为秦国国都咸阳离长平在五百里之外，后勤供给更是难上难，秦军在长平前线最多时兵力已达六十万人，每日仅士兵的口粮就达百万斤，这还不算其他军需用品，秦已举全国之力，尽全国之能了。查看军事史有巧合。淮海大战时，解放军出兵六十万，陈毅元帅说，淮海大战的胜利是解放区的人民用小车推出来的。当时解放区动员了刚刚翻身解放的农民540万人车拉肩挑支援淮海大战，淮海大战前后历时三个月。而两千二百年前的长平前线却打了整整三年，秦国全国人口不过五百多万人，最后秦昭襄王不得不征招国内十五岁以上男子上前线，这后勤供应是如何保障的？真是难解之谜。秦赵双方都在求变，都已打不下去了。秦要速胜，赵亦然。都在避免两强拖成两弱，两弱拖成两败俱伤。在这种情况下，秦使反间计，赵中计，一是赵王昏庸无能不辨黑白；二是赵王深知打不垮也要拖垮，打不败也要拖败。临阵换将，以求一搏，以求速胜。明知是火坑，不跳无处去。秦军亦然，举国之力，力已竭矣。三年苦撑，胜利杳然，靠武力不能克敌制胜，不得不施反间计。用阴谋诡计搬走廉颇，把希望寄托在年轻的赵括身上，因为不如此秦国也要被拖垮拖败。至此长平之战出现转机，赵括出马，留下纸上谈兵。

## 赵括英雄，死得悲壮

秦武安君白起是也。司马迁为其立传用三个字概括他：善用兵。白起真将才也。自从他成长起来挂帅带兵，除燕、齐离秦国远，其他楚、赵、韩、魏都大大吃过他的善带兵的苦头。征战十几年，可以说攻必克、战必胜，常胜将军，几乎没吃过败仗。白起凶神也，恶煞也。是战神也是魔头。长平一战坑杀赵卒四十五万绝非偶然。这位军爷每战必胜，每战必斩，动辄以万计、十万计、数十万计，正应了民间那句老话：一将成名万骨枯。白起为"左更"时率军攻打韩魏联军，大胜，竟然"斩首二十四万"。司马迁未用坑杀而是斩首，其区别就在这二十四万韩魏军人都是在战场上一刀一枪被毙命的，被斩首的，被提着人头让秦军将士邀功去了。白起是验收记功的总指挥。连年战争，使白起由一个"左庶长"、一个秦军中的"团长",逐年成长为秦国国防部长"迁为国尉"。纵观他征战地这四个国家,甚至攻下楚国的国都郢,都未记载俘虏多少敌军士兵,而有记载的几乎都是斩首,绝不优待俘虏。昭王三十四年,白起攻魏又斩首十三万;与赵将开战,把赵卒二万多都淹死在河中;再攻韩城,拔五城,斩首五万。以当时的人口计算,一次战役动辄杀数万十数万实则为大屠杀,加上杀敌三千自损八百,一场战斗下来尸骨相枕,惨不忍睹。冷兵器时代的大屠杀更残忍,更凶恶,更残酷。可以定论:白起双手沾满齐、赵、魏、韩四国将士的鲜血,称其为屠夫、刽子手绝不为过。像他这样一次斩杀十三万人,一次坑杀四十五万人的在中国历史上绝无仅有。因此,当白起被秦昭襄王赐死也自愧道:"我固当死,长平之战,赵卒降者数十万人,我诈而尽坑之,是足以死。"遂自杀。

范雎的反间计成功。白起走马上任,授为上将军。临行前秦昭襄王肯定会把国中、军中的情况一一向他说清楚,形势逼人,必须在变中求胜,且要速胜,秦国不能在长平被拖死。

而赵国君孝成王在赵括临行前肯定会像秦昭襄王一样,陈明军情已如燃眉之急,不变则被拖死。肯定要求赵括去以变求胜,且速胜。长平战役拖了三年,赵孝成王苦熬了三年,他没有换将,不是不想换,赵括就在身边,而是不敢换,也怕换将一变引起军队战败。赵孝成王深知秦军不是好惹的,虎狼之师也。换将实属不得已而为之,两害相较取其轻。换将求速胜是华山一条路,但像廉颇那样熬下去,赵国已近"破产边缘",已到了向邻国借粮,前线用"假粮"迷惑敌人也迷惑自己的地步。长平之战赵国已经打不下去了。廉颇坚守不出的战略再成功,也得有后勤作保障,饥饿能把老虎逼出洞。赵括留下千古罪名实属冤枉,他纸上谈兵固然不错,亦无错也!和平时代的将军哪位不是纸上谈兵?丹河的地形外行人一看即懂,何况熟读兵书者?"十三道金牌在催,岳飞焉能不归?"改变不改变战略,权不在赵括。大粮山下有一村庄叫换马村,相传当年赵括替廉颇时,廉颇并无反感,不像以后他在领军攻打魏国时,赵襄王派乐乘取代他。"廉颇怒,攻乐乘。"长平之战时廉颇没有,而是在靠近前线的一个村庄里悄悄地完成了交接,为了怕引起军中不必要的骚乱,廉颇把他平时骑的一匹大白马留在村里制造一种他未走的假象,骑上一匹黑马连夜翻七佛山回赵国了。为什么? 因为廉颇最清楚,持久战打不下去了,赵国支撑不住这场战争了,死马当作活马医,在死路中求得一条生路吧!

从这一点我们就可以理解赵括为什么带兵渡过丹河去主动迎击秦军? 箭在弦上不得不发矣。赵括被围四十六日,军中已出现人相食的惨状,但未见有人叛变,未见有人出逃,而是坚守整整四十六天。在强大的秦国军队的围攻下,在已无天险可守的情况下,粮草已尽,援兵无望,赵军已处于绝境,但因为有赵括在,赵军不乱不降,实非纸上谈兵能及。遍看古今中外战事, 被围被困内无粮草外无救兵的情况下,叛变、投降、内讧、起义、换帜的不胜枚举。而因赵括在军队中即使出现人相食的惨状但军队稳军心不乱,实难做到。赵括领着这么一批疲劳饥饿之兵能顶住白起率领的近六十万秦国大军的攻击, 赵括不仅能纸上谈兵而且能实战血战恶战。赵括英雄。赵括不降。赵括身先士卒,死在冲锋突围的路上,率四十五万大军的统帅在危难之中能一马当先冲锋陷阵,生死度外,古今难求。长平之败,罪不在括。赵之名将李牧死于小人之手,廉颇死于郁闷,赵奢死于病榻,只有赵括死于沙场,马革裹尸。赵括死得英雄! 二千二百多年了,赵括蒙冤不散,该为这位年轻的将军击鼓鸣冤。

## 丹河水可枯长平魂难散

四十多万赵军降卒,在丹河与大粮山之间的营地里束手就擒,放下武器,成为被宰杀的羔羊。白起在战场上斩杀俘虏是快刀利刃,轻车熟路。他用的办法司马迁说得明白:挟诈而尽坑之。四十多万军人虽说已放下武器但在冷兵器时代仍然是一股极其可怕的力量。白起的办法是诈,讲白了就是蒙、骗。在赵降卒尚未清醒还对秦军的许诺抱有希望时——宰杀。在李珠海老汉发现的尸骨坑中的头颅经专家检验皆为二十到三十岁的男性,都是当年的战士。但尸坑出土的刀型赵国钱币却很少,我怀疑秦军在行刑前曾经用诈骗的办法进行过洗劫。而头颅骨上的破洞无言地证明当初秦军的坑杀,一部分是被刀剑斩杀,但有相当一部分是被硬器击破头骨,亡而埋之或未亡但被击昏击晕后活埋。看过长平之战旧址的人都沉痛地说,这可能是人类战争史上最残酷的一页。《史记》上记载,秦军亦伤亡过半,也就是说在丹河东西两岸的山坡上埋葬着六七十万具白骨,可以肯定这些尸骨都像永录村的尸坑一样,都是几十具几百具堆满填塞在一起。很多人很可能还仅仅是孩子,像秦国一样“发十五岁以上悉诣长平”,他们先是饿得半死,后又屈死在尸坑中。

白起为什么这么残酷,竟坑杀四十多万降卒呢? 后人分析,一为不敢放,这些经过长平大战的赵兵一旦回到赵国再入军营都是有经验的老兵,都会成为秦东进灭赵的障碍。从秦国的战略上看,与其留着“资敌”不如彻底解决;二是四十多万战俘不好管理,一旦暴动,揭竿而起,后果堪忧;三是“诈”的承诺根本无法兑现,比如吃饱饭放回家,不满情绪一旦爆发将如燎原烈火;四是秦军连年征战伤亡疲劳不堪再战,自己亦伤之过半,赵军的降兵可能和秦国军队的人数几乎相等，虽然赵兵放下武器仍然让白起放心不下。押送回秦国是不可能的,久关必变,逼得白起下决心;五是白起斩杀降卒俘虏有传统,从未手软,斩杀二十四万和坑杀四十多万对他来说都是需要,都是他下一道命令。最后秦赵长平一战,也重创秦国,秦军也伤亡过半,秦兵将皆仇恨赵卒。白起的算盘打得非常精也看得非常清,长平之战坑杀斩杀赵兵将四十五万,不但扬了秦国之威,震撼了关东六国,而且对赵国是一剂吓破胆的猛药，他要挟长平大胜之威之猛直捣邯郸、灭掉赵国。赵国四十多万降兵的命运就这么被决定了。那坑杀的场面谁敢想象啊。

高平西南五公里有一片山岭峡谷，扼谷口有一小山村冠名"哭头"村,后因老百姓叫起来瘆人,让人时时心惊肉跳,改口称谷口村。一条山路进来,三面环山,无路可走,进谷之路其实就是发山洪冲击而成的泄洪道。这里是长平之战后白起大屠杀的主要场地之一,被缴械的降卒成排成队地被押解到此,然后是集体屠杀,可以肯定当时被杀戮的尸体堆积如山,几乎填满整条山谷。这附近的地名都是由此而名,叫什么杀岭、无头谷、死人坑、哭头村、望乡台等等,每到半夜天阴时,群鬼哭泣,有时声震峡谷。有时天阴数日,鬼哭之声数日不散,凄凄凉凉,悲悲切切;有时鬼影闪闪,鬼火成片;有时能清晰地听见鬼哭鬼泣之中有鬼大呼:"还吾头来!还吾头来!"又有鬼抽泣不成声,一遍一遍地哭诉:"送吾回家!送吾回家!"有见者描述,成片的鬼火忽儿聚成团忽儿散成片,忽儿变成厉鬼,忽儿匍匐地下。从长平战后一直到唐玄宗李隆基执政时期已过去近千年,此地无人敢住。唐玄宗李隆基曾在上党作过潞州别驾,当了皇帝以后故地重游,巡幸高平时仍见到此处白骨遍野,骷髅遍地,阴气甚重,屈死的冤魂不散,此地几成鬼城。唐玄宗触目伤心,令在此盖庙祭祀,安慰屈死的亡灵,并把"杀头谷"改为"省冤谷"。这座庙就盖在一片高高堆起的骷髅平台之上,称骷髅庙,每到"鬼节"官员和附近的百姓都要进骷髅庙祭祀跪拜,安慰屈死的亡灵。庙内有清乾隆年间重修的碑记,有记文为证:"唐明皇驾临潞州,见头颅似山骸骨成丘,触目伤心。敕有司掩埋之,鸠王建庙祭礼……"估计该庙建于唐开元年间,以后各朝各代都重修重建过。庙中留有古诗:赵将空遗千载恨,秦兵何意再传亡,居然祠宇劳瞻拜,不信骷髅亦有王……

中午在高平的街头小店中吃饭,有一道菜名叫得离奇,标之:吃白起。没看明白,请教了也似懂非懂,告曰就是烧豆腐。豆腐自西汉淮南王刘安发明后,已成为全国人民的一道家常菜,从未听说过烧豆腐就叫"吃白起"。就点"吃白起"。端上来果然是一大盘烧好的豆腐块,中间用刀切开,把摆在面前的白白嫩嫩的细豆腐渣夹在其中,再浇上佐料,夹起来吃果然上口果然滑嫩。但这和"吃白起"有何相干? 店家说:"这就叫吃白起,夹在豆腐中间的豆腐渣就是白起的脑子。"我着着实实地噎了一下,多瘆得慌,早说了我还不敢吃哩。店家畅怀地笑了,那有什么瘆得慌? 吃着香就是香呗! 白起枉杀了那么多人,吃了他还不应该吗? 他们都知道这道菜叫"吃白起",都知道吃的是白起的人脑子,可你看他们吃得多香? 店家说这道土菜传了多少年没人能说清楚,但世世代代都往下传,都吃得挺香。谁叫他杀了那么多人,报仇伸冤呗……

我不是当地人,没敢再吃"吃白起"……

出门清明雨不知不觉下来了,先还是碎雪珠,终飘下牛毛细的春雨。站在谷口村头随意攥一把黄土,往清明雨中撒去,算是对那遥远的战争冤魂的祭奠吧……

# 大墓悲歌

农历三月的关中平原正美。麦子正忙着灌浆，玉米正急着拔节，桃李杏树正悄悄地坐果。仲春的小风吹面而来，能让人感受到从青春到成熟的甜味。

入凤翔，青绿绿的田野流光溢翠。公路两边竟然皆是飘飘的酒旗。这地方往东南不出十里路便是陈庄镇，全国八大名酒的西凤酒就出在这里。难怪那春风拂来一股股酿造的酒味。

两千五百年前，这里不是酒旗是一排排迎风猎猎的旌旗，一阵阵昂天长啸的牛角长号，一队队旗甲鲜明的虎贲卫士，一列列高头大马，一色的枣红，一色的皂青，一色的玉白，驾驶着双轮马车轰轰驰过。再远那是宫殿，有磬乐鼓奏之声传来，疾报国情军情民情的快马四蹄急速地敲打着大地，皇皇的森严之气腾腾而生。这里就是大秦帝国的国都，雍城是也！秦自襄公立国经历了五百六十多年时间，秦人竟像早晨八九点钟的太阳，冉冉升起在甘肃礼县，那名字叫得也敞口，西犬丘。然后一路东进，势不可挡，越过陇山，进入关中，八次迁移都邑，太阳渐渐高升，日行中天。终于气吞八荒，包举宇内，成为中国历史上第一个中央集权的大一统帝国。

雍城就在脚下。两千五百年前须匍匐匐战栗膝行，莫敢仰视。雍城是秦国东迁九次国都定都时间最长，规模最大，功能最完备的一处正式都城。就在这里，在雍城，在雍城那早已消失在岁月积尘中的大殿前，秦穆公春秋五霸之一，祭天祭神祭祖宗。从此，黄河西岸蛰伏着一只虎视眈眈拥有万里疆土千乘之国的猛虎，时时刻刻准备逐鹿中原。也还是在雍城大殿里，钟磬齐鸣，鼓号喧天，幡旗招展，群臣簇拥，秦嬴政就是在这里加冕登基的，千古一帝，始出于此。没有雍城就没有咸阳。

## 司马迁没错，老农民作证

诗经说："高岸为谷，深谷为陵。"沧海桑田。世界最大的撒哈拉大沙漠最早是古地中海，世界最高的珠穆朗玛峰最早是印度洋的一条海沟。谁见过千万年亿万年才一变的大地沧海？它见过，鳄鱼，鳄鱼二十亿年未变，琥珀色的珍珠眼可以作证。可惜鳄鱼无言。谁有言？难道司马迁错了？《史记》中明明写到有十多位秦公均葬在雍城，墓葬何在？从春风夏雨到秋霜冬雪，两千五百年雍城的古称变了，雍城再也不是一国之都了，它不过就是宝鸡市凤翔县下面的一个乡镇。但雍城的土地没变，那逝去的秦国，那强大的王朝，显赫的帝王，真的就无影无踪了？一望无际的青纱帐，一望无垠的关中平原，雍城为都邑时，秦国墓葬还不封不树。秦始皇什么都开创千古一新，连陵墓也一样，从他开始，皇帝陵墓之上加建封土如山，山高如岳，即使过了两千多年，雨水冲刷风霜侵蚀，始皇帝的皇帝大陵如山岳的封土依然顶着落日，立在桑田，而雍城没有。再加上"葬也者，藏也；藏也者，欲人之弗得见也。"神鬼亦弗知,何况人乎? 司马迁真的记错了? 不能! 成百根盗墓贼的先祖发明的洛阳铲并列排开, 一尺一尺地钻拓, 一米一米地移动, 一月一年, 一年十年, 洛阳铲几乎把《史记》上记载的灵山钻了个遍, 打了百万个以上的钻孔。苦涩、失望、困惑、迷惘, 让考古队员们逐渐开始相信那邪恶的怀疑, 太史公也有错的时候呢? 秦公陵墓真的没埋在雍城? 如果埋在雍城, 别说挖地三尺, 现在开钻了三丈为何依然踪迹皆无?

正在考古队一筹莫展时, 一位没事干的农民好奇地来打探考古队拿的洛阳铲, 他称之为"穿地镜", 他不明白, 考古队员每天双手握着"穿地镜"一个劲地往地里钻, 究竟要看什么? 能看见什么? 真无巧不成书。应了那句"踏破铁鞋无觅处, 得来全不费工夫"的谚语。那位没事闲得无聊的农民一拍胸膛, 要带考古队去看"穿地镜"要照的五花土。因为他住的村头的一块地"很瓷实, 不长庄稼", 用"穿地镜"一照很可能地下就有五花夯土。此农民住的村叫南指挥村, 寻踪而来的考古队员走近已被村民取土挖成断壕的土坎棱时, 惊讶得目瞪口呆, 不用"穿地镜""照", 这里露出头来的土层就是典型的五花夯土层。

随着探测和开挖工程的进展, 一座规模浩大, 宏伟的"中"字形皇家大墓渐显其形。这个镶入地下的巨大陵墓, 呈"倒金字塔"形, 墓室长五十九点零四米, 东宽三十八点五四米, 西宽三十八点零七米, 东墓道竟长达一百五十六点零一米, 西墓道长八十四点零五米, 墓道和墓室相连竟有整整三百米长, 比现代最大的航空母舰上的飞行甲板还要长。陵墓深二十四米, 相当于八层楼房高, 总面积五千三百三十四平方米, 比河南安阳商王墓要大十倍, 比湖南长沙马王堆一号汉墓大足足二十倍, 迄今发掘的最大墓葬。

司马迁没有错。被实践所证明。但《史记》上记载, 应有十几位秦国的秦公埋葬雍城。太史公一一列出名字,死去的年代,埋葬的地点,详细得像一本地图手册,本可以按图索骥,但时过境迁,雍城四周的茂密的原始森林变成小草似的麦苗,浩浩荡荡的大河变成潺潺小溪,平坦坦的田野隆起一个个扁平的山丘,一切都在改变。唯有地下的墓葬没有改变,但这座大墓究竟是哪位秦公的陵寝呢?

一锹一锹地挖,那么小心翼翼地挖;一车一车地拉,十年的大道也快走成了河;十年的考古挖掘,比老百姓种地还单纯枯燥。春种秋收,挖土拉土。连老百姓都看烦了,干烦了。真不知道当年生活在这块土地上的秦人的祖先是怎么一锹一镐一筐一车地挖出这么个巨型大墓来的。当我一步一滑地顺着西墓道走到秦公大墓的底部仰头往上看,两边壁立千仞,真有身处峡谷之感。当年的老百姓手中最先进的工具就是青铜锹、镐,考古队带领当地农民整整挖了多少日子? 那种精神不叫愚公移山?

第一台阶,第二台阶,他们终于挖出了棺椁周围的黑色木炭,《吕氏春秋·节丧》中云:"题凑之室,棺椁数袭,积石积炭,以环其外。"这个棺椁之外的木炭层最厚处竟达三点三米。激动的心难以压抑,十年一梦终得圆啊。全国的考古学家纷纷赶来"开眼"。史无前例,开天辟地,考古专家们认为亦不过分。露出了黄肠题凑,这就是秦公墓的外椁。专家们激动得是互相注视,互相点头,互相瞪眼,却皆然默默不语。考古专家的这种表现激动的方式用考古行中的话说,在大墓中只能这样,非这样还能那样? 黄肠题凑是春秋时期一种最高规格的墓葬形式,除去天子便是诸侯,可当时秦国连诸侯都不是,用黄肠题凑不是僭越? 春秋重礼,秦国大胆,躺进黄土深层的秦公死也要上诸侯,甚至天子礼。东汉末年,历史上留下一句诟语:司马昭之心,路人皆知。其余早在秦国秦穆公春秋称霸后,秦人之心乃天下皆知,岂止路人?

黄肠题凑乃古语、术语。就是把黄心的柏木作成像今天铁路的枕木一样,并排排列,题凑就是柏木心朝里,柏木头相对。两层三层,形成一个厚厚的敦敦实实的柏木"房屋"。我看过黄肠题凑,但没见过秦公大墓的黄肠题凑。七百六十四根一水的黄心柏木,见棱见角,最长的竟有七点零三米,重达八百多斤,十个人才能抬动,据说秦公大墓共用黄心柏木二百零二立方米,那该是一片一眼望不到边的柏树森林,茂密昌盛,合围粗几百年的柏树被一棵棵放倒,又加工成枕木段的木段。黄肠题凑只到汉时便没有了,专家们掰着指头能讲千条万条理由,我认为是全国再也找不出来那么多黄心的大柏树了,那才是真正的原因。直到今天。

更让人难以解释的是这些至少高达十几米,直径粗一米多的大柏树是怎样伐下来的?又是怎样加工成材的?要知道此大墓的墓主便是秦景公,在位四十年,而传说中的鲁班还未出生。难道秦景公时代秦国的匠人就已经使用上锯了? 个个都能师之于鲁班?

打开了椁,那黄心的柏木果然了得,两千五百多年过去了,竟然叩之有声!再开棺,虽然被盗多次,但有一宝物上刻有文字,这就是墓中出土的石磬,石磬上有刻文,刻文为证,此墓为秦景公之墓!秦景公是秦国第十三代国君,春秋五霸秦穆公的四世孙,秦始皇之前的第十八位国君。秦景公执政期间,国力增强,国势渐大,奉得"联楚攻晋"战略,奋斗不息,直到黄河以西尽收囊中,把晋国军队赶过黄河去。又东向打通函谷关,陈兵关上,秦、楚、晋、齐已成世上四大强国,在十四国"弭兵大会"上,秦已跃然成为超级大国之一。秦景公之心,国人皆知。他把自己的墓修得太大了,比周天子的墓不知大多少倍。在中国被发掘和盗挖的数万座大墓中,唯此唯大,在秦国立国的五白六十年间,除了秦始皇的大墓外,已开挖的秦景公墓是最大的,被冠之为秦公一号大墓。在黑暗的地下，它不止一次二次甚至几十几百次地听见有清晰的掘墓声，那些昏暗的蚕豆花似的盗墓油灯一次次鬼火似的在墓室里游荡，但这一次是它彻底走出黑暗的时候了。

## 殉葬是一种什么死法

公元前五百三十七年七月，正是新麦刚刚上场的时候，雍城天蓝地阔，风清气爽。秦国又是一年好收成。新麦蒸成的大白馒头有托盘那么大。秦景公就在此时咽的气，他没能吃上当年的新粮。他是寿终正寝。他在秦国四十二个国君中执政四十年，排行第五。四十年足够他修他的陵墓了。"事死如事生"，厚葬之风在秦国正浓。秦景公一想到让他孤零零地一个人走进万丈深渊，他未死先寒。他不相信到了阴间他就不是秦景公了，无非是用油脂灯把墓室照得明明亮亮，他要带走他能带走的一切。

《礼记·礼器》中要求："天子七日而殡，七月而葬。诸侯五日而殡，五月而葬。"秦景公临死前就把殡葬的一切安排停当了，他从执政那天就把这件事当成国之大事。在国都雍城全城肃立，全城出殡。大殿上太仆击鼓，哀乐齐奏，皂色和孝色的大旗遮天蔽日，祭奠的人群川流不息，朝之大臣重将，公子王孙服重孝着丧服跪守在灵前，香烟袅袅，把太阳都遮得云云雾雾了。百姓在街头摆案供香磕头祭奠。

公元前五百三十七年，秦景公的儿子秦哀公为其父举行了规模宏大的入葬仪式。国之大事，且为头等大事。出殡之时，鼓声隆隆，号声阵阵，钟声呜呜，磬声肃肃，五彩的大旗飞扬的皂青白脂两色的飘带，一辆辆一排排一队队马车满载着数不尽的金银财宝，数不尽的奇珍异宝；载着一箱箱一笼笼一筐筐一叠叠宫廷必备的用品，从景公办

公用的大条案到挑灯夜读的青铜灯。哭嚎之声响彻云霄。送葬的队伍
分着褚红色、皂青色、云灰色的官礼服，分队排列出十数里远，百姓都
跪伏在路边放声悲泣，悼念的外国使者低头垂泪，三军肃立，臣子们
三步一行礼五步一跪拜。

众孝子一身缟素。手执挽绳，一路高嗨。队伍中间还走着为秦景
公殉葬的一百八十六个人，和他们的亲朋好友，送活人上路，更是悲
从天来，悲从心来，悲从哭来，一路上哭得昏天黑地，一路上泪洒黄
土。而那些即将殉葬的臣民嫔妃下人，仿佛已经哭干了泪，哭哑了声，
他们望着那刚刚割去麦子的田野似乎不再留恋这片国都的郊野。

雍城为之一空。举国为之鸣哀。

离秦景公大墓东南六十米的地方，已经挖好了一排巨大的埋葬
坑。春秋时期的大战车是由四匹骏马拉着奔跑的，战车上有三名武
士，按左、中、右排列，左边的是车长，指挥战车冲锋陷阵，他持弓主
射，两车相错，在戟还够不着时，那就要看谁的箭射得快，射得准，射
得狠。车长是一车的命运，是战斗的核心；中间是披甲的御者，他双手
持缰，不配备兵器，右边的武士执戟或矛，交战时侧身拼命，杀得兴起
往往会腾身而起跳到敌方战车上肉搏。四匹战马成一排拉着擦拭一
新的战车，三位虎贲武士雄赳赳气昂昂地站在战车的抉栏后。每匹战
马的鼻梁皮勒带上都别着一朵盛开的鲜花。他们像出征，又像得胜回
朝。一辆一辆一辆整整六十多辆，将士们紧绷的脸上棱角分明，一道
道伤疤在阳光下反射着紫红色的暗光。他们再也不可能战斗了，他们
再也不可能回朝了，他们是去为秦国作最后一次冲锋，去给秦景公殉
葬，去到阴曹地府保卫他们的国君，去杀死他们秦国的仇敌。战马不
知道还在嘶鸣，还以为战鼓响后就要冲锋，它们渴望那刀光剑影的血
腥场面，人仰车翻……而这一百多名虎贲之师明白，这就是不归程。

我们现在不能理解,他们既不慌张也不悲伤,更不逃亡反抗,而是义无反顾的走向死亡。利刃刺进战马的胸腔,浓浆般的鲜血四处喷溅,它们按着本来的位置被安置在战车前面。而战车上的三位勇士几乎在同时都毫不犹豫地拔刀自刎,车下有专门伺候他们的刽子手。从脖颈上溅起的鲜血喷洒在刽子手的脸上,他们没有擦,而是让好一滴滴热血和着滚烫的眼泪顺着脸颊流下来。

这时候你才明白,人固有一死,或重于泰山或轻于鸿毛,还可能既不比泰山重,也不比鸿毛轻,一种对死亡的蔑视。

这和秦始皇的兵马俑不一样,这里不是俑,不是为陪葬做的车。秦公大墓埋的都是活灵灵的人,葬的是活脱脱的马,埋的是刚从战场得胜回来的战车。六十多辆战车,那该是一个多么宏伟的方阵?

秦景公的一号大墓开创了中国已开发的古墓活人殉葬的罪恶纪录,殉葬者达到一百八十六名。

走近那些殉葬者的棺椁,抚摸着粗大的柏木条纹,两千五百多年了,不知当年用什么染料涂成的黑色依然漆黑如墨。紧紧围绕着主椁室,一圈一圈地排列着,数了数最里面一圈共有七十二具殉葬人,一种难以压抑的情感冲然而起。活人殉葬。那些殉葬的棺椁中已经什么也没有了,哪怕是一骨一物,只有青青的野草,在棺椁的木缝中顽强地生长着,不屈地摇曳着。

殉葬的人是按身份、地位和与秦景公的关系而葬的,越在里圈越说明他或她的身份重要,地位不凡,和秦景公的关系亲近。殉葬者分几种,分布在里边几圈的有棺有椁,安置在外边几圈的无椁只有一具木棺,摸一摸也是被涂成黑色的柏木,棺椁木头基本完好未腐未朽。当这些殉葬的大臣近人,秦景公的嫔妃妻妾依次排着队,在亲朋好友的悲声之中一步步走下这几十米深的陵墓之中时该是一种什么情景？该是一种什么心情？地上的悲乐吹奏得更加悲悲切切，四周的哭声更加撕心裂肺、凄惨悲痛、声动天地。殉葬人是先被绑住双臂，又把双腿向后曲起然后再用细牛皮条捆住，由他的亲人把他或她侧放到棺椁之中，他们都圆睁着大眼，看着这最后的世界。雍城美。林中有群猴追逐，水中有厥鱼跃起，天上有大雁飞过，塬上有麋鹿觅食……他是被灌了大量鸩酒而亡的。古人言之饮鸩而亡就是喝了大量含砒霜的毒酒而死的。缚之四肢可能是怕他们服毒后四肢剧烈地抽搐吧。残酷还残酷在秦景公咽气以后到他入葬要经过五个月，这五个月时间内殉葬者是知道自己要被活活埋葬的，甚至他都知道自己的死法，这五个月的慢性死亡甚至可能比走下墓坑被缚紧四肢抬进棺椁更痛苦。

周幽王死后，他的墓被盗，着实把盗墓贼刘去吓得魂飞魄散。他钻进主墓室后发现墓室中竟有一百多具呈各种姿势的少女，其衣着依然华丽，其头饰依然灿亮，其面目依然可辨。有坐的，有站的，有蹲的，每位少女脸上都有一层至死不褪的恐惧和狰狞。周幽王不得好死，他死还把生前宠爱的嫔妃妻妾全部都活埋带入阴曹地府。据后来专家考证，这些女孩子没有活过二十岁的，整个墓葬中只有一位男性，就是这个周幽王。

我看过湖南曾侯乙墓，此墓中出土的青铜编钟名闻天下，但谁还注意到，曾侯乙墓中同时出土了二十一具青年女子的尸骨。曾不过是楚国一个小小的附属国，比不上我们现在一个大一点的县级市。它的侯乙死到临头还要享受，埋到地下还怕寂寞，不但把编钟原封原样地带到墓里还把一个编钟乐队，演奏编钟的全部女演员一个不留全部活葬。

秦二世一辈子没做过一件好事。他下令："先帝后宫非有子者，出焉不宜,皆令以死,死者甚众。"如果有朝一日始皇帝的大墓被发掘,出土的累累白骨,殉葬的活人恐怕何止千百？秦二世之孽也。

早秦景公四世是秦穆公，殉葬人多达一百七十七人。这位国君"青史留名"的是让朝中三位最能干最忠诚最出力的大臣集体为他殉葬。司马迁在《史记》中讲得清楚："三十九年,缪公卒,葬雍。从死者百七十七人,秦之良臣子舆氏三人名曰奄息、仲行、针虎,亦在从死之中。秦人哀之,为作歌黄鸟之诗。"据《诗经·黄鸟》所记,三良臣从葬的那天,黄鸟飞来低飞为他们哀鸣。关键是这三位辅佐秦穆公有功的大臣并不想死,不想活活被殉葬,他们痛哭大哭,悲声动天地啊。《诗经·黄鸟》一共三段哭诉这三位大臣,每段不过四十八个字,但字字泣血,字字悲切。举其首段："交交黄鸟,止于棘。谁从穆公？子车奄息。维此奄息,百夫之特。临其穴,惴惴其栗。彼苍者天,歼我良人。如可赎兮,人百其身！"呜呼哀哉！真乃悲哉痛哉："青天啊,怎么将这样善良的人殉葬了？如果可以赎命,我们宁愿出一百条命将他挽回！"

秦景公大墓殉葬还有更残酷的一页。当大墓的棺椁合上,埋上黄土,每回填到二尺左右,就用石夯夯实一遍。当回填到第二层台面时,全副武装的甲士押来二十个人,现在无法去考证他们的身份,只能从骨骼上得知皆男性,皆壮年。可能是俘虏也可能是人奴,一声低沉而混浊的命令,刀飞血溅,这二十个人都被砍头断臂腰斩,被肢解,死不全尸,然后伴着鲜血的黄土又被急促地扬起,一层又一层掩埋了这些断肢断头的尸体。

悲风从雍城的城头吹来,又从秦公大墓上空刮回。扬起的黄土把秦公大墓吹得无影无踪了。但只要你倾听,倾听,那大墓里还有哭声。

## 该死的盗墓贼也不该死

秦公一号大墓是古墓中发现盗洞最多的，竟有二百四十七个，看着大墓一层平台上各种口径的盗洞密密麻麻，如蜂巢如鼠洞，惨不忍睹，怵目惊心。秦公一号大墓的诱惑力太大了。从公元前的西汉初年盗墓贼就开始光顾，很可能是这拨刚走那拨又来，一直盗到宋朝，历时千余年，墓盗不断。盗了又盗。正应了《吕氏春秋》中所说，"自古及今，未有不亡之国也；无不亡之国者，是无不抇之墓也。"虽见过甚至听说过盗墓的，没见过也再没听说过如此疯狂、如此执着、如此锲而不舍地专盗一个墓的。秦景公在位四十年，不知他这个大墓修了多少年？根据推测，很可能登基和修墓相差不会有几年，古代帝王的讲究，正是今人的忌讳，上台先修墓，此风一直延续着，东汉不过二百一十五年，但有二百年各位皇帝都忙着修陵墓。

《晋书·索琳传》有一段极精彩的对话：汉陵中物，何乃多耶？琳对曰：汉天子即位一年而为陵。天下贡赋三分之，一供宗庙，一供宾客，一充山陵。国家把三分之一的收入都用于为帝王造陵一座墓，倾其所有囊其所爱全部要带到地下另一个世界，谁不心动？谁不眼热？就是在东汉末年曹操兴师动众，出动军队大挖西汉的古墓。他挖开的汉梁孝王的墓，得黄金四十万斤，足有五吨多，这还不说其他车拉人扛的珍奇异宝。足够他扩军养战三年有余。可以说曹操起事的第一桶金是"挖"出来的，靠盗挖古墓而得。

中国因盗墓而发明的洛阳铲果然科学，果然有成效。因其名联想，可能是河南人发明，在洛阳率先使用。不动不响，一个人作业就能站在地面上探知地下的古墓，这该是中国人的一大发明。千年以后，才发明的钻井取样,勘探陆上石油的办法应该是从洛阳铲而生。一九七四年中国考古代表团访问阿尔巴尼亚,送给阿尔巴尼亚的礼物竟然是一个合金钢制造的洛阳铲,它的把不是一般黄扬木的、白蜡杆的,而是合金钢打造的一杆一杆首尾可以相接的,一直可以钻探到地下十几米深,困难在如何把洛阳铲向阿尔巴尼亚的朋友解释清楚。双方都把衬衣湿透了,汗顺着头发脸颊流下来,洋人确实没见过这么个古怪东西,他们的文化传统不同,他们祖宗的坟地都摆在地面上,但他们也因此失去了数不清的宝物,数不清的故事,数不清的神秘,数不清的"科学"。当时不知是哪位高人出的高招,送给老外洛阳铲?

　　神奇的洛阳铲。专家们都感到困惑不解,一千多年来,各朝各代的盗墓贼是怎样在八百里平川的关中平原找到凤翔县的? 又怎么从凤翔县找到雍城旧址的?又怎么从雍城旧址找到南指挥村的?又怎么从南指挥村找到秦公一号大墓的? 又怎么那么准确地把盗墓洞直接打到大墓的主椁室的?难道他们真的有咒语? 深通占星术? 我下到秦公大墓底下,顺着墓壁还能找见残存的盗墓洞,那些直直打来直奔秦景公主墓室的盗洞呈椭圆形,狭小但顺直,我们熟知"地道战"中的地道,不同的是盗洞都是直的,即使有些斜拐但方向都是直直向下,直驱主墓室。在盗洞的壁上盗墓贼精心留下的一排不深不浅刚刚够前脚掌攀登的"登梯"。盗墓贼钻到主椁室后,要在黄肠题凑上打一个能钻进棺中去的洞也委实不易。地下漆黑,只在口中叨着一盏如蝇的油灯,空气稀薄,地方狭小,只可能半跪着或半蹲着,手中的工具只有铁凿子和青铜斧子, 就是放在地面上作业用这样的工具在二尺多厚的柏木墩上打出一个能爬进人去的洞也几乎是不可能的, 但他们爬进去了,还不止一个人。由于地下漆黑一片,盗墓贼钻进的方向也不尽相同,因此主椁室上盗洞七上八下,"遍体鳞伤",体若蜂巢。主墓室,放陪葬品的侧室,据专家估计和史料记载,秦景公陪葬的金器、银器、玉器、漆器、各种各样的青铜器,礼器、祭器、酒器、盛器、兵器,包括西域番国进贡的奇珍异宝不可能数,国器、重器、宝器当不在少数,可惜几乎被盗墓贼"扫荡"一空。因为那不是一个人一拨人而是像走马灯似的前贼刚走后贼又到,经历了几朝几代上千年的"淘金掏宝"。但秦公一号大墓毕竟太大了,即使这样还出土了三千五百多件金、银、玉、铜、铁器件。

不幸之中的大幸是有的盗墓贼把墓中的石磬当成玉盗出来,一看不是玉,气得又把石磬扔回到盗洞中,正是这些盗墓贼看不上眼的"石头片子"上的铭文,成为秦景公是这座大墓墓主的铁证。否则墓归谁主又不知要惹出多少考古学家的烦恼,也有可能像曹操墓一样又有真伪之战。盗墓贼是精,但百密必有一疏,他们丢遗在大墓中的古石磬才是价值连城的国宝。

秦公一号大墓让人奇怪,自宋以后再也没有一个盗墓贼再盗这座大墓。这连专家都纳闷,难道盗墓贼圈里也有信息共享? 否则为什么在宋朝之前一千多年近乎疯狂的盗掘自宋以后一千多年竟然鸦雀无声,销声匿迹了呢?

让人扑朔迷离。

杨彬就去勘察过秦公一号大墓,他怎么找到的这个深埋地下二十四米深的大墓的?他又经过什么手段得出一个结论。十分遗憾又十分坚决地走了。他踩着大墓的墓顶断言:此天下奇墓,可惜已经被盗空了,绝对不会再有"大器"、"重器"了。假如此墓未动,由我挖了,我拍着胸脯说,吾当富可敌国,不是敌秦国,是富可比中华人民共和国! 这小子有多狂!

杨彬不凡,他曾经让国内外的考古专家面如土灰,没有判他死刑,改判死缓。

　　唐玄宗有一位宠妃叫武惠妃,武则天算是她的姑祖母。唐玄宗爱她一丁点都不亚于以后宠爱杨玉环。其实杨玉环就是武惠妃亲手为她和唐玄宗的儿子李瑁选的儿媳妇。唐玄宗几次想立武惠妃为皇后,因大臣坚决反对,唐玄宗怕引起朝廷不稳,未敢造次,但公开宣布,宫内一切礼仪, 武惠妃都享有皇后等同的权力和待遇。但武惠妃不长命,安葬武惠妃对唐玄宗来说是他爱情至上的感情总爆发。倾其所爱厚葬不说,特赐武惠妃一个巨大的石椁。这个石椁不但是空前的也是绝后的,唐代有二十多个王、妃都有陪葬的石椁,但和武惠妃这个石椁不可同日而言。武惠妃的陵墓叫"敬陵",敬陵埋在哪儿?情况如何?我们几乎一无所知,我们的文物专家若干年来一直苦苦地在追寻。忽然一日,海外传来信息,美国文物拍卖行要拍卖这个艺术珍品,这个庞然大物。惊动四海,震惊神州,国内专家皆目瞪口呆。

　　我在陕西博物馆瞻仰过这个从美国追回的艺术极品,国之重器,它是一个完完整整的青石制成的房子,一明两暗三间大房,制作得那叫艺术,那叫逼真,那叫完美,梁是梁,檩是檩,砖是砖,瓦是瓦,窗是窗,棱是棱,门是门,沿是沿。门窗梁柱上都刻有神话故事,吉祥图案,门能开,窗能启。墓葬学上叫庑殿。关键是杨彬是怎么找到的敬陵?是如何把重二十六吨的石椁从十五米深的墓穴中盗挖出来,又怎么丝毫不伤害文物的把它打包运往美国? 敬陵墓室中还有大量壁画,其中有一幅胡人训狮的壁画,是旷世珍品,国宝级文物。杨彬不知用什么工具什么办法把它们从石壁上切割下来,装箱偷运到美国。美国的文物考古大师们看过从包装箱中取出的壁画激动得无可无不可,被"镇"得几乎语无伦次。一个劲地只会说:"Profational"。像杨彬这样的盗墓贼该死也不能死。秦公一号大墓彻底打开以后果不其然,基本盗空,出土的几乎都是盗墓贼丢失遗漏或认为不值钱的东西。其中有一件金器十分珍贵,是一个纯金的啄木鸟,古称"戴胜",微曲的啄喙,清晰的羽毛,高耸的鸟冠,圆瞪的大眼,平展的双翅,但这些都是透过放大镜观看的,因为它只有拇指盖大小。杨彬之类又该杀。

　　秦公一号大墓被挖开了,就那么赤裸裸地袒露着,它南侧的车马陪葬坑刚刚挖开又覆盖上了,据说资金未到位,又说这次国家文物局已经将此列入开发计划。晚上,南指挥村东边,秦公一号大墓周围常有"鬼火"飞来舞去,天阴小雨时,老百姓说能听见有像奄奄一息的老人临终前的咳嗽和不连贯的喘息声,别在晚上去,更别在天阴小雨时去,一声沙哑的咳嗽能吓人一跳,怪瘆人的……

# 血溅菜市口

老话说,北京胡同多如牛毛,有名的三千不止,没名的数过一万。北京的胡同多,街口就多,名气最大的当数宣武门外的菜市口。别说北京人,就是没到过北京的外地人,你让他讲出一个北京的街口,逼急了兴许就能冒出菜市口来。菜市口名气大是因为那曾是杀人的地方,是刑场,有不少名人都是被斩首在菜市口。戏文中唱道"推出午门斩首",其实是拉到菜市口出红差,砍头!据住在菜市口附近丞相胡同、米市胡同的老北京人说,他们也是听老辈人讲,连阴天一阴过十天半个月,阴曹地府的冤魂走单不走双,就会拣个单日子从挨刀断首的地方冒出来喊冤叫屈。天一擦黑,菜市口难见人影,再着急的事,人们也宁肯绕道宣武门、南横街不走菜市口,免得心里瘆得慌。

菜市口杀的名人还不是从拖着大辫子的满清王朝开始。据说在菜市口被鬼头刀砍下头颅来的第一个名人是在据今七百多年的元朝。那时北京城叫大都城,菜市口还不叫菜市口,叫柴市口。为什么先叫柴市口后改口叫菜市口?说文解字,元立都时,这条街以卖柴为主,后几经演变由卖柴变为卖菜,改称菜市口。杀的那个人就是南宋王朝的丞相文天祥。文天祥死时四十七岁,他在广东的五坡岭兵败被俘,辗转押送回大都城。文天祥抗元复宋是一枕黄粱,南宋腐败至极,非垮非亡不可。所谓大厦将倾独木难支,不是文天祥不死就能扛得起来的。文在历史上之所以出名是其令人敬佩的民族气节,至死不屈。他所作《过零丁洋》,荡荡浩气,诗中"人生自古谁无死,留取丹心照汗青"为世代热血男儿所情钟。文天祥死得大义凛然,血溅柴市口,据说观者也是人山人海。

满朝时期,被刑部大堂判处死刑,验明正身,秋后执行斩首处决,俗称"出红差"。为什么叫"红差"?解释有三:一曰砍头,断首之时血喷满地,血染黄土;二曰刽子手一身粗麻赤红行头,头裹红头巾,怀里抱的鬼头刀,刀无鞘,刃不见天,全凭一付赤红的蒙刀布罩着;三曰验明正身当场红笔勾魂,在处决罪犯名字上用朱笔恶狠狠地打个对勾,剩下的就是"喀嚓"一声,这是鲁迅先生在《阿Q正传》中形容砍头的形象语。所以叫"出红差"。

"出红差"按说不吉利,杀人见血,且人头落地,身首异处。据说老把式的刽子手光刀手利索还不行,脚上火候的掌握亦见功夫。鬼头刀抡起讲究抡圆,呼呼带风,落下讲究落在颈椎关节的第几节与第几节的衔接处,分毫不差。就在头落之时、血喷之际,刽子手要顺势一脚将无头之尸轻轻踢倒,血从脖腔喷溅,刽子手身上不落星点。按说出红差杀人溅血,围观者应躲得远远的,沾一身血腥腥的死人血怕招惹饿鬼。但也不然,菜市口每每"出红差",观者如云,拥挤不动,不早去根本看不见人。辛酉事变后,肃顺被判菜市口斩首,这在当时轰动全国,整个京师震动。北京的老百姓都把英法联军侵略北京的账记到肃顺头上了,认为是肃顺误国卖国,招致京城陷落,洋鬼子进京烧杀抢掠,北京的老百姓恨肃顺恨得恨不能"生啖其肉,生饮其血"。在给肃顺出红差的日子里，从宣武门到菜市口街道两旁挤满了愤怒的人群，就连两旁酒楼茶市的人也顾不上讲究身份派头了，纷纷踩着桌子蹬着椅子，恐怕满清王朝改朝换代也没那么热闹过。

肃顺出红差时，街道两旁人群中唾吐沫扔果皮的不计其数，在押解的刑部官员也凭空挨了不少冤枉。肃顺在菜市口当斩之时骂声不绝，直立不跪，最后被行刑的刽子手硬是打断双腿才算跪下。在菜市口刑场，肃顺也算是条汉子。

二十八后，菜市口血光映天，一位近代史上的奇人伟人被断首菜市口，他就是戊戌变法六君子之一的谭嗣同。谭嗣同死得壮烈、辉煌、大气；死得光明磊落、顶天立地、血气方刚、为国为民。谭嗣同有句名言光耀千秋："各国变法无不从流血而成，今中国未闻有因变法而流血者，此国之所以不昌也。有之，请自嗣同始"。

"有之，请自嗣同始。"讲得坦然、壮烈、悲愤，讲得鬼哭神泣。有之，是自谭嗣同始；无之，恐怕也因无谭嗣同而无。

上个世纪六十年代，北京一所中学的几位初中生读到谭嗣同在狱中写的一首诗：

> 望门投止思张俭，
> 忍死须臾待杜根。
> 我自横刀向天笑，
> 去留肝胆两昆仑。

听着老师在讲台上讲公车上书，戊戌变法，讲谭嗣同六君子大义凛然上菜市口，让这些中学生不禁热血沸腾，特别是老师十分动感情地讲到谭嗣同临刑前昂天长啸绝命诗：

"有心杀贼,无力回天,死得其所,快哉快哉!"几乎让这群唇上刚刚生出髭毛的中学生掉下泪来。他们难以想象,六十多年前一个拖着长辫子的封建臣子,能像三十多年前共产党员那样为了主义真理视死如归。"砍头不要紧,只要主义真。杀了夏明翰,还有后来人"。谭嗣同何许人也?这几位刚刚摘去红领巾佩戴上共青团团徽的初中生查找了他们所能找到的书籍,除了那些晦涩难懂的古文外,几颗脑袋挤在一起兴致勃勃观看的是谭嗣同的一张小照片。谭嗣同英俊端庄,浓眉大眼,高鼻厚唇,尤其突出的是高额宽鬓,可谓英姿勃勃,热血英雄,着实让他们崇拜。于是决定利用星期天骑车去菜市口,看看英雄抛头颅洒热血的地方。那年月,菜市口还是个丁字路口,一条不宽的柏油马路由东向西横穿。东边叫骡马市大街,按名索意,从前这条街可能是卖骡马交易牲口的街市,过了菜市口往西还是这条马路这条街,名字改叫广安门大街,因为顺这条街再往西走就是广安门城楼子了。因为是丁字街口,往北一条街叫宣武门大街,站在菜市口丁字街口可以看见高大的宣武门城楼子。当时菜市口一带都是灰蒙蒙的低矮平房,大杂院、四合院的围墙上已然斑驳陆离,灰色围墙上一块块白灰裸露出来像灰布大褂上粗针掇上的白布补丁。离菜市口不远处就是康有为的故居,房子也旧得像驼背的老人。顺着胡同走进去,破旧的四合院也只能从厚厚的院门和高高的门槛以及院门两旁华丽讲究的门墩上让人去想象当年院主人的奢华与尊贵。岁月无情,把这片曾经灿烂辉煌得耀眼的达官贵人的豪宅沦落成院外一堆堆肮脏的渣土垃圾。探头进去一望,宽大的四合院里已经盖满了住人放物的"趴趴房",家家户户门前都放着蜂窝煤炉子,仿佛一院的蜂窝煤炉子,拨火用的小烟筒罩子直冲着不大的天井吞云吐雾,一股浓浓的煤烟味扑面而来。当年斩杀谭嗣同的地方在哪里?转来转去,终于引起胡同家属委员会值勤大爷大娘的警惕,很严肃地盘问他们,那时候虽然还没搞"文化大革命",但阶级斗争的弦已经绷得很紧很紧。值勤的大爷大娘们都很善良也很热情,当他们明白这几个天真幼稚的初中生是想考证历史长学问时,就把他们领到了不远处丞相胡同的一家老住户。这是一处典型的老北京四合院,旧门旧屋旧格局都在,然已岁月沧桑,屋脊上残破的琉璃瓦闪着幽光,蹲在房檐翘角上的兽头也只剩下半个身子,威风不再。窗台上码着晒太阳的大白菜,窗根下垛着半干的蜂窝煤,被晒得昏黄的窗户纸多处破烂,中间挂着一面贼亮贼亮的小圆镜子,后来才弄明白,那叫"照妖镜",是防范坏人的。屋里进深挺大,黑乎乎的,破桌子烂椅子,土炕挺大,让人看一眼就忘不了的是条案上摆着一对硕大发光十分漂亮的兰花大瓷瓶。据介绍,坐在圈椅上的老爷子不是一百岁就是九十九岁了。他自诩从满朝活到民国,直到北京挂上青天白日满地红,看着小日本鬼子霸占北京,美国兵开着吉普车横冲直撞,举着小纸旗把解放军的十轮大卡车迎进北京城。老爷子人老能侃善谈,年轻时也可能是个人物,据说在旗。几位中学生都听得很认真,拿着小本本记录着,老爷子说得也很得意,他见识确实很广,懂的确实很多。老爷子说他亲眼看见过谭嗣同"出红差",把围着他坐的几个中学生吓得一激灵。那天全京城的人都挤到菜市口来了,老爷子从天不亮就挤到那里等,但万头攒动,人群如潮,一会儿拥过来,一会儿又挤过去。先是鸣锣开道,半人高的大铜锣,二面,四面,八面,抡圆了敲!然后是马队,四匹,八匹,一溜串串,戎装卫队,刀枪鲜明。谭嗣同断头喷红时老爷子说他没能亲眼见,人太多,挤死的人都有,但他看见了出完红差的现场。老爷子告诉他们,看见鹤年堂中药铺了吗?出铺面朝西南大大地量二十步,那地方就是谭爷归天之地。别看老爷子年纪大了,但记性奇好,烟酒嗓拌着痰呼噜,但仔细听还是听得明明白白,说到这几句时,老爷子两眼圆瞪,额上青筋暴起。

后来跟着家属委员会的大妈到了菜市口当街上,和路北鹤年堂药店量好距离,按老爷子的指教,站成一排,想感受感受当年英雄舍生取义的壮志豪情,告慰告慰九泉之下的英灵,多少个春秋过去了,还有后人崇拜他们,不忘他们。当时这几位中学生都虔诚地想给谭嗣同鞠个躬,那时候菜市口没有这么多汽车这么多人,连座二层楼房都少见,一片寂寞冷清。于是他们向家属委员会提议,应该在此处建一座纪念碑来寄托我们的哀思。大娘们马上说,使不得!你们不懂谭嗣同闹的是资产阶级革命,不是搞的无产阶级革命,他反对清王朝反对慈禧太后是对的,但我们无产阶级不能提倡纪念他。再三叮嘱他们要好好学习,做好功课,以后别乱跑了。家属委员会的老大娘们一直把他们送出菜市口,眼看他们骑上自行车直奔骡马市大街了,才放下心了。

这几位中学生从上幼儿园起每年清明扫墓瞻仰革命先烈都要用鞠躬来表达心中的敬穆和哀思,没给谭嗣同鞠躬总觉得不敬。正巧回他们住的朝阳区白家庄要经过天安门,他们就骑车到了人民英雄纪念碑,排成一行,先仰望纪念碑,默默念着碑文,又毕恭毕敬地鞠了三个躬。因为纪念碑的碑文上写道:

　　　　三年以来,在人民解放战争和人民革命中牺牲的人民英雄们永垂不朽!

　　　　三十年以来,在人民解放战争和人民革命中牺牲的人民英雄们永垂不朽!

　　　　由此上溯到一千八百四十年,从那时起,为了反对内外敌人,争取民族独立和人民自由幸福,在历次斗争中牺牲的人民英雄们永垂不朽！

他们认为这其中该有谭嗣同。

后来读书才知道死在菜市口的戊戌六君子，死得都浩然正气，像死时年仅二十三岁的杨锐头颅落地还两目圆瞪，鲜血从脖腔中喷出，"血吼丈余"，后人评"冤愤之气，千秋尚凛然矣"。刘光第遇难时，刽子手手起刀落，血流如涌，无首之躯竟不倒，惊吓得整个菜市口鸦雀无声，皆焚香求祥。

谭嗣同走向菜市口一路上在站笼中从容自若，面无苦色。鹤年堂前早已搭好监斩的官棚，监斩官就是大名鼎鼎的当朝军机大臣刚毅，由刚毅托印验明正身，朱笔勾绝，断命断头。也就在谭嗣同临死之际，他突然叫住刚毅，很轻蔑但也很严肃地示意，表示临刑之前还有几句话要说。刚毅是慈禧忠实爪牙、死党，见此状忙叫左右带走谭嗣同，示意快斩，与死囚无言。慌乱之中把案台放的朱笔都带落到地上。谭嗣同向四周微笑一下，大步走向菜市口中央。刚毅也是杀谭嗣同的刽子手。查刚毅乃清光绪朝军机大臣、协办大学士、吏部尚书，慈禧忠实爪牙，为虎作伥，狐假虎威，横行霸道。查其下场，一年以后，因八国联军进北京，刚毅随慈禧太后连夜西窜，但八国联军不干，要求严惩"战犯祸首名单"中名列第四的就是刚毅。刚毅是个老奸巨猾的官僚，他深知这次"罪责难逃"，就在西窜的路上故意制造了拉肚子，以至于拉稀不止，"痢下如注，沥沥不绝"，活活拉死。刚毅不得好死是活该，但他没让谭嗣同的江湖朋友大刀王五的连环鬼头刀削首断颈，总觉得让人不解恨。

菜市口杀过多少人，没有人统计过。但作为京师有名的刑场，斩首断头的鲜血浸透黄土，已成为当时京城一大看点。

每逢秋日,被判死刑的罪犯押解出狱,出宣武门走菜市口,有身份的坐骡马拉的站笼刑车,没有身份的则被武装押送戴枷上镣,临终过闹市。有身份使上"送行"银子的,刽子手会叫一声:爷!我伺候你走,也是吃哪碗饭办哪桩差,您放心走好。刽子手上的劲掌握得非常准,断头不掉头,以便于人家家人抬尸,缝上头落个整尸下葬。要是碰上没地位没使银子的,提刀斩首抬脚蹬尸,一句客气话都没有。

当时的菜市口两旁铺面已不少,每逢"出红差",街市两旁都热闹非凡。不知为什么,人们都欢喜看那极其残酷的一幕,而且都怀着一种欣赏看热闹的心情聚集起来,怀着极大的兴趣喜气洋洋地欣赏着别人生命的残酷终止。后来长大了,书看得多了,才知道东西南北中似乎无论在什么地方中国人都怀着一种极高的兴致乐意观看"出红差"。像鲁迅在《阿Q正传》中描绘的那样,像《药》中说的人血馒头。起码在鲁迅先生的老家绍兴一带的人看"出红差"杀人砍头的兴致绝不亚于老北京人去菜市口看杀人。

中国的风俗大致一样,"出红差"也差不多。"出红差"时先张贴布告,临到"出红差"时临街的铺店都要在门口放一张条案,上面摆着三碗白酒,有的还放着酒壶,壶嘴朝外,示意送行。铺店大讲究的还要摆上几碗蒸菜。犯人可以不停不看,可以不吃不喝,但送人上黄泉路上不能没酒没有菜。在谁家门口喝了酒吃了菜,谁家就积德有报。铺店前要排红绸子贴红对子,像办喜事一样。请教过一位知情懂行的老人,答曰:阎王爷有知会在账目簿上记下功德。

鲁迅在一九一九年写的小说《药》中,说用热馒头蘸了刚杀的人的鲜血放在火上烤烧焦了趁热吃下去可以治痨病。但菜市口丞相胡同里的那位老人没这么说,可能是十里不同俗。但他说过人血是味药引子是肯定的,是不是像鲁迅家乡人那样治病就难说了,但菜市口杀人时好像没见过像华老栓那样拿上银洋买人血馒头。但老爷子却证实"出红差"的一切物件都是"药",都是"符",都能驱邪避魔,治病救命,镇宅镇院。"出红差"也就值钱了,连捆犯人用的麻绳,见了"红"的死囚穿的囚服,刽子手擦鬼头刀用的红抹布,头上缠的红裹头,腰里系的红腰巾,套在鬼头刀上的红罩头,甚至连监斩官验明正身的朱笔都是抢手的宝,都得花银子买。那年月,谁家的宅院里闹鬼不清净,谁家出了人命死了人,谁家有人得了久治不愈的麻烦病,谁家让巫婆神汉指出鬼魂附身,据说求上这些东西无论是挂在院里挑在梁上、烧成符灰冲上水喝了,都能镇邪去妖,救人一命。传得活灵活现,甚至是亲身体验,都说是很灵的。

菜市口热闹的时候,一天能斩首十数人,清王朝判决杀人要等到秋后,死罪核准,处决砍头。"出红差"也有规矩,一般死刑犯人去菜市口途中,可以示意停下,赴九泉路上饮口断魂酒就是押送犯人的刽子手也不敢不答应,当死囚一口气喝干一碗酒,冲着街道两旁围观的人群仰头示意感谢,然后张开大口狂喊一声"等着瞧了,二十年后又是一条好汉……"整个菜市口都会激起一片欢呼!一片高叫!一片喝彩!

多少天过去了,秋风秋雨,冬雪寒冬,但从前门楼子大栅栏到黄城根下的早市鬼市,茶余饭后,澡堂子戏院,拉车的送货的,剃刀的要单的,只要人们一扎堆,保管闲话不出三句就说到"出红差"上,越说越神,越传越悬,越生动,越细腻,传得砍头能听见响儿,血溅能看见沫儿。说得那些没能赶上去菜市口看"出红差"的人后悔莫及,指天跺地地发誓,下次菜市口杀人,只要爷我没被杀就一定去给赴黄泉见阎王的爷们捧场,道声抬头彩!

那年月菜市口名气旺,"出红差"比老北京吉祥戏院唱戏还红火。

一位朋友考证:菜市口一次杀人最多的是光绪初年,因一件盗皇陵的大案一次被判处死刑的就有七十多人,秋后监斩,光兵勇就出动数百人,拉盖尸席的马车就七八辆,监斩官骑着高头大马,戎装持刀,杀气腾腾,两边押解官兵刀出鞘,箭上弦,鸣锣开道,煞是森严,因斩处的是土匪,怕抢劫法场,据说连街道两旁的送魂酒都免了。因犯人多,菜市口地方不大,按规矩由东向西两行排开,七十多人已长长跪下一溜。时辰一到,报时官扯破嗓门大声报时,监斩官手握朱笔,连连勾画,刽子手各就各位,从东至西,依次砍头。因犯人太多,刽子手少,砍上一气也气短手软,这时有人托上红托盘,上面有三大白瓷盅,一盅是水,一盅是茶,一盅是酒,喝什么全在刽子手。据那位朋友考证说,一般是先含一盅水,是清水,漱漱口,吐了;再干那盅酒,也是含在嘴里不喝喷在鬼头刀的刀刃上,让刀喝酒;最后那盅茶是要喝的,喝了以后再拖刀砍头。残酷就残酷在跪在后面等着行刑的犯人,眼看着一颗颗人头落地,一腔腔热血喷流,还要等刽子手清口、喷酒、歇劲、换刀,早就吓得昏死过去了。

　　比砍头削首处死残酷的当数腰斩和凌迟。

　　明朝有一个炙手可热的大太监叫刘瑾,皇上朱厚照称万岁,他刘瑾称千岁,后来被判凌迟处死。凌迟"出红差"不同于砍头枭首,说白话就是千刀万剐,一刀一刀把人身上的肉一片一片剐完。据史书记载:刘瑾被剐了三千三百五十七刀,且分三天才割完,而且还不能让他一刀封喉毙命。第一天割了他三百五十七刀,每十刀算一组,每一组喊他一声名字,怕他昏死过去。据说刘瑾被割第一天后,怕他死去,又让他吃了最后一顿晚餐,第二天继续用刀子往下割肉。刘瑾是死有余辜,但用这种办法置人于死地确实残酷了些。刘瑾被凌迟到底是不是在菜市口尚未查到实据。

　　腰斩这一酷刑是在雍正十一年被废除的, 起因是判处当时的河南学政俞鸿图腰斩,腰斩就是把犯人从腰眼的地方一刀两断,但被斩断之人往往身断两处却还死不了。据史所记,俞鸿图被刽子手砍断腰肢,砍成两截后,其上身在地上打滚,痛苦万状,又久不咽气,俞用手指蘸着身上的血在地上连续写了七个"惨"字,才慢慢地死去。

俞鸿图是雍正下令腰斩,但肯定不是在菜市口被腰斩的。在菜市口有没有执行过腰斩说法不一,但也没有过硬的史证说在菜市口没有被腰斩两截处死的。

但在菜市口被凌迟的却确有此案,据说菜市口当年街中心对着鹤年堂曾立着一颗原色圆木柱,柱粗盈尺,柱高及人,柱头中央钉着一拇指粗的大铁环,那铁环便是专为系犯凌迟罪罪犯辫子的。每逢出凌迟红差,在头一天夜里"出红差"的刽子手都着人悄悄地在大铁环上系一块毛边的红布,据说这么做,一是要给阴曹地府送个信;二是告诉阎王爷,此差非情愿,不出法不依。是乞求阎王爷体谅他的苦衷,有朝一日相见,判笔下留情。

让人稀奇的是这个大铁环不是铁锈斑斑,而是被摸得钲明瓦亮,太阳高照时还耀人眼。谁摸的?什么时候摸的?都不知道,但民间有说法:大凶保大吉,大凶避大邪。得了邪病重病,心里有了大毛病,被人破解为跟了狐子着了魔中了邪遭了咒,走了旁门左道摸这铁环灵。据说当年连远在河北保定府,山西代州、潞州府的人都悄悄进京,半夜赶到菜市口为的是摸一摸那出凌迟大刑用的大铁环。

后来到民国了,不用在菜市口"出红差"了,也废除了凌迟,菜市口又热闹过一回,原来那根当街的栓凌迟犯人辫子的木柱子上,竟然长出一枝翠凌凌的嫩枝芽,一传十,十传百,来看的人就海了,连卖大碗茶的都发财了,人们都挤着围着看,瞧稀罕,啧啧着评论,走到哪儿都说那根"灵草",以致演绎出无数离奇古怪的故事。老北京人爱扎堆,爱神侃,爱显摆自己,说的、听的,听的、说的,后来又是一大新闻惊动菜市口。一天早晨突然有人发现那根栓死人辫子的木桩子没了,无影无踪了。没事的闲人一听说又都蜂拥挤到菜市口,说的传的又多了,似乎有点"科学"依据的说法有二:之一是说京城外山西省的一家大宅,家中妻妾不是投河就是落井,老小不是中邪就是遭绑,经明人指点,从菜市口请"神"驱邪,这神就是那根圆木桩;之二是说民国政府修汽车路,菜市口是闹市街中间要行车,故拔了那根桩,反正又使菜市口热闹了一大阵,以后就没说没道像老潭枯井销声匿迹了。

后来清王朝废了,民国兴了,判了死刑的犯人都是用汽车拉着到荒郊野坟岗子枪毙,用老北京话说枪崩。再后来日本鬼子进了京,想杀谁就杀谁,想怎么杀就怎么杀,想在那儿杀就在那儿杀,作为满清王朝刑场的菜市口连同那些充满神奇色彩的传说、故事也渐渐淡如一缕清烟了。

离开北京三十多年后又回到北京,有一次偶尔过菜市口,从广安门大街往东行,一开始没觉得什么,经过鹤年堂药店时神经猛然一激灵,四十多年前丞相胡同的老爷子说过的一席话竟然还记得那么清楚,那沙哑的烟酒嗓仿佛就在耳边,不由不驻足细看。几十年前菜市口的旧景旧貌已面目全非,映入眼帘的只剩下这座风采依旧的鹤年堂老店了。

鹤年堂药店有多少年历史了,连菜市口附近的老住户也说不太清楚,只说是百年老店,自打有了菜市口,就有鹤年堂。或者说记得菜市口就记得鹤年堂。鹤年堂不止一百岁,据说明朝大奸严嵩就住在菜市口附近,挂在鹤年堂店面正当中三个大字"鹤年堂"就是严嵩亲笔所题,可见鹤年堂的地位。当年有严嵩题的鹤年堂不亚于紫金城里的金銮殿。抬头举目细细看去,鹤年堂三个字皇皇之中确有霸气。只道是鹤年堂的匾挂在店门前，走进去才知道真字老匾威威如虎地卧伏在药店的大堂正中。那显王气的匾，那显霸气的字，那虎踞大堂中央的威，让人隐隐地感到那似乎不该是中药店，应该是白虎堂。

鹤年堂是历史见证人，宣武门城楼子拆了以后，鹤年堂就是当年菜市口刑场的第一历史见证人。

当年菜市口处决犯人，遇有钦点命犯，鹤年堂四周里外都是执枪佩刀的兵勇，杀谭嗣同时，戊戌六君子下了囚车就是先面对鹤年堂一字排开，鹤年堂前临时搭建的监斩台上坐着面沉如水心虚如鼠的钦点监斩官军机大臣刚毅，那时候要想在鹤年堂下站着看出红差该多大面子？鹤年堂当年威风！

从鹤年堂南望，目测距离，当年斩杀谭嗣同等戊戌六君子的行刑之地应该是菜市口十字路口的警察亭处。那天正值阳光灿烂，菜市口四周现代化的高楼大厦在阳光照耀下光怪陆离。车水马龙，人头攒动，熙熙攘攘，热风扑面。让人凭空生出许多烦躁。鹤年堂也显得古老破落了，有一阵子说鹤年堂也要拆迁了，土地开发商也来看过几回地盘了，但鹤年堂还岿然不动，没有鹤年堂谁还能说清菜市口的一章儿一页儿呢？谁还能说清楚菜市口当年的威风呢？谁还能说清楚谭嗣同谭爷的英雄气概呢？猛然间从被扒了的宣武门城楼子的远处穿来隐隐的雷声，一阵扬尘的疾风挟着水气扑来，一句京剧的黑头贯口冲口而出：杀人杀在菜市口！四周看看并无一人察觉，但冥冥之中却分明听见有众人齐喝抬头彩：好——

# 将军无头

一九三七年九月三十日,干冷的西北风裹着阵阵硝烟,从大同、阳高、天镇、怀仁向南直扑而来。隐隐约约传来的重炮声犹如天际边响起的闷雷。日本侵华关东军正挟数胜之威,直扑忻口,势在必得太原。

北路南下如群蝗遮天而来的日本军队必过的弹丸小镇就是原平。

那时候原平既不是县,也不是市,只是崞县属下的一个镇。但其居大同直通忻州的要道之口,其势如"街亭"。原平一失,由第二战区司令长官阎锡山亲自坐镇指挥的忻口战役,将在大幕未启之际就要草草收场,更可怕的是它将导致出一场类似山西北部防线的大溃退,日本人将毫无阻挡地进行一场野蛮的血腥大屠杀。

十万火急,军情如山!

原平不能丢,原平必须死守!阎锡山发给正以急行军速度赶赴原平的晋绥军一九六旅旅长姜玉贞的电报只有六个字:死守原平七日。但这字字千钧,字字都系着人头热血。这张薄薄的电报纸让姜玉贞攥出了一层层汗，他知道这六个字需要他和他的四千多兄弟们用鲜血和生命去完成。

九月三十日，深秋的太阳已经在原平土城城垣上渐渐隐没时，姜玉贞才带着他的部队急匆匆地赶到原平镇。姜将军勒住他那匹高大的白马，未进原平镇先下了第一道将军令：全旅人不解甲，马不下鞍，构筑工事，准备和鬼子决一死战！

原平镇晋商李宅大院内，四盏高悬的战地马灯下，一片青刺刺的男人的光头。一九六旅连以上的军官全部都笔直地站在当院，人人一脸严肃，人人瞪大双眼，人人咬着槽牙。姜玉贞高高地扬起手上的命令，把命令上的六个字，一字一句念了三遍。姜旅长操着一口浓重的山东菏泽口音，晃动着高大魁梧的身躯大声说：军令如山，养兵千日，用兵一时，我们就在这里打鬼子！七日之内天塌下来，一九六旅也得顶住。有一九六旅在，日本鬼子休想从原平过！七日之内谁要敢退出原平一步，我姜玉贞军法伺候。我姜玉贞要是腿软了，全旅官兵人人可诛！从现在起，全旅官兵依城修筑工事，迎头打日本鬼子一闷棒，让小鬼子醒醒盹儿。这儿是原平的一九六旅，不是大同天镇的六十一军。

姜玉贞近乎一米九零的身高，二百多斤的体重，走起路来地动山摇，说起话来虎虎生风。从扛枪算起，他从伍整整二十五年了。往哪儿一坐都是上身笔挺，往哪儿一站都是两腿笔直。姜旅长分配完任务最后又下了一道将军令：不管遇到什么困难，不管想什么办法，半夜十二点一定要把热气腾腾的肉包子送到构筑工事的弟兄们手里。到时候我要看见有弟兄们还趴在战壕里啃冷窝窝头，别怪我姜玉贞翻脸不认人。将军一拳砸在摆在面前的条案上，震得那古老的条案来回乱颤。

将军令行禁止。全旅上下谁不怕？

十月一日,一整天,日本人"光听楼梯响不见人下来"。参谋长谷泰放下望远镜不解地看着姜玉贞。自古兵贵神速,日本人作战讲究快、猛、狠,为何二十四小时按兵不动？姜玉贞自信地说:日本人以为我们早被吓得提着裤子向后跑呢,他是给地方上的汉奸一点时间,让他们组织好维持会,打着太阳旗列队欢迎皇军呢！

十月二日,姜玉贞又传下将军令:各团各营各部都要注意隐蔽,日本飞机来了不射击不暴露,打开城门,不许暴露一个人。姜玉贞说鬼子肯定会派飞机侦察,咱给小鬼子使条"空城计",叫他们放心大胆地来,打他一个迎头大闷棍！

果然,一架日本侦察机飘飘悠悠地飞来了,既不打机枪,也不扔炸弹,晃晃悠悠地又飞走了。

一九六旅三九一团报告,抓一日本特务。姜玉贞说绝不能放这小子回去。亲下了一道将军令:活剐了这个汉奸,割下头来,挂在城门上。对敌人就要狠！据说再也没有一个汉奸敢溜进原平城。鬼子一直以为原平的晋绥军统统吓跑了,就等着皇军去接收了。

十月三日,日军先头部队估计有一个中队的骑兵部队,大摇大摆地开往原平城。原平城不见一人一旗。鬼子真以为小小的原平城,不过弹丸之地,军民早已逃跑一空,将不费皇军一兵一卒、一枪一弹拿下原平城。当他们挺着胸,昂着头,背着枪,以武士道的自豪准备入城时,一九六旅枪炮齐鸣,这一"闷棍"一下子就要了好几十个鬼子的命。姜玉贞传令:抓紧打扫战场,把鬼子的刀枪钢盔水壶让四城的弟兄们都看看,小鬼子不是刀枪不入的妖魔鬼怪,一枪也钻个两头通。一九六旅士气大振。人人摩拳擦掌,要和小鬼子较量。姜旅长还是那道命令:人不离枪,不离工事,热腾腾的大肉包子要保证送到工事里,送到弟兄们手中。

　　真正的战斗开始了。冲上来的都是老鬼子,身上都挂着关里关外的硝烟,双手都沾过中国军人、老百姓的鲜血,杀气腾腾,凶狠残暴。一到原平城外,先把大炮排开,把对空联系的红白指示板摆好,四架日本飞机立即飞来,擦着原平城城门楼俯冲扫射,黑乎乎的炸弹一串串投下来。三十多门大炮集中开火。鬼子飞机炸弹投得非常准,炮也打得准,弹着点校正准确及时,很多一九六旅的士兵连头还没抬起就被炸得支离破碎。有的一个班一个碉堡被炸得踪迹不见。炮声刚刚一停,飞到半空中的碎石破砖连同人的肢体刚刚落地,阵地上已是一片密集的轻重机枪声。鬼子把上百挺轻重机枪架成一排,向原平城下的依托工事泼水般迎头扫来。紧接着尖厉亢奋的冲锋号响了。鬼子上来了。这些关东军都是训练有素的老兵,狂妄嚣张,从关外打到雁北,认为中国军队皆豆腐渣。随着号声个个都是挺直腰板平端着步枪,昂着头,撕破嗓子,嗷嗷怪叫着往上冲。鬼子的刺刀在阳光下闪着寒光,鬼子的眼睛都圆瞪着。二百米到一百五十米的距离,鬼子是平端着步枪,既不卧倒也不瞄准快步跑着。抬枪就打,几乎枪枪命中。再看鬼子军官,都是左手打枪右手轮刀,张牙舞爪,奋不顾身,饿狼一样往上冲。那架式别说没打过仗的新兵,就是钻过枪林弹雨的老兵心里也不由自主地直打颤。哪儿枪响得最紧,哪儿打得最吃紧,姜旅长就提着长枪带着特务排冲在哪里。他穿着一身黄灿灿的将军服,胸前挂着两个大号手榴弹。他的特务排排长黄洪友不让他穿黄呢子制服,说太显眼,日本鬼子枪法准,太危险。姜将军说,我要的就是显眼,要让阵地上的弟兄们一眼就能看见我,看见旅长在,阵地一定在! 将军在前沿阵地上就下了一道军令:长官必须钉在阵地上,长官在老兵就不慌,老兵不慌新兵就不怕。只要顶住鬼子的集团冲锋,打破狗娘养的皇军不败的神话，原平就保住了。鬼子就这么两下子，一定要把狗娘养的打趴下！

一九六旅的拿手戏就是甩手榴弹，从旅长开始，人人胸前挂着，腰里别着，背后挎着都是大号山西太原兵工厂生产的手榴弹。鬼子一冲上来，纷飞的手榴弹像雨点似地落下去，然后轻重机枪一起扫射，再也听不见老鬼子哇啦哇啦、嗷嗷怪叫。按姜旅长的命令，各营都组织起神枪手，专射张牙舞爪似的鬼子军官，打死一个赏大洋，打死三个奖军功，打死五个战场提级升官。

原平的攻守战打得越来越惨烈，双方都红了眼，双方都拼了命，双方都拿出了看家的本领。一九六旅伤亡惨重。阵亡的弟兄来不及往下撤，他们就是趴在死人堆里射击。日本人的坦克轰隆隆地开上来。姜玉贞亲自指挥旅直属炮兵营把山炮直接推到前沿阵地上，瞄准坦克直接打；又组织了炸坦克敢死队，把三颗大号手榴弹一次塞到鬼子坦克的履带里。鬼子算真知道一九六旅的厉害。入夜，双方未打一枪，鬼子也忙着拉死尸，撤伤兵。一九六旅也一样。不同的是姜旅长还是那道将军令：必须把热腾腾的肉包子送到前沿阵地，送到每个兄弟们手里。当时原平镇中存备白面多达一万多袋，从太原忻口开过来的载重车每天送两样东西，一是弹药，二是羊肉。姜将军有令：包子必须是羊肉大葱，皮薄馅大。姜玉贞在阵地上说，咱们一九六旅是管饱，一是枪炮子弹管鬼子饱，二是羊肉热包子管自己饱。要是谁扔手榴弹把胳膊甩肿了，加奖高粱白烧酒一瓶。

原平难啃，像颗铁蚕豆。一九六旅终于把日本鬼子打趴下了。鬼子再冲锋，再也不敢直着腰挺着胸像接受检阅似地冲锋了，他们也猫着腰，提着枪，利用地形地物，该趴着趴着，该爬着爬着。

战斗越来越残酷。日本鬼子突袭一九六旅往外撤的伤兵队，二百多名伤兵和医务人员无一幸免,全部被小鬼子用刺刀开了膛,穿军官制服的全部被小鬼子割了头,女医生护士全部被轮奸开膛。姜玉贞两眼喷火,下了道死命令:伤员后撤要派敢死队护送,抽不出部队就不送,要死死在一快。今后遇见日本鬼子的伤兵一律就地处决,这些狗娘养的畜牲。血要血偿,命要命还!

伤亡越来越大,一股鬼子终于突进了原平城里。这也是一股敢死队,小鬼子个个头上都缠着太阳旗。姜玉贞也在全旅组织了八十多人的敢死队。他在敢死队面前端着"断魂酒"激动地说:"本来我要率领你们去杀了这股小鬼子,弟兄们不让,曹营长代我去,弟兄们是替我去先死。我就在弟兄们的身后,你们倒下了,我就上。这酒是咱山西地道的老汾酒,让我们干了这碗酒,上阵杀鬼子去。干!"一片豪情万丈的狂吼。一片瓷碗摔在青石上的震耳欲聋的破碎声。一九六旅的壮士。八十多人的敢死队几乎无人生还,但突入城内的鬼子敢死队也全部身首异处,命归西天。

七天,终于到了。姜玉贞的心却揪得更紧了,眉头皱得更深了。他手里又攥着一张阎长官的军令:"再守原平三日。"参谋长泪几乎下来了,"再守三日,眼下三小时、三分钟都难守。团以下长官非亡即伤,连排长有的已经换了三四茬,所有建制都打得非缺即残,我们凭什么再守三天?"姜玉贞使劲咬着后槽牙,把一根当拐棍用的枣木硬棍生生掰折了。"军令如山,为了抗日,守不住也得守!"参谋长又说:"旅座夫人刚逝,母老孩幼,何以为继?"这次姜玉贞渐渐两眼模糊,不禁长叹长嘘。三个月前妻子病逝,给他扔下三个幼年儿女,老母亲一直体弱多病,跟着他从家乡菏泽来到山西阳泉。接到命令时,行伍多年的姜玉贞就预感到大战在即,恐无结果,几乎一夜未眠。无奈之中,见老母给老母行三跪大礼,泪如雨下,不能自抑。姜玉贞家贫如洗,父亲积劳成疾,在他出生四个月前就因病而逝。母亲含辛茹苦,一掬泪一把汗地把他拉扯成人。不到十八岁姜玉贞就离家别母去扛枪当兵。而如今母恩未报就要去前线打仗。倒是老母亲把他扶起来替他擦干眼泪,临别赠言:"放心去吧,国和家不能两顾,忠和孝不可两全。你是国家忠臣,打日本义不容辞!娘让你放心,儿女我一定带好带大!"那夜,姜玉贞把三个儿女一遍遍叮嘱,一遍遍交代,看了又看,摸了又摸。又带着孩子到亡妻坟上培了土,焚了香,磕了头。然后飞身上马,头都没回,带兵出发。

鬼子让一九六旅逼疯了。飞机、大炮、坦克、敢死队,小小的原平城竟然岿然不动。黔驴技穷,日本鬼子竟然使用毒气弹。鬼子终于冲进了原平城。巷战、庭院战、房屋战,一九六旅的壮士至死不退,一巷一院,一房一墙都用鲜血和生命保卫。伤兵都坦然地围靠在弹孔累累的残墙上,胸前腰上绑满了手榴弹。伤兵们都明白,与其叫鬼子开膛破肚,还不如一拉弦拉上几个小鬼子垫背上路。

三天终于坚持到了。一九六旅几乎打得没人了。枪炮声渐渐稀疏下来。姜玉贞带领几名弟兄退守到了最后一个院落。鬼子紧咬着不放。他们在姜玉贞的指挥下终于打退了鬼子的进攻。弟兄们都劝旅长赶快撤,守七日,再守三日的任务已经完成,一九六旅不能一颗种子也不留。姜玉贞不撤,他说,打到这个份上了,我当旅长的不能撤。又说一九六旅忘不了原平,原平也忘不了一九六旅。眼看鬼子的冲锋号又响起来,特务排长示意几个兄弟架起姜玉贞就顺着地洞钻出原平城。姜将军是最后一名撤出原平城的中国士兵。

终于被鬼子发现了,鬼子的坦克又追上来了,连发几炮,姜玉贞重伤仰卧在地上,血流如注,时而昏迷,时而清醒。特务排长黄洪友要背他搀他,但怎么也弄不动他。姜玉贞又清醒过来,他对黄排长说:

"鬼子马上就追上来了,你快走,留得青山在,报仇打鬼子!"黄洪友曾经当过姜玉贞多年的警卫员,至死不走。姜玉贞虎眼一瞪:"我已经不行了,你快走,这是命令,是我最后的一道命令。走!"一股股鲜血从姜将军的身上、嘴中涌出来,鬼子骑兵已经冲过来,黄排长洒泪而别,躲进高粱地。他远远看见鬼子围住了姜玉贞,先是用刺刀乱捅,然后由一个鬼子军官用指挥刀把姜将军的头颅砍下来,血淋淋地拎走了。

将军无首,死不瞑目。将军壮志,以身殉国。那年姜玉贞将军年满四十三岁。

国民政府授予一九六旅荣誉称号,通令表彰姜玉贞将军,并追赠陆军中将,以彰忠烈。

一九三八年三月十二日,毛泽东在《在纪念孙总理逝世二十三周年及追悼抗敌阵亡将士大会上的演讲词》中说:"我们真诚地追悼这些死者,表示永远纪念他们,从……姜玉贞诸将到每一个战士,无不给了全中国人以崇高伟大的模范。"

一九三九年农历七月十五,日军在原平建立了一座"中国无名战士慰灵塔"。碑文译文如下:"为了永远悼念在原平战斗中战死的四千三百余名中国无名战士的灵魂,建设慰灵塔。民国28年中元节,柳下部队长大田熊太郎。"此碑现存放在原平市博物馆中。

魔鬼的赞誉也是赞誉。

将军无头,将军不朽!